LISA CHILDS

Cette nuit avec toi

Traduction française de
FLORENCE BERTRAND

BLACK ROSE

HARLEQUIN

Collection : BLACK ROSE

Titre original :
HIS CHRISTMAS ASSIGNMENT

Ce roman a déjà été publié en 2017

HARPERCOLLINS FRANCE
83-85, boulevard Vincent-Auriol, 75646 PARIS CEDEX 13
Service Lectrices — Tél. : 01 45 82 47 47 - www.harlequin.fr
ISBN 978-2-2804-9379-6— ISSN 1950-2753

Composé et édité par HarperCollins France.
Imprimé en juin 2023 par CPI Black Print (Barcelone)
en utilisant 100% d'électricité renouvelable.
Dépôt légal : juillet 2023.

FSC www.fsc.org MIXTE Papier issu de sources responsables FSC® C159065

Pour limiter l'empreinte environnementale de ses livres, HarperCollins France s'engage à n'utiliser que du papier fabriqué à partir de bois provenant de forêts gérées durablement et de manière responsable.

1

Des éclats de voix traversaient les murs minces du bureau de Logan Payne. Garek referma la porte d'entrée sans bruit. Il avait l'habitude de se déplacer en silence. Par le passé, sa liberté et même sa vie en avaient dépendu.

Peu de chose avait changé…

Il traversa l'accueil et s'arrêta, la main sur la poignée. Le volume sonore de la dispute était tel qu'il aurait pu l'entendre depuis le parking. Logan gardait généralement son calme en toutes circonstances ; en tant que directeur de Payne Protection, il n'avait pas besoin de hausser le ton pour se faire obéir. L'autre voix était celle d'une femme. Garek la reconnut aisément, même s'il était rare que Candace Baker daigne lui adresser la parole.

Apparemment, elle était moins réticente à parler de lui à autrui.

— Je n'arrive pas à croire que tu envisages de confier cette mission à Garek Kozminski !

Un an s'était écoulé depuis que Garek avait commencé à travailler pour Payne Protection. Candace avait-elle protesté chaque fois que Logan l'avait chargé d'une mission ?

— Il a fait ses preuves, répliqua Logan. C'est un excellent garde du corps.

— C'est un voleur et un meurtrier ! s'exclama-t-elle. Comment peux-tu lui faire confiance ? Je ne pourrai jamais !

Garek ressentit un brusque pincement au cœur, qu'il se refusa à classer comme de la douleur. La piètre opinion que Candace avait de lui n'était pas précisément de nature à le surprendre, et elle n'était pas davantage injustifiée. Non seulement il n'avait fait aucun effort pour la détromper, mais il s'était employé à la provoquer.

La voix de Logan était glaciale quand il répondit.

— Il nous a sauvé la vie, à mon frère et à moi…

— Grâce à ses relations criminelles, le coupa-t-elle.

— Ça suffit !

Logan ne criait plus ; il semblait trop las pour continuer à lutter.

— Garek et Milek Kozminski sont des membres essentiels de cette équipe.

— Ce sont tes beaux-frères…

Sans doute était-ce le nœud du problème : Logan avait épousé Stacy et non elle. A l'évidence, elle était amoureuse de son patron depuis longtemps. Quelques années plus tôt, lorsqu'il avait créé son agence, elle avait quitté la police de River City en même temps que lui.

— Candace, si tu ne peux pas travailler avec eux, peut-être vaudrait-il mieux que…

— Salut ! lança Garek qui s'était empressé de pousser la porte avant que Logan ait achevé son ultimatum.

Il ne voulait pas que Candace soit virée. Certes, elle le détestait, mais lui ne la détestait pas.

Il la désirait.

Dès le premier jour, il avait été fasciné par ses longues jambes, sa silhouette de sportive, la lueur de défi qui flambait dans ses yeux bleus lorsqu'elle croisait son regard. A cet instant précis, cependant, elle se refusait à le regarder. Elle avait baissé la tête, de sorte que ses cheveux noirs coupés à hauteur du menton balayaient son visage, dissimulant ses yeux.

— Désolé d'être en retard, ajouta-t-il.

En réalité, il avait une bonne excuse. Quelqu'un l'avait appelé pour lui proposer une mission, un travail qu'il ne serait peut-être pas à même de refuser.

— C'est plutôt bien tombé, lui fit remarquer Logan. En fait, si tu veux bien nous accorder quelques minutes supplémentaires…

Candace releva le menton et secoua la tête.

— C'est inutile. Je vais faire ce que j'aurais dû faire il y a un an.

L'époque où Garek avait commencé à travailler à l'agence Payne, juste après le mariage de sa sœur avec Logan… La décision de Candace n'était pas une coïncidence. Elle avait sans doute songé à démissionner à l'époque, mais son amour-propre l'en avait empêchée.

— Je m'en vais, annonça-t-elle.

Logan se leva d'un bond.

— Bordel !

— Tu étais sur le point de me virer. C'est mieux comme ça, et tu le sais aussi bien que moi.

Là-dessus, elle pivota et fit face à Garek. Ses yeux bleus n'avaient jamais été aussi froids.

Il sentit son sang s'échauffer en même temps que la colère le gagnait. Avant qu'il ait eu le temps de dire quoi que ce soit, elle se dirigea vers la porte.

Il la retint en la saisissant par le bras.

Elle baissa les yeux sur sa main.

— Ne me touche pas ! ordonna-t-elle d'une voix aussi glaciale que son regard. Jamais.

Une seconde, il envisagea de la taquiner puis se ravisa.

Candace Baker était une femme forte, presque aussi grande que lui, mince et musclée. Cependant il devinait aussi en elle de la vulnérabilité, même si elle s'efforçait désespérément de la cacher derrière une assurance de façade.

— Je ne pensais pas que tu étais du genre à renoncer, lança-t-il avec l'espoir de la faire réagir.

— Tu ne me connais pas, rétorqua-t-elle en se dégageant avec brusquerie. Tu ne me connaîtras jamais.

Elle ne lui laissa pas le temps de protester. L'instant d'après, elle était partie.

Il n'allait pas accepter cela.

Non, il n'en était pas question.

— *Quelle imbécile !* se morigéna Candace en jetant des affaires pêle-mêle dans la valise ouverte sur son lit. *Mais quelle imbécile !*

Elle ne s'en voulait pas d'avoir démissionné. Au contraire, elle aurait dû le faire des mois plus tôt. Elle était stupide d'avoir attendu aussi longtemps. Mais, surtout, elle n'aurait pas dû laisser ce type prendre une telle place dans ses pensées.

Elle savait qui était Garek Kozminski. Et, contrairement à tous les autres membres de l'équipe, elle n'allait pas l'oublier… En plus d'être un malfaiteur et un assassin, c'était aussi un don Juan.

Il ne cessait de la taquiner. De l'observer…

En songeant à son regard gris argent posé sur elle, pareil à une caresse, elle frissonna. Il jouait avec elle, voilà tout. Il ne pouvait pas réellement avoir envie de la toucher ; il ne pouvait pas vraiment la désirer.

Elle était toujours la bonne copine, la camarade, jamais la fille qu'un homme désirait. Plus il flirtait avec elle, plus elle sentait grandir sa frustration. C'était pour cela que, à bout de nerfs, elle avait fini par perdre son sang-froid avec son patron.

La sonnette de l'entrée tinta, résonnant entre les murs bleus de sa chambre. Elle doutait que Logan soit venu lui rendre visite ; il était évident qu'il s'apprêtait à la renvoyer lorsque Garek l'avait interrompu.

Après ce qu'il avait dû l'entendre dire à son sujet, pourquoi donc ce dernier avait-il tenté d'intervenir ? Au lieu d'encourager son beau-frère à la virer, il avait essayé de calmer le jeu, de la persuader de rester.

Il ne la connaissait pas. Et, quand il était dans les parages, elle n'était même plus sûre de se connaître elle-même.

La sonnette retentit de nouveau, longuement, comme si quelqu'un gardait le doigt sur le bouton. Avec un soupir, elle se dirigea vers l'entrée mais, avant même qu'elle ait atteint la porte, celle-ci s'ouvrit. Or, elle verrouillait systématiquement, et personne n'avait la clé de chez elle.

Machinalement, elle leva la main vers son holster et se rappela avec consternation qu'elle l'avait laissé — avec son arme — sur le lit, à côté de sa valise à moitié remplie.

Elle n'avait pas le temps d'aller la chercher. Déjà, l'intrus entrait. Grand, bien bâti, les cheveux blonds à hauteur des épaules, incroyablement séduisant… Le souffle coupé, elle se dit qu'elle n'aurait pas dû être surprise. Qui, à part Garek Kozminski, aurait pu si aisément forcer sa serrure ultra sophistiquée ?

— Qu'est-ce que tu fais là ? demanda-t-elle d'un ton sec.

— Il faut que je te parle.

Il la regardait ainsi qu'il le faisait toujours, comme si elle était une friandise dont il aurait envie de se délecter.

— Donc, tu as décidé d'entrer chez moi par effraction.

Il haussa les épaules avec indifférence. Pourtant, il était bien placé pour savoir qu'enfreindre la loi n'était pas sans conséquences. Il avait été condamné à une peine de prison pour au moins un des nombreux délits qu'il avait commis.

— Tu n'as pas répondu quand j'ai sonné.

— Il y a toutes sortes de raisons pour lesquelles les gens

ne viennent pas ouvrir leur porte, rétorqua-t-elle. J'aurais pu être absente, par exemple.

Ce qui aurait été le cas si elle avait fait ses bagages plus vite… D'ailleurs, son désir de s'enfuir venait de s'intensifier, sans doute parce qu'elle se trouvait face à la raison qui la poussait à partir.

Il esquissa un sourire satisfait.

— Mais tu es là.

— Pas pour longtemps.

Sur quoi elle fit volte-face et retourna dans sa chambre. Il n'était pas trop tard, elle pouvait encore prendre la fuite.

Il lui emboîta le pas.

— Tu fais tes bagages ? Où vas-tu, bon sang ?

Sur le point de lancer un pull dans la valise, elle marqua un temps d'arrêt en se rendant compte qu'elle n'en avait pas la moindre idée. Elle n'avait pas de plan. Elle savait juste qu'elle devait partir, s'éloigner de la ville pendant quelque temps. Ensuite seulement elle pourrait décider si oui ou non elle voulait revenir.

— Tu n'en sais rien…, ajouta-t-il.

— N'importe où, pourvu que tu n'y sois pas !

Il porta la main à sa poitrine.

— Oh ! Ça fait mal ! Tu m'as poignardé en plein cœur.

En dépit du ton léger de sa voix, elle décela dans son regard gris une ombre qui ressemblait à de la douleur, à un regret sincère. Etait-il réellement peiné qu'elle veuille s'éloigner de lui ?

— Parce que tu as un cœur ?

— Oui. Au point que j'ai persuadé Logan que tu étais le meilleur homme pour cette mission.

— Le meilleur « homme » ?

Ce fut à son tour d'avoir le cœur transpercé.

— Oui. Tu sais, cette mission que tu voulais, elle est à toi, expliqua-t-il, magnanime.

Elle secoua la tête.

— J'ai démissionné.

— Parce que tu voulais cette mission.

— Non.

Elle ne l'avait voulue à aucun moment. Jouer les gardes du corps pour une star de la téléréalité devenue actrice de second ordre ne l'intéressait absolument pas.

Il étrécit les yeux.

— Mais tu ne voulais pas que je l'aie.

— Non.

— Pourquoi ? Qu'est-ce que j'aurais volé en l'acceptant ? Qui aurais-je tué ?

Ainsi, il avait bel et bien entendu son échange avec leur patron. Elle rougit à la perspective de devoir avouer qu'elle n'avait pas voulu qu'il protège une telle femme. Une femme qui se déshabillait volontiers devant les caméras — et, à en croire les tabloïds, le reste du temps aussi.

Elle n'était pas sûre de savoir ce qui la motivait.

A vrai dire, elle n'était plus sûre de rien.

Elle haussa les épaules.

— Cette mission sera très médiatisée, répondit-elle en haussant les épaules. Elle va faire connaître l'agence Payne au niveau national.

— L'agence a déjà une réputation au niveau national, lui fit-il remarquer. C'est pour ça qu'une actrice de L.A. veut employer un de nos gardes du corps. Nous sommes les meilleurs.

Elle aurait aimé contester l'emploi du « nous », mais Logan avait eu raison lors de leur affrontement. Sans l'aide de Garek, Parker et lui n'auraient sans doute pas survécu.

— Cette mission ne mérite pas qu'on y assigne les meilleurs.

Pour sa part, elle soupçonnait que cette demande de

garde du corps visait surtout à attirer l'attention sur l'actrice en question.

— Dis-moi la vraie raison pour laquelle tu ne voulais pas que j'en sois chargé, insista-t-il.

Bien résolue à ne pas admettre qu'elle avait été contrariée à la pensée qu'il côtoierait une célébrité en petite tenue du matin au soir, elle haussa les épaules de nouveau.

— Ça n'a plus d'importance, à présent.

— Mais ça en a eu assez pour que tu quittes un poste que tu adorais, dit-il d'une voix assourdie où se mêlaient perplexité et sollicitude.

— Je l'adorais, c'est vrai. Mais c'est du passé. Je ne l'adore plus.

C'était un mensonge. Elle aimait toujours autant son travail. Le problème, c'était qu'elle avait peur de tomber amoureuse.

— C'est ma faute ? demanda-t-il. Ou celle de Logan ?

Voilà pourquoi elle ne pouvait prendre le risque de tomber amoureuse une fois de plus. Ne s'était-elle pas suffisamment ridiculisée par le passé ?

— Si ma décision avait quoi que ce soit à voir avec Logan, je serais partie quand il a épousé ta sœur.

— Peut-être que tu attendais qu'ils rompent. Après tout, personne ne pensait qu'ils resteraient ensemble très longtemps. Moi le premier, ajouta-t-il avec un petit rire.

— Ils ont un bébé maintenant.

— Penny…, murmura-t-il en souriant, visiblement attendri à l'évocation de sa nièce âgée de deux mois.

Elle retint son souffle. Il était si séduisant… C'était injuste !

— Tu ne devrais pas être ici, lança-t-elle. Il faut que tu partes.

Il jeta un coup d'œil autour de lui, comme s'il venait de prendre conscience de l'endroit où ils se trouvaient.

— Il y a plus d'un an que j'avais envie d'entrer dans ta chambre…

Il fit un pas vers le lit et effleura le drap.

— De la soie…

A la fois gênée et en colère, elle passa à l'offensive.

— Bien sûr ! Tu es surpris qu'un homme comme moi ait des draps de soie.

— « Un homme » ? répéta-t-il, arquant les sourcils, perplexe. De quoi diable veux-tu parler ?

— Tu as dit il y a deux minutes que j'étais le meilleur homme pour ce travail.

— C'était juste une façon de parler !

— Ah bon ? Les autres aussi me traitent comme si j'étais un homme.

Il secoua la tête.

— Je n'ai jamais pensé à toi ainsi.

Il la prit dans ses bras si vite qu'elle n'eut pas le temps de réagir. Elle se retrouva plaquée à son torse, consciente du rythme de sa respiration, du moindre battement de son cœur, fascinée par l'intensité de son regard gris.

— Et pourtant, reprit-il, je n'ai pas cessé de penser à toi depuis l'instant où je t'ai rencontrée.

Il se pencha vers elle puis s'immobilisa et murmura :

— Et j'ai pensé à faire ça… à t'embrasser…

Et il le fit. Il l'embrassa avec l'intensité qu'elle avait vue dans ses yeux, avec une passion telle qu'elle sut sans le moindre doute qu'il ne la considérait pas comme une simple camarade. Il pensait à elle de la même manière qu'elle pensait à lui.

Et elle sut autre chose, aussi : il était trop tard pour s'échapper.

Il était trop tard. Malgré tous ses efforts, Garek avait été rattrapé par son ancienne vie.

Elle l'avait ramené dans ses filets… A une existence en marge de la loi, où le danger rôdait en permanence.

Probablement devait-il se féliciter que Candace soit partie comme elle l'avait fait. Au moins, ne serait-elle pas entraînée avec lui vers le fond. Il ne savait même pas où elle était allée — seulement qu'elle avait fini de boucler ses bagages à un moment donné dans la nuit et avait disparu.

Son départ lui avait fait plus mal que le coup de poing qu'on venait de lui décocher dans l'estomac. Le souffle coupé, il se plia en deux, mais des bras puissants le forcèrent à se redresser pour que le poing puisse frapper de nouveau. Plus fort.

Un juron lui échappa, accompagné d'un filet de sang. Il n'avait pas de blessures internes ; il s'était juste mordu la langue. Exprès. Il avait reçu de pires raclées que celle-ci, ne serait-ce que de la part de son propre frère. Cela remontait à des années, évidemment, à l'époque où ils n'étaient que des gamins. Il lâcha néanmoins une plainte digne d'un agonisant. A vrai dire, le vieil homme cognait moins fort qu'autrefois. Malgré cela, Viktor Chekov, le parrain de River City, continuait à susciter la crainte autour de lui.

A raison, d'ailleurs. L'homme aux cheveux gris argent était un assassin. Et peut-être sa culpabilité allait-elle enfin pouvoir être prouvée…

D'un mouvement de la tête, Chekov fit signe à ses sbires de le lâcher. Garek se laissa tomber sur le sol.

— Drôle de façon… de dire bonjour…, haleta-t-il.

— A quoi tu t'attendais ? Tu as filé…

— Pas exactement. On m'a mis en taule.

Un muscle tressauta dans la joue flasque de son interlocuteur.

— Pas à cause du travail que tu faisais pour moi.

— Non, admit Garek en se relevant. Mais on m'aurait

peut-être épargné ça si j'avais avoué que je travaillais pour vous. Ou si je vous avais tendu un piège…

Comme il le faisait à présent.

Chekov lui décocha un nouveau coup de poing, visant le menton. Au lieu d'esquiver, Garek encaissa sans broncher, cracha un peu de sang, et s'essuya la bouche du revers de la main.

— Si tu avais fait ça, tu serais déjà mort.

Voilà précisément pourquoi il n'avait ni dénoncé ni trompé Chekov. La peine de prison dont il avait écopé n'avait rien à voir avec le mafieux.

— Je ne vous aurais jamais trahi.

C'était vrai naguère, mais il était un autre homme désormais. Un homme, tout simplement. A l'époque où il avait travaillé pour Viktor, il n'était qu'un gamin désespéré, à la rue.

— Il y a belle lurette que tu es sorti de prison, Garek. Mais, jusqu'à ce soir, tu n'étais jamais revenu à la famille.

Aux yeux de Garek, Viktor Chekov et son organisation n'avaient jamais représenté une famille. Ils avaient profité de sa détresse et des talents que son cambrioleur de père, avant de se retrouver en prison, lui avait transmis.

— J'ai fait une promesse à ma sœur.

Et même si cela avait été difficile par moments, il avait respecté cette promesse, celle de ne plus jamais faire quoi que ce soit d'illégal.

— Je lui ai juré de ne plus jamais sortir du droit chemin.

— Tu travailles pour son mari, Logan Payne, l'ancien flic.

A l'évidence, Viktor s'était renseigné sur lui au fil des années.

— Oui.

Contrairement à Candace, il n'allait pas quitter un poste qu'il aimait, même si une autre mission devait être remplie.

— Dans ce cas, qu'est-ce que tu fais ici ?

Garek essuya le filet de sang qui continuait à couler du

coin de sa bouche. Peut-être Viktor avait-il frappé plus fort qu'il ne l'avait cru tout d'abord.

— Je suis venu vous offrir mes services.

Viktor jeta un coup d'œil à ses deux hommes de main et émit un petit rire.

— Tu crois que j'ai besoin d'un autre garde du corps ?

— Je crois que vous avez besoin d'un bon.

Les deux gorilles le foudroyèrent du regard.

Viktor secoua la tête.

— Je suis parfaitement en sécurité.

— Mais vos proches, non, insista Garek. J'ai entendu dire que vous aviez perdu un des vôtres récemment.

Le muscle tressauta de nouveau dans la joue de Viktor.

— Il est trop tard pour Alexander.

Polinsky avait été assassiné deux jours plus tôt, d'une balle en pleine tête. Les fédéraux étaient convaincus que Chekov l'avait fait exécuter.

— Et Tori ? Vous ne vous inquiétez pas pour sa sécurité ?

En voyant Viktor s'empourprer à l'évocation de sa fille, Garek se prépara mentalement à recevoir un nouveau coup. Mais Viktor ne leva pas la main sur lui. Au contraire, ses épaules s'affaissèrent.

— Tori est en sécurité. Et plus encore si tu n'approches pas d'elle.

Garek hocha la tête.

— Je me suis dit la même chose autrefois.

En réalité, il avait pensé exactement l'inverse, à savoir que *lui* était plus en sécurité loin de Tori. Viktor adorait sa petite princesse au point qu'il tuerait probablement sans hésiter quiconque la rendrait malheureuse. Et Garek ne l'avait jamais vue satisfaite de quoi que ce soit.

— Que fais-tu ici, en vérité ? demanda Viktor en le regardant fixement, comme s'il essayait de lire en lui.

— Je vous l'ai dit. Je veux protéger Tori. Au nom du passé.

Viktor le toisa, soupçonneux.

— Et cette promesse que tu as faite à ta sœur ?

Garek haussa les épaules.

— Nos relations se sont détériorées depuis quelque temps déjà.

— Pourtant, tu continues à travailler pour son mari.

— Logan ne nous a pas menti, à Milek et à moi. C'est Stacy qui a gardé des secrets.

Un secret en particulier qui avait anéanti Milek. Si Garek avait pardonné à sa sœur, il n'était pas sûr que Milek y parvienne un jour.

Viktor acquiesça, l'air de comprendre. Apparemment, il s'était tenu informé non seulement à son sujet, mais aussi en ce qui concernait Milek et Stacy. Une bouffée d'appréhension monta en lui. Il n'avait pas peur pour lui-même, mais il espérait que ses relations passées avec le milieu ne mettaient pas les siens en danger.

— Tori aimerait que je t'engage, reprit Viktor. Les années ont passé, mais je crois qu'elle ne t'a jamais oublié.

Il fit un pas vers lui, la main tendue comme pour serrer la sienne, mais le geste se termina par une gifle.

— Je te préviens. Si tu la fais souffrir de nouveau, ce ne sera pas seulement toi qui en pâtiras, mais tous ceux qui te sont proches.

Un mauvais pressentiment noua l'estomac de Garek. Une fois de plus, il se félicita que Candace ait quitté la ville ; ainsi elle serait hors de danger lorsqu'il ferait tomber le parrain de River City.

2

La serrure émit un léger bruit, deux brefs déclics, puis la poignée tourna. Candace saisit son arme et ôta le cran de sûreté.

Personne ne savait qu'elle avait loué cet appartement dans une station de ski du nord du Michigan, et nul ici ne la connaissait. Qui diable était en train de s'introduire chez elle ?

Garek avait-il retrouvé sa trace comme il l'avait fait ce fameux soir ? Les battements de son cœur s'accélérèrent, et sa main trembla légèrement alors que les souvenirs de cette nuit-là défilaient dans sa mémoire.

C'était de la gêne, songea-t-elle. De l'embarras pour avoir été aussi idiote. Elle ne pouvait pas éprouver de désir. Pas pour Garek Kozminski !

Elle pointa son arme vers la porte. A sa grande déception, ce ne fut pas Garek qui franchit le seuil, mais une femme aux boucles brunes et aux yeux sombres qui leva aussitôt les mains.

— Hé ! Ne tire pas ! lança Nikki Payne en souriant.

— Qu'est-ce que tu fabriques ici ? demanda Candace, interloquée. Et pourquoi as-tu crocheté ma serrure ? C'est Garek qui t'a appris à faire ça ?

— Non, c'est moi qui l'ai fait.

La porte s'était ouverte plus grande, révélant Stacy

Kozminski-Payne. Elle laissa tomber une petite trousse à outils dans son sac à main.

— Personne dans ta famille n'attend que les gens ouvrent eux-mêmes leur porte ?

Stacy haussa les épaules. Avec ses cheveux fauves et ses grands yeux gris foncé, elle ne ressemblait guère à son frère, hormis pour le sourire espiègle qui éclairait son visage.

— Pourquoi t'obliger à te donner cette peine ?

Candace referma le battant derrière elles.

— C'est trop gentil…

Une foule de pensées se bousculaient dans son esprit. Quels événements avaient pu inciter les deux femmes à venir jusqu'à elle ? Ni l'une ni l'autre n'était son amie. Nikki lui en voulait parce que ses frères lui confiaient régulièrement des missions dangereuses alors qu'ils la confinaient au bureau. Quant à Stacy…

C'était peut-être davantage sa faute que celle de Stacy. Voyant en elle une rivale, elle lui avait été hostile d'emblée. En réalité, Stacy avait conquis le cœur de Logan, alors qu'elle-même n'y était jamais parvenue. Il n'avait jamais été attiré par elle autant qu'il l'avait été par Stacy.

Quoi d'étonnant à cela ? Stacy était ravissante, adorable, et bien qu'elle ait donné naissance à une petite fille à peine quelques semaines plus tôt, elle avait déjà retrouvé sa silhouette svelte. Candace aurait voulu continuer à la détester, mais c'était impossible.

Elle se focalisa sur le plus jeune membre de la famille Payne.

— Tu t'es donné du mal pour me trouver, non ?

Depuis qu'elle était enchaînée au bureau, Nikki avait mis son temps à profit pour devenir une experte en informatique.

— Non. Ça a été très facile.

— Vraiment ? Je ne me suis pas servie de mes cartes de crédit.

En partant, elle avait pris soin d'emporter assez d'argent liquide pour subsister des mois durant. Et deux semaines seulement s'étaient écoulées.

— Tu as grillé un feu rouge.

Candace rougit, gênée d'avoir commis une infraction aussi grossière. Elle avait été distraite ; elle pensait à Garek Kozminski.

— C'est vrai, mais je conduisais une voiture de location.

Elle avait été si attentive à couvrir ses traces, si résolue à s'évanouir dans la nature ! Du moins s'en était-elle convaincue, afin de ne pas être déçue si personne ne la retrouvait…

Nikki esquissa une petite moue dédaigneuse.

— Le procès-verbal figure dans ton dossier de conductrice avec l'immatriculation du véhicule concerné. Comme ta voiture a un système GPS, te localiser a été un jeu d'enfant.

En dépit de tous ses efforts…

— Pourquoi m'as-tu cherchée ? Qui t'a demandé de le faire ?

Garek ? Si c'était lui, pourquoi n'était-il pas venu lui-même ?

— C'est moi, dit Stacy.

— Toi ? Mais pourquoi ? Pour t'assurer que je ne reviendrai pas ?

Stacy éclata de rire.

— Je comprends que tu puisses penser ça…

A vrai dire, elle aurait compris que Stacy, qui savait comme tout le monde qu'elle avait été amoureuse de lui, demande à Logan de se débarrasser d'elle.

Quelle épouse verrait d'un bon œil que son mari travaille avec une femme amoureuse de lui ?

Une épouse qui ne doutait pas de la profondeur de l'amour que son mari lui portait…

— En fait, je voulais te persuader de revenir.

Une sorte de panique envahit Candace à la perspective de revoir ses collègues. Elle secoua la tête.

— Non. J'aurais dû m'en aller il y a un an.

— Mais tu ne l'as pas fait.

— J'aurais dû, répéta-t-elle.

Pas parce qu'elle était gênée que tout le monde soit au courant de son faible pour Logan ; elle avait enduré des choses plus pénibles.

En tant que réserviste de l'armée, elle avait été envoyée en Iraq. Ensuite, lorsqu'elle avait rejoint les rangs de la police de River City, elle avait travaillé dans la brigade des mœurs en se faisant passer pour une prostituée. Cela n'avait pas duré très longtemps, car elle n'attirait pas assez de clients. Ses collègues ne s'étaient pas privés d'ironiser, et elle avait été en butte aux plaisanteries. Malgré tout, elle était restée. Jusqu'au jour où Logan avait quitté son poste, et où elle avait décidé de l'imiter.

Non, il y avait pire que cela.

Le chagrin d'amour, par exemple.

Elle aurait dû partir à cause de Garek.

Mais si elle l'avait fait…

Elle se sentit rougir de nouveau et, cette fois, ce n'était pas de gêne. Tout son corps vibrait au souvenir du baiser de Garek et de l'étreinte qui avait suivi.

Autant pour refouler ces souvenirs que pour refuser l'invitation de Stacy, elle secoua la tête.

— Je ne peux pas retourner là-bas. Logan a dû te le dire. Si je n'étais pas partie, il m'aurait renvoyée.

— Tu n'es pas obligée de travailler pour Logan, intervint Nikki.

Candace se mit à rire.

— C'est lui le boss !

Et pas seulement parce qu'il était l'aîné des Payne, mais parce que la création de l'agence avait été son idée. C'était son entreprise.

— Il est P-DG, mais il va franchiser la compagnie,

expliqua Stacy. Après toute la publicité de l'année dernière, il estime qu'il est temps de développer la société pour répondre à la demande.

— Cooper et Parker vont chacun gérer leur propre agence, poursuivit Nikki. Je vais travailler pour Cooper. Tu pourrais faire pareil. Il va former sa propre équipe composée d'anciens membres des marines.

Si Candace n'avait pas fait partie des marines, elle avait été soldat.

— Ou pour Parker, insista Nikki, enthousiaste. Il recrute d'anciens policiers. Tu serais à ta place parmi eux.

— Logan aimerait que tu reviennes travailler pour lui, ajouta Stacy.

Candace secoua la tête une fois de plus. Si cela avait été vrai, il se serait déplacé lui-même. Il n'aurait pas envoyé sa femme et sa sœur la chercher. Peut-être n'était-il même pas au courant de leur initiative.

— Qui va composer son équipe ? demanda-t-elle par simple curiosité.

— Les membres de la famille, répondit Stacy.

— Je n'en fais pas partie. On me l'a fait sentir très clairement.

— C'est pour ça que tu es partie ? Parce que tu trouvais qu'il y avait trop de népotisme dans l'entreprise ?

— Le problème, ce n'est pas les Payne, dit Stacy, prenant Candace de vitesse. C'est les Kozminski. C'est à cause de nous qu'elle est partie.

Candace accusa le coup. Dit ainsi, cela paraissait mesquin. Or, ce n'était pas la raison de sa fuite. En réalité, elle avait eu peur. Elle ne s'en était pas rendu compte jusque-là car jamais encore elle n'avait admis avoir peur. Si elle l'avait fait, elle ne serait pas devenue soldat ni policier.

— Pas à cause de vous tous. Je n'ai rien contre Milek. En fait, j'ai plutôt de la peine pour lui.

Ce fut au tour de Stacy d'accuser le coup.

— J'ai commis une erreur, admit-elle tout bas.

Nikki regarda sa belle-sœur avec affection, même si une pointe de désapprobation se lisait aussi dans ses yeux.

— Tu lui as caché un secret. Un grand secret.

Nikki ne cachait pas qu'elle détestait les secrets et ne comprenait pas que l'on puisse en avoir.

Plus mûre, Candace savait que tout n'était pas toujours aussi simple. Au fil des années, on lui avait confié des secrets qu'elle avait veillé à garder : c'était une des raisons pour lesquelles elle était toujours la camarade, la copine. Elle savait beaucoup de choses, mais ne les divulguait pas.

— Stacy n'était pas libre de le lui révéler, dit-elle.

Une exclamation de surprise échappa à Stacy qui se tourna vers elle.

— Je suis contente que Nikki t'ait retrouvée !

Candace haussa les épaules.

— Peu importe. Je ne vais pas revenir.

Pas à l'agence Payne, en tout cas. Peut-être même pas à River City.

— Pourquoi ? fit Nikki.

Candace soupçonnait Stacy de savoir. Le regard gris de celle-ci était rivé sur elle, l'étudiant intensément. Garek lui avait-il dit quelque chose ?

Elle se sentit rougir. Il n'avait tout de même pas raconté à sa sœur…

Pour échapper à leurs regards, elle se tourna vers la fenêtre. La neige tombait doucement, mais fondait en atteignant le sol. Il faisait étonnamment chaud pour un mois de décembre, si bien que la station de ski était d'un calme inhabituel.

— Je me plais ici.

C'était tranquille, sans danger. Et ennuyeux comme la pluie.

— Pourquoi ? répéta Nikki d'un ton perplexe.

Elle aspirait à une vie plus excitante et se battait depuis

des années pour que Logan accepte de l'envoyer sur le terrain. Elle ne comprenait pas que, parfois, l'ennui était une bonne chose.

— Le paysage est magnifique, commenta Stacy à sa place en s'approchant de la fenêtre. Et c'est calme. Je comprends que cela puisse te plaire.

Candace leur fit face. Il ne lui servait à rien de les ignorer : elles ne s'en iraient pas comme cela. Autant les écouter.

Nikki secoua la tête.

— Moi pas. Il faut que tu reviennes, Candace. L'agence est en plein essor ! Nous avons du travail à revendre. On a besoin de toi.

Stacy se tourna vers sa belle-sœur.

— Peux-tu nous laisser un instant, s'il te plaît ?

Nikki se dirigea vers la porte.

— Si tu veux. J'espère que tu auras plus de succès que moi.

Candace attendit qu'elles soient seules avant de prendre la parole.

— Pourquoi tiens-tu tant à ce que je revienne ?

— Parce que je me fais du souci pour mon frère.

Candace reconnut l'émotion qui perçait dans la voix de Stacy. C'était la peur.

— Je suis en train de le perdre.

— Milek ?

Etait-ce de lui qu'elle parlait ? Candace n'avait rien contre le plus jeune des frères Kozminski ; elle n'avait jamais eu de relation avec lui. Non que l'on puisse qualifier de relation la nuit qu'elle avait partagée avec Garek. Même si ç'avait été une nuit fantastique, inoubliable…

Stacy émit un petit soupir tremblant.

— Je crois que j'ai déjà perdu Milek. Et maintenant, je suis en train de perdre Garek aussi.

— Ils ont démissionné ?

— Non. Ils s'entendent bien avec Logan.

Candace ne put réprimer un sourire. Les hommes étaient si simples ! Ils pouvaient passer en un instant du stade d'ennemis à celui d'amis. Peut-être était-ce pour cette raison qu'elle s'était toujours mieux entendue avec eux qu'avec les femmes.

— Dans ce cas, je ne comprends pas ce que tu attends de moi. Si Logan ne peut pas t'aider à te réconcilier avec eux, ce n'est pas moi qui y parviendrai.

— Je ne te demande pas de m'aider à me réconcilier avec eux.

— Que veux-tu, alors ?

Des larmes brillaient dans les yeux gris de Stacy.

— Je veux que tu m'aides à empêcher Garek de se faire tuer.

Malgré elle, Candace se surprit à prendre la défense de celui-ci.

— Il a affronté des tas de situations dangereuses. Tu n'as pas à t'inquiéter.

— C'est différent, cette fois. Avec ces gens-là…

— A-t-il accepté de protéger cette actrice ?

C'était aussi pour ça qu'elle s'était installée loin du monde, dans un endroit où elle n'avait ni télévision ni connexion Internet. Pour que rien ni personne ne vienne troubler sa paix. Sauf que, malheureusement, elle n'avait pas réussi à trouver la paix…

Stacy secoua la tête.

— Non. Il a envoyé Milek à sa place. Garek avait déjà accepté une autre mission — une mission qu'il s'est trouvé tout seul. Il retourne à sa vie d'avant, Candace. Il travaille pour Viktor Chekov !

Candace aurait dû être satisfaite de voir ses soupçons confirmés. Ne répétait-elle pas sans cesse qu'il n'avait pas changé ? Pourtant, au cours de l'année écoulée, elle l'avait observé de près, d'aussi près qu'il l'avait observée, et jamais elle n'avait noté quoi que ce soit suggérant qu'il était toujours un voleur. Il avait travaillé dur — avec presque autant d'acharnement qu'il en mettait à la taquiner et à flirter avec elle.

Avait-elle vu juste à son sujet ?

Chancelante, elle se laissa tomber sur le coin du canapé. Bien sûr, Garek avait toujours eu cet effet sur elle : ses jambes se dérobaient dès qu'elle le voyait, en dépit de ses efforts pour dominer l'attirance qu'il lui inspirait. Elle aurait dû continuer à se battre.

— Quel rapport y a-t-il avec moi ? murmura-t-elle.

— Il n'a accepté cette mission qu'après ton départ.

A présent, le ressentiment et la colère se lisaient dans le regard de Stacy.

— C'est toi qui l'as renvoyé à son ancienne vie.

— C'est ridicule ! protesta Candace.

Pour que son départ ait eu cet effet sur lui, encore aurait-il fallu qu'il éprouve des sentiments pour elle. Et c'était impossible.

— Je connais mon frère, insista Stacy. Je sais qu'il avait beaucoup d'affection pour toi. Mais tu ne lui as jamais donné la moindre chance.

Ainsi, il n'avait rien dit à sa sœur de cette nuit-là.

— Et il est retourné au milieu qu'il fréquentait autrefois. Ce sont des gens dangereux, Candace.

En tant qu'ancien policier, Candace était bien placée pour le savoir. Bien qu'il ait commis tous les délits possibles et imaginables, Chekov n'avait jamais été arrêté. Peu avant qu'elle s'en aille, elle avait entendu dire que le second de Chekov avait été exécuté. Sans l'annoncer ouvertement, les médias accusaient celui-ci d'être responsable.

— Vraiment dangereux, répéta Stacy, un tremblement dans la voix. Garek a de gros ennuis.

Garek était dans le pétrin, bien plus qu'il l'aurait imaginé. Il n'arrivait pas à chasser Candace de ses pensées, et il ne pouvait se permettre le moindre relâchement de sa concentration — pas alors qu'il jouait un jeu aussi dangereux.

Avait-il été suivi ? Il avait jeté des coups d'œil dans son rétroviseur sans rien remarquer. Cependant, au lieu de la route derrière lui, il ne cessait de voir le visage de Candace, ses yeux bleus écarquillés sous l'effet de la surprise, ses lèvres légèrement gonflées après leur baiser.

Se pouvait-il qu'il ait été filé et ne s'en soit pas aperçu ? Il glissa une main sous sa veste et resserra sa prise sur son arme en descendant du 4x4. Personne ne le prendrait par surprise, mais si quelqu'un voyait celui avec qui il avait rendez-vous…

Dans une ruelle entre deux bâtiments, une lumière s'alluma, puis s'éteignit. Le signal fut répété deux fois.

Il parcourut du regard la zone industrielle déserte. Quelqu'un d'autre avait-il remarqué le clignotement ?

A part celui des flocons que le vent faisait tournoyer dans le ciel nocturne, il ne décela aucun mouvement. Peut-être n'avait-il pas été suivi, finalement. Malgré tout, un étrange malaise l'habitait. Il avait l'impression d'être épié.

Le signal reprit. Evidemment, il était épié par l'homme qui l'attendait…

Garek alla rapidement jusqu'à la ruelle et monta dans la voiture garée là. L'habitacle était plongé dans l'obscurité. L'homme qui lui avait donné rendez-vous connaissait l'importance de la discrétion. Avec son travail, c'était impératif s'il tenait à rester en vie.

Nicholas Rus avait longtemps été un agent infiltré pour le compte du FBI. Avant d'accepter la mission qu'il lui proposait, Garek s'était renseigné sur lui. Peu lui importait que Rus soit apparenté aux Payne, ou qu'avec ses yeux bleus et ses cheveux noirs il ressemble de manière frappante aux jumeaux, Logan et Parker. L'agent du FBI n'avait pas été élevé avec eux, si bien que Garek avait voulu s'assurer de son intégrité. En dehors des Payne, il ne connaissait que peu de gens capables de résister à la corruption.

— Pourquoi es-tu si nerveux ? demanda Rus alors que Garek prenait place dans le fauteuil passager. Je n'ai vu personne arriver derrière toi. As-tu remarqué quoi que ce soit de suspect ?

— Non.

Il scruta le pare-brise teinté, essayant de distinguer l'extrémité de la ruelle.

La neige tombait plus dru à présent, et on n'y voyait pas à plus de quelques mètres. Tant mieux. Si quelqu'un l'avait suivi, il ne verrait rien non plus.

Rus soupira.

— Je suppose que c'est normal. Tu serais idiot de ne pas être sur tes gardes.

— C'est en me laissant persuader de faire ce boulot que j'ai été idiot, grommela Garek.

— Tu es le seul qui puisse réussir. Viktor Chekov n'aurait jamais accepté d'engager un inconnu, et le temps presse. Nous devons récupérer l'arme du crime avant qu'il s'en débarrasse.

— C'est probablement déjà fait. Ce serait un imbécile s'il l'avait encore en sa possession.

Et Viktor Chekov était tout sauf un imbécile.

Rus haussa les épaules.

— Notre témoin dit qu'il l'a encore.

— Peut-être que le témoin ment.

Surtout si le témoin en question était la personne à laquelle Garek pensait. Viktor n'avait pas pu commettre ce crime devant elle.

De nouveau, Rus haussa les épaules.

— C'est pourquoi il nous faut l'arme du crime.

— Il nous faut d'autres preuves. Ou mieux, un aveu.

Car le témoin n'accepterait jamais de donner sa version des faits devant un tribunal. Et pour cause.

Rus lâcha un rire.

— Si tu penses que Viktor Chekov va se confesser, tu es peut-être vraiment idiot.

— Il ne dira rien aux autorités, concéda Garek.

— Tu penses pouvoir le persuader de passer aux aveux ?

Garek secoua la tête.

— Pas exactement. Mais je pourrais l'amener à me menacer, ou à se vanter.

Un muscle tressauta sur la mâchoire de Rus. Bien qu'il n'ait pas été élevé avec ses demi-frères, il partageait certaines de leurs caractéristiques dans les moments de stress.

— Il demande toujours à ses sbires de te fouiller quand tu arrives ?

Garek acquiesça. Ainsi qu'il l'avait fait remarquer, le vieil homme n'était pas un imbécile. Il se méfiait de lui.

Rus poussa un soupir de frustration.

— S'il te surprend à porter un micro, il te tuera.

Garek acquiesça de nouveau. C'était vrai, mais sa vie était le dernier de ses soucis. S'il s'inquiétait, c'était uniquement pour sa famille.

Au moins, Candace était partie. Il n'avait pas à s'inquiéter pour elle.

Il devait seulement essayer de la chasser de ses pensées.

Les mains de Rus se crispèrent sur le volant.

— Je veux coffrer ce type. J'y tiens vraiment. Mais si ta famille savait que tu risques ta vie pour m'aider…

— C'est ta famille aussi, lui fit remarquer Garek.

A vrai dire, les Payne étaient plus apparentés à Rus qu'à lui. Lui n'était qu'un parent par alliance.

Rus secoua la tête.

— Ce n'est pas ainsi qu'ils voient les choses. Certains, du moins.

Garek connaissait suffisamment le clan Payne pour savoir à qui il faisait allusion. Nikki n'avait pas accueilli leur demi-frère à bras ouverts. En revanche, Penny, sa mère, s'était montrée chaleureuse envers lui, en dépit du fait qu'il était la preuve vivante de l'infidélité de son mari.

— Donne-leur du temps, conseilla-t-il.

— S'il t'arrive quelque chose pendant cette mission…

Rus ne termina pas sa phrase, mais son inquiétude était palpable.

Garek ne chercha pas à le rassurer. Il connaissait trop bien Viktor Chekov pour faire des promesses à la légère.

— Dès que j'aurai les preuves qu'il nous faut, je te le ferai savoir.

Si je suis toujours en vie…

Sans doute Rus eut-il la même pensée, car il se pencha vers lui et mit une main sur son épaule.

— J'apprécie que tu aies accepté de m'aider.

Garek haussa les épaules.

— Comme tu l'as dit, personne d'autre n'aurait pu s'en charger.

— Mais tu n'étais pas obligé de dire oui. Tu aurais pu refuser.

En effet. Peut-être l'aurait-il fait si Candace n'avait pas pris la fuite. Mais elle était partie, emportant avec elle toute excuse qu'il aurait pu se donner pour ne pas enfin accomplir son devoir. Ce qu'il aurait dû faire quinze ans auparavant : provoquer la chute de Viktor Chekov.

Il poussa la portière et descendit.

— Je n'ai rien à perdre.

— Et ta vie ?

Garek referma la portière sans bruit et s'éloigna d'un pas vif. Le froid était mordant. Bientôt, ce serait Noël. Avec un peu de chance, sa mission serait terminée d'ici là, et il pourrait passer les fêtes en paix avec les siens.

Et Candace ?

Où était-elle ?

Il avait lu le désir et le trouble dans ses yeux bleus. Elle avait eu envie de lui.

Pourquoi diable était-elle partie ?

Il entendit vaguement la voiture de Rus sortir de la ruelle, mais ne se retourna pas. Ce n'est qu'en arrivant à hauteur de son 4x4 qu'il perçut un bruit de pas derrière lui.

Ainsi, il avait bel et bien été suivi. Espionné.

Exactement comme il l'avait craint.

L'instant d'après, on le poussa violemment par-derrière. Il fut plaqué contre le véhicule, sa tête heurta le métal et, tels des flocons, de petits points lumineux se mirent à danser devant ses yeux, l'aveuglant momentanément.

Allait-il survivre ?

3

Candace était rentrée au bercail. A River City, du moins. Elevée dans une succession de cantonnements militaires, elle n'avait jamais connu de réel foyer. Cependant, elle avait vécu à River City plus longtemps que n'importe où ailleurs, de sorte que cette ville était sans doute ce qui s'approchait le plus pour elle d'un chez-soi.

D'une main tremblante, elle mit la clé dans la serrure et déverrouilla, hésitant avant d'ouvrir la porte.

Il était parti.

Evidemment ! Après tout, deux semaines s'étaient écoulées, et elle savait ce qu'il avait fait durant cette période. Plus ou moins. Dans la mesure où quiconque savait jamais ce que Garek Kozminski faisait…

Elle entra avec précaution et alla directement dans sa chambre.

Des vêtements gisaient sur le sol et, sur le lit, les draps de soie étaient froissés, tels qu'ils les avaient laissés. La rougeur lui monta aux joues. Qu'avait-elle fait ? Pourquoi diable était-elle revenue ici ? Sur les lieux du crime !

A l'endroit où elle avait connu la nuit la plus excitante de sa vie.

Elle retint son souffle un instant puis lâcha un soupir saccadé, comme le soir où il l'avait embrassée. Elle aurait dû l'arrêter tout de suite. Mais il la regardait comme personne ne l'avait jamais regardée, avec tant de passion, tant de désir… Au lieu de le repousser, elle avait noué les bras autour de son cou et lui avait offert ses lèvres pour un nouveau baiser.

Elle avait été stupide ce soir-là. Et elle l'avait été plus encore de revenir. Garek Kozminski avait obtenu d'elle ce qu'il voulait. Il ne voulait rien de plus, sinon il se serait mis lui-même à sa recherche.

Elle ne doutait pas de la parole de Stacy, mais elle n'aurait pas dû se laisser persuader par elle. Et, si Garek était retourné à sa vie d'antan, pourquoi n'avait-elle trouvé aucun indice suggérant qu'il n'avait jamais cessé de commettre des délits ? Etait-il donc si talentueux, pour n'avoir jamais été pris sur le fait ?

Ou si chanceux ?

S'il s'était vraiment remis à travailler pour Chekov, sa chance n'allait sans doute pas tarder à l'abandonner. Stacy avait eu raison de dire qu'il était en danger. Mais que pouvait-elle faire pour le convaincre de renoncer à des activités criminelles ? Ou pour le protéger ?

En revenant, elle n'avait fait que mettre son cœur — et peut-être aussi sa vie — en danger.

— Qu'est-ce que tu fabriques, bordel ? s'exclama Garek en reconnaissant celui qui venait de le projeter contre le flanc du véhicule.

— Et toi, qu'est-ce que tu fabriques, bordel ? rétorqua Milek avec colère.

Garek cilla. Oui, c'était bien son frère. Pourtant, Milek ne s'énervait jamais, ne perdait jamais son sang-froid, même quand cela aurait été parfaitement justifié.

— Qu'est-ce qui ne va pas ?

Milek le repoussa sans ménagement contre la voiture.

— Qu'est-ce qui ne va pas ? répéta-t-il.

— Je ne vois pas ce que tu veux dire, lança Garek. Et d'ailleurs, qu'est-ce que tu fais ici ? Tu m'as suivi ?

Milek lâcha un petit rire méprisant.

— Qu'est-ce que tu crois ? Evidemment que je t'ai suivi ! Tu n'es pas aussi bon que tu l'imagines.

— C'est moi qui t'ai tout appris, lui rappela Garek. Et j'aurais peut-être remarqué que tu me filais si j'avais su que tu étais déjà de retour.

Milek avait accepté la mission que Candace n'avait pas voulu qu'il ait : la protection de l'actrice. Pourquoi avait-elle réagi ainsi ?

Elle avait refusé de le lui expliquer. Et si c'était par jalousie ?

Non. Si elle avait éprouvé quelque chose pour lui, elle n'aurait pas disparu comme elle l'avait fait, en pleine nuit. Si elle l'avait vraiment désiré, elle ne l'aurait pas quitté.

— La fille ne courait aucun danger. C'était juste un stratagème pour se faire de la pub.

Exactement ce que Candace avait soupçonné. Elle était si perspicace… Comment se faisait-il qu'elle n'ait pas compris les sentiments qu'elle éveillait en lui depuis près d'un an ?

— Et il t'a fallu deux semaines pour t'en rendre compte ?

Milek secoua la tête.

— Deux minutes.

— Tu as fait durer le plaisir pour profiter du soleil californien ?

Garek désigna la neige d'un geste.

— C'est compréhensible…

Il était tenté de le taquiner au sujet de l'actrice, mais il était encore trop tôt pour l'asticoter à propos des femmes.

— Je serais peut-être resté plus longtemps si Stacy ne m'avait pas appelé.

Garek le regarda, partagé entre la frustration et la compassion à l'égard de leur sœur.

— Je lui avais dit de te laisser du temps.

— Elle n'a pas appelé pour ça.

« Ça », c'était l'événement qui avait détruit la vie de son frère. Il n'était guère étonnant qu'il ne veuille pas en parler ; sans doute n'en était-il pas capable.

Garek l'avait encouragé à le faire quelquefois, si bien que Milek avait fini par lui demander de quitter le loft qu'ils partageaient. Il avait alors loué un petit appartement en attendant de trouver un logement plus permanent.

— Elle voulait me parler de toi, reprit Milek.

— Il me semble plutôt qu'elle cherchait une excuse pour se réconcilier avec toi, dit Garek avec un petit rire.

Il ne pouvait en vouloir à Stacy d'essayer.

— Non. Elle ne voulait pas m'appeler. Donc, elle a hésité avant de le faire, peut-être trop longtemps. Jusqu'où t'es-tu engagé ?

Le souffle coupé, Garek se força à prendre une inspiration avant de répondre.

— Je… je ne sais pas de quoi tu parles.

Milek le repoussa, mais il était déjà plaqué au 4x4.

— Tu as recommencé à travailler pour Viktor Chekov.

— Pas comme avant.

Une pointe de douleur le traversa à la pensée que son frère et sa sœur avaient supposé que tel était le cas. Ne le connaissaient-ils donc pas mieux que ça ? Il pouvait comprendre que d'autres aient une piètre opinion de lui ; il n'avait rien fait pour rectifier les préjugés que certains nourrissaient à son égard. Au contraire, il avait même pris un malin plaisir à jouer le rôle du mauvais garçon avec Candace.

— C'est une mission. De protection.

Milek lâcha un juron.

— Tu as apporté Viktor à l'agence comme client. Tu t'es débrouillé pour être chargé de cette mission. Alors, je vais te poser la question de nouveau : qu'est-ce que tu fabriques, bordel ?

Garek ouvrit la bouche pour s'expliquer, prêt à lui livrer la version qu'il avait donnée à Logan pour lui faire accepter les Chekov comme clients. Mais Milek savait que, contrairement à ce qu'il avait affirmé à Logan, il n'avait pas été amoureux de Tori. Il saurait aussitôt qu'il mentait.

— Je ne suis pas censé le dire à quiconque.

— C'est ce que t'a raconté le type que tu viens de retrouver dans la ruelle ?

Ainsi, Milek n'avait pas vu Rus. Pour protéger l'identité de l'agent, Garek était libre de mentir. Il hésita.

— Tu ne crois pas qu'on m'a caché assez de choses comme ça ?

La question fit plus mal à Garek que le coup que Milek lui avait donné pour le plaquer à la voiture. Il hocha la tête.

— Si. Mais c'est difficile d'être ouvert et honnête quand on est un agent infiltré.

Milek se détendit visiblement et poussa un soupir de soulagement.

— Tu viens de retrouver l'agent spécial Nicholas Rus.

— Personne ne doit le savoir.

— Tu essaies de coincer Chekov, c'est ça ? demanda Milek, de nouveau tendu

La colère était revenue dans sa voix.

— T'es dingue ?

— Peut-être.

Mais un homme avait été assassiné. Récemment. Et d'autres avant lui. Autant de vies que Garek aurait pu sauver s'il avait dénoncé Chekov quinze ans plus tôt. A l'époque, il n'en avait pas eu le courage ; il n'était alors qu'un adolescent effrayé qui avait cédé face aux menaces. A présent, il était un homme. Il savait que, si Chekov n'était pas arrêté, d'autres vies seraient perdues.

— Il faut que quelqu'un le fasse, reprit-il. Sinon, il va continuer à tuer.

— A tuer…, répéta Milek.

Garek aurait voulu ravaler ses paroles ; il n'aurait pas dû évoquer un sujet si douloureux pour son frère.

— Excuse-moi…

— C'est trop dangereux, Garek, le coupa Milek.

— Je sais. Et pas seulement pour moi. Il m'a menacé. S'il découvre que je l'ai trahi, il s'en prendra à ma famille aussi. A tous ceux que j'aime, murmura Garek avec un frisson.

Il se souvenait de la froideur avec laquelle Viktor avait émis cette menace. De son ton presque désinvolte.

Ce n'étaient pas des paroles en l'air.

— Ne t'inquiète pas pour moi, dit Milek. Je suis capable de me défendre.

— Et Logan protégera Stacy, comme il l'a déjà fait, ajouta Garek, cherchant à se rassurer.

— Cela dit, je ne suis pas le seul à qui Stacy a demandé de l'aide.

Garek haussa les sourcils.

— Qui d'autre y a-t-il ?

Depuis le jour où leur père avait été envoyé en prison, il n'y avait eu qu'eux trois. Ils ne pouvaient pas compter sur leur mère. Elle les avait abandonnés alors qu'ils étaient tout jeunes et, plus tard, elle avait témoigné contre eux. Sans son intervention, il ne serait pas allé en prison, et Milek n'aurait pas été enfermé dans un centre de détention pour mineurs.

— Candace. Stacy l'a cherchée pour la convaincre de revenir à River City.

— Bon sang !

Il adorait Stacy, mais elle avait la sale manie de se mêler de ce qui ne la regardait pas. A cause d'elle, Milek avait perdu tout ce qui comptait pour lui. Quel serait le prix de son intervention pour lui ?

Candace ?

Logan ne pouvait détacher son regard de sa femme dont la beauté ne cessait de le subjuguer. A vrai dire, il était tout aussi impressionné par son pouvoir de persuasion.

— Comment as-tu fait ?

Stacy marqua une pause, les doigts sur les boutons de son chemisier.

— C'est toi qui l'as fait ! lui fit-elle remarquer. Tu t'es jeté sur moi à l'instant où je suis entrée dans ton bureau.

— C'est vrai, admit-il en souriant, avant d'effleurer ses lèvres des siennes. Parce que tu es irrésistible. Superbe. Fantastique.

Stacy lui rendit son sourire.

— Je t'aime.

— Moi aussi, je t'aime.

Il l'attira à lui et appuya son front contre le sien.

— Tu m'as manqué.

— On dirait…, le taquina-t-elle en désignant les papiers éparpillés sur le sol. Pourtant, je n'ai été absente que deux jours.

— Deux jours de trop.

Elle hocha la tête.

— Oui.

La déception se lisait dans ses yeux gris foncé. Elle recula d'un pas et soupira.

— Et tout ça pour rien. Je n'ai pas pu persuader Candace de revenir.

Il glissa un doigt sous son menton et l'obligea à relever la tête.

— Au contraire. Tu as été si convaincante qu'elle est déjà revenue.

— C'est vrai ?

Le regard de Stacy se mit à briller, et son visage s'illumina d'un grand sourire.

— Elle a dû faire ses bagages sur-le-champ. Nikki et moi avons fait une halte en route pour quelques achats de Noël.

— Nikki, évidemment…

Stacy arqua un sourcil.

— Tu te demandais comment j'avais fait pour retrouver Candace toute seule ?

— Pas du tout, répondit-il, sincère.

Sa femme était aussi intelligente que belle.

— Je n'avais pas de temps à perdre, c'est pourquoi j'ai demandé de l'aide à Nikki.

Sa sœur était aussi brillante que son épouse. Pourquoi ne se contentait-elle pas de faire ce qu'elle faisait si bien au lieu de le harceler en permanence pour qu'il lui confie des missions de terrain ?

— Pourquoi étais-tu si pressée de faire revenir Candace ? demanda-t-il soudain. Je sais que je me suis plaint de son départ, mais…

Elle sourit et lui caressa la joue.

— Tu crois que je l'ai fait pour toi. C'est mignon.

Il sourit.

— Et il est clair que je me trompe. Alors, explique-moi pourquoi tu tenais tant à la retrouver !

Stacy laissa sa main sur la joue de Logan et lui adressa un sourire empreint de pitié.

— Les hommes sont si aveugles…

Il était habitué à ce qu'elle le taquine sans merci. Durant toute leur adolescence, ils s'étaient chamaillés comme chien et chat. Si seulement il avait compris plus tôt que la colère et l'exaspération qu'il éprouvait alors étaient en réalité de l'attirance et de la passion…

— Qu'est-ce qui m'échappe ?

— Candace n'est pas revenue pour son travail.

Il fronça les sourcils, perplexe.

— Ah bon ? Dans ce cas, pourquoi m'a-t-elle demandé si elle pouvait reprendre son poste ?

Car elle l'avait fait, même s'il avait compris ce qu'il lui en coûtait de ravaler sa fierté pour lui poser la question.

Stacy haussa les épaules.

— Je suppose qu'elle a besoin de gagner sa vie. Mais ce n'est pas sa vraie raison ; elle est revenue pour Garek.

Logan lâcha un juron, et le sourire de Stacy se crispa légèrement.

— C'est une bonne chose, affirma-t-elle.

— Non, je ne crois pas.

— Tu penses qu'elle est trop bien pour mon frère ?

Il lut dans son regard que sa réaction l'avait blessée et jura de nouveau.

— Ce n'est pas ça du tout. Tu sais que j'aime beaucoup tes frères.

Ce n'avait pas toujours été le cas. Au fil du temps, il avait appris à les connaître et à les apprécier. Il avait admiré leur détermination à reconstruire leur vie. Ils lui avaient aussi apporté de précieux contacts. C'était précisément pour cette raison qu'il n'avait pu refuser à Garek de prendre Chekov comme client lorsque ce dernier lui en avait fait la demande — surtout après qu'il eut expliqué pourquoi.

— Seule Candace peut le persuader de s'éloigner de Chekov, insista Stacy en réprimant un frisson de dégoût à la mention du gangster.

— Qu'est-ce qui te fait dire ça ?

— C'est à cause d'elle qu'il est retourné à cette vie-là. Il a été anéanti par son départ.

Logan eut une mimique sceptique.

— Rien ne peut anéantir Garek. C'est l'homme le plus solide que je connaisse.

— Elle l'a fait.

Il secoua la tête.

— Tu te trompes.

— Il était fou d'elle.

— Garek flirte avec toutes les femmes. Même ma mère !

Stacy gloussa.

— Penny est ravissante. Mais avec Candace, c'était différent. Il a essayé de devenir un meilleur homme pour elle. Il n'est pas sorti avec une seule femme depuis un an. C'est pour ça qu'il a été bouleversé quand elle est partie — et qu'il est retourné à sa vie d'avant.

Logan la regarda, songeur. Il devait trouver un moyen de rapprocher Stacy de ses frères. A l'évidence, elle s'était tellement éloignée d'eux qu'elle ne les connaissait plus du tout.

— Non. Ce n'est pas pour ça qu'il l'a fait, dit-il doucement.

— Ah non ?

Elle fronça les sourcils et le dévisagea, comme si elle le soupçonnait de lui avoir caché quelque chose.

— Qu'en sais-tu ?

— Garek m'a expliqué pourquoi il voulait cette mission auprès de Chekov. Pour protéger Tori Chekov.

Stacy haussa les épaules.

— Pourquoi ?

— Parce qu'il est amoureux d'elle.

Il entendit une exclamation étouffée qui n'avait pas jailli des lèvres de sa femme. Il se tourna vers la porte de son bureau, qui était ouverte. Avaient-ils oublié de la fermer ? Il avait été si excité en revoyant Stacy qu'il ne s'en était même pas rendu compte.

Candace Baker se tenait sur le seuil, le visage blême, ravagé par le choc. A cet instant, il comprit que sa femme avait vu juste sur un point au moins.

Candace était revenue pour Garek.

4

Candace avait eu sa dose de calme à la station de ski. Peut-être en avait-elle eu besoin alors, l'ennui compensant l'excitation qu'elle avait connue et laissée derrière elle. A présent, en revanche, elle avait besoin de bruit, et de bruit assez fort pour noyer la petite voix dans sa tête qui la traitait d'imbécile.

Elle se trouvait dans une boîte de nuit du centre-ville. La musique assourdissante se réverbérait dans tout son corps, pulsant au même rythme que son cœur.

Son cœur qui battait à tout rompre depuis qu'elle l'avait vu.

En son for intérieur, elle avait deviné que Garek serait là, vu que le club appartenait à Chekov. C'était probablement pour cette raison qu'elle était rentrée chez elle après avoir surpris la conversation de Logan et Stacy à l'agence. Elle s'était changée, en s'efforçant de se convaincre qu'elle avait besoin de se sentir séduisante pour se réconforter.

En réalité, elle voulait donner des regrets à Garek.

Comme s'il se souciait d'elle !

Il n'avait pas cherché à la trouver. Maintenant, elle savait pourquoi : il était retourné à la fille qu'il aimait depuis l'adolescence. Du moins était-ce l'avis de Logan. Stacy l'avait contredit, mais il était évident que Garek s'était confié à son mari. Et Logan avait trahi cette confidence parce qu'il ne voulait pas que sa femme souffre.

Pourtant, elle était là, dans ce club, à se torturer à la vue de Garek et de sa petite amie. Elle observait le couple en sirotant son verre. Ils étaient assez loin d'elle, attablés sur une plate-forme au bord de la piste tandis qu'elle était installée sur un tabouret au bar.

Elle avait eu de la chance qu'un homme lui cède sa place ; il lui avait même offert un Martini. Il se tenait à côté d'elle, la bouche collée à son oreille pour essayer de se faire entendre. Mais elle n'entendait rien, et ce n'était pas à cause de la musique.

Tori Chekov était aussi jolie qu'elle l'avait soupçonné. Petite, bien faite, avec de longs cheveux blonds bouclés. Personne ne traiterait cette femme comme une copine.

Pourtant, Garek…

Contrairement à son habitude, il ne flirtait ni ne plaisantait. Il semblait tendu, sur les nerfs, plus attentif à ce qui l'entourait qu'à sa compagne. Il se comportait comme s'il était en mission, et non de sortie avec sa petite amie.

Tout de noir vêtu, ses cheveux blonds reflétant les lumières des stroboscopes, il était élégant, plus sexy que jamais. L'espace d'un instant, elle le revit étendu dans son lit, nu et baigné du clair de lune.

Comment avait-elle pu l'abandonner ainsi ? Partir sans un au revoir ?

En garde du corps vigilant, il poursuivait méthodiquement son observation des clients du club, jaugeant les risques éventuels, lorsque son regard se posa tout à coup sur elle.

L'air entre eux se mit aussitôt à vibrer. Le courant était si palpable qu'elle eut envie de prendre ses jambes à son cou.

Et, cette fois, de ne plus s'arrêter.

— Bon sang !

Garek s'était levé d'un bond, les mots jaillissant de ses lèvres avant qu'il ait pu les retenir.

Un des sbires de Chekov porta instantanément la main à l'arme dissimulée sous sa veste.

— Un problème ?

Tori le saisit par le bras.

— Que se passe-t-il, Garek ?

Il secoua la tête.

— Rien. Il n'y a pas de problème.

En fait, son problème était assis au bar. Sa courte robe bustier rouge, si moulante que tous les hommes la dévoraient des yeux, dévoilait des jambes interminables et terriblement sexy.

L'un de ses voisins de bar mit la main sur son épaule nue. Submergé de rage et de jalousie, Garek serra les dents. Il avait envie de se ruer sur ce type et de le réduire en miettes pour avoir eu l'audace de toucher sa femme.

Parce que Candace lui appartenait.

Hélas ! il ne pouvait rien faire. Pas sans mettre la vie de Candace en danger. Même en prison, Viktor Chekov resterait dangereux — d'autant plus dangereux qu'il serait assoiffé de vengeance.

Et Chekov décidait de le faire souffrir…

Il souffrait déjà, en proie au désir et à la peur pour Candace. Jamais il n'avait désiré une femme à ce point. Faire l'amour avec elle l'avait rendu encore plus fou d'elle. Son corps palpitait de l'envie d'être de nouveau avec elle, en elle. Ils étaient si bien assortis…

— Tu veux que je te débarrasse d'elle ? fit une voix dans son oreillette.

Il porta un doigt légèrement tremblant à son écouteur.

— Quoi ?

— Je peux te débarrasser d'elle.

D'abord choqué, Garek se ressaisit. Son interlocuteur n'était pas un des hommes de main de Chekov, mais son propre frère, qui lui offrait son aide.

Cela ne signifiait pas que Candace s'en sortirait indemne. Et, la connaissant, Milek non plus s'il essayait de lui faire quitter le club contre son gré. Elle n'irait nulle part à moins de le vouloir ; elle était forte et têtue comme une mule.

Pourquoi l'avait-elle quitté ce soir-là ?

Il voulait savoir. Il devait savoir.

— Je m'en occupe, dit-il, bien que doutant de sa capacité à faire mieux que son frère. Surveille Tori pour moi.

La main de celle-ci se resserra sur son bras.

— Personne n'a besoin de me surveiller, lâcha-t-elle du ton sec qu'elle employait avec lui depuis son retour.

Elle ne l'avait pas accueilli à bras ouverts. En fait, il se demandait lequel, du père ou de la fille, il devait redouter le plus. Viktor avait accepté son explication. Tori, pour sa part, ne voulait pas l'entendre. C'était tout juste si elle lui avait adressé la parole en deux semaines, ce qui était finalement une bonne chose puisqu'elle se montrait extrêmement désagréable lorsqu'elle s'y abaissait.

— C'est pour ta protection, lui rappela-t-il.

Elle lui lâcha le bras et se cala dans son fauteuil. Pourquoi diable avait-elle tenu à venir dans ce club ? Elle ne dansait pas, ne buvait pas, et ne paraissait même pas apprécier la musique. A vrai dire, elle ne semblait prendre aucun plaisir à la vie. Mais, au fond, n'avait-elle pas toujours été ainsi ?

Il ne se souvenait pas d'avoir vu Tori Chekov heureuse, même plus jeune. Enfant, il n'avait pas eu de chance. Son père et son oncle l'avaient inclus dans l'entreprise familiale dès son plus jeune âge. Puis, quand son père avait été envoyé en prison, il s'était mis au service du père de Tori. Celle-ci, en revanche, n'avait jamais été obligée de travailler.

Chekov avait toujours veillé à satisfaire le moindre de ses désirs.

Alors pourquoi n'était-elle pas heureuse ?

A cet instant, Milek s'approcha de la table. Tori lui adressa un sourire radieux.

— Ça me fait plaisir de te voir. Viens t'asseoir avec moi, lui dit-elle.

Le front plissé par la perplexité, Milek s'exécuta. C'était la première fois que Tori se montrait si amicale envers lui. A moins qu'il ne s'inquiète à la perspective de le voir parler à Candace, songea Garek. Ou pire, l'embrasser.

En réalité, il voulait faire bien plus que l'embrasser. Il voulait faire tout ce qu'il lui avait fait ce soir-là, encore et encore.

Mais elle l'avait fui.

Elle ne semblait pas vouloir le fuir ce soir, et c'était tant mieux parce que Milek avait mis un temps infini à venir le relayer.

Le club étant bondé, Garek dut jouer des coudes pour se frayer un chemin dans la foule. Un instant, il la perdit de vue et craignit qu'elle se soit esquivée, puis il la vit de nouveau, toujours assise sur son tabouret, ses longues jambes croisées. Elle avait verni ses ongles du même rouge que sa robe, et souriait en regardant l'homme debout à côté d'elle.

La jalousie déferla en Garek. Il avait eu l'arrogance de penser qu'elle était venue ici pour le voir. S'était-il trompé ?

Il ne serait pas venu avec elle dans un endroit aussi bruyant. Il aurait choisi un lieu tranquille et intime : sa chambre, par exemple.

Il brûlait de l'y emmener sur-le-champ. Il fit un pas en avant et écarta l'homme d'un coup d'épaule. Sa manœuvre mit sa cuisse en contact avec celle de Candace, et son corps se raidit de désir.

— Hé ! fit l'inconnu.

Garek se tourna vers lui et, pour une fois, laissa transparaître ses véritables sentiments. Il leva aussi légèrement le bras, révélant l'arme qu'il portait dans son holster.

Le type recula d'un pas.

— Excuse-moi, vieux. Je ne savais pas que c'était ta copine.

— Je ne suis pas sa copine ! lança Candace dans son dos.

Soit il ne l'entendit pas, soit il ne la crut pas, toujours est-il qu'il s'empressa de se fondre dans la foule.

Avant de faire de nouveau face à Candace, Garek reprit son masque souriant et sûr de lui.

— Je viens d'apprendre que tu étais de retour, dit-il d'un ton dégagé, comme si son cœur ne battait pas follement.

Il était si près d'elle que sa poitrine lui effleura le bras lorsqu'elle soupira.

— Je n'aurais pas pensé que cet endroit serait ta première destination.

Elle regarda son Martini et promena le doigt sur le bord de son verre.

— Tu ne me connais pas. Comment saurais-tu quel genre d'endroits je fréquente ? Peut-être que je viens ici régulièrement.

Dans sa robe rouge sexy, avec ses cheveux noirs brillants et ses lèvres peintes, elle ressemblait aux autres clientes, mais il sentait bien qu'elle n'était pas plus à l'aise dans cet endroit qu'il ne l'était dans son rôle. Luttant vaillamment contre la gêne, elle releva le menton et le foudroya de son regard bleu.

— Je pourrais être une habituée, insista-t-elle.

Il ne put retenir un petit rire. Il adorait sa susceptibilité. Peut-être était-ce pour cette raison qu'il avait passé un an à la provoquer, à essayer d'obtenir une réaction de sa part. D'attirer son attention. Elle lui avait manqué. Vraiment manqué.

— Tu as tort. Je te connais, affirma-t-il.

En fait, il s'était appliqué à tout découvrir sur elle, tout en veillant à ne lui révéler que le minimum le concernant.

Elle secoua la tête.

— Non. Mais, moi, je te connais.

Elle était obligée de parler fort à cause de la musique. Quelqu'un risquait de l'entendre malgré le vacarme, et il valait mieux que nul ne sache à quel point ils étaient proches. Ou l'avaient été…

Personne ne devait savoir à quel point elle comptait pour lui. Pas même elle. Il cessa donc de sourire et afficha un autre masque, celui de la froideur.

— Si tu me connaissais vraiment, tu saurais que ce n'était pas une bonne idée de venir ici.

— Je ne suis pas ici pour toi, répliqua-t-elle d'un ton si méprisant qu'il faillit la croire.

Il jeta un coup d'œil vers la foule dans laquelle son compagnon venait de disparaître.

— Ne me dis pas que ce nullard était avec toi !

Elle montra son Martini.

— Il m'a offert un verre.

— Tu es venue ici pour ramasser des types ?

— Pourquoi pas ? lança-t-elle en haussant ses ravissantes épaules.

Parce qu'elle était à lui.

— C'est pour ça que tu es rentrée à River City ? Pour ramasser des inconnus dans les bars ?

Elle le fusilla du regard.

— Tu dis ça comme si tu ne m'en croyais pas capable.

Il n'avait pas eu l'intention de lui lancer un défi. Il savait pertinemment qu'elle pouvait séduire quiconque lui plaisait. Y compris lui…

Et il n'aurait pas dû se laisser troubler par elle. Pourtant, son corps vibrait d'excitation.

— Je dis ça parce que je me demande pourquoi tu ferais une telle chose.

— Parce que je crois que c'est plus sûr que de prendre des risques avec un homme que je connais.

Elle soupira puis ajouta :

— Les hommes que je connais me déçoivent toujours.

Il ouvrit la bouche pour lui faire remarquer qu'elle ne lui avait pas donné le temps de faire ses preuves. Une année durant, elle l'avait tantôt ignoré, tantôt provoqué. Quand il avait enfin réussi à se rapprocher d'elle, elle s'était enfuie.

— Peut-être que tu ne les connaissais pas vraiment.

Elle rencontra son regard et le soutint un long moment avant de hocher la tête.

— Peut-être pas, en effet…

Elle se tortilla pour descendre du tabouret ; leurs corps se frôlèrent.

Il se remémora cette nuit-là, comme ils avaient été proches, peau contre peau. Son cœur manqua un battement. Soudain, il fut incapable de parler, de respirer. Mais un avertissement résonna à son oreille.

— Tu as un problème !

Il le savait déjà. Cependant, en levant les yeux, il constata que Viktor était sorti de son bureau. S'il remarquait Candace…

Elle se pencha vers lui et murmura :

— … ou peut-être que je les connaissais trop bien.

Il secoua la tête.

— Si c'était le cas, tu ne serais pas revenue. Tu aurais continué à t'enfuir.

Ses yeux bleus étincelèrent de colère. Elle ne chercha pas à nier.

Il s'effaça pour la laisser passer.

— Cours, Candace. Cours…

Elle lui lança une injure abominable. C'était tout Candace. Elle s'était battue à l'étranger, battue dans son propre pays. C'était la femme la plus forte qu'il connaisse. Pourtant, il remarqua un léger voile brillant sur ses yeux. Il l'avait blessée, et il s'en voulut. Toutefois, au lieu de tendre la main vers elle, il serra les poings et résista.

Il devait la laisser partir.

La tête haute, elle passa devant lui sans lui accorder un autre regard. Comme si elle ne le connaissait pas. Comme s'il lui était totalement indifférent…

Avait-elle éprouvé quelque chose pour lui ? Etait-elle revenue à cause de ce que Stacy lui avait dit ? Pour essayer de le sauver de lui-même, de Chekov ?

Venait-il de gâcher à jamais toute possibilité d'une relation entre eux ?

De même qu'il avait réprimé la tentation de la toucher, il se fit violence pour ne pas la suivre des yeux. Il se détourna, et son regard croisa celui de Viktor Chekov. Cet homme évitait la prison depuis des lustres parce que rien ne lui échappait. Il savait déceler et exploiter les faiblesses de ses ennemis.

Avait-il découvert la sienne ?

Les yeux de Candace la piquaient. Ce n'étaient pas des larmes, non, c'était juste que le froid l'avait surprise. Elle avait récupéré son manteau et ses bottes au vestiaire, mais la bise qui soufflait lui arrachait des frissons.

Elle aurait pu recourir aux voituriers du club, mais avait renoncé à cette idée afin d'avoir accès à son véhicule rapidement en cas de besoin. Cela dit, longer deux pâtés d'immeubles et traverser une ruelle n'était pas exactement ce que l'on pouvait appeler un accès facile. Un long frisson la secoua, et elle cilla. Pas pour refouler les larmes : pour chasser les flocons de neige.

Déjà, ses cheveux et son manteau étaient imprégnés

d'humidité. Mais ce qui la glaçait le plus, c'était de penser aux paroles et au comportement de Garek.

Il n'avait pas voulu qu'elle revienne.

Elle avait essayé de faire comme s'il ne s'était jamais rien passé entre eux, et il ne lui était pas venu à l'idée qu'il pourrait faire de même. Elle n'avait pas décelé le moindre souvenir de leurs étreintes dans ses yeux. Il l'avait regardée comme s'il ne l'avait jamais tenue dans ses bras, entièrement nue.

Comme si cette nuit n'avait jamais eu lieu.

L'avait-elle rêvée ?

Garek Kozminski la faisait douter d'elle-même. Elle avait cru bien le connaître, et peut-être était-ce le cas. Peut-être était-ce pour cette raison qu'il l'avait repoussée ainsi. Il ne voulait pas qu'elle soit trop proche de lui.

Quoi qu'il en soit, ce n'était pas à cause de Tori Chekov. Elle n'avait pas décelé d'amour pour cette fille en Garek. Par conséquent, il avait menti à Logan sur ses raisons de vouloir travailler pour Chekov.

Pourquoi ? Que mijotait-il réellement ?

Elle descendit du trottoir pour traverser la ruelle. Sa voiture était garée de l'autre côté, dans une autre rue.

Entre les immeubles, la neige était plus épaisse, et il faisait plus sombre. Elle dérapa tout à coup et retrouva **in extremis** son équilibre. Un petit cri de surprise et de soulagement lui échappa. Elle reprit sa marche d'un pas précautionneux.

Soudain, une ombre surgit. Instinctivement, elle tendit la main vers son sac, à la recherche de son arme. Trop tard.

Le sac glissa sur son épaule et tomba dans la neige, le pistolet encore à l'intérieur. Elle n'avait rien pour se défendre. Les membres engourdis à cause du froid, elle fut incapable de repousser son assaillant. Il était grand, et ses mains puissantes se refermèrent sur son cou. Elle ne pouvait voir son visage, car il portait un masque de ski.

Pourquoi avoir pris cette peine ? se demanda-t-elle confusément. Il était évident qu'il n'avait pas l'intention de lui laisser la vie sauve.

5

La sensation de malaise lui comprimait la poitrine tel un étau depuis qu'il avait vu briller des larmes dans les yeux de Candace. Elle avait beau feindre une assurance à toute épreuve, elle était vulnérable.

Et il l'avait blessée.

Déchiré par le remords, il avait soudain été envahi par un autre sentiment, glaçant : la peur.

Ignorant Viktor qui lui faisait signe de le rejoindre, il se dirigea vers la sortie et s'adressa aux deux voituriers.

— Etes-vous allé chercher une voiture pour une très belle femme…

— Beaucoup de très belles femmes fréquentent le club de M. Chekov, observa l'un des employés d'un ton sarcastique.

— Celle-ci était vraiment superbe. Grande, mince, très brune, vêtue de rouge…

Le plus jeune claqua des doigts.

— Oh ! Elle…

Son camarade soupira.

— Non. Nous n'avions pas garé sa voiture. Elle est partie à pied.

— De quel côté ?

Le voiturier désigna la gauche.

— Vous en êtes sûr ? Il n'y a pas de parking, par là.

L'homme haussa les épaules.

— Elle a dû se garer dans la rue.

Elle n'avait pu le faire à proximité de la boîte de nuit. Ces places-là étaient déjà prises — elles l'étaient à toute heure du jour et de la nuit. Même quand le club était fermé, Viktor y menait ses affaires. C'était peut-être là que son second avait été assassiné ; le corps avait été retrouvé dans une poubelle non loin.

Garek s'élança dans le froid.

— Hé ! Monsieur Koz ! lança le jeune. Et votre manteau ?

Il se moquait bien du froid. Il n'avait qu'une idée en tête : retrouver Candace avant qu'il lui arrive malheur. Des empreintes étaient visibles dans la neige. Plus d'une série. Etait-elle accompagnée, ou avait-elle été suivie ?

Les traces le guidèrent le long de la rue, jusqu'au bout du pâté d'immeubles. Là, une violente rafale de vent balaya les lieux, effaçant les empreintes.

Où diable Candace était-elle allée ? Sa voiture avait-elle été garée là ? Etait-elle déjà partie ?

Un froid glacial le transperçait, dû non pas à la température mais à l'étrange pressentiment qu'il avait : Candace était en danger !

Un bruit le fit tressaillir. Un claquement de métal qui résonna entre les parois de briques, venant de la ruelle un peu plus loin. Il se mit à courir, se faufila entre deux voitures et s'engouffra dans le passage.

— Candace ?

Il dérapa sur la neige, faillit tomber, mais se retint au mur d'une main tandis que, de l'autre, il dégainait son arme.

D'abord, il ne vit rien. Puis ses yeux s'accoutumèrent à la pénombre. Il aperçut alors une silhouette, grande et massive, qui s'enfuyait à l'autre bout.

Ce n'était pas Candace.

Il devait la trouver, s'assurer qu'elle allait bien. Peut-être n'était-elle même pas entrée dans cette ruelle… Soudain, il distingua un corps gisant dans la neige.

— Candace !

Il se précipita et s'agenouilla à côté d'elle. Des flocons de neige tombaient sur son visage, fondant sur sa peau satinée et courant le long de ses joues telles des larmes.

— Candace !

Ses longs cils, eux aussi couverts de flocons, papillotèrent, et elle ouvrit les yeux. Il soupira de soulagement. En revanche, le regard qu'elle posa sur lui exprimait de l'effroi.

— C'était toi ! s'exclama-t-elle.

— Moi quoi ?

Elle se tassa sur elle-même dans la neige.

— C'est toi qui m'as attaquée !

Le cœur de Garek se serra. A l'évidence, son opinion sur lui n'avait en rien changé.

— Non. Je viens de te trouver.

Sourcils froncés, elle le dévisagea, encore sceptique.

— Ça va ? Tu n'as rien ? demanda-t-il.

S'était-elle cogné la tête en tombant ? Il tendit la main vers elle, mais elle cilla et fit le geste de le repousser.

Voyant du sang sur ses doigts, il lui saisit le poignet.

— Tu saignes.

— Ce n'est pas mon sang.

Elle se redressa et l'observa aussi intensément qu'il l'avait regardée un instant plus tôt.

— Et toi ? Tu saignes ?

De ses doigts glacés, elle lui effleura le cou.

— Non.

— Où sont tes gants ?

Il les vit alors dans la neige, tout près d'elle. Probablement les avait-elle retirés pour se défendre.

Ses doigts étaient toujours sur lui, et la sollicitude avait remplacé le soupçon dans ses magnifiques yeux bleus.

— Où est ton manteau ?

— Je n'ai pas pris le temps de le récupérer.

La neige tombait dru et le vent soufflait, mais il sentait à peine le froid. Le contact de Candace suffisait à le réchauffer. Il l'aida à se relever et la serra étroitement contre lui.

— Tu dois être gelée…

Les flocons s'accrochaient à son manteau et à sa peau.

— Je vais bien…, dit-elle tout en claquant légèrement des dents.

— Non. Tu viens d'être agressée. Tu es sûre que tu n'es pas blessée ?

Elle secoua la tête mais, cette fois, se laissa aller contre son épaule, comme si elle était à demi-consciente.

— Je t'emmène aux urgences.

Elle tenta mollement de résister.

— Où est ta voiture ?

De la main, elle indiqua l'extrémité de l'allée. Ainsi, elle avait emprunté ce passage pour rejoindre son véhicule. C'était aussi la direction que son agresseur avait prise. Les attendait-il là-bas ?

— Qui était-ce ? Qui t'a attaquée ?

Viktor venait de sortir de son bureau. Il n'avait pas eu le temps d'envoyer quelqu'un à ses trousses, à moins de l'avoir remarquée sur les caméras de vidéo surveillance. Mais comment aurait-il pu savoir aussi vite qui elle était ?

— J'ai cru que c'était toi, murmura-t-elle.

Cet aveu lui fit l'effet d'un coup. La douleur le submergea à la pensée qu'elle puisse penser cela de lui. Il n'eut toutefois pas le temps de s'attarder là-dessus, car on le frappa alors dans le dos. Avec Candace dans les bras, il ne pouvait sortir son arme qu'il avait remise dans son holster. Il n'avait qu'un seul moyen de la protéger, lui faire un bouclier de son corps.

Candace tremblait tant qu'elle fut incapable d'introduire sa clé dans la serrure. Une main recouvrit la sienne, guida la clé et ouvrit à sa place. Une main puissante, qui appartenait à un homme élancé, séduisant, aux cheveux blonds.

Pourtant, elle ne ressentait pas la moindre excitation, et son cœur ne battait pas la chamade. Comment deux hommes pouvaient-ils se ressembler autant et l'affecter de manière si différente ?

— Garek va me réduire en bouillie, marmonna Milek en la faisant entrer dans l'appartement.

Il avait été à deux doigts de le faire, dans la ruelle, avant de se retourner et de reconnaître son frère.

Au souvenir de l'expression intense de ses yeux gris argent, elle frissonna. Il avait été si… protecteur.

Personne ne s'était jamais montré protecteur avec elle. C'était inutile, elle se défendait toute seule. Mais, cette fois, aurait-elle pu repousser son agresseur si Garek n'était pas arrivé à point nommé ?

Elle frissonna de nouveau.

— Garek avait raison. J'aurais dû t'emmener aux urgences.

— Je vais bien, assura-t-elle.

Elle retira son manteau mouillé, attrapa une couverture sur le canapé et s'en enveloppa.

— Tu as été attaquée.

Aussitôt soupçonneuse, elle se tourna vers lui. Comment le savait-il ?

Grand et bien bâti, Milek avait à peu près la même carrure que son frère et que son agresseur. Avec son col relevé et l'écharpe qu'il portait autour du cou, il était impossible de savoir s'il avait des égratignures.

— Comment le sais-tu ?

Il se raidit.

— Quoi ?

— Que j'ai été attaquée.

Elle avait monté le chauffage avant de sortir. Bien qu'il fasse chaud dans la pièce, elle continuait de grelotter.

Il haussa les épaules.

— Simple supposition.

— Pourquoi ?

— C'est un quartier peu sûr. Et une femme seule court toujours le risque d'être agressée.

— Je ne suis pas sûre qu'il s'agisse d'une agression au hasard.

Milek soupira.

— Peut-être que non.

— Au début, j'ai cru que c'était Garek. Il était évident, au club, qu'il voulait se débarrasser de moi.

— Tu n'aurais pas dû aller là-bas.

— Je suis libre d'aller boire un verre où ça me chante.

— Tu savais que Garek serait là, insista-t-il, comme si c'était une accusation.

— Comment l'aurais-je su ?

— Parce que Stacy te l'a dit.

Elle secoua la tête.

— Stacy ne m'a pas dit d'aller au club.

— Admettons que non, répondit-il, d'un ton empreint de doute. Mais elle t'a persuadée de revenir en ville parce qu'elle a peur que Garek soit retourné à son ancienne vie.

— Il l'a fait ?

Si quelqu'un le savait, c'était Milek, et il aurait sans doute suivi le même chemin. Elle avait toujours pensé qu'il idolâtrait son frère aîné.

— Et toi aussi ?

— A quoi penses-tu que Garek est retourné ? demanda-t-il, répondant à sa première question par une autre.

— Tori Chekov ?

C'était ce que Garek avait voulu faire croire à Logan,

mais elle était d'accord avec Stacy. Garek ne lui avait pas paru amoureux de Tori.

Milek inclina la tête, sur le point d'acquiescer, mais elle émit un petit reniflement dédaigneux.

— Tu n'y crois pas une seconde, et moi non plus.

— Tu ne sais pas ce que je crois, répliqua-t-il.

C'était la vérité. Malgré sa gentillesse, il était difficile de déchiffrer ses pensées.

— Non. Mais je sais qu'il n'est pas amoureux d'elle.

Il arqua un sourcil.

— C'est peut-être ce que tu veux croire.

Garek n'avait pas parlé à Stacy de la nuit qu'ils avaient passée ensemble. L'avait-il évoquée avec son frère ?

— Vas-tu essayer de me convaincre qu'il l'aime vraiment ?

Cette pensée lui était si insupportable qu'elle avait failli s'étrangler en disant cela.

— Je croyais que tu serais le dernier à me mentir. Tu es bien placé pour savoir quel effet ça fait.

— Ma situation est un peu différente, lui fit-il remarquer.

C'était vrai, et elle s'en voulut d'avoir osé cette comparaison. Il avait tant perdu…

— Tu as raison. Peut-être qu'il l'aime bel et bien…

Sa voix lui fit défaut, et elle dut déglutir avant de pouvoir poursuivre :

— Mais je ne crois pas que c'est ce qui l'a poussé à travailler pour Chekov.

— Garek travaille pour Logan, rectifia Milek d'un ton sec, volant à la défense de son frère. Il travaille pour l'agence Payne.

Elle leva les yeux au ciel en soupirant.

— Il travaille pour Chekov. Et je veux savoir pourquoi. A-t-il recommencé à voler ? Ou…

— Ou quoi ?

— Il est allé en prison pour meurtre, lui rappela-t-elle.

Comment avait-elle pu l'oublier, ne fût-ce qu'un instant ?

Une ombre traversa le regard de Milek.

Elle regretta aussitôt d'avoir réveillé de mauvais souvenirs. Sa famille et lui étaient passés par des moments difficiles. Il y avait toutefois différentes versions de ce qui s'était passé. A en croire la plupart des gens, Garek aurait mérité une médaille pour avoir tué son beau-père au lieu d'écoper de cinq ans d'incarcération. En réalité, il n'avait passé que six mois derrière les barreaux, grâce à sa bonne conduite et, sans doute, à l'influence de Mme Payne sur un juge de sa connaissance.

— Méritait-il d'aller en prison ?

Milek secoua la tête.

Etait-ce une réponse ou un refus de réponse ?

— Qu'est-ce que ça peut te faire ? lança-t-il. Tu n'as pas caché ton opinion au sujet Garek. C'est la pire qui soit.

Elle ne pouvait nier avoir pensé le pire de lui par le passé. A présent, elle souhaitait désespérément s'être trompée. Désespérément.

Milek était déchiré. La main sur la poignée de la porte de l'immeuble de Candace, il hésitait. Dehors, de gros flocons virevoltaient dans le ciel nocturne, mais ce n'était pas à cause du froid qu'il hésitait.

Ne devrait-il pas révéler la vérité à Candace ? Garek lui avait fait jurer de se taire, mais Garek ne savait pas toujours agir au mieux de ses intérêts.

Candace était la femme qu'il lui fallait.

Se rappelant son serment, il décida de garder le silence. Pas seulement pour ce qui concernait la mission clandestine de Garek ; par habitude, aussi. Il se taisait depuis des années. Depuis trop d'années.

Au fond, il valait sans doute mieux que Candace continue

à avoir une mauvaise opinion de Garek. Si elle gardait ses distances avec lui, elle courrait moins de risques.

Il resserra son écharpe autour de son cou, poussa la porte et sortit dans le noir. Un instant, le vent lui coupa le souffle et lui brûla les poumons.

Quel sale temps !

La rue était déserte et aucune trace n'était visible sur le tapis blanc. Les empreintes que Candace et lui avaient laissées en arrivant étaient déjà effacées.

Il s'était garé le long du trottoir, juste devant l'immeuble. Bien qu'il n'ait passé qu'un court moment chez Candace, le véhicule était déjà recouvert de deux bons centimètres de neige. Il actionna le déverrouillage et se pencha pour récupérer sa raclette sur la banquette arrière. En se redressant, il perçut un mouvement de l'autre côté de la rue. Un homme était là, tapi dans l'ombre du bâtiment obscur.

Mine de rien, il scruta l'endroit. Le type était trop bien vêtu pour être un sans-abri, et c'était un colosse. Il ressemblait aux sbires de Chekov.

Milek étouffa un juron. Mille fois son frère lui avait dit et répété de toujours garder un œil sur ses rétroviseurs, de sorte que c'était devenu une seconde nature chez lui. Si on l'avait suivi, il s'en serait aperçu.

Non ?

La raclette à la main, il entreprit de traverser la rue. Il avait un pistolet dans son holster, sous sa parka, et n'hésiterait pas à s'en servir en cas de besoin.

En le voyant arriver, l'homme prit la fuite.

Peut-être parce qu'il était engourdi après avoir patienté dans le froid glacial, il n'était pas très rapide. Il ne fallut pas longtemps à Milek pour le rattraper et le saisir par l'épaule.

Le type fit volte-face et lui décocha un coup de poing en plein visage. Sa vision se brouilla, et tout devint flou. La seule chose qu'il remarqua avant de s'effondrer, ce fut les égratignures que l'homme avait au cou.

Si cet inconnu était l'agresseur de Candace, comment diable avait-elle survécu ? Et, si c'était lui, il avait dû les suivre jusqu'ici pour achever la besogne.

Il devait la protéger coûte que coûte, sinon Garek le tuerait.

6

Il n'aurait pas dû faire confiance à Milek. Bon sang, il aurait dû se charger lui-même de la sécurité de Candace !

S'il ne l'avait pas suivie quand elle avait quitté le club…

Garek frissonna en songeant à ce qui aurait pu lui arriver. Il l'aurait peut-être perdue pour toujours.

— Qui est-ce ?

Il leva la tête, détachant son regard du feu qui brûlait dans l'âtre du salon de Viktor Chekov. C'était Tori qui avait posé la question. Lorsqu'il avait vu Viktor un peu plus tôt, celui-ci ne lui avait rien demandé.

Parce qu'il était déjà au courant ?

Viktor s'était contenté de le foudroyer du regard quand il était arrivé.

— Je suis désolé, avait dit Garek.

C'était pour cela que Milek était venu le chercher dans la ruelle : parce que Viktor et Tori étaient partis, accompagnés de leur entourage. Dont il était censé faire partie…

L'expression de Viktor était devenue méprisante. Il avait marmonné quelque chose d'insultant avant de le laisser seul dans son bureau.

Il aurait pu essayer de se défendre. Justifier son départ en prétextant qu'il avait voulu écarter une menace potentielle. Sauf qu'il ne voulait pas que Viktor pense que Candace représentait une menace pour sa fille.

Et c'était Candace qui avait été attaquée.

Etait-elle vraiment indemne ? Milek l'avait-il emmenée aux urgences comme il le lui avait ordonné ?

Il était sûr que son frère lui obéirait, à condition que Candace l'autorise à le faire. Avait-elle accepté de se faire examiner ?

— Qui est-ce ? répéta Tori en s'avançant vers lui.

Il se tenait debout devant la cheminée depuis un bon moment, mais il était encore transi. Le froid l'avait transpercé jusqu'à la moelle.

— Je ne sais pas de qui tu parles…

— La femme du bar. La brune.

Il haussa les épaules.

— Allons, Garek. Tu l'as remarquée tout de suite. N'essaie pas de me raconter des histoires. Je te connais trop bien. Et j'ai vu que tu bouillais de jalousie quand ce type lui parlait. Je ne t'ai jamais vu comme ça. Il est évident qu'elle est tout pour toi.

« Tout pour toi. »

Les mots de Tori le percutèrent tel un coup de poing. Il refoula aussitôt cette pensée. Il ne croyait pas aux contes de fées ; il ne cherchait qu'à prendre du plaisir là où il le trouvait.

Avec Candace…

Il avait été au comble du bonheur ce soir-là dans son lit — jusqu'au moment où il s'était réveillé seul.

Il se força à rire.

— Allons, Tori, tu me connais ! Quelqu'un a-t-il jamais été tout pour moi ?

— Ta famille.

Il n'allait pas prétendre le contraire.

— Elle ne fait pas partie de ma famille.

— Dans ce cas, qui est-ce ? insista-t-elle d'une voix perçante. Et n'essaie pas de me faire croire que tu ne la connais pas !

— Je la connais, admit-il.

A quoi bon nier ce qui avait dû être inscrit sur ses traits au moment où il avait vu Candace assise au bar ?

— Mais tu n'as pas besoin de savoir qui elle est.

Tori fronça les sourcils d'un air boudeur.

— Tu n'es pas très doué pour ça.

— De quoi tu parles ? Des relations avec les femmes ?

Il n'avait jamais eu de relation durable. Tori et lui étaient sortis ensemble adolescents, mais cela remontait à des lustres.

Elle secoua la tête.

— Ce truc d'agent infiltré.

Il se raidit et regarda autour de lui. Il n'aurait pas été étonné que Viktor ait dissimulé des micros un peu partout. Et s'il conservait les enregistrements…

Peut-être l'agent Rus trouverait-il parmi eux des preuves qui lui permettraient de confondre Viktor une fois pour toutes. Où Chekov pouvait-il garder tout cela ? Avec l'arme du crime, à supposer qu'il l'ait encore. Le tout dans un coffre-fort, probablement. Il pourrait l'ouvrir sans problème ; jusqu'à ce jour, aucun ne lui avait résisté. Il s'agissait juste de trouver le coffre en question. Où était-il ? Dans la villa de Viktor ? Dans le bureau qu'il avait au club ?

— Je suis garde du corps, lui rappela-t-il. Rien de plus.

Elle lui décocha un sourire en coin.

— Oui, bien sûr.

Il eut un rire.

— Je suis un ex-taulard.

Cela, il n'avait jamais eu à le rappeler à Candace. Elle ne lui avait pas permis d'oublier sa carrière de cambrioleur, et encore moins son séjour en prison. Il avait été idiot de s'imaginer pouvoir la convaincre de réviser un jour son opinion à son sujet. Cela dit, il n'avait jamais essayé non plus de lui expliquer ce qui s'était réellement passé. Peut-être aurait-il dû le faire…

Peut-être l'aurait-il fait s'il s'était réveillé avec elle au creux de ses bras.

Ce soir-là, elle avait baissé sa garde. Puis elle avait dû être horrifiée par ce qu'elle avait fait puisqu'elle s'était enfuie en pleine nuit.

Pourquoi était-elle revenue ? Et pourquoi s'était-elle rendue au club ?

Il voulait le lui demander mais, surtout, il voulait s'assurer qu'elle allait bien.

Et qu'elle veillerait à ne pas prendre de risques à partir de maintenant.

— Comment un ex-taulard devient-il agent infiltré ? lança-t-il, sarcastique. C'est un scénario qui me paraît tiré par les cheveux.

— Tu as sûrement entendu parler des informateurs de la police. Ce sont souvent des criminels.

Il la fixa.

— Souvent. Ou des gens qui sont très proches des criminels, et qui ont été témoins de certaines choses…

Elle frissonna et se rapprocha du feu.

— Des choses qu'ils préféreraient ne pas avoir vues…, murmura-t-elle.

Il retint son souffle. Il avait soupçonné Tori d'être le témoin évoqué par Rus. A présent, il en avait la certitude.

— Tori…

Elle haussa les épaules.

— Ce n'est pas comme si j'ignorais tout de ce qu'il était.

— « Etait » ?

Ne considérait-elle même plus Chekov comme son père ? Ç'avait dû être une terrible désillusion de découvrir que l'homme qu'elle avait toujours adoré était bel et bien le monstre que certains l'accusaient d'être.

— Est, rectifia-t-elle.

— Tu as fait ce qu'il fallait faire.

Malgré tout, il doutait qu'elle aille jusqu'à témoigner. Elle était trop attachée à son père pour en arriver là.

— Et toi ? demanda-t-elle. Vas-tu faire ce qu'il faut ?

Il soupira.

— J'essaie.

Si seulement il pouvait mettre la main sur ce fichu pistolet ! Sans l'arme du crime, il ne servirait à rien que Tori témoigne.

— Dans ce cas, tu dois rompre avec cette femme, qui qu'elle soit.

— Je ne vois pas de quoi tu veux parler, répliqua-t-il. Elle ne signifie rien pour moi.

Le mensonge lui noua l'estomac.

— Tant mieux. Peut-être qu'il ne lui arrivera rien.

Tori était-elle au courant de l'agression de Candace ? Il ouvrit la bouche pour le lui demander, mais elle le devança.

— Parce que nous nous ressemblons trop, toi et moi, Garek.

Elle n'allait tout de même pas suggérer qu'ils reprennent leur relation d'autrefois ? Cette possibilité l'avait inquiété quand il avait endossé ce rôle de garde du corps : il avait craint qu'elle se méprenne sur ses intentions. Apparemment, elle le connaissait mieux qu'il le pensait, puisqu'elle avait aussitôt supposé qu'il travaillait comme agent infiltré pour confondre son père.

— Quand nous sommes attachés à quelqu'un, reprit-elle, cette personne finit par souffrir.

Voilà pourquoi elle était allée à la police, songea-t-il. L'homme qui était mort avait été important pour elle. Peut-être très important.

Il n'osait imaginer ce qu'elle avait éprouvé en le voyant mourir. L'idée qu'il puisse être confronté à une épreuve similaire lui était insupportable.

Il devait absolument protéger Candace.

Après deux semaines d'absence, Candace aurait dû avoir hâte de dormir de nouveau dans son lit. Au lieu de cela, elle l'avait évité ; trop de souvenirs y étaient associés. Et bien que ce soit peu probable après tout ce temps, elle avait peur que les draps soient encore imprégnés de l'odeur de Garek — ce parfum viril, musqué, qu'elle sentait encore sur elle.

Bien sûr, car il l'avait prise dans ses bras pour sortir de la ruelle et l'avait portée facilement, sans effort apparent. Pourtant, contrairement à la fille du gangster, elle n'était ni petite ni menue, mais grande et musclée. Cependant, il ne l'avait pas laissée tomber, même quand Milek l'avait frappé par-derrière.

Ce dernier était parti un moment plus tôt, la laissant troublée par ses réponses évasives. Garek et lui étaient-ils retournés à leur ancienne vie ?

Que faisaient-ils pour le compte de Viktor Chekov ? Etaient-ils redevenus cambrioleurs ? Dès leur plus tendre enfance, leur oncle et leur père leur avaient appris à s'introduire partout — dans des maisons, des musées, des chambres fortes…

Chekov avait-il une cible particulière en tête ?

Ou Stacy avait-elle vu juste ? Avait-il essayé de tourner la page pour elle, Candace, et été découragé en constatant qu'elle refusait de lui donner une chance ?

Elle l'avait fait cette nuit-là, quelques heures durant. Une bouffée de désir monta au creux de son ventre à ce souvenir. Peu importait qu'elle ait évité le lit ; les images défilaient malgré tout dans sa tête. Pelotonnée sur le canapé, enveloppée de sa couverture, elle ne parvenait pas à trouver le sommeil. Peut-être, après sa lutte contre l'inconnu, l'adrénaline courait-elle encore dans ses veines.

Elle préférait penser que c'était cela plutôt que du désir pour Garek. Certes, ce n'était pas lui qui l'avait attaquée, mais il n'était pas impossible qu'il ait un lien avec son agresseur. Il n'avait pas voulu d'elle dans ce club. Pourtant, la connaissant, il aurait dû savoir que l'agression qu'elle avait subie dans la ruelle ne suffirait pas à l'effrayer.

Jamais elle n'avait redouté la douleur physique. C'était la peur d'une souffrance émotionnelle qui l'avait poussée à s'enfuir cette nuit-là.

Et elle avait eu raison. N'avait-elle pas percé Garek à jour dès le début ?

En dépit de la couverture et du chauffage, elle frissonna. Non, ce n'était pas le désir qui la maintenait éveillée, pas plus que la peur.

C'était la colère. Elle était furieuse d'avoir été attaquée. Et furieuse que son agresseur ait réussi à s'échapper. Elle devait retrouver sa trace, découvrir qui il était et pourquoi il lui voulait du mal.

Une pensée lui vint tout à coup. S'il ne s'agissait pas d'une attaque au hasard, elle n'aurait pas besoin de le rechercher. Il tenterait sa chance de nouveau.

Soudain, à la faible lueur venant de la rue, elle vit tourner la poignée de la porte d'entrée.

Elle l'avait fermée à clé après le départ de Milek, elle en était sûre. Pourtant, elle n'avait pas entendu le moindre bruit de serrure que l'on force. Comme si l'intrus possédait une clé…

Elle glissa la main sous l'un des coussins du canapé et saisit le Glock qu'elle y avait caché.

Jamais elle n'avait été assez proche de quelqu'un, pas même de Logan, pour lui confier sa clé.

Sans même un déclic, la porte s'ouvrit lentement, projetant un rai de lumière dans le salon. Candace ferma les yeux au moment où il tombait sur son visage. L'instant d'après, le battant se referma et la pièce fut de nouveau plongée dans la pénombre.

Elle rouvrit les yeux. Sa vision s'accoutuma à la

quasi-obscurité, et elle put discerner la silhouette de l'intrus. Elle raffermit sa prise sur le pistolet, prête à faire feu.

Elle n'hésiterait pas à tirer ; elle l'avait déjà fait. Malgré tout, elle patienta — elle voulait identifier l'homme avant de l'abattre, même si elle ne doutait pas qu'il soit venu dans l'intention de lui nuire.

Pourquoi, sinon, se serait-il introduit chez elle en pleine nuit ?

Ou au petit matin… Elle ne savait pas depuis combien de temps elle était étendue là sans dormir, à penser à Garek.

Même en fouillant sa mémoire, elle ne parvenait plus à se souvenir d'une époque où il n'avait pas accaparé ses pensées. Encore maintenant…

Elle sentait son odeur, mais pas comme avant. Elle était plus marquée. Le parfum d'épices, de musc…

L'homme s'approcha. Son ombre devint plus grande, s'interposant entre elle et la fenêtre par laquelle entrait la faible lumière de la rue. Dans le noir total, Candace sut instinctivement à quel moment il tendit la main vers elle.

Elle était prête.

7

Lui aussi. De sorte que, lorsqu'elle lui saisit le bras et tenta de le faire basculer par-dessus le dossier du canapé, il se rétablit et, au lieu de se retrouver sur le sol, atterrit sur elle. Candace exhala, et son souffle doux caressa le cou de Garek. Elle se tortilla sous lui pour se dégager, mais il lui avait immobilisé les bras. Elle leva un genou, qu'il coinça entre ses cuisses avant qu'elle ait pu faire des dégâts.

— C'est moi, murmura-t-il. Garek.

— Je sais.

Elle continua néanmoins à résister, s'arquant contre lui. Ses seins poussaient son torse, ses hanches se tendaient contre les siennes.

Le désir l'envahit.

— Candace…

Enfin, elle se calma, et seuls les battements frénétiques de son cœur trahissaient encore son agitation. Il le sentait cogner dans sa poitrine, au même rythme que le sien, comme la nuit où ils avaient fait l'amour.

— Pourquoi te débats-tu contre moi ?

Elle recommença à se tortiller.

— Tu es entré par effraction !

— Non, dit-il avec un petit rire.

Elle se figea.

— Si !

— J'ai pris une clé, avoua-t-il. Quand je suis parti le lendemain de…

De cette nuit-là. Cette incroyable nuit.

Son corps se raidit, chacun de ses muscles tendu par l'excitation. Elle l'attirait depuis le moment où il l'avait vue pour la première fois — si belle, si forte, l'air irrité. Mais, alors, il n'avait pas soupçonné la profondeur du désir qu'il éprouverait pour elle ni le plaisir intense qu'il ressentirait avec elle.

— Tu n'avais pas le droit de prendre une clé !

Elle s'était raidie, elle aussi, sans doute de colère.

— Dans ce cas, il aurait peut-être fallu que tu restes au lieu de filer à la seconde où je me suis endormi.

Il regrettait de l'avoir fait — d'avoir fermé les yeux un moment cette nuit-là. Mais être avec elle, faire l'amour avec elle, avait semblé si naturel, si normal, qu'il avait été submergé par une sensation de paix inconnue auparavant. Avant ce soir-là, il n'y avait eu que peu de paix dans sa vie chaotique.

— Cette nuit-là n'aurait jamais dû avoir lieu, murmura-t-elle.

Même dans la pénombre il distingua la rougeur qui lui était montée aux joues.

— C'était une erreur.

Il aurait voulu la contredire, mais elle avait raison. Cela aurait été plus facile pour lui s'ils n'avaient jamais fait l'amour. Il n'aurait alors pas su qu'ils formaient un couple fantastique, et il n'aurait pas pensé à elle constamment. Il ne serait pas consumé de désir à cet instant précis.

— Oh ! Tant pis ! fit-il en se penchant sur elle pour l'embrasser.

Ce ne fut pas un baiser hésitant. Il ne se borna pas à effleurer sa bouche ; il en prit possession, l'embrassant aussi passionnément qu'il l'avait fait cette nuit-là.

Elle aurait pu le repousser. Au lieu de cela, elle lui mordilla la lèvre inférieure et lui rendit son baiser.

Il voulait la déshabiller, se déshabiller, sentir sa peau nue contre la sienne, sans aucun obstacle pour séparer leurs corps. Mais, lorsqu'il tendit la main vers la couverture, elle frissonna.

Il se souvint tout à coup de l'épreuve qu'elle avait traversée et de la raison pour laquelle il était venu. Pour s'assurer qu'elle allait bien.

Qu'elle n'était ni blessée ni en danger.

Au prix d'un violent effort, il mit fin au baiser. Haletant, il posa le front contre le sien et plongea son regard dans ses magnifiques yeux bleus.

— Ça va ?

Elle secoua la tête. L'instant d'après, le prenant par surprise, elle le fit basculer sur le sol.

Son dos heurta le parquet, sa tête manqua de peu la table basse. Comme elle quelques minutes plus tôt, il eut le souffle coupé.

— Tu me parais en pleine forme, marmonna-t-il.

— Je le suis.

— C'est ce qu'on t'a dit aux urgences ?

— Je n'y suis pas allée.

A la fois inquiet et irrité, il se redressa.

— J'avais dit à Milek de t'y emmener.

Elle se redressa à son tour et resta assise sur le canapé, gardant la couverture autour d'elle. Sans doute était-elle encore glacée.

— Et, moi, je ne voulais pas y aller.

Dans ce cas, pourquoi Milek ne répondait-il pas au téléphone ? Garek s'était dit qu'il avait dû l'éteindre dans l'enceinte de l'hôpital et qu'il avait oublié de le rallumer.

— Où est Milek ?

— Je ne sais pas. Il est parti.

Il n'aurait pas dû la laisser sans protection après l'attaque qu'elle avait subie ! Où diable avait-il la tête ?

— Il aurait dû rester, murmura Garek.

— Pourquoi ?

— Tu as été attaquée, lui rappela-t-il. Tu es en danger.

— Tu ne crois pas que c'était le fait du hasard ?

Il se mordit la lèvre, regrettant ses paroles. Il ne tenait pas à éveiller davantage ses soupçons.

Il haussa les épaules.

— Je ne sais pas.

— J'ai l'intention de le découvrir.

La panique s'empara de Garek.

— Non, Candace ! Mieux vaut laisser tomber.

— Quelqu'un m'a attaquée, et je suis censée l'oublier. C'est ça ?

Non, évidemment. Il ne l'oublierait pas non plus. Il voulait que son agresseur soit châtié, et sévèrement.

— Je n'avais pas besoin d'aller aux urgences, répéta-t-elle. Mais j'aurais dû signaler mon agression à la police.

— Non, répéta-t-il instinctivement.

Si la police commençait à venir fouiner au club et exigeait les bandes de vidéo surveillance, Viktor s'empresserait de se débarrasser du pistolet compromettant.

— Pourquoi pas ?

Elle glissa la main sous le coussin, et Garek aperçut un reflet métallique. Elle dormait avec une arme.

Il avait eu de la chance qu'elle ne lui ait pas tiré dessus ! Quoi qu'il en soit, elle n'aurait pas dû être obligée d'en arriver là. Pourquoi Milek n'était-il pas resté monter la garde, ne serait-ce que dans la rue, à défaut de rester dans l'appartement ?

— Pourquoi ne devrais-je pas alerter la police ? insista-t-elle, les sourcils froncés.

Il hésita, ne sachant que lui dire.

— Qui protèges-tu ?

— Toi, répondit-il aussitôt. C'est toi que je veux protéger.

C'était pour cette raison qu'il avait voulu qu'elle quitte le club. Et pour cette raison qu'il aurait dû se tenir à l'écart.

Seulement voilà : sans nouvelles de Milek, il avait craint qu'elle soit blessée plus gravement qu'il l'avait pensé, et il avait éprouvé le besoin de la voir.

Elle inclina la tête de côté.

— Pourquoi cela te dérange-t-il que je découvre qui m'a attaquée ?

— Je le découvrirai, moi.

— Je crois que tu le sais déjà.

— Si je le savais, je ne serais pas ici.

— Tu ne devrais pas être ici.

Elle tendit la main.

— Rends-moi ma clé.

Il la sortit de sa poche, se mit à genoux et la déposa dans sa paume. Puis il se pencha vers elle, au point que leurs lèvres se touchaient presque.

— Tu crois que la clé a la moindre importance ? Tu crois pouvoir m'empêcher d'entrer ?

Elle tira le pistolet de sous le coussin et le braqua sur lui.

— Oui.

Il se mit à rire.

— Pourquoi tu n'as pas tiré quand je suis entré ?

Elle avait dû deviner que c'était lui. Et, bien qu'elle n'ait pas confiance en lui, elle lui avait rendu son baiser. L'attirance n'était plus à sens unique ; elle le désirait aussi. De fait, s'il ne s'était pas subitement souvenu des événements de ce soir, peut-être auraient-ils fait l'amour de nouveau.

Comme la première fois, cela aurait été une erreur. Le lien entre eux aurait été renforcé et, s'il tenait à la garder en sécurité, il devait le rompre, ce lien. Veiller à ce qu'elle reste loin de lui.

— Je n'étais pas sûre que ce soit toi.

Elle mentait, c'était évident à la manière dont elle évitait son regard. Malgré tout, il recula, réprimant la tentation de l'embrasser de nouveau.

— La prochaine fois, tire tout de suite, conseilla-t-il.

— Il n'y aura pas de prochaine fois.

Ils savaient l'un et l'autre qu'il était parfaitement capable d'entrer sans clé. Cependant, il ne le ferait pas. Il devait se tenir à distance.

Cela suffirait-il à assurer sa sécurité ? Pas forcément. Elle serait toujours en danger. Où diable était Milek ? Pourquoi n'était-il pas resté à proximité pour la protéger ?

Il avait bien l'intention de le découvrir mais il hésitait à la laisser seule. Soudain, une pensée troublante s'imposa à lui : était-il arrivé malheur à son frère à cause de lui ?

Il avait mis Milek en danger. Oui, il valait mieux qu'il reste loin, très loin, de Candace. Tori Chekov avait peut-être raison lorsqu'elle disait que ceux qu'ils aimaient finissaient toujours par souffrir.

L'effervescence régnait dans les bureaux de la police de River City. Les sonneries stridentes des téléphones, le bourdonnement des voix…

L'agent spécial Nicholas Rus referma la porte, étouffant le bruit. Un an plus tôt, il avait été chargé d'enquêter sur la corruption au sein du service. Le problème s'était révélé beaucoup plus grave que prévu, ce qui expliquait qu'il soit encore en poste au bout de douze mois.

Il avait cependant une autre raison de rester à River City. Sa famille.

Les cheveux bruns, les traits décidés, il ressemblait de manière frappante à Logan et à Parker. C'était comme s'il y avait eu des triplés et non des jumeaux. En réalité, sa mère n'était pas Penny Payne, et les enfants de celle-ci avaient encore du mal à accepter qu'il existe.

Malgré tout, Penny le considérait comme un membre de la famille. Comme les Kozminski, d'ailleurs…

Il fit signe à Candace de s'asseoir.

— Pourquoi ne l'avez-vous pas signalé hier soir ?

— Je ne sais pas…

Hier soir, elle avait froid, elle était sous le choc, et Garek l'avait renvoyée chez elle avec Milek.

— Tout s'est déroulé si vite… Et puis les Kozminski étaient là.

— Vous pensiez qu'ils l'avaient signalé de leur côté ?

Candace faillit lui rire au nez.

— C'était peu probable.

— Pourquoi ?

— Vous connaissez leur passé.

— Le passé est le passé.

Elle le savait parfaitement mais, pour une raison quelconque, elle n'avait pu lâcher prise. Elle voulait bien croire que Milek ait changé. En revanche, elle n'avait pu penser la même chose de Garek. Et, apparemment, elle avait eu raison.

— Vous travaillez dans le même domaine que moi, lui fit remarquer Candace. Vous savez que la plupart des criminels récidivent.

— Etes-vous en train de dire que les Kozminski sont vos agresseurs ?

Il saisit un stylo, prêt à prendre des notes. Il n'avait rien écrit tout à l'heure, lorsqu'elle avait mentionné le lieu et l'heure de l'incident.

C'était presque comme s'il le savait déjà. Milek ou Garek l'avaient-ils averti ? Si oui, pourquoi la police ne l'avait-elle pas contactée ? C'était elle la victime, même si elle n'avait pas vu suffisamment bien son agresseur pour l'identifier.

Elle secoua la tête.

— Non. Mais Garek a recommencé à travailler pour le compte de Viktor Chekov. Même sa sœur est convaincue qu'il est retourné à son ancienne vie.

Rus fronça les sourcils, l'air dérouté.

— Quel rapport cela peut-il avoir avec vous ?

Stacy était convaincue qu'il l'avait fait parce qu'elle, Candace, l'avait repoussé. Ce qui était absurde… Elle garda le silence.

— Pourquoi les Kozminski ou Chekov s'en prendraient-ils à vous ? insista Rus.

— Je ne sais pas.

Ce dont elle était certaine, en revanche, c'était que Garek ne voulait pas d'elle dans les parages. Du moins, en avait-elle été certaine au club. Et puis il avait débarqué chez elle… muni d'une clé ! Et il l'avait embrassée exactement comme cette fameuse nuit… Si bien qu'elle n'était plus très sûre de ce qu'il voulait.

Hormis le fait qu'il la désirait. Elle l'avait senti quand ses hanches étaient plaquées aux siennes sur le canapé. Elle se remémora le corps de Garek reposant sur elle, sa bouche prenant la sienne. Elle l'avait désiré, elle aussi.

Mais il avait mis fin à leur baiser…

L'agent Rus reprit la parole.

— N'est-il pas plus probable que quelqu'un au club, peut-être quelqu'un que vous avez arrêté quand vous étiez dans la police, vous ait reconnue et suivie dans le but de se venger ?

C'était plus logique, en effet. Mais le comportement que Garek avait eu au club, son évident empressement à se débarrasser d'elle, avaient éveillé ses soupçons. Etait-il désireux de la faire partir parce qu'il craignait qu'elle découvre ce qu'il mijotait ? Quel crime avait-il commis ou s'apprêtait-il à commettre pour Viktor Chekov ?

— Avez-vous reconnu quelqu'un ?

Elle haussa les épaules.

— Certains visages m'ont paru familiers. Ce genre d'endroit attire les criminels… On y vend plus de drogue et de sexe que d'alcool. Cela dit, personne n'a eu l'air de me reconnaître.

Au contraire, un type avait essayé de la draguer. Cela ne se serait jamais produit si on avait su qu'elle était un ancien flic.

— Et je ne me souviens pas d'avoir arrêté quelqu'un parmi ces gens-là.

— Vous vous souvenez de tous les gens que vous avez arrêtés ? demanda Rus, sceptique. Moi pas. En revanche, je suis sûr qu'aucun d'eux ne m'a oublié.

Candace commençait à avoir mal à la tête, à cause du manque de sommeil ou de la frustration qui la gagnait.

— Vous semblez convaincu qu'il s'agissait d'une attaque personnelle.

— Pas forcément, reconnut-il. Le quartier est plutôt mal famé.

— C'est ce que Milek m'a dit.

— Je garderai les deux hypothèses à l'esprit.

Un frisson la parcourut. Nicholas Rus était-il l'agent qu'il fallait pour enquêter sur la corruption à River City ?

— Mais vous n'allez pas vous intéresser à Viktor Chekov ?

Il fronça les sourcils, l'air perplexe.

— Pourquoi ? Il vous a menacée ?

— Je ne l'ai jamais rencontré.

— Dans ce cas, pourquoi aurait-il envoyé quelqu'un vous agresser ?

Elle ne sut que répondre. Si Chekov n'était pour rien dans son agression, qui était responsable ? Garek ? Avait-il cherché à l'effrayer ? Il devait pourtant bien savoir qu'une menace physique n'y parviendrait pas.

— Laissez tomber, lâcha-t-elle. Ne vous donnez pas la peine d'enquêter. Je le ferai moi-même.

— Vous n'êtes plus dans la police, lui rappela-t-il. Vous êtes garde du corps.

— Oui. Et vous êtes agent du FBI. Une agression sans importance n'est pas une affaire pour vous. Je n'aurais pas dû vous en parler.

— Je suis heureux que vous l'ayez fait. Mais pourquoi vous êtes-vous adressée à moi ?

Elle connaissait encore bon nombre de policiers à River City, et aurait effectivement pu signaler l'incident à quelqu'un d'autre.

— Si les Kozminski sont impliqués dans une affaire avec Chekov, cela va nuire à la réputation de l'agence Payne au moment précis où Logan est prêt à commercialiser sa franchise. Par conséquent, il faut que l'enquête soit menée avec discrétion, répondit-elle.

— L'enquête sur quoi ? Il me semble que Garek et Milek vous ont secourue et raccompagnée chez vous. En quoi cela pourrait-il nuire à l'agence ?

Vue sous cet angle, la situation n'avait rien de suspect, en effet. Cependant, la propre sœur de Garek le soupçonnait d'avoir replongé dans le crime. Si l'agent Rus ne voulait pas mener l'enquête, elle s'en chargerait.

Comme s'il lisait dans ses pensées, il ajouta :

— Je vais mener l'enquête. Voir s'il y a eu récemment d'autres incidents de ce genre, et si nous pouvons tirer quelque chose des caméras de surveillance.

— Merci.

Bien que doutant fort qu'il découvre quoi que ce soit, elle se leva et se dirigea vers la porte. Nicholas Rus la précéda et l'ouvrit pour elle. Il n'avait pas été élevé par Penny Payne, mais il avait les manières impeccables qu'elle avait inculquées à ses enfants.

Au moment où elle allait sortir, il lui adressa un regard étrange.

— Soyez prudente, Candace, dit-il d'une voix grave, presque effrayante.

Loin d'apparaître comme de la sollicitude, sa remarque sonna aux oreilles de Candace comme une menace. Un frisson la parcourut de nouveau. Y avait-il quelqu'un à qui elle pouvait faire confiance ?

— Je me fiais à toi pour la protéger ! lança Garek en claquant la porte de l'appartement de son frère.

C'était un loft aménagé dans un ancien entrepôt, avec des sols en béton et de hauts plafonds à poutrelles métalliques qui amplifiaient le moindre son.

Milek lâcha un gémissement et tendit la main vers le sachet de médicaments qu'il se félicitait à présent d'avoir accepté. Un mal à la tête épouvantable lui martelait le crâne.

— Bon sang ! Qu'est-ce qui t'est arrivé ? s'exclama Garek en le voyant.

— Je protégeais Candace, marmonna avec difficulté Milek dont les lèvres étaient tuméfiées. Tu peux me remercier quand tu veux.

— Pourquoi tu ne m'as pas appelé ?

Son frère tira son téléphone portable de sa poche et lui montra l'écran fracassé.

— Il a souffert aussi.

Une bordée de jurons, échappa à Garek, aussitôt suivie de paroles d'excuses.

— Je suis désolé, mon vieux. Je n'aurais pas dû t'entraîner là-dedans.

— Nicholas Rus t'y a entraîné le premier, lui fit remarquer Milek. Mais on n'est plus des gamins effrayés, et on peut tenir tête à Chekov. Nous sommes capables de nous défendre.

Garek arqua un sourcil.

— Vraiment ?

— Hé ! Tu devrais voir l'autre type !

— Tu l'as eu ? demanda Garek, soulagé.

— Non, il a filé. Mais Candace lui a labouré le cou avec ses ongles. Si c'est un gars de Chekov, on n'aura aucun mal à le retrouver.

Garek secoua la tête.

— Bon sang ! S'il n'était pas résolu à la tuer avant, il le sera maintenant.

— Elle sait se défendre, dit Milek en ouvrant une boîte de comprimés. Mieux que moi, à vrai dire. Tu n'as pas besoin de t'inquiéter pour elle.

— Je vais m'inquiéter tant que ce type sera en liberté.

Milek haussa les épaules.

— Si on le trouve, il sera remplacé. La seule solution, c'est d'envoyer Chekov en taule une bonne fois pour toutes.

Garek hocha la tête.

— J'espère seulement qu'on y arrivera avant que Candace soit de nouveau agressée.

8

Garek scruta son rétroviseur. La voiture de Candace était invisible.

Elle se débrouillait bien, mais il savait qu'elle le suivait. Il l'avait repérée un peu plus tôt, en quittant l'appartement de Milek.

Il saisit son téléphone et composa le numéro de celui qu'il avait acheté pour son frère en même temps que quelques provisions.

— Ça va ?

— Ça va, fit Milek, stoïque.

— Tu es assez en forme pour garder Tori ?

A l'autre bout du fil, Milek soupira.

— Cette fille ne court aucun danger, à part celui de se casser un ongle en envoyant des SMS.

— C'est vrai. Mais sa protection est le prétexte que j'ai donné à Viktor pour l'inciter à m'engager.

— Tu ne crois pas qu'il va trouver bizarre que tu te fasses remplacer par ton frère ? demanda Milek en articulant avec lenteur, comme si c'était Garek qui s'était fait passer à tabac et avait l'esprit embrouillé.

— Candace me file.

— Oh ! Et, elle, tu l'as repérée ? ironisa son frère.

Garek sourit. Il y avait toujours eu une rivalité entre eux. Milek n'allait pas lui laisser oublier de sitôt qu'il avait remporté une victoire en le filant l'autre jour sans se faire remarquer.

— C'est ça.

— OK, je te remplace. Comment tu vas faire, pour Candace ?

— Je vais l'emmener aussi loin que possible de Chekov…

Il comptait l'emmener chez lui. Non à son appartement, mais à la maison qu'il avait achetée juste avant que Rus lui propose de travailler comme agent infiltré. Il n'y avait pas encore emménagé par mesure de précaution. Si Chekov apprenait qu'il possédait une maison dans une banlieue résidentielle, il comprendrait qu'il s'était rangé pour de bon et serait définitivement sur ses gardes. Le gangster risquait de le renvoyer, voire de l'éliminer.

Sûr que Candace était toujours derrière lui, il continua à rouler comme si de rien n'était.

— Bon sang ! Mais où est-ce qu'il va ? marmonna Candace, perplexe.

Elle se félicita d'avoir fait récemment le plein d'essence, car Garek avait sillonné toute la ville. A présent, l'après-midi touchait à sa fin, et le jour baissait vite.

Que faisait-il ? S'agissait-il d'une reconnaissance pour Chekov ? Il n'était pas entré dans un seul immeuble, n'avait jamais rien fait de plus que garer de temps en temps sa voiture le long du trottoir.

Savait-il qu'elle le suivait ?

Elle secoua la tête. Non, c'était impossible. Elle était trop bonne. Cela dit, il était bon aussi… Elle se rappela qu'il avait aisément filé Logan et Parker. Et c'était avec eux qu'elle avait appris comment repérer et déjouer une filature.

En l'occurrence, Garek ne la suivait pas. Et il était trop

sûr de lui pour envisager qu'elle soit capable de le suivre, lui. Non, il ne l'avait pas repérée, elle en était certaine.

Chaque fois qu'il s'arrêtait, elle prenait son téléphone et faisait une photo. Si l'endroit en question venait à être cambriolé, elle aurait des preuves datées de la présence de Garek sur les lieux. Voilà sans doute ce qu'il faisait pour Chekov — une tâche où il mettait à profit ses talents de voleur et d'expert en coffres-forts. En tout cas, il ne protégeait pas la fille du mafieux.

Et, quoi qu'il en ait dit à Logan, il n'était pas davantage amoureux de Tori Chekov. Sans cela, il ne l'aurait pas embrassée aussi passionnément la veille au soir.

Une bouffée d'excitation l'envahit à ce souvenir. Elle pouvait presque sentir son poids sur elle, mais les images qui défilaient dans son esprit remontaient à des semaines : elle revoyait le corps nu de Garek tandis qu'il allait et venait au plus profond d'elle.

Un gémissement lui échappa. Jamais elle n'avait connu autant de passion. De désespoir.

Autant de plaisir…

Garek l'avait bouleversée.

Le bruit d'une portière qui claquait l'arracha à ses pensées. Cette fois, il était descendu de voiture. Elle jeta un coup d'œil autour d'elle, s'efforçant de déterminer où ils se trouvaient.

Ni joailleries ni musées par ici. C'était un quartier industriel, mais il n'était pas impossible que quelqu'un abrite une collection d'art dans l'un de ces bâtiments. Peut-être était-ce là le véritable but de Chekov.

Elle devait enquêter, trouver la preuve que Garek était retourné à sa vie d'antan. Quant à savoir si elle livrerait cette information à l'agent Rus, c'était une autre histoire. Elle voulait cette preuve pour elle-même, pour détruire l'attirance que Garek lui inspirait.

Elle descendit de voiture. Il commençait à neiger, à

gros flocons épars qui voletaient doucement vers le sol. La neige de la veille avait disparu des trottoirs. Des réverbères plantés entre les arbres malingres et dénudés qui bordaient la chaussée s'allumaient peu à peu en clignotant et commençaient à déverser une lumière jaunâtre.

Garek allait d'un pas rapide, comme s'il craignait d'avoir été suivi. L'avait-il vue ? Elle accéléra l'allure, elle aussi, mais le perdit de vue lorsqu'il arriva au bout de la rue.

Bon sang !

Etait-il entré dans l'un des bâtiments ? Lequel ? Et pourquoi ? Elle se hâta à sa suite. Il n'était pas entré dans un immeuble, mais dans une étroite ruelle, déjà plongée dans la pénombre. Elle n'en distinguait pas l'extrémité. Impossible de savoir s'il s'était introduit dans un entrepôt ou s'il avait seulement traversé le passage pour gagner une autre rue.

Prenant une profonde inspiration, elle s'engagea à son tour dans la ruelle.

A peine avait-elle fait quelques pas que des bras puissants se refermèrent étroitement autour d'elle. Elle leva le coude, prête à l'enfoncer entre les côtes de son agresseur, mais il la fit pivoter, comme pour l'entraîner dans une danse étrange. Sans lui laisser le temps de réagir, il la plaqua contre le mur, son torse lui écrasant les seins, ses lèvres effleurant les siennes.

— Tu n'as pas retenu ta leçon d'hier soir ? demanda Garek.

Elle avait retenu que la proximité de son corps l'embrasait tout entière… Le désir la submergea, triomphant de son bon sens. Pourtant, elle savait qu'il lui briserait le cœur, qu'elle ne devait pas tomber amoureuse de lui.

— Tu aurais pu être attaquée de nouveau.

Il était tendu, en colère peut-être. Elle le lut dans son regard lorsqu'il baissa ses yeux gris sur elle. Puis, brusquement, ses pupilles se dilatèrent, ne laissant qu'un mince cercle de gris qui accentuait le noir. Il n'était plus fâché.

— Tu ne vas pas m'attaquer…, murmura-t-elle.

Il s'approcha encore, la poussa plus fermement contre le mur de brique. Celui-ci était dur et froid, mais elle ne s'en aperçut pas. Elle n'avait conscience que du feu qui brûlait entre eux.

— A ta place, je n'en serais pas si sûre, grogna-t-il.

— Pourquoi ?

— Tu le sais, Candace…

Impossible d'ignorer son érection… Jamais elle n'avait désiré quelqu'un à ce point. Un gémissement lui échappa. Si seulement elle avait pensé qu'ils pouvaient avoir un avenir !

— Pourquoi as-tu accepté de travailler pour Chekov ?

Etait-ce sa faute, comme Stacy le croyait ? Avait-il réellement essayé d'être un meilleur homme pour elle ?

— Ce n'est qu'une mission, répondit-il.

Au moins n'avait-il pas prétendu qu'il aimait Tori Chekov, comme il l'avait affirmé à Logan. Mais à qui des deux mentait-il ?

Peut-être était-elle en train de se ridiculiser, une fois de plus. Cependant, elle ne le croyait pas capable d'aimer une autre femme tout en la désirant, elle, comme il la désirait.

Pourtant, n'avait-elle pas toujours su que Garek était un play-boy, qu'il flirtait avec toutes les femmes qu'il rencontrait ?

— Et moi ? souffla-t-elle en se pressant contre lui. Que suis-je ?

— Toi, tu es une source d'ennuis, grommela-t-il.

— Vraiment ?

Elle sourit. Personne ne lui avait jamais dit cela. Elle était une camarade, une personne sur qui on pouvait compter… tout le contraire d'une source d'ennuis. Les paroles de Garek sonnaient comme un compliment à ses yeux.

L'instant d'après, il l'embrassait. Elle noua les bras autour de son cou et lui rendit son baiser.

Candace sentait battre son cœur au même rythme que celui de Garek. Elle sentait la chaleur de son corps…

Enivrée de désir, elle frissonna. Comment un simple baiser pouvait-il lui faire oublier tout le reste ?

Il se dégagea, haletant.

— Candace…

Lorsqu'ils avaient fait l'amour, elle ne s'était pas rendu compte qu'elle l'avait affecté autant. Elle avait pensé être la seule à tomber amoureuse. Elle avait cru qu'il avait obtenu ce qu'il voulait, une nuit. Qu'elle avait été un défi, une conquête de plus à son actif.

Maintenant, elle n'en était plus si sûre. Il la désirait encore, c'était évident. Elle s'arqua contre lui, brûlant de le sentir en elle de nouveau. Il lui avait manqué. Jamais elle n'avait osé imaginer vivre une telle passion.

Une passion insensée, intense.

— C'est toi qui es une source d'ennuis, dit-elle. Je l'ai su dès le moment où je t'ai vu.

Contrairement à elle, il ne sourit pas. A ses yeux, ce n'était pas un compliment.

— Je ne l'étais pas alors, murmura-t-il. Mais les choses ont changé.

A cause de ce qu'il avait fait.

— Renonce à cette mission, suggéra-t-elle d'un ton pressant. Demande à Logan de la confier à quelqu'un d'autre. Ou, mieux encore, dis-lui de ne plus accepter la clientèle de Chekov.

Il l'observa avec une expression déchirée, et elle vit sa mâchoire se crisper. Il était tenté, elle en avait la certitude.

Ou se berçait-elle d'illusions ?

— S'il te plaît, implora-t-elle en se haussant sur la pointe des pieds pour l'embrasser. S'il te plaît…

Jamais encore elle n'avait supplié quelqu'un. Même pas Logan à l'époque où elle voulait qu'il tombe amoureux d'elle et non de Stacy Kozminski. Mais jamais elle n'avait désiré Logan comme elle désirait Garek. Ce qu'elle avait éprouvé pour lui n'était qu'une toquade, alors que ce qu'elle ressentait pour Garek était…

De la folie.

Elle effleura ses lèvres des siennes. Avec un gémissement, il capitula et, aussitôt, la passion les embrasa.

Elle le voulait, corps et âme. Elle ne voulait pas qu'il se vende à un individu tel que Chekov.

— Garek…

Il appuya son front contre le sien et secoua la tête.

— Je ne peux pas renoncer, Candace. Je suis trop engagé. Il faut que j'aille jusqu'au bout.

— Que veux-tu dire ? Que fais-tu pour cet homme ?

En guise de réponse, il secoua la tête de nouveau.

Alors qu'elle s'apprêtait à insister, un bruit de moteur tout proche lui parvint. Curieux… Elle n'avait entendu aucune voiture arriver.

Mais quoi d'étonnant ? Elle était distraite, absorbée par son désir pour Garek Kozminski.

— Que diable…

L'instant d'après, un véhicule fonçait sur eux en rugissant. Ils étaient debout, dos au mur, sans aucun moyen de s'échapper.

Ils allaient être écrasés.

9

Garek éteignit son téléphone portable avec un soupir. Il n'était pas étonné ; il n'avait pas besoin de Nicholas Rus pour savoir que Candace était du genre têtu. Après deux tentatives de meurtre, n'importe qui d'autre aurait pris note de l'avertissement et fait marche arrière.

Pas Candace.

Avait-elle seulement conscience du danger qu'elle courait ? Le conducteur de la voiture aurait pu les tuer tous les deux et y serait sans doute parvenu s'il n'avait pas réagi à la vitesse de l'éclair. Et, l'autre soir, s'il ne l'avait pas suivie quand elle avait quitté le club…

A la pensée de ce qui aurait pu lui arriver, il frissonna. Certes, elle était courageuse et compétente, mais n'importe qui pouvait être pris par surprise.

Il inspira à fond et poussa la porte du bureau de Chekov. A peine avait-il franchi le seuil qu'un coup de poing dans l'estomac lui coupa le souffle. Il se plia en deux sous l'effet de la douleur.

— Qu'est-ce que…

Lorsque le type revint à la charge, Garek était prêt. Il fonça sur lui et le renversa, cherchant des égratignures autour de son cou. Il n'y en avait pas. Ce n'était pas l'agresseur de Candace.

Le type le repoussa et un autre le tira en arrière. Un

second coup de poing l'atteignit, assené cette fois par Viktor Chekov. Il ne fut pas aussi douloureux que le premier, mais Garek se plia malgré tout de nouveau en deux.

Chekov était entouré de ses gardes du corps habituels, les plus proches de lui depuis qu'il avait fait abattre le petit ami de Tori. S'il avait envoyé un type tuer Candace, c'était l'un d'eux.

— Qu'est-ce qui se passe ? grogna Garek. Vous m'avez déjà fait tabasser par ce gang il y a des semaines.

Chekov avait-il découvert qu'il travaillait pour Rus ? Non. Sinon, il ne se serait pas contenté de le faire rouer de coups.

L'homme se mit à rire.

— Ce gang ? C'est comme ça que tu parles de ma famille ?

— C'était de l'humour, répliqua Garek en haussant les épaules.

— J'avais oublié que tu étais un gars plein d'humour, ironisa le gangster. Tu es venu me supplier de faire appel aux services de ton beau-frère pour protéger ma fille, sous prétexte que tu étais le seul à en être capable. Et, maintenant, tu te fais remplacer par ton frère. Qu'est-ce que c'est que cette histoire ?

Garek lâcha un juron.

— J'ai toute confiance en mon frère. Je ne peux pas en dire autant en ce qui concerne vos hommes.

— C'est-à-dire ?

— Votre bras droit a été abattu. C'est pour ça que je m'inquiète pour Tori. Les gens trop proches de vous se font tuer. Et, justement, quelqu'un a essayé de me tuer, moi.

Chekov éclata de rire.

— Allons, Garek, tu t'es ramolli ! Ce n'était qu'un petit rappel à l'ordre.

— On a essayé de me renverser aujourd'hui, insista Garek.

Certes, ce n'était sans doute pas lui qui était visé — à moins que Chekov ait compris qu'il l'avait trahi.

— Et mon frère a été passé à tabac hier soir.

Viktor fonça imperceptiblement les sourcils, mais cela n'échappa pas à Garek. Etait-il choqué ? Surpris ?

— Toi et ton frère ?

— Oui.

Et Candace, bien sûr, mais il ne la mentionna pas. Il ne voulait pas attirer l'attention du mafieux sur elle.

— Pourquoi s'en serait-on pris à vous ? demanda Viktor. Vous avez mécontenté quelqu'un ?

Ils avaient mécontenté pas mal de monde en aidant les Payne un an plus tôt. Mais la plupart de ces gens-là n'avaient pas survécu ou se trouvaient désormais dans des prisons si étroitement surveillées qu'ils n'avaient même pas le droit de recevoir de cartes postales.

— Je crois qu'il ne s'agit pas de nous, répondit Garek. Mais de vous.

— Pourquoi ? Vous ne faites pas partie de mes proches.

— Nous sommes chargés de la protection de Tori. Peut-être qu'on essaie de nous éliminer pour la rendre vulnérable.

Des taches rouges apparurent sur les pommettes du gangster, et ses yeux étincelèrent de rage.

— Si quelqu'un s'avise de toucher ne serait-ce qu'un de ses cheveux, je le mettrai en pièces, rugit-il !

De cela, Garek ne doutait pas une seconde.

Viktor Chekov embrassa d'un geste les autres hommes présents.

— Et je mettrai en pièces tous ceux qui auront été incapables de la protéger.

Garek réprima un frisson. Il ne croyait pas que Tori soit en danger, même si Viktor découvrait que c'était elle qui l'avait dénoncé au FBI pour le meurtre d'Alexander Polinsky. Quant à Chekov, il représentait une énigme. Il s'inquiétait de ce qui pourrait arriver à sa fille, alors que personne n'avait fait souffrir Tori autant que lui en éliminant son amant.

Garek avait entendu dire qu'Alexander était un play-boy. S'il avait trompé Tori, peut-être Viktor l'avait-il éliminé pour sa trahison ?

Il fallait qu'il trouve un moyen de faire parler Viktor. Aujourd'hui, pour la première fois, personne ne l'avait palpé pour s'assurer qu'il ne portait pas de micro. En serait-il de même au cours des jours à venir ?

C'était un risque qu'il devait courir.

Candace n'avait eu aucune envie de retourner au club, mais c'était là que tout avait commencé. C'était à partir de là qu'on l'avait suivie et agressée.

Pourquoi ?

Elle entra avec l'intention de parler à Viktor Chekov. Elle voulait lui demander les enregistrements effectués par les caméras de surveillance la veille au soir.

Malgré l'heure tardive, l'endroit était bondé. Les serveurs l'ignorèrent lorsqu'elle demanda à voir le propriétaire.

En désespoir de cause, elle se dirigea vers la table qu'occupait Tori. Accaparée par son téléphone portable, celle-ci finit par lever la tête. Candace comprit à la soudaine lueur de son regard qu'elle l'avait reconnue.

Milek se mit leva. A la vue de son visage tuméfié, Candace retint son souffle.

— Que t'est-il arrivé ?

— Je me suis mêlé de ce qui ne me regardait pas, répondit-il avec une froideur dont elle ne l'aurait pas cru capable. Tu n'as rien à faire ici, Candace. Il faut que tu partes.

— Je veux parler à Chekov.

— C'est impossible, intervint un autre homme, plus corpulent que Milek, et visiblement armé.

Elle lui jeta un rapide coup d'œil, mais il n'avait aucune

égratignure sur le cou. Ce n'était pas lui qui l'avait agressée. Etait-ce un autre des sbires de Chekov ?

— Où est Garek ?

Tori eut un ricanement dédaigneux qui contrastait avec son look de princesse.

— Ce n'est pas très élégant de courir après lui comme vous le faites.

Candace haussa les épaules. Elle aurait pu répondre que c'était Garek qui lui avait couru après, et pendant plus d'un an. Et que, la veille au soir, il s'était introduit dans son appartement…

Elle n'en fit rien. Si Garek n'était pas amoureux de Tori Chekov, l'inverse était possible. Le voir au quotidien avait peut-être ranimé la flamme qu'elle avait éprouvée pour lui autrefois, car son attitude était presque possessive.

Elle était bien placée pour comprendre, puisqu'elle aussi se sentait possessive envers Garek. C'était insensé ! Il n'était pas le genre d'homme qui appartenait à une seule femme. Au mieux, une femme pouvait espérer de lui une nuit comme celle qu'elle avait connue — une nuit magique, merveilleuse, de plaisir sans égal.

C'était aussi pour cette raison qu'elle s'était esquivée cette nuit-là. Elle ne voulait pas attendre de lui plus qu'il n'était prêt à donner.

— Il faut que je lui parle, insista-t-elle.

Il était le seul à pouvoir persuader Chekov de lâcher les enregistrements. Et elle avait besoin de les voir.

Tori émit un nouveau bruit méprisant.

— Vous vous rendez ridicule.

— Peut-être, admit Candace, et ce ne sera ni la première ni la dernière fois. Et vous savez ce que l'on dit… le ridicule n'a jamais tué personne.

— Mais la stupidité, elle, fait beaucoup de victimes, lança une voix grave derrière elle.

Un frisson la parcourut en réaction à la proximité de Garek. Il la saisit par le bras et l'entraîna en direction de la sortie.

— Qu'est-ce qui te prend ? s'exclama-t-elle en tentant de se dégager.

— C'est à toi que je devrais poser la question ! Tu cherches à te faire tuer ?

Elle essaya en vain de résister. Garek qui la tirait derrière lui sans le moindre effort.

— Non. Je cherche à découvrir qui essaie de me tuer ! Je veux les bandes des caméras de surveillance d'hier soir.

— Tu as un mandat de perquisition ? ironisa-t-il. Oh ! C'est vrai ! Tu n'es plus dans la police. Ne me dis pas que tu l'as oublié !

— Je n'ai pas oublié comment mener une enquête, et c'est précisément ce que je compte faire.

— Ce n'est pas à toi de le faire. Laisse l'agent Rus s'en occuper.

Ainsi, il savait qu'elle avait contacté l'agent du FBI. Comment l'avait-il appris ? Rus l'avait-il questionné, ou étaient-ils de mèche ?

— Penses-tu qu'il puisse obtenir un mandat de perquisition pour ces bandes ?

A sa grande surprise, il répondit honnêtement.

— Non.

— Dans ce cas, laisse-moi les visionner. Si Chekov n'a rien à cacher…

Il lâcha un rire amer et fit une grimace. En le voyant porter la main à son estomac, Candace comprit qu'il avait été frappé. Milek n'était pas le seul à avoir reçu une raclée. A quoi donc les frères Kozminski étaient-ils mêlés ?

— Chekov n'a rien à cacher te concernant, lui fit-il remarquer. Il ne sait même pas que tu existes.

Elle en doutait, puisque la fille du gangster semblait la connaître et avoir pitié d'elle. De plus, elle était pratiquement sûre que son agresseur dans la ruelle était à la solde de Chekov. La plupart des criminels de River City l'étaient…

— Et nous allons faire en sorte que ça ne change pas, reprit Garek en continuant à la tirer vers la sortie.

— Tu ne peux pas me jeter dehors ! protesta-t-elle. Je n'ai rien fait de mal.

— Nous nous réservons le droit de refuser qui bon nous semble, dit-il en lui montrant le panneau qui affirmait précisément cela.

Elle parvint à libérer son bras avant qu'il ait pu la mettre à la porte. Les deux voituriers qui attendaient à l'accueil les dévisagèrent, puis se hâtèrent de sortir quand Garek les dévisagea à son tour.

— « Nous », répéta-t-elle. Tu travailles pour le compte de Chekov.

— Je suis en mission.

— Tu m'as avoué que tu t'étais trop engagé, lui rappela-t-elle.

Il haussa les épaules.

— Ça te surprend ? Toi qui n'as pas cessé de dire à Logan que je n'avais pas changé, que j'étais toujours un criminel ?

Il avait grimacé de nouveau mais, cette fois, ce n'était pas à cause des coups qu'il avait encaissés. Elle comprit que ses paroles l'avaient blessé.

Désireuse de le réconforter, elle tendit instinctivement la main vers lui. Elle avait eu tort de se conduire comme elle l'avait fait avec lui. Avant Garek, elle n'avait jamais été du genre à juger ou à critiquer autrui.

Il retint sa main avant qu'elle ait pu le toucher.

— Tu avais raison à mon sujet. Ça ne te fait pas plaisir ?

Une déception amère l'envahit. Une déception accompagnée de perplexité. S'il était réellement le malfaiteur qu'il prétendait être, l'admettrait-il aussi facilement ? Lui mentait-il comme il avait menti à Logan au sujet de Tori Chekov ?

Pourquoi ?

— Mais… l'autre nuit…

Cette nuit-là avait tout changé pour elle. Elle lui avait donné envie de le croire, de lui faire confiance.

— C'était une erreur. Nous le savons tous les deux.

Des larmes lui picotèrent les yeux, mais elle les refoula et releva le menton. Elle savait encaisser un coup, elle aussi. Ce n'était pas le premier qu'elle recevait.

— Et tu as fait une erreur en te montrant ici. Tu dois t'en aller et ne plus jamais revenir.

— Je dois découvrir qui m'a attaquée !

— Laisse Rus s'occuper de ça, répéta-t-il. Et laisse-moi tranquille.

Il lâcha sa main et ouvrit la porte.

L'air froid la ramena brutalement à la réalité. Elle s'était ridiculisée en s'autorisant à croire que Stacy avait dit vrai et qu'il tenait à elle.

— Je te laisserai tranquille, répliqua-t-elle. Mais tu as intérêt à me laisser tranquille aussi.

— Je le ferai.

Comme elle passait devant lui, il murmura :

— Je n'ai pas le choix.

Elle s'arrêta et le dévisagea. Ses yeux gris étaient assombris par une foule d'émotions qu'elle ne put déchiffrer. Elle ne savait pas lire en lui. En revanche, elle avait une conscience aiguë des battements précipités de son propre cœur, de son corps tout entier attiré par lui.

— Au revoir, souffla-t-elle.

Puis elle s'éloigna.

Cette fois, elle était prête. Elle avait la main sur son pistolet. Si quiconque tentait de l'attaquer, elle se défendrait.

Hélas ! elle n'avait pas su se défendre contre Garek Kozminski. Avant même qu'elle se rende compte qu'il le lui avait pris, il lui avait brisé le cœur. Elle ne s'était pas trompée à son sujet : c'était un voleur.

Les yeux rivés au canon du pistolet, Milek déglutit. La veille au soir, il avait été roué de coups. Ce soir, il s'en était fallu de peu qu'il soit abattu à bout portant.

— Qu'est-ce que tu fabriques ? Pourquoi tu me suis ? demanda Candace.

Bien qu'elle l'ait reconnu, elle braquait toujours son arme sur lui.

Ils se trouvaient à proximité de l'endroit où elle avait garé sa voiture, à quelques minutes à pied du club, mais dans la direction opposée à la ruelle où elle avait été attaquée. Par chance, elle avait trouvé une place ce secteur plus peuplé, et mieux éclairé.

Milek savait qu'elle n'avait jamais fait confiance à son frère. Par contre, elle avait toujours paru mieux disposée à son égard.

— A ton avis ?

— Je ne sais pas. Tu travailles pour Chekov, toi aussi ?

— Je donne un coup de main à Garek, rectifia-t-il. Il m'a demandé de te protéger.

Il l'avait aussi réprimandé pour l'avoir laissée aborder Tori, mais Milek lui avait fait remarquer qu'il n'était pas facile de l'empêcher de faire ce qu'elle voulait.

— Il voulait que je veille à ce que personne ne te fasse de mal.

Elle cilla, mais pas par coquetterie. Elle avait détourné les yeux, et il comprit que c'était trop tard. Quelqu'un lui avait déjà fait du mal. Garek.

— Qu'est-ce qu'il fait ? Pourquoi s'est-il remis à travailler pour Chekov ?

Il se borna à hausser les épaules puis, perturbé de la voir au bord des larmes, ajouta :

— Il ne faut pas toujours se fier aux apparences.

Surtout lorsqu'il s'agissait de son frère. Garek se conduisait comme s'il ne se souciait de rien ni de personne. Pourtant, il avait tout sacrifié à ceux qu'il aimait et n'hésiterait pas à le refaire. Milek le soupçonnait d'aimer Candace. Dans le cas contraire, il n'aurait pas été aussi inquiet pour elle. La menace proférée par Chekov le hantait visiblement : si le gangster découvrait la véritable raison de son retour, il s'en prendrait aux siens. Peut-être l'agression de Candace était-elle une mise en garde.

— Tu es inquiet, dit-elle en remettant le pistolet dans son holster.

Il acquiesça.

— Il joue un jeu dangereux.

Elle cilla de nouveau mais, cette fois, les larmes qu'elle tentait de refouler étaient pour son frère.

— Protège-le ! supplia-t-elle. Je peux me défendre toute seule.

Il aurait pu répondre que Garek aussi en était capable. Cependant, cette mission était différente des autres.

Infiniment plus dangereuse.

10

Garek bouillait de colère. Cette femme était si têtue qu'elle allait finir par se faire tuer ! Il était furieux qu'elle soit revenue au club, et plus furieux encore qu'elle ait surpris Milek à la suivre et l'ait renvoyé.

Elle avait besoin de protection. Elle avait besoin de lui.

Le problème était qu'il avait pris l'engagement de se tenir à l'écart. Après avoir raccompagné Tori à la propriété de son père, il était rentré chez lui, dans l'appartement beige et blanc qu'il commençait à détester. Il avait hâte d'emménager dans sa maison, de s'installer entre ses murs aux couleurs chaudes.

Il avait hâte d'aller de l'avant.

Malheureusement, il ne pourrait le faire qu'après avoir rempli sa mission, lorsque Chekov serait derrière les barreaux. Mais, même alors, il n'était pas certain que Candace lui accorderait une nouvelle chance. Jamais il n'aurait dû lui dire que la nuit qu'ils avaient passée ensemble était une erreur. Il l'avait fait souffrir. Elle ne lui ferait plus jamais confiance.

Elle ne l'aimerait jamais.

Plongé dans ses pensées, il faillit ne rien remarquer en approchant de sa porte. En temps normal, les traces, signe évident qu'on avait forcé la serrure, lui auraient sauté aux yeux.

— Boulot d'amateur, souffla-t-il en secouant la tête.

Avant même son dixième anniversaire, il savait crocheter

une serrure sans laisser la moindre trace. Celui qui s'était introduit chez lui aurait aussi bien pu se servir d'une hache. Patek Kozminski aurait été horrifié. Il n'avait jamais toléré l'incompétence, en tout cas pas chez ses fils. Il avait traité Stacy comme une princesse tandis qu'il les considérait, Milek et lui, comme ses domestiques — des voleurs en formation.

Que Candace ait refusé de croire qu'il avait changé n'était pas surprenant. A sa sortie de prison, il avait continué à exercer ses talents de cambrioleur dans les musées et les sociétés, mais à leur demande, parce qu'ils désiraient mettre à l'épreuve leurs systèmes de sécurité.

C'était aussi pour cette raison que Logan les avait engagés, Milek et lui : ils lui avaient apporté des clients. Il avait prié Logan de ne pas révéler cela à Candace : il tenait à ce qu'elle découvre par elle-même l'homme qu'il était devenu.

Il avait cependant gâché sa chance. En lui avouant qu'il s'était trop engagé, il l'avait incitée à croire le pire à son sujet.

Mais il avait agi pour le mieux. Pour la garder en sécurité. Il devait la protéger du danger, car le danger l'entourait.

Il poussa doucement la porte et entendit grincer une lame de parquet. L'individu qui avait forcé la serrure était encore là.

L'arme au poing, prêt à faire feu, il franchit le seuil.

Candace avait la preuve que Garek Kozminski n'avait pas volé que son cœur : il était toujours un malfaiteur.

Elle avait trouvé des dizaines de plans d'immeubles, de systèmes de sécurité de musées et de galeries d'art situés non seulement à River City mais dans tout le pays.

Certes, l'appartement ne contenait nulle trace du produit de ses vols. Les objets compromettants avaient sans doute été confiés à un receleur. A moins que Garek n'ait été engagé pour voler pour le compte d'autrui. Etait-ce dans ce but que Chekov l'avait pris à son service ?

Elle reporta son attention sur les plans, s'efforçant de déterminer lequel de ces lieux pourrait être la prochaine cible. A vrai dire, un détail la taraudait : la plupart des documents semblaient assez anciens. Les dates qui figuraient dessus remontaient à plusieurs années. De plus, certains portaient des annotations signalant les faiblesses du système d'alarme, et des conseils visant à y remédier.

L'étrange remarque de Milek lui revint à l'esprit.

« Il ne faut pas toujours se fier aux apparences. »

— Alors, que vais-je cambrioler pour le compte de Chekov, à ton avis ?

Candace sursauta violemment. Elle n'aurait pourtant pas dû être étonnée qu'il l'ait surprise. Il se mouvait toujours si silencieusement qu'elle ne l'avait pas entendu entrer.

Elle se retourna. Il était adossé au chambranle de la porte, le pistolet à la main. Soit il l'avait entendue, soit il avait vu les dégâts qu'elle avait faits en s'efforçant de crocheter la serrure. Cependant, le canon de l'arme était braqué sur le sol et non sur elle.

— Ces plans ne datent pas d'hier, observa-t-elle.

Elle se mit à les replier, et constata avec consternation que ses mains tremblaient. Non pas parce qu'il l'avait surprise, mais à cause de l'endroit où elle se trouvait : la chambre de Garek.

Il lui avait ordonné de le laisser en paix. Allait-il penser qu'elle le harcelait ?

— Ça ne veut pas dire qu'ils sont inutilisables.

— Vu que tu as donné à ces gens des conseils pour améliorer leur sécurité, je serais étonnée que tu puisses entrer.

Il eut un petit rire.

— Oh ! J'y arriverais sans problème. Toi, non, en revanche.

— Je suis entrée ici.

Il haussa les épaules.

— Je n'ai rien à protéger. Un enfant pourrait crocheter

cette serrure sans difficulté. Vu l'état de la porte, j'ai d'ailleurs cru que c'était le cas.

— J'admets que je ne suis pas aussi douée que toi en la matière.

— Heureusement pour toi, tu n'as pas été élevée pour devenir une voleuse.

Pour la première fois, Candace comprit combien son enfance avait dû être difficile. Sa famille l'avait destiné au crime, il n'avait pas eu le choix.

— C'est vrai.

— De quoi tes parents rêvaient-ils pour toi ?

Ce fut à son tour de hausser les épaules.

— Ils n'avaient pas d'idée précise en tête.

— Je ne sais rien de ta famille..., remarqua-t-il.

Tandis que chacun savait tout ce qu'il y avait à savoir sur la sienne. Les Kozminski faisaient partie de la légende de River City.

— Il n'y a pas grand-chose à en dire. Mon père est dans l'armée, ma mère est une ex-reine de beauté. Ils déménagent régulièrement en fonction des affectations de mon père.

— C'était comme ça quand tu étais petite ? Ça ne devait pas être facile pour toi.

— Les déménagements ne me dérangeaient pas trop. Le plus pénible, c'était que ma mère insistait pour me présenter à des concours de beauté.

Elle s'attendait à ce qu'il se moque d'elle. Au lieu de cela, il parut surpris.

— Je n'ai pas vu de trophées chez toi.

Elle lâcha un petit rire.

— C'est parce que je n'ai jamais gagné.

— J'ai du mal à le croire.

Il rengaina son pistolet et s'avança dans la chambre.

Elle sentit un frisson la parcourir. Il la regardait comme

il l'avait regardée cette nuit-là, comme si elle était vraiment belle.

— Je suppose que je ne suis pas la seule à avoir du mal à discerner la vérité. Il ne faut pas toujours se fier aux apparences, ajouta-t-elle, citant Milek.

— Que fais-tu ici ?

Il fit un pas de plus. Il était si proche d'elle, maintenant, qu'elle sentait la chaleur de son corps.

— Pourquoi tenais-tu tant à entrer ?

Elle sentit le rouge lui monter au visage.

— Je sais que tu m'as dit de te laisser en paix…

Il acquiesça.

— … et que tu m'as dit que tu me laisserais en paix aussi.

— C'est vrai.

Il la prit par les épaules.

— Et je parlais sérieusement.

Elle déglutit, ravalant sa gêne.

— Dans ce cas, je devrais partir.

Il secoua la tête.

— Je t'ai dit tout ça mais, tout en le disant, je savais que ce serait impossible.

Le cœur de Candace se mit à cogner dans sa poitrine.

— Pourquoi ?

— Parce que…

Il lui encadra le visage de ses mains, se pencha et l'embrassa. Ses lèvres caressèrent les siennes, doucement, jusqu'à ce qu'elle réponde à son baiser. Au bout d'un long moment, il releva la tête, haletant.

— Parce que j'ai envie de toi.

Elle aussi le désirait. C'était insensé. Elle ne pouvait pas avoir confiance en lui. Même s'il avait été honnête par le passé, il travaillait désormais pour un mafieux. Le bon sens lui ordonnait de s'éloigner de lui comme elle avait promis de le faire.

Or, elle en était incapable.

De plus, elle voulait savoir si elle avait idéalisé ses souvenirs de la nuit qu'ils avaient passée ensemble. Cédant à la passion qui la consumait, elle l'attira vers elle et l'embrassa avec fougue.

Il gémit de plaisir. L'instant d'après, il la souleva dans ses bras, aussi facilement que si elle avait été une de ces femmes petites et menues qu'elle avait toujours secrètement rêvé d'être. Elle se sentait si féminine avec lui… Il la déposa sur le lit, sur les plans qu'elle n'avait pas encore repliés. Puis il retira son manteau et son holster et les laissa tomber sur le sol.

Elle tendit la main vers son ceinturon et le déboucla, mais il l'arrêta au moment où elle allait abaisser la fermeture de son jean.

Avait-il changé d'avis ? Ne voulait-il plus d'elle ?

Au contraire, il se mit à la dévêtir. Il lui retira son pull et étouffa une exclamation.

— Du satin rouge…

— C'est bientôt Noël !

D'ailleurs, elle aimait le rouge, et elle aimait la sensation du satin sur sa peau.

Les doigts de Garek descendirent le long de sa gorge, suivant la courbe des seins, puis il les glissa sous le tissu pour taquiner ses tétons.

Elle remua sur le lit, et ne put retenir un gémissement. Elle le voulait en elle. Maintenant. Tout de suite.

Sans se presser, il promena ses lèvres et sa langue sur sa peau frissonnante avant de faire lentement descendre son jean sur ses jambes.

— Du satin rouge…, répéta-t-il.

Elle tendit la main vers la fermeture de son pantalon. Cette fois, il la laissa libérer son membre palpitant, et un gémissement lui échappa lorsque ses doigts se refermèrent sur lui.

Il ôta sa chemise, révélant son large torse musclé. A la vue des contusions qui le marquaient, elle retint un cri et ouvrit la bouche pour l'interroger, mais il ne lui laissa pas le temps de parler. Il l'embrassa comme il l'embrassait toujours, avec une passion telle qu'elle ne pouvait plus penser à rien. S'abandonnant aux sensations, elle lui rendit son baiser. Les questions attendraient. Elle le voulait tout de suite.

Lui aussi la voulait. Il se débarrassa des vêtements qui lui restaient et vint la rejoindre sur les plans qui bruissaient. Son corps recouvrit le sien, comme la veille sur le canapé. Savourant la sensation de son poids sur elle, elle lui mordilla l'épaule et le cou. Le pouls de Garek battait fort sous sa peau. Puis il prit ses lèvres pour un baiser sensuel, sa langue allant et venant dans sa bouche tandis qu'il lui retirait son soutien-gorge et sa culotte. Leurs jambes s'entremêlèrent. Elle s'arqua contre son érection.

Mais il n'était pas pressé. Pas autant qu'elle ; il prit son temps, déposant une pluie de baisers sur ses épaules et ses seins.

Au comble de l'excitation, elle se tortilla sous lui et glissa la main entre leurs corps afin de caresser son membre durci. Comme pour lui rendre la pareille, il introduisit un doigt en elle et taquina du pouce l'endroit le plus sensible. Secouée par le plaisir, elle cria son nom.

L'instant d'après, il la pénétrait. Elle noua les jambes autour de sa taille et se cabra, le faisant basculer sur le côté. Ils roulèrent sur les plans, et elle le chevaucha tandis qu'il promenait les mains sur ses seins. Quand un nouvel orgasme déferla en elle, il la saisit par les hanches et accéléra son va-et-vient. Son corps entier se raidit alors qu'il la rejoignait dans l'extase.

Puis il l'attira contre lui et la tint étroitement serrée dans ses bras, comme s'il ne voulait plus jamais la lâcher.

Ou comme s'il voulait la protéger. Il en était capable, il

lui avait sauvé la vie deux fois. Mais était-il capable de se protéger, lui ?

Le cœur de Candace battait aussi frénétiquement que durant leurs ébats. Elle avait peur. Peur pour Garek.

11

Malgré son épais manteau, Garek était glacé jusqu'à la moelle. Quelques dizaines de minutes plus tôt, il était enveloppé de la chaleur de Candace, enfoui au plus profond d'elle. Il lui avait fait l'amour encore et encore. Après, il l'avait tenue serrée contre lui. Il n'avait pas voulu qu'elle s'enfuie comme l'autre fois.

Comble de l'ironie, c'était lui qui avait été forcé de la quitter. Elle ne s'était pas réveillée quand son portable avait sonné, ni quand il s'était levé sans bruit.

— Pourquoi m'as-tu fait venir ici ? grommela-t-il en jetant un coup d'œil autour de lui.

Il aurait de loin préféré retrouver Rus dans une ruelle sombre plutôt qu'à la morgue, mais il n'avait pas eu le choix. Rus avait insisté pour qu'il vienne, affirmant que des policiers surveillaient son appartement et que Candace ne risquait rien, même après son départ. Sans cette certitude, il aurait refusé de la laisser, même au risque de se quereller avec Rus.

— J'ai besoin que tu identifies un corps.

Garek s'approcha et jeta un coup d'œil au corps en question. Il s'agissait d'un homme corpulent, dont la peau pâle était couverte d'une profusion de tatouages.

— Connais pas.

— Pourrait-il s'agir du type qui a attaqué Candace ? Ou de celui qui a essayé de vous renverser ?

Garek regarda mieux l'homme et remarqua aussitôt les égratignures. D'après Milek, Candace avait griffé le cou de son agresseur.

Il lâcha un juron. A présent que ce type était mort, il ne pourrait pas expliquer pourquoi il avait tenté de tuer Candace.

Avait-il un grief personnel contre elle, comme Rus le pensait ? Ou quelqu'un l'avait-il engagé pour l'éliminer ?

— Comment est-il mort ?

En plus des tatouages, il y avait aussi des marques de coups. Et un trou en pleine poitrine qui avait pu être fait par une balle ou par un couteau.

— Il a été abattu.

Garek frissonna.

— Je sais qu'il est tôt pour le dire, mais…

— C'était la même arme, oui. J'ai fait faire une analyse balistique en urgence.

Garek jura de nouveau.

— C'est une bonne nouvelle en un sens, reprit Rus, qui ne semblait pourtant pas ravi non plus. L'arme est toujours en circulation puisqu'elle a été utilisée pour tuer cet homme.

— Qui est-ce ? Je ne l'ai jamais vu.

— Tu ne crois pas que c'est un des gars de Chekov ?

— Je ne connais pas tous ceux qui travaillent pour lui, répondit Garek avec un haussement d'épaules. Il est possible qu'il en ait fait partie. Mais pourquoi Chekov l'aurait-il supprimé ?

— Parce qu'il n'hésite pas à se débarrasser de ceux qui l'ont mécontenté.

Alexander Polinsky avait dû faire bien plus que mécontenter Chekov, songea Garek. Le gangster n'aurait pas éliminé le petit ami de Tori à la légère.

Quant à lui, il avait dû agacer Chekov aussi, mais au lieu de s'en prendre à lui, le mafieux avait préféré viser Candace. Puis il avait tué son homme de main. Pourquoi ? Parce qu'il avait échoué ? Ou parce que Viktor avait décidé de prendre personnellement le contrôle de la situation ?

— Il faut que tu redoubles de prudence, dit Rus en le fixant, les sourcils froncés. Tu ne peux pas te permettre la moindre erreur.

Garek soupira. Rus avait-il lu dans ses pensées ?

— Tu veux parler de Candace ?

— C'est pareil pour elle.

En effet. Si Viktor avait décidé de supprimer Candace, il serait difficile de la sauver. Faire l'amour avec elle avait été merveilleux, mais c'était une erreur. Il devrait être totalement concentré à l'avenir, pour elle autant que pour lui. Sinon, ils risquaient de finir tous les deux dans cette morgue.

Candace avait été convoquée au bureau de Logan. Quand son téléphone avait sonné, elle s'était empressée de répondre pour ne pas réveiller Garek.

Elle s'était inquiétée pour rien. Il était parti.

Quand ? Et où était-il allé ?

Il n'avait pas laissé de message. Pas d'explication.

L'avait-il fait pour se venger ? Pour lui rendre la monnaie de sa pièce ?

Apparemment, il regrettait déjà d'avoir passé la nuit avec elle. Une fois de plus, elle s'était ridiculisée en tombant amoureuse d'un homme qui ne la respectait pas.

Pourtant, il l'avait désirée. Il lui avait fait l'amour avec passion et générosité, lui donnant plus de plaisir qu'il n'en avait pris. Par conséquent, il devait éprouver quelque chose pour elle…

Logan claqua des doigts.

— Qu'y a-t-il ? Tu n'as pas dormi de la nuit ou quoi ?

Candace soupira. Si elle n'avait pas dormi, elle aurait su pourquoi Garek était parti et où il était allé.

— Je t'écoute.

— Tu n'es pas allée aux urgences, l'autre jour, lui reprocha-t-il.

— Je vais très bien.

Seul son cœur était en morceaux.

Une année durant, Garek avait flirté avec elle. A quel moment s'était-il immiscé dans ses pensées ?

Un nouveau soupir lui échappa.

— Tu as l'air déçue.

Elle était déçue par elle-même, déçue de s'être laissé distraire par son attirance pour Garek. Quelqu'un avait tenté de la tuer ; elle devait découvrir qui et s'il y avait un lien avec Garek et Chekov.

— Je m'en veux de ne pas avoir retrouvé celui qui m'a attaquée.

Logan fit glisser une photo sur son bureau. Elle la prit et l'examina. Le visage de l'individu était dissimulé par un masque mais son cou, bien visible, était zébré de marques qu'elle reconnut : c'était elle qui les avait faites.

— C'est lui, affirma-t-elle. Qui est-ce, et qu'est-ce qui lui est arrivé ?

— Il s'appelle Donald Doornbos.

Elle haussa les épaules. Ce nom ne lui disait rien.

— Et il travaille pour qui ?

Logan eut un petit rire.

— Il faudra que tu poses la question à l'agent Rus. Il m'a fait parvenir cette photo pour voir si tu pouvais l'identifier.

— C'est lui qui m'a attaquée, répéta-t-elle. Mais je ne l'avais jamais vu avant ce soir-là.

— Tu ne l'as jamais arrêté quand tu étais dans la police ?

— Rus sait déjà que non.

Logan reprit le cliché.

— C'est un des hommes de Chekov ?

— Je ne sais pas. Rus ne l'a pas dit.

— Qu'est-ce qu'il a dit ? insista Candace.

— Pas grand-chose…

Un muscle tressauta sur la mâchoire de Logan, trahissant son agacement. Tout comme elle, il était frustré de ne pas savoir ce qui se passait.

— La cause du décès ?

— Une balle en pleine poitrine.

— Qui l'a tué ?

Etait-ce Garek ? Etait-il en état de légitime défense, ou avait-il agi par vengeance ? C'était sans doute le même homme qui avait tenté de les renverser dans la ruelle.

— Son corps a été retrouvé dans un parking.

— Au club de Chekov ?

Logan secoua la tête.

— Non.

— Ça ne veut rien dire. Il a pu être tué dans la propriété de Chekov et transporté ailleurs après.

Probablement les choses s'étaient-elles déroulées ainsi pour Alexander Polinsky. Du moins, était-ce ce que lui avaient affirmé les policiers qu'elle connaissait.

— C'est Rus qui mène cette enquête, lui rappela Logan. Pas toi.

Comme elle s'apprêtait à protester, il leva une main pour lui imposer le silence.

— Tu es garde du corps maintenant. Tu n'es plus dans la police.

On le lui avait répété plusieurs fois récemment. Elle réprima un soupir agacé.

— Et j'ai une mission à te confier, reprit son supérieur.

— Tu vas me charger de la protection de la fille de Chekov ? demanda-t-elle avec espoir.

— Non. C'est moi qui décide ici, je te le rappelle.

Elle arqua un sourcil.

— Vraiment ? fit-elle sur un ton sceptique. Ce n'est pas Garek qui t'a apporté Chekov comme client ?

Logan acquiesça.

— Chekov et d'autres.

Les musées. Les galeries d'art.

— Pourquoi ne me l'as-tu jamais dit ?

— Garek ne voulait pas que je t'en parle.

Ainsi, il avait voulu qu'elle ait une mauvaise opinion de lui. Pourquoi ? Parce que cela l'amusait ?

— Et ces clients que Garek apporte à l'agence tiennent à travailler avec Garek, reprit Logan, en insistant sur le nom. Comme je viens de te le die, j'ai une mission pour toi. C'est à Chicago…

— Non.

— Tu ne m'as même pas laissé terminer !

— C'est inutile. Tu veux m'éloigner de River City, c'est tout.

Sans doute Garek lui avait-il demandé de se débarrasser d'elle.

Logan soupira et se massa les tempes.

— Tu vas me faire regretter de t'avoir réengagée.

— C'est ta femme qui m'a persuadée de revenir.

— Elle n'aurait pas dû.

— Tu ne veux pas que je travaille pour toi ?

— C'est toi qui refuses ! J'ai une mission pour toi : la protection d'une avocate à Chicago.

— Envoie Nikki.

— Non. Il faut un de mes meilleurs gardes du corps pour cette mission.

— Nikki pourrait le devenir, si tu lui donnais une chance.

Exaspéré, Logan la fusilla du regard. Elle s'attendit à ce qu'il la congédie sur-le-champ, mais il se contenta de secouer la tête.

— Quand on a essayé de te tuer, as-tu quitté la ville ? demanda-t-elle.

— Personne n'a essayé de me tuer. C'est Parker qui était visé.

— Tu ne le savais pas, à l'époque.

Il haussa les épaules.

— Peu importe à présent.

— Parce que tu n'es plus en danger.

— Le type qui t'a agressée est mort, rétorqua-t-il. Par conséquent, tu es libre d'aller à Chicago.

— Je ne le serai pas avant d'avoir découvert pour qui il travaillait.

Elle se leva.

— Et j'ai des soupçons.

— Tu n'as que des soupçons.

— Exact. Jusqu'au moment où j'aurai des preuves.

— Ne t'approche pas de Chekov, l'avertit Logan alors qu'elle se dirigeait vers la porte. Ni de Garek !

Cela ne présenterait sans doute pas de difficultés, puisqu'elle ignorait où il était allé. Elle se contenta d'acquiescer en sortant. Elle referma la porte sans bruit, se retourna et faillit entrer en collision avec Nikki qui se jeta à son cou et l'étreignit.

— Merci !

— De quoi ?

— De lui avoir dit que je serais un de ses meilleurs agents s'il me donnait une chance.

Candace se mit à rire.

— Tu as des micros dans son bureau ? Chapeau !

Nikki lui fit un clin d'œil.

— Bien sûr.

— Il ne t'apprécie pas à ta juste valeur.

— Peu importe, fit Nikki en haussant les épaules. Je

travaillerai pour Cooper dès qu'il aura sa propre franchise. Tu devrais peut-être faire pareil.

Candace ne répondit pas. Elle ne travaillerait pour personne tant qu'elle n'aurait pas découvert qui avait engagé un type pour la tuer. Dans l'immédiat, elle ne pouvait se charger de protéger quiconque : elle devait se protéger elle-même.

12

La porte ne tenait plus que par un de ses gonds sur l'encadrement fracassé. Cette fois, on ne s'était pas contenté de crocheter la serrure. L'estomac de Garek se noua ; Candace était-elle là quand cela s'était produit ?

Rus lui avait promis de l'appeler si les agents qui la surveillaient percevaient une menace. Si cette porte défoncée n'en était pas une… Il dégaina son pistolet.

L'arme au poing, il entra dans l'appartement. Viktor Chekov était assis sur le canapé, les pieds sur la table du salon, flanqué de deux hommes de main dont les pistolets étaient braqués sur Garek.

Il pouvait en abattre un mais pas les deux. Conscient de son désavantage, il rengaina son arme.

— Si j'avais su que vous alliez me rendre visite, j'aurais laissé la porte ouverte et sorti des gâteaux apéritifs.

Que diable Chekov faisait-il là ? Garek s'était assuré de ne pas avoir été suivi depuis la morgue. Si on l'avait vu parler à Rus, il était à coup sûr un homme mort. C'était pour cette raison que sa mission devait rester secrète : plus il y aurait de gens au courant, plus les probabilités que Viktor Chekov en entende parler seraient grandes.

— Nous venons d'arriver.

— Que faites-vous ici ? Milek assure la protection de Tori.

Garek était resté un long moment avec Rus. Ils avaient

passé au crible les antécédents de Doornbos afin de trouver un lien avec Chekov. Il s'était même attardé après que Rus était parti dîner chez Penny Payne.

Il aurait pu l'accompagner, car il était invité également. Mais Candace y serait probablement aussi, et il n'était pas encore prêt à la voir — même si, chaque fois qu'il fermait les yeux, il la voyait nue dans son lit, le visage enflammé par la passion, les lèvres humides et gonflées par ses baisers…

— Peut-être que c'est à ton frère que j'aurais dû demander de protéger ma fille, rétorqua Viktor. J'ai l'impression que tu as la tête ailleurs. Evidemment, il est moins sollicité que toi.

Garek se raidit.

— Que voulez-vous dire ?

Un sourire en coin tordit les traits du gangster.

— La femme garde du corps. L'ex-flic, ta petite amie.

La peur fit courir un frisson glacé sur l'échine de Garek. Viktor était au courant pour Candace. Depuis combien de temps ?

— Peut-être que j'aurais dû l'engager pour la protection de Tori, reprit Viktor. Il semblerait que j'aie perdu un homme.

Ainsi, le mort avait travaillé pour lui.

— Quelqu'un est parti ? demanda Garek.

Viktor inclina la tête de côté.

— Parti ? Je crois plutôt qu'il va être viré.

Oh ! Chekov parlait de lui… La mise en garde de Rus s'imposa à son esprit. Viktor Chekov ne congédiait pas les gens qui l'avaient mécontenté, il les faisait abattre.

— Je n'ai pas de petite amie, affirma-t-il.

Chekov se leva et lui donna une tape sur la joue, avec juste assez de force pour qu'elle soit douloureuse.

— Ne me raconte pas de bobards. Je t'ai vu courir après cette fille.

— L'autre soir ? Je l'ai suivie, oui. Mais, comme vous le

savez, elle travaille pour la même agence que moi. Je voulais m'assurer qu'elle avait regagné sa voiture sans encombre.

Viktor se mit à rire.

— Parce que tu es un parfait gentleman, maintenant ?

Peut-être l'aurait-il été si une femme comme Penny Payne l'avait élevé. Malheureusement, sa mère n'avait rien en commun avec Penny ; ses enfants lui étaient parfaitement indifférents. Lorsque son mari avait agressé Stacy, elle avait blâmé sa propre fille. Elle était même allée jusqu'à témoigner à charge contre ses trois enfants plutôt que d'admettre qu'elle avait épousé un monstre.

— Une femme comme Candace Baker n'a pas besoin de protection, reprit Chekov, un respect réticent dans la voix.

La poitrine de Garek se comprima sous l'étau de la peur. C'était forcément Viktor qui avait ordonné les attaques perpétrées contre Candace. Sinon, comment aurait-il su qu'elle était de taille à se défendre ?

Garek haussa les épaules.

— C'est vrai. C'est pourquoi elle n'est pas une distraction pour moi. Elle n'est rien du tout.

Viktor ricana.

— C'est un ex-flic, insista Garek. Vous pensez qu'un ex-flic aurait une relation avec un Kozminski ? Ou l'inverse ?

— Ta sœur a en a bien épousé un.

— Ma sœur n'est jamais allée en prison. Elle n'a strictement rien à se reprocher.

A son immense regret, il ne pouvait en dire autant.

Il aurait voulu être un homme que Candace puisse admirer et respecter. C'était en partie ce qui l'avait décidé à accepter la mission de Rus — parce que, s'il réussissait, Candace apprendrait ce qu'il avait fait. Or, les efforts qu'il faisait pour l'impressionner risquaient de leur coûter la vie à tous les deux. Il devait absolument convaincre le gangster qu'elle ne représentait rien pour lui.

Il se mit à rire.

— Vous pensez sérieusement que je m'intéresserais à une femme comme elle ? Elle est plus coriace que moi. Pas mon genre du tout !

— Je croyais que toutes les femmes étaient ton genre, lâcha un des autres types.

— Comme Polinsky, ajouta l'autre.

Garek stocka précieusement cette remarque dans sa mémoire. Ce défaut avait-il scellé le sort du bras droit de Chekov ?

Il hocha la tête.

— Exactement. J'aime les femmes en général. Pas une en particulier.

Viktor le gifla de nouveau, plus fort.

— Dans ce cas, je te conseille de faire attention avec Tori. Elle a l'air de s'attacher à toi.

Garek en doutait. A ses yeux, elle pleurait toujours son petit ami, l'homme que son propre père avait éliminé. Peut-être Tori jouait-elle la comédie pour le protéger de Viktor.

Etait-ce pour cette raison que Chekov s'en était pris à Candace ? Pour que sa fille n'ait pas de concurrence ?

— Je ne ferai jamais de mal à Tori, affirma-t-il.

Chekov étrécit les yeux et acquiesça.

— Bien. Dans ce cas, je ne vais pas te renvoyer…

Il se dirigea vers la porte, suivi de ses sbires.

— Enfin, pas aujourd'hui.

En entendant grincer la porte fracassée, Candace s'autorisa à respirer. Cela n'atténua en rien la douleur qui lui broyait le cœur.

« Elle n'est rien du tout. »

Rien qu'une autre conquête.

Elle attendit que la colère déferle en elle. La peur ne l'avait pas quittée ; elle tremblait encore de tous ses membres. Quand ils avaient enfoncé la porte, elle était dans la chambre, penchée sur les fameux plans. Elle avait sorti son arme et attendu qu'ils viennent la chercher.

Au lieu de cela, ils s'étaient installés dans le salon pour attendre le retour de Garek. Elle s'était rongé les sangs en se demandant ce qu'ils allaient lui faire. Le rouer de coups à nouveau ? Le tuer ?

Chekov en était capable, elle le savait. Pourquoi Garek avait-il fait des pieds et des mains pour être engagé par un individu pareil ?

— Pourquoi ? demanda-t-elle en sortant de la chambre.

Il pivota vivement vers elle et blêmit sous l'effet du choc.

— Tu étais là ?

Elle hocha la tête.

— Ils ne t'ont pas vue ?

— Ils ne m'ont pas cherchée.

Il lâcha un soupir saccadé.

— C'est bien. C'est bien…

— Qu'y a-t-il de bien là-dedans ? rétorqua-t-elle en désignant la porte. Regarde ce qu'ils ont fait ! Pourquoi continues-tu à travailler pour un homme aussi dangereux ?

La mâchoire de Garek se crispa.

— Je ne veux pas le faire. J'y suis obligé…

Et voilà. Encore une remarque sibylline.

— Que se passe-t-il vraiment ?

— Rien qui te regarde.

Un rire amer lui échappa.

— Parce que je ne suis rien. Je sais.

Elle s'en était doutée, et pourtant elle avait espéré s'être trompée. A son sujet, à leur sujet…

Elle avait espéré avoir un avenir avec lui. Mais, à la manière dont Chekov le traitait, elle craignait fort que ses jours ne soient comptés et qu'il n'ait d'avenir avec personne.

— Candace...

Sa voix était empreinte d'émotion. Son regard aussi ; le gris argenté de ses yeux était teinté de regret, de frustration et de quelque chose d'autre...

Quelque chose qui sortait probablement tout droit de son imagination.

La saisissant par le bras, il l'attira contre lui. Il tremblait légèrement.

— Ils t'auraient peut-être tuée s'ils avaient su que tu étais là !

Il tenait à elle. C'était évident à sa voix, à son regard, à la manière dont il la serrait contre lui.

Elle lâcha une expiration tremblante et l'enlaça.

— Il faut que tu t'éloignes de Chekov. Que tu renonces à cette mission.

— C'est impossible.

— Tu l'as fait, dans le temps.

— Je suis allé en prison.

Un frisson la parcourut. Oui, il était allé en prison pour meurtre. Mais elle acceptait désormais l'idée que tout n'était pas simple dans cette histoire. Il avait tué un homme qui était une menace pour sa sœur et avait agi ainsi pour protéger Stacy. Qui essayait-il de protéger à présent ?

— Tu pourrais y retourner si tu ne renonces pas à travailler pour lui.

Il esquissa un léger sourire.

— J'aurais de la chance si c'était le cas.

Elle frissonna de nouveau.

— Garek, je t'en prie, fuis cet homme !

— Comme tu m'as fui, moi ? La première fois que nous avons passé la nuit ensemble ?

— Tu es parti ce matin, lui rappela-t-elle sans chercher à nier. Sans me réveiller et sans laisser un mot d'explication.

— C'est pour ça que tu es revenue ? Pour avoir une explication ?

Bien que ce ne soit pas tout à fait la raison, elle acquiesça.

— Tu veux savoir où je suis allé ce matin ? reprit-il. A la morgue.

— Tu as identifié le type qui a essayé de me tuer. Etait-ce un de ceux à la solde de Chekov ?

— Je ne sais pas. Tout ce que je sais, c'est que tu dois t'éloigner de moi. Quitter River City de nouveau. Et, cette fois, il faut que tu t'assures que personne ne puisse retrouver ta trace. Pas même Nikki.

— Il n'en est pas question !

— Dans ce cas, tu es stupide. Il faut que tu t'éloignes de moi. Je ne peux que te faire du mal…

Il lui effleura le visage du bout des doigts. Son pouce frôla sa lèvre inférieure et, un instant, il fixa sa bouche comme s'il mourait d'envie de l'embrasser. Pourtant, il n'en fit rien.

— Et je ne veux pas te faire du mal.

— C'est déjà fait.

Les choses qu'il avait dites, la manière dont il l'avait repoussée, tout cela lui avait fait mal. Mais ce qui la blessait plus encore, c'était qu'il continuait à lui cacher certaines choses. Des choses qu'il aurait partagées s'il avait souhaité être vraiment proche d'elle, aussi proche qu'elle avait voulu l'être de lui.

— Je suis désolé…, murmura-t-il.

— Moi aussi. Je suis désolée que tu sois un lâche.

Il recula d'un pas, comme si elle l'avait frappé.

— Comment ?

— Tu es un lâche, répéta-t-elle. C'est toi qui fuis.

Il se mit à rire.

— Comment ça ?

— Tu me fuis. Tu me repousses.

— Pour ton bien.

— Vraiment ? Pour mon bien ? Je suis capable de me défendre, Garek. Je n'ai pas besoin de ta protection. Il y a trente ans que je me débrouille seule.

— Vraiment ? riposta-t-il. Tu as failli être tuée ! Deux fois.

— Deux fois ? fit-elle avec un rire. Tu crois que je n'ai jamais été en danger avant ? Ces incidents n'étaient rien comparés à ce que j'ai connu. J'ai failli sauter sur une bombe en Afghanistan. J'ai été blessée par balle. Poignardée. Assommée.

Il cilla, comme s'il éprouvait la douleur qu'elle avait ressentie alors.

— Tu te sers du danger comme d'une excuse pour me repousser. Pour m'empêcher d'être proche de toi.

Elle lui appuya un index accusateur sur le torse.

— Tu as passé un an à essayer de me séduire. Tu as réussi et, maintenant que tu m'as, tu as peur.

Il déglutit avec peine, mais ne protesta pas.

— De quoi tu as peur ? Tu crois que je vais te faire du mal ?

Il rit de nouveau, mais cette fois c'était un rire forcé, nerveux.

— Je n'ai jamais eu peur de souffrir.

Elle le toisa, sceptique.

— La seule chose dont j'ai peur, reprit-il, c'est que, toi, tu souffres.

— C'est déjà fait, je te l'ai dit, lâcha-t-elle en soupirant.

Elle avait passé trop d'années à espérer que Logan finirait par l'aimer. Et elle ne voulait plus perdre de temps à désirer l'amour d'un homme, fût-il Garek.

— Oui, il est trop tard…, murmura-t-elle plus pour elle-même que pour lui, avant de se diriger vers la porte.

Il tendit la main vers elle pour la retenir, mais elle se déroba.

— Candace, Chekov a peut-être des hommes postés dehors. Ils risquent de te suivre…

— Tu crois que je ne peux pas les semer ?

— Candace…

— Tu voulais que je parte, lui rappela-t-elle. Je pars. Et, cette fois, je ne reviendrai pas.

Elle ne se battrait plus pour obtenir l'amour d'un homme ; elle voulait qu'il lui soit accordé librement ou pas du tout.

Chekov allait sans doute abattre Garek avant qu'il se décide à la laisser entrer dans son cœur, et elle ne serait pas là pour le protéger — pour protéger l'avenir qu'ils auraient pu avoir ensemble si seulement il lui avait donné une chance.

Nicholas fixait le sapin de Noël joliment décoré dans le salon de Mme Payne. Il était couvert de guirlandes et d'ornements de toutes sortes, la plupart fabriqués à la main et associés à une anecdote familiale.

Il ne faisait pas partie de cette famille, pourtant Penny Payne se donnait un mal fou pour l'y inclure. Pourquoi ne le haïssait-elle pas comme certains de ses enfants ? N'était-il pas la preuve vivante de l'infidélité de son défunt mari ?

Au lieu de le repousser, elle ne cessait de l'inviter.

— Merci d'être resté, disait-elle justement en lui tendant une tasse de chocolat fumant.

A vrai dire, il n'était pas sûr de savoir pourquoi elle lui avait proposé de s'attarder un peu alors que les autres s'en allaient.

— Merci pour le dîner.

— Tu as à peine mangé.

Il avait été mal à l'aise, en effet, embarrassé par les regards froids de sa jeune demi-sœur, et par l'inquiétude évidente de Stacy pour ses demi-frères. Il se sentait doublement coupable.

— Je te demande pardon de t'avoir tendu une embuscade avec ce repas de famille.

— Je suis content que vous soyez du bon côté de la loi, dit-il avec un petit rire. Sinon, vous seriez dangereuse.

— A propos de danger…

Il se raidit. Cette femme possédait une sorte de sixième sens. Elle devinait toujours ce qui se passait dans sa famille, qu'il s'agisse de ses enfants biologiques ou de ceux qu'elle avait adoptés émotionnellement, comme les Kozminski.

— A quoi Garek Kozminski est-il mêlé ?

— Pourquoi pensez-vous que je suis au courant ?

La mission de Garek était censée être confidentielle.

Elle sourit.

— Parce que tu me ressembles, Nicholas.

Il aurait pu la contredire, lui rappeler qu'ils ne partageaient pas le même ADN et qu'ils n'avaient rien en commun ; il garda le silence.

— Tu sais ce qu'il y a dans la tête des gens, ajouta-t-elle. Tu le sais avant même qu'ils en aient conscience.

Il eut un petit rire.

— Vous êtes peut-être devin, moi non. Je fais bien mon travail, c'est tout.

— C'est ce que m'a dit le chef Lynch.

Elle avait rencontré son supérieur au mariage de deux de ses agents. Apparemment, ils avaient eu des conversations plus poussées qu'il l'avait pensé.

— Il m'a dit que tu te consacrais entièrement à ton travail.

Il haussa les épaules.

— J'aime ce que je fais.

— Il faut que tu aies davantage dans ta vie.

L'espace d'un instant, un visage s'imposa à l'esprit de Nicholas. Un visage ravissant, qu'il se hâta de repousser.

— Je suis très bien comme ça.

Elle soupira.

— Tu sais que ce n'est pas vrai. C'est important de faire partie d'une famille.

Il éprouva un brusque pincement au cœur. Jamais il n'avait rien désiré autant.

— Nikki ne m'acceptera jamais, répondit-il en se forçant à rire.

— Si. Tes frères t'ont déjà accepté. Mais les Kozminski aussi font partie de la famille, et si tu as mis Garek et Milek en danger et qu'il leur arrive malheur…

Elle se tut et attendit. Ne désirant pas lui mentir, il resta silencieux.

— C'est là que tu es censé me rassurer, dit-elle, l'inquiétude voilant ses yeux noisette.

Là encore, il garda le silence.

13

Avec rage, Garek abattit le poing sur la porte, ce qui l'arracha au gond qui la retenait encore. Elle tomba bruyamment sur le sol, mais il s'en moquait. Rien dans cet appartement ne lui importait plus, maintenant que Candace était partie.

— Qu'elle aille au diable, grommela-t-il. Qu'elle aille au diable !

Elle avait raison. Même si ce n'était pas lui qui s'était enfui lors de leur première nuit, même s'il n'était allé nulle part, il fuyait lui aussi. Il la fuyait et se servait de sa sécurité comme prétexte pour le faire.

Bon sang ! Candace Baker était plus forte, plus intelligente, et plus courageuse que lui. Aucun obstacle ne pouvait l'arrêter. Pas même Viktor Chekov…

Dégoûté par sa propre attitude — sa lâcheté, avait dit Candace —, il donna un coup de pied dans le montant de la porte, mais ne puisa aucune satisfaction dans son geste. Le nœud qui lui comprimait l'estomac ne se desserra pas. Il devait la retrouver. Etre avec elle. Admettre qu'elle avait vu juste.

Il avait peur, oui, et pas seulement pour elle. Il avait peur d'elle, parce qu'elle pouvait le faire souffrir infiniment plus que Viktor Chekov. Alors qu'il s'apprêtait à sortir, son téléphone se mit à sonner. Celui que seul Nick Rus utilisait.

Il le tira de sa poche avec brusquerie.

— Tu as trouvé un autre corps que tu veux que j'identifie ?

Rus soupira.

— Non. Mais on vient de me prévenir que Candace a semé le gars que j'avais chargé de la suivre.

Garek émit un petit rire.

— Evidemment…

— D'après mon agent, il n'était pas le seul à la filer, ajouta Rus.

Cette fois, Garek lâcha un juron.

— Chekov.

Voilà pourquoi cet homme en savait si long au sujet de Candace. Peut-être même savait-il qu'elle se trouvait dans l'appartement quand il avait demandé à ses sbires d'enfoncer la porte.

— Elle l'a semé aussi ?

Rus prit une inspiration audible, comme s'il se préparait à un aveu pénible.

— Mon homme n'en sait rien.

Garek décocha un nouveau coup de pied dans l'encadrement de la porte.

— Je vais la retrouver.

Il comptait le faire de toute manière, mais cette nouvelle décupla sa hâte. Il coupa la communication et composa le numéro de Candace.

Du moins, crut-il l'avoir fait. Cependant, aucune sonnerie ne se fit entendre et son appel ne fut pas davantage transféré à la boîte vocale. S'était-il trompé ? Le numéro n'était pas mémorisé dans l'appareil que Rus lui avait donné, mais il le connaissait par cœur. A une certaine époque, il téléphonait régulièrement à Candace, surtout pour la taquiner. Et parce qu'il adorait entendre le son de sa voix. Même lorsqu'elle était irritée, elle lui paraissait sexy. Tout lui paraissait sexy chez elle, y compris son obstination. Il composa le numéro de nouveau, sans résultat.

Qu'est-ce que ça voulait dire ?

Il fit un autre numéro.

— Allô ?

— Nikki, je voudrais que tu traces le téléphone de Candace.

— Qu'est-ce qui se passe entre vous deux ?

« Pas grand-chose », faillit-il répondre. Parce qu'elle était têtue comme une mule, et qu'il avait eu peur. Il aurait dû tout lui dire, il n'aurait pas dû avoir des secrets pour elle.

— Elle m'en veut, avoua-t-il.

Etait-ce pour cette raison qu'elle avait coupé son téléphone ?

— Sans blague ! répliqua Nikki avec un petit rire.

— Tu peux me dire où elle est ?

Il l'entendit pianoter sur son clavier à l'autre bout du fil, puis elle lâcha un juron.

— Désolée, Garek, son téléphone est coupé. Je n'ai aucun moyen de la repérer.

— Bon sang !

— Tu crois qu'elle l'a neutralisé délibérément ? demanda Nikki, une pointe d'espoir dans la voix.

Cette fois, il se maudit d'avoir automatiquement supposé que c'était le cas. Certes, c'était plus rassurant que d'imaginer qu'on l'avait enlevée et que l'appareil avait été détruit par son ravisseur.

— Je vais la retrouver.

— Ce ne sera pas facile si elle ne veut pas que tu le fasses, l'avertit Nikki.

Garek était inquiet à présent. Et si elle n'avait pas décidé de se cacher ? Quelqu'un l'avait-il capturée ? Chekov ?

Si ce type lui avait fait du mal, Rus n'aurait pas besoin du pistolet ni du témoignage de Tori. Il n'y aurait pas de procès. Il réglerait son compte au gangster mais, avant tout, il devait s'occuper de Candace, s'assurer qu'elle allait bien…

Ne sachant à qui elle avait affaire, Candace avait fait en sorte de semer celui ou ceux qui la filaient. Elle ne voulait pas prendre le risque qu'on la suive jusqu'ici. Pour rien au monde, elle n'aurait voulu mettre Mme Payne en danger.

Elle gravit les marches et étreignit son hôtesse qui lui avait ouvert les bras ; elle en avait besoin.

Mme Payne la fit entrer dans la chaleur de la maison et referma la porte. Candace jeta un coup d'œil anxieux par la fenêtre, et scruta l'obscurité. Il n'y avait personne en vue. Elle avait semé ses poursuivants, non ?

— Je suis désolée de vous déranger aussi tard, dit-elle.

— Il n'est pas tard, et vous êtes toujours la bienvenue.

Candace remarqua le superbe sapin dressé dans le salon. Organisatrice de mariages, Penny Payne possédait sa propre chapelle avec salle de réception au sous-sol, et elle était douée pour tout ce qui touchait à la décoration.

— Votre sapin est splendide.

Candace, qui avait toujours été trop focalisée sur son travail pour s'intéresser à la décoration, éprouva la brusque envie d'avoir son propre sapin de Noël, et quelqu'un qui l'aide à le décorer. Quelqu'un contre qui se blottir devant la cheminée.

Elle imagina Garek dans ce rôle. La vision s'estompa rapidement, remplacée par celle de la photo de l'homme de la morgue, celle que Logan lui avait montrée plus tôt. Mais, dans son esprit, l'homme de la photo était Garek, et non l'inconnu qui l'avait attaquée.

Elle frissonna.

— Je vais vous préparer un chocolat chaud, proposa Penny.

— Non, je vous en prie, ne vous dérangez pas. Je n'aurais pas dû venir…

Penny lui tapota la main.

— Je suis contente que vous soyez venue. Je vois que vous avez besoin de parler.

Candace secoua la tête, avant d'être soudain submergée par la frustration.

— J'ai déjà trop parlé, avoua-t-elle, les mots jaillissant d'eux-mêmes. J'avais besoin qu'il m'écoute, mais il ne l'a pas fait.

Penny sourit.

— Garek ?

Candace acquiesça.

— Les hommes ne nous entendent pas toujours tout de suite. Mais, en fin de compte nos paroles, leur parviennent.

Des larmes picotèrent les yeux de Candace. Elle cilla furieusement pour les refouler. Elle n'était pas sûre de vouloir que Mme Payne lui donne de l'espoir. Si elle était déçue ensuite, elle n'en souffrirait que davantage.

— Garek est plus têtu que la plupart, marmonna-t-elle.

Penny éclata de rire.

— Garek ?

Puis son sourire s'effaça, et elle inclina la tête de côté, songeuse.

— Il paraît si tranquille, si détendu, que je ne m'en étais pas rendu compte.

— Il est terriblement têtu.

— Et persévérant, lui fit remarquer Penny. Il a essayé un an durant de vous faire voir l'homme qu'il était. De vous persuader de lui donner une chance.

— Je n'étais qu'un défi pour lui. Maintenant que je le vois tel qu'il est, il a peur.

Penny se mit à rire.

— Bien sûr ! Qui voudrait être complètement vulnérable ?

Candace frissonna. Elle aussi se sentait vulnérable avec Garek. Il avait vu en elle ce qu'aucun autre homme n'avait vu : il l'avait trouvée belle, désirable.

— Ai-je été trop dure avec lui ?

— Disons que vous vous êtes obstinée à ne voir que ses défauts.

— C'était ma manière à moi de fuir…

— Vous êtes des fuyards tous les deux. Il vous a couru après le premier, maintenant, c'est votre tour.

— Je ne veux pas, dit Candace en secouant la tête. Je ne veux pas forcer quelqu'un à m'aimer.

— On ne peut pas forcer quelqu'un à vous aimer, lui fit remarquer Penny.

— Je sais. Je sais.

— Il est peut-être trop têtu pour s'avouer qu'il vous aime.

— Qu'il aille au diable !

— Vous êtes têtue, vous aussi.

C'était vrai. Si seulement elle lui avait donné une chance plus tôt, avant qu'il se mette à travailler pour Chekov…

— Vous étiez décidée à voir le pire en lui, reprit Penny. Et vous l'êtes toujours.

Que voulait-elle dire par là ? Candace s'apprêtait à protester quand une pensée lui vint subitement. S'était-elle trompée du tout au tout sur la raison qui avait poussé Garek à se mettre au service du gangster ?

Une à une, les pièces du puzzle s'assemblèrent sous ses yeux. Il savait qu'elle avait signalé son agression à la police. Il avait été convoqué à la morgue pour identifier son agresseur. Qui l'avait appelé ? Forcément l'agent Rus.

Travaillait-il pour Rus ?

Penny sourit.

— Je pense que vous avez compris.

Mme Payne savait. Bien sûr ! Rien n'échappait à son attention, et elle avait des sources partout.

— Est-il…

Penny Payne la fit taire en lui posant un doigt sur les lèvres.

— Ecoutez votre cœur, Candace. Il ne vous mentira pas.

Candace la serra contre elle.

— Merci.

Sans doute allait-elle se ridiculiser de nouveau en retournant vers Garek après avoir clamé qu'elle n'en ferait rien. Tant pis. Elle avait besoin de savoir si elle avait vu juste, s'il travaillait pour Rus.

Quelques instants plus tard, elle se hâtait vers sa voiture, déjà recouverte par la neige qui tombait à gros flocons. Elle dégagea rapidement les vitres et se mit au volant. Son téléphone gisait en pièces sur le siège passager. Elle l'avait démonté par mesure de précaution. Chekov était puissant ; il avait pu la mettre sur écoute, surtout s'il avait le moindre doute quant à la loyauté de Garek.

Pour quelle autre raison ses hommes l'auraient-ils passé à tabac ? Pourquoi seraient-ils venus le menacer chez lui ? Si Mme Payne avait compris qu'il travaillait pour le compte du FBI, Chekov l'avait peut-être deviné aussi.

Dans ce cas, il était en danger.

Malgré tous les efforts qu'il avait faits pour la repousser, elle n'aurait pas dû le laisser seul.

Elle sortit de l'allée et s'engagea dans la rue. Dès qu'elle le put, elle accéléra un peu, mais la chaussée enneigée était glissante, et elle devait négocier chaque courbe avec précaution. Tout à coup, des phares aveuglants surgirent derrière elle, se rapprochant à toute allure.

Elle jeta un coup d'œil inquiet dans le rétroviseur. S'il ne ralentissait pas, ce type allait perdre le contrôle.

Ne l'avait-il pas vue ? Pourquoi continuait-il à foncer droit sur elle ? Comprenant soudain son intention, elle accéléra. Trop tard ! Le véhicule heurta violemment son pare-chocs arrière.

Sa voiture fit un bond en avant, dérapa, franchit le talus bordant la route et fit plusieurs tonneaux avant de s'immobiliser. Des éclairs dansèrent devant les yeux de Candace. Elle cilla, et tendit la main vers son pistolet.

Ce n'était pas un accident. On venait de la percuter à dessein. Celui qui l'avait attaquée n'avait pas droit à l'échec. Quand on travaillait pour Viktor Chekov, l'échec signait votre arrêt de mort.

Au moment du départ de Candace, Penny Payne s'était rendu compte que la lumière était restée allumée dans le garage. Elle avait enfilé son manteau, ses bottes, et était allée l'éteindre. Alors qu'elle rentrait chez elle, elle tressaillit au son de coups de feu qui déchirèrent le silence de la vallée où elle avait son foyer, l'endroit où elle avait élevé ses enfants. Elle n'avait pas élevé Candace, mais elle la connaissait depuis assez longtemps pour l'aimer comme l'un des siens.

Que s'était-il passé ?

La jeune femme venait de partir. Elle ne devait pas être loin, surtout avec la neige qui tombait si dru. Avant les détonations, Penny avait entendu un bruit qui suggérait un accident — des pneus hurlant, un froissement de métal.

A cette heure tardive, il ne pouvait y avoir beaucoup de voitures sur la route. Instinctivement, elle sut que l'accident et les coups de feu étaient liés, et que Candace était en danger.

Si elle était blessée, ou pire, Garek ne se le pardonnerait jamais.

14

Garek dévala le talus enneigé et se rua vers la voiture accidentée. C'était celle de Candace. Sans l'appel de Mme Payne, il ne l'aurait certainement pas retrouvée.

Les phares, restés allumés, dessinaient des ronds dans la neige. Le vent qui soufflait en rafales balayait le sol, effaçant les traces. Malgré tout, un bref coup d'œil aux lieux lors de son arrivée lui avait suffi pour savoir qu'un autre véhicule avait été impliqué dans l'accident. Des fragments de plastique noir et de verre jonchaient la chaussée.

Il se pencha pour scruter l'habitacle et se redressa aussitôt, consterné. La voiture était vide. Des pièces de téléphone étaient éparpillées. Pas étonnant que Nikki n'ait pas pu localiser Candace !

Où diable était-elle passée ? L'avait-on enlevée ?

Se refusant à le croire, il secoua la tête. On ne pouvait pas avoir emmené Candace. Pas sa Candace ! Elle se serait battue comme une diablesse et n'aurait pas laissé derrière elle qu'un téléphone en morceaux. Elle aurait fait un blessé au moins.

— Candace !

Etait-elle encore trop furieuse contre lui pour répondre, ou était-ce la peur qui la réduisait au silence ?

Les hommes de Chekov avaient dû la suivre. Pourquoi ce dernier s'acharnait-il contre elle ? Avait-il compris qu'il travaillait pour le FBI ? Dans ce cas, pourquoi ne l'avait-il pas tout simplement supprimé, comme l'homme qui se trouvait à la morgue ?

Il prit une profonde inspiration, et s'efforça de réfléchir calmement. Candace n'avait pas été emmenée à la morgue. Les secours et la police n'étaient pas encore arrivés sur les lieux. Il les avait pris de vitesse.

Après l'appel angoissé de Penny, il avait roulé comme un fou malgré les routes glissantes. Rien n'aurait pu l'empêcher de se ruer vers Candace.

Mais où était-elle ?

La neige tombait moins fort à présent. La pleine lune illuminait la nuit et faisait scintiller les éclats de verre sur le sol côté conducteur. Etait-ce Candace qui avait fracassé la vitre ?

Soudain, il remarqua des taches écarlates dans la neige : des gouttes de sang. Elle était blessée, ou pire.

Mme Payne lui avait parlé de coups de feu.

— Candace ! hurla-t-il de nouveau. Candace !

Etait-elle consciente ? Pouvait-elle l'entendre ?

Pourquoi avait-il été aussi idiot, aussi lâche ? S'il ne l'avait pas chassée, ils seraient restés ensemble. Ils auraient pu veiller l'un sur l'autre.

Au lieu de quoi elle était partie seule. Et son courage n'avait pas suffi si elle avait été confrontée à plusieurs agresseurs.

En contrebas de la route, le vent était moins vif. Les empreintes n'avaient pas été effacées comme sur la chaussée. Il en discerna plus d'une série.

Candace était traquée par deux poursuivants au moins, mais elle n'était plus seule. Il voulait le faire savoir à ces types, leur faire comprendre que de l'aide était arrivée.

Tant pis s'il s'exposait au danger. Mieux valait qu'ils s'en prennent à lui plutôt qu'à Candace. Il était prêt à donner sa vie pour la sauver.

— Candace !

Sa voix se brisa en même temps que son cœur. La panique le submergea. S'il lui était arrivé malheur…

Il ne voulait pas — ne pouvait pas — envisager cette possibilité. Il fallait qu'elle soit saine et sauve. Il fallait qu'il la retrouve. S'il avait un ange gardien, ainsi qu'il l'avait pensé le jour où ils avaient échappé à la voiture dans la ruelle, alors il en avait besoin à présent pour le guider vers la femme qu'il aimait.

Oui, la femme qu'il aimait.

L'estomac noué par l'angoisse qui altérait sa voix, Milek écoutait son frère.

— Je ne sais pas où elle est. Elle saigne. Elle est blessée !

— On va la retrouver, promit-il. J'arrive.

— Dépêche-toi !

Jamais il n'avait senti Garek aussi inquiet. Il avait toujours paru si fort, si maître de lui. Peut-être avait-il voulu donner cette impression parce qu'il était l'aîné et qu'il tenait à être un roc pour Stacy et lui.

Ils n'avaient personne d'autre sur qui compter. Leur mère les avait négligés ; elle ne s'intéressait qu'aux hommes et à l'argent. Quant à leur père, sa passion était le vol. En fin de compte, elle l'avait dévoré, laissant ses enfants seuls face à la vie.

Stacy et lui s'étaient donc tournés vers Garek. Ils s'étaient reposés sur lui. A présent, c'était lui qui avait besoin d'eux.

Il composa un numéro. Malgré l'heure tardive, on décrocha aussitôt.

— Allô ?

Stacy semblait parfaitement réveillée.

— Il a besoin de nous, dit-il simplement. De nous tous. Candace a eu un accident.

Stacy étouffa un cri.

— Comment va-t-elle ?

— Il ne le sait pas. Il a retrouvé sa voiture, mais pas elle. Il faut qu'on aille l'aider.

Tout en parlant, il était sorti de son appartement. Le froid lui coupa le souffle. Si Candace était dehors, il n'y avait pas une minute à perdre. Même à supposer qu'elle ne soit pas blessée, elle pourrait être victime d'hypothermie.

— Bien sûr. J'avertis Logan.

— Entendu. Mais Garek a besoin de toi aussi, ajouta-t-il.

Au cas où ils ne la retrouveraient pas…

Garek aurait besoin du soutien de sa famille. De toute sa famille. Milek le savait. Il savait quel chagrin Garek éprouverait, parce qu'il vivait avec ce chagrin, avec ce trou béant dans sa poitrine, là où se trouvait naguère son cœur.

Candace claquait des dents sans pouvoir s'en empêcher. Redoutant de trahir sa position, elle tenta de crisper sa mâchoire, mais ses muscles étaient engourdis, et, en dépit de l'écharpe qui la couvrait, ses joues étaient irritées par le froid et le vent. Pourtant, elle s'était habillée chaudement. Du moins l'avait-elle pensé.

Elle portait un manteau fourré, des bottes et des gants. Malgré tout, elle ne sentait plus ses pieds depuis un bon moment. Résolue à entraîner ses poursuivants le plus loin possible de la maison de Mme Payne pour ne pas la mettre en danger, elle continua néanmoins à se frayer un chemin dans la neige.

Car on la suivait. Au début, elle était parvenue à courir et à les distancer, mais elle avait ralenti à mesure que le froid la gagnait, pénétrait ses os jusqu'à la moelle.

Elle avait cru qu'ils avaient ralenti aussi. Peut-être avait-elle touché l'un d'eux. En tout cas, elle avait eu de la chance qu'aucune de leurs balles ne l'ait atteinte lorsqu'ils avaient riposté.

Il y avait deux hommes au moins, probablement trois, à bord du gros 4x4 noir qui l'avait percutée. Peut-être était-ce le troisième qui la poursuivait à présent. Il se déplaçait plus vite que les deux autres, des individus corpulents qui ressemblaient à celui qui l'avait attaquée dans la ruelle et qui avaient descendu le talus d'un pas lourd, maladroit.

Cet homme-ci était plus agile, plus vif. Elle entendait ses pas rapides dans la neige. Sans doute la distinguait-il aisément au clair de lune.

Elle ne pourrait pas le distancer, elle avait trop froid. Elle se sentait épuisée, autant émotionnellement que physiquement. Car, même dans sa fuite éperdue, elle n'avait qu'une pensée en tête : Garek. Etait-il sain et sauf ?

Chekov l'avait-il déjà éliminé ?

Etait-il mort sans qu'elle ait eu la possibilité de lui parler ? De lui dire qu'elle s'était trompée à son sujet et qu'elle avait eu tort de lui résister pendant plus d'un an ? Si seulement elle lui avait donné une chance plus tôt !

Peut-être était-il trop tard, maintenant. Quoi qu'il en soit, elle était une lutteuse. Elle ne renoncerait pas sans se battre.

Elle se hâta vers un bouquet de sapins et se faufila sous les branches basses. De la neige tomba sur sa tête, s'immisçant sous son écharpe, le long de son cou.

Surprise, elle ne put retenir un petit cri qui résonna dans le silence nocturne. Les pas cessèrent un instant. L'homme avait dû l'entendre. Il était tout près.

Le vent était tombé ; ses traces devaient être visibles. Il allait venir la tuer…

Elle baissa les yeux sur le pistolet qu'elle tenait. Ses doigts étaient si gourds qu'elle ne s'était pas rendu compte qu'elle l'avait encore. A moins qu'elle trouve la force nécessaire pour l'abattre sur la tête de son poursuivant, il ne lui servirait à rien.

Elle avait vidé le chargeur lorsque les hommes avaient dévalé le talus, l'arme au poing. Et elle n'avait pas eu le temps d'en prendre un autre dans son sac à main, coincé quelque part sous le siège passager.

De sorte que, maintenant, elle n'avait rien pour se défendre hormis sa présence d'esprit. Transie comme elle l'était, elle doutait de pouvoir résister longtemps. Néanmoins, elle essaierait.

La neige crissait sous les pas de l'homme. Il se rapprochait peu à peu des sapins. Il l'avait trouvée.

Prenant une inspiration, elle resserra sa prise sur le pistolet et se prépara à s'en servir.

Son unique avantage était l'élément de surprise. Si elle pouvait le frapper assez fort pour lui faire perdre connaissance, le temps de lui dérober son arme…

C'était sa seule chance de survivre.

15

Le cœur de Garek cognait presque aussi fort que durant sa course, lorsqu'il la cherchait comme un fou. Et ce n'était pas parce qu'elle avait failli l'assommer. Elle aurait réussi, si elle n'avait été à bout de forces.

Si ces hommes l'avaient trouvée avant lui…

Il frissonna à la pensée de ce qu'ils lui auraient fait. Ils ne se seraient pas contentés de l'abattre, ils se seraient vengés, car il était presque sûr qu'elle en avait blessé un dans la fusillade. C'était pour cette raison que leurs empreintes avaient fini par retourner vers la route, vers leur véhicule.

Au moins l'un d'eux avait eu besoin de soins médicaux. Candace aussi en avait besoin. Elle souffrait d'hypothermie, pour commencer. Et peut-être avait-elle subi d'autres blessures lors de l'accident.

— J'ai eu de la chance que ton chargeur soit vide, murmura-t-il.

Il l'avait prise dans ses bras et la portait en direction de la route. Il voulait l'arracher au froid le plus vite possible.

Ses lèvres bleuies bougèrent à peine quand elle répondit :

— Je n'aurais pas tiré sur toi.

En revanche, elle avait tenté d'abattre l'arme sur sa tête. Par chance, elle ne l'avait touché qu'à l'épaule. Si elle avait fait mouche, ils seraient peut-être morts de froid tous les deux dans la neige, au milieu de nulle part. Elle avait parcouru près de deux kilomètres depuis le lieu de l'accident.

Il se concentra sur les traces. La route — et les secours — semblaient encore très loin.

— Où es-tu blessée ? J'ai vu des traces de sang dans la neige.

— J'ai dû en toucher un, dit-elle, confirmant ses soupçons.

Garek songea qu'il pourrait appeler Rus et lui demander de se renseigner dans les hôpitaux locaux. Avec un peu de chance, ils retrouveraient ces types, à condition qu'ils ne soient pas déjà morts.

Soudain, il entendit crisser la neige non loin. Candace se raidit dans ses bras, signe qu'elle aussi avait entendu.

Ils n'étaient plus seuls.

Peut-être les poursuivants de Candace n'étaient-ils pas allés chercher des secours mais des renforts.

— Ton pistolet est chargé ? souffla-t-elle.

Il acquiesça. Avant qu'il ait eu le temps de dégainer son arme, elle la saisit et la braqua droit sur un homme qui approchait.

Celui-ci leva les bras en l'air.

— C'est moi, Milek ! Ne tire pas !

Tremblante, elle se laissa aller dans les bras de Garek.

— Je n'aurais pas eu la force de tirer, avoua-t-elle.

— La route est encore loin ? demanda Garek.

— Assez, répondit Milek. Logan et Parker sont derrière moi. Laisse-moi la porter.

Avant ce soir, avant d'avoir cru qu'il avait perdu Candace, Garek n'avait pas vraiment compris la profondeur du désespoir de son frère. Maintenant, si. Et Candace n'était pas encore sortie d'affaire.

Instinctivement, il la serra plus étroitement contre lui.

— Non. Je la tiens.

Et jamais plus il ne la lâcherait.

Quelques secondes plus tard, Logan et Parker les rejoignirent.

— Comment va-t-elle ? demanda aussitôt Logan.

— J'ai appelé les secours, annonça Parker. Une ambulance est en route.

Candace secoua la tête.

— Je vais bien…

Cependant, sa peau était aussi blanche que la neige, et ses lèvres bleuies par le froid. Ses yeux se fermaient en dépit de ses efforts pour rester consciente. Si Garek ne l'avait pas trouvée, elle se serait peut-être effondrée et endormie dans la neige pour ne plus jamais se réveiller.

Il la serra plus fort contre lui pour la réchauffer, tendant l'oreille, guettant le hurlement de la sirène.

Les portières de l'ambulance se refermèrent sur Candace et Garek, puis le véhicule s'éloigna à vive allure. Candace ne s'était pas laissé faire sans résister. Elle avait affirmé ne pas avoir besoin de soins, mais Garek avait insisté pour qu'elle soit examinée par un médecin. Et il avait refusé de la quitter.

Stacy poussa un soupir. Avait-elle bien fait d'aller chercher Candace pour aider son frère ? Elle jeta un coup d'œil à la voiture cabossée et frissonna. Avait-elle mis la jeune femme en danger ?

Garek avait à peine remarqué sa présence lorsqu'il avait remonté le talus, Candace dans ses bras. L'expression de son visage, un mélange d'amour et d'inquiétude, avait serré le cœur de Stacy.

— Je vais déposer sa voiture à l'hôpital, dit Milek en passant devant elle.

Elle tendit la main pour le retenir.

— Merci…

Il se dégagea.

— Je l'ai fait pour Garek.

C'était une manière de lui signifier clairement qu'il ne se souciait pas d'elle. Pourtant, il avait besoin d'elle plus que Garek. Ce dernier avait trouvé Candace, il l'avait sauvée, tandis que Milek n'avait pas eu la possibilité de sauver la femme qu'il aimait.

— J'aurais dû te le dire..., admit-elle. Je n'aurais pas dû garder le secret d'Amber.

Elles avaient grandi ensemble. Plus que des amies, elles étaient des sœurs. Amber avait offert à Stacy une bouffée d'air frais dans l'univers insensé des Kozminski. Elle lui manquait, à elle aussi.

Il hocha la tête.

Elle aurait voulu qu'il crie, qu'il hurle, qu'il perde son sang-froid, mais Milek restait toujours maître de lui. Plutôt que de laisser libre cours à ses émotions, il se repliait sur lui-même. Il avait pris ses distances avec Garek aussi, avant qu'elle le mêle à cette affaire.

A la vue de son visage tuméfié, elle comprit qu'elle avait eu tort, une fois de plus. Au lieu d'aider ses frères, elle les avait exposés au danger.

Comme Milek s'éloignait, elle ne put réprimer un nouveau frisson, non pas à cause de la température glaciale, mais à cause de la froideur qu'il lui témoignait. Puis des bras puissants l'entourèrent, et Logan la serra contre lui.

— Tu aurais dû rester à la maison avec maman et Nikki, dit-il.

— Je pensais que Garek aurait peut-être besoin de moi.

Logan soupira.

— Il a trouvé Candace. Elle est solide, elle va s'en sortir.

Pour cette fois. Cependant, tant que son agresseur n'aurait pas été arrêté, elle serait toujours en danger.

— J'ai fait une grosse erreur, avoua-t-elle. Je n'aurais pas dû demander à Nikki de la retrouver.

— Tu les as vus ensemble ? demanda Logan.

Elle poussa un soupir.

— Je les ai entendus se chamailler même après la fermeture des portières de l'ambulance.

Logan eut un petit rire.

— Ça t'a rappelé quelqu'un ?

Elle leva les yeux vers l'homme qu'elle aimait de toutes ses forces, de toute son âme, et sourit.

— Je ne m'étais aperçu de rien, reprit-il en secouant la tête. Mais tu avais raison.

Son regard se porta sur l'agent qui examinait l'épave.

— Pourquoi Nick Rus enquêterait-il sur un simple accident ? demanda-t-elle, soupçonneuse.

— Tu avais raison sur un autre point. La mission de Garek n'est pas tout à fait ce qu'elle semble être.

Elle le dévisagea, stupéfaite. Ainsi, elle s'était complètement méprise. Elle avait mal jugé son frère. Milek n'était pas le seul à qui elle devait des excuses.

Sauf que des excuses ne suffiraient pas à Milek. Il avait subi une perte trop douloureuse.

Avec un peu de chance, Garek lui pardonnerait de s'être immiscée dans sa vie. A supposer qu'il vive assez longtemps pour cela…

— Il est en danger, murmura-t-elle.

Logan acquiesça.

— Nous les protégerons. Il ne leur arrivera rien.

Elle voulait croire son mari ; Logan était un homme de parole.

Cependant, certaines choses échappaient à son contrôle.

— Où m'emmènes-tu ? demanda Candace.

Elle aurait dû lui être reconnaissante de ne pas l'avoir forcée à rester à l'hôpital. Le médecin urgentiste voulait la garder une nuit au moins, mais Candace s'inquiétait pour la sécurité des autres patients, au cas où ses agresseurs l'auraient suivie jusque-là.

En revanche, ils n'avaient pas pu suivre Garek lorsqu'il avait quitté l'hôpital. Il avait roulé comme un fou, avec toutefois tant de contrôle et de précision que Candace n'avait pas eu peur une seconde.

Ils étaient arrivés dans un quartier résidentiel tranquille, moins rural que celui de Penny Payne. Garek s'engagea dans une allée menant à une maison traditionnelle en briques, dont les fenêtres étincelaient au soleil de l'aube. Elle semblait faire des clins d'œil à Candace, comme Garek lorsqu'il avait flirté avec elle tout au long de l'année écoulée.

— Tu es en lieu sûr ici, dit-il en appuyant sur la commande de fermeture du garage dès qu'ils y furent entrés.

Elle ouvrit sa portière avant qu'il ait eu le temps de faire le tour du véhicule. A l'hôpital, on l'avait enveloppée de couvertures spéciales pour la réchauffer, et elle avait reçu une perfusion qui lui avait permis de recouvrer ses forces. Elle le suivit jusqu'à la porte d'entrée et le regarda composer un code de sécurité, après quoi il s'effaça pour la laisser passer. Elle franchit le seuil, retira ses chaussures, et s'avança, fascinée. Par certains côtés, les murs de couleurs gaies lui rappelaient la demeure de Penny Payne. On sentait que c'était un foyer…

Il y avait même un sapin de Noël dressé devant la fenêtre. Des sacs pleins de guirlandes et d'ornements étaient posés sur le sol près de l'arbre. Apparemment, quelqu'un avait accepté de déménager pour lui offrir un refuge temporaire.

— A qui appartient cette maison ?

— A moi.

Cette réponse la choqua plus que tout ce qu'elle avait appris d'autre au sujet de Garek Kozminski. Elle secoua la tête, incrédule.

— Mais ton appartement…

Il haussa les épaules.

— J'ai acheté cette maison juste avant de…

— … commencer à travailler pour Viktor Chekov.

— Je ne travaille pas pour lui.

Il le lui avait déjà dit mais, alors, elle avait cru qu'il jouait sur les mots, parce qu'il était techniquement employé par l'agence Payne.

— Tu ne travailles pas pour Logan non plus.

— Je suis en mission pour le FBI.

Elle avait vu juste. Ou, plus exactement, Penny Payne l'avait aiguillée dans la bonne direction. Si elle n'était pas allée la voir, elle n'aurait peut-être rien compris. Et, si elle n'avait pas été agressée de nouveau, lui aurait-il révélé la vérité ?

— Pourquoi ne me l'as-tu pas dit ?

— Je suis agent infiltré.

Elle se souvint de la petite phrase de Milek.

« Il ne faut pas toujours se fier aux apparences. »

— Ton frère est au courant.

— J'ai eu besoin de son aide.

Une bouffée de colère l'envahit, et elle plaqua les mains sur sa poitrine.

— Et moi ?

Il ne lui avait pas demandé son aide. Avait-il pensé qu'elle n'était pas capable de garder le secret ?

Il aurait pu se confier à elle, s'il l'avait souhaité. Il avait préféré lui taire la vérité. Il avait voulu qu'elle garde sa mauvaise opinion de lui. Non seulement il l'avait fuie, mais il avait voulu qu'elle le fuie ! Il s'était refusé à donner une chance à leur relation.

Le chagrin s'ajouta à la colère.

— Je veux rentrer chez moi.

Il secoua la tête.

— C'est trop dangereux.

— Je ne vais pas rester ici !

Il tenta de la prendre dans ses bras. Elle sentit la panique la gagner et le repoussa brusquement.

Déconcerté par la fureur de Candace, Garek recula d'un pas.

— Je pensais que tu serais contente.

— Contente ? Alors que tu ne m'as pas fait suffisamment confiance pour me dire la vérité ?

— Ce n'est pas ça, protesta-t-il. Si je ne t'ai rien dit, c'était pour ne pas te mettre en danger. Et il est évident que j'ai échoué.

Elle le repoussa de nouveau.

Cette fois, il ne bougea pas. Au contraire, il l'entoura de ses bras et la serra étroitement contre lui.

— Tu es en danger depuis le moment où tu es revenue à River City. A cause de moi.

— Je cours des risques chaque fois que j'accepte une mission à l'agence, lui rappela-t-elle. J'ai survécu à la guerre. Je suis policier et garde du corps. Tu n'avais pas peur de me mettre en danger. Tu préférais que j'aie une mauvaise opinion de toi parce que tu ne voulais pas que je sois proche de toi !

Il était proche d'elle à présent, tellement que son corps vibrait de désir. Jamais il n'avait désiré une femme autant qu'il désirait Candace Baker. Il avait besoin d'elle, et cela le terrifiait.

— C'est de ça qu'il s'agit, reprit-elle. Tu essaies de fuir. De me fuir.

Il se pencha et effleura ses lèvres des siennes.

— Je n'ai pas l'impression d'être en train de fuir maintenant.

Elle retint son souffle et le dévisagea, ses grands yeux bleus rendus brillants par l'excitation. Elle le désirait, elle aussi — aussi intensément qu'il la désirait.

Pourtant, il se força à la lâcher et à faire un pas en arrière.

— Je croyais que tu ne fuyais plus ? fit-elle, exaspérée.

— C'est vrai. Et c'est pourquoi je vais tout te dire.

— Il y a autre chose ?

Elle s'enveloppa de ses bras, comme si elle avait froid. Ou comme si elle était effrayée.

Il soupira.

— Je suppose que tu as raison. Je voulais que les gens pensent du mal de moi…

— … pour pouvoir les maintenir à distance, acheva-t-elle.

Tout à coup conscient de la tension qu'il éprouvait, il haussa les épaules.

— Tous ceux qui ont été proches de moi m'ont déçu. Mon père, mon oncle, ma mère…

— Ta mère, répéta Candace. Elle a témoigné contre vous après la mort de son mari.

Il hocha la tête.

— Elle voulait faire mettre ses enfants en prison, dit-il avec amertume. Son salaud de mari a attaqué sa fille et a failli la violer, et c'est Stacy qu'elle a blâmée.

— Et Milek et toi. Tu as été condamné pour homicide.

Il esquissa un léger sourire.

— Tu m'as répété plusieurs fois que j'étais un tueur.

— Et ce n'est pas vrai, devina-t-elle soudain. Tu t'es sacrifié pour ton frère et pour ta sœur.

— Stacy avait perdu connaissance. Elle n'a rien fait. Moi non plus…

La frustration et le regret perçaient dans sa voix.

— Ce salaud m'a assommé. Quand j'ai repris conscience, il était mort.

— C'est Milek qui l'a tué ?

— Oui. Il n'a pas essayé de mentir. Il a dit à tout le monde qu'il l'avait fait.

— Mais personne ne l'a cru.

— Pas le juge, en tout cas. Il voulait que je témoigne

contre Chekov. Si j'avais accepté de porter un micro et réussi à le faire parler de ses crimes, il m'aurait épargné la prison.

Candace étouffa un cri.

— Tu n'étais qu'un enfant ! Il voulait que tu t'exposes à ce danger ?

— S'il n'y avait eu que moi, je l'aurais fait, admit Garek. Mais Chekov avait tout découvert, il s'en serait pris aussi à Milek et à Stacy. Et ils étaient encore plus jeunes que moi. Je ne pouvais pas les laisser sans protection.

— Si bien que tu as payé pour un crime que tu n'avais pas commis. Tu as protégé Milek.

— Il a été envoyé dans un centre de détention pour mineurs. Et il n'avait rien fait de mal. Il nous a sauvés, Stacy et moi.

C'était lui qui aurait dû le faire. Il aurait dû protéger ses frère et sœur.

— Pauvre Milek…, dit-elle en soupirant.

Elle avait de la compassion pour son frère. Comprenait-elle aussi son geste ?

Il ne parvenait pas à lire en elle. Pour la première fois, il avait révélé toute la vérité à quelqu'un. En avait-il trop dit ?

Au siège de la police de River City, Milek fixait la coupure de journal jaunie. Il n'avait pas besoin de lire l'article, il le connaissait par cœur.

Il fixait la photo d'Amber et de leur fils. Ils étaient morts depuis près d'un an. Chacun pensait qu'il ignorait l'existence de son fils jusqu'alors. Tous croyaient qu'Amber la lui avait cachée. Qu'elle avait gardé le secret.

En réalité, il était incapable d'être père. Quinze ans plus tôt, il avait perdu le contrôle de lui-même et tué un homme. Malgré le temps passé, il n'avait pas changé fondamentalement ; la colère et la rage tapies en lui pouvaient se réveiller à tout moment.

Il n'avait mérité ni Amber ni leur fils. Et, à présent, il les avait perdus à jamais.

Des pas se firent entendre dans le couloir. Il remit l'article dans sa poche juste avant que Nick Rus entre dans son bureau.

— Tu as dormi cette nuit ? demanda ce dernier en se laissant tomber dans son fauteuil.

— Non. Toi non plus ?

— Garek a semé l'agent que j'avais chargé de le suivre.

— Evidemment, fit Milek avec un petit rire.

Il était le seul à être parvenu à suivre son frère à son insu.

— Ne t'inquiète pas. Il va protéger Candace.

— Ils veilleront l'un sur l'autre, dit Rus.

Milek n'en était pas aussi convaincu que lui.

— Rappelle Garek et mets-moi à sa place.

— Ce serait trop dangereux.

Milek haussa les épaules. Peu lui importait ; il n'avait rien à perdre alors que Garek, lui, avait tout à perdre. Si Candace n'avait pas survécu ce soir, son frère aurait été si fou de douleur qu'il serait allé droit à Chekov. Droit à sa tombe.

— Tu es toujours fâchée contre moi ? demanda Garek, hésitant.

Candace secoua la tête et cilla pour refouler les larmes qui lui picotaient les yeux. L'une d'elles s'échappa néanmoins et roula sur sa joue. Elle se détourna, gênée par sa faiblesse.

Les bras de Garek se refermèrent autour d'elle. Il l'obligea à pivoter vers lui et essuya la traînée humide du bout du doigt.

— Qu'y a-t-il ? Qu'est-ce que j'ai fait ?

— Ce n'est pas toi. C'est moi.

Il fronça les sourcils.

— Tu n'as rien fait de mal.

— Je t'ai mal jugé. Des mois durant. Je te reprochais ton passé, et je m'étais trompée du tout au tout.

— Je t'ai laissé faire. Je voulais que tu me juges mal.

La douleur comprima le cœur de Candace.

— Tu voulais m'éloigner de toi.

Il la serra contre lui.

— Plus maintenant.

Elle ouvrit la bouche pour répondre, mais avant qu'elle ait pu dire quoi que ce soit, il l'embrassa.

Le désir déferla en elle. Elle mit les bras autour de son cou et lui rendit son baiser avec fougue, lui arrachant un gémissement de plaisir. Il lui inclina la tête pour approfondir le baiser. Sa langue allait et venait dans sa bouche, ses mains la caressaient. Sans qu'elle en ait vraiment conscience, ses vêtements tombèrent sur le sol, suivis de ceux de Garek.

Puis il l'allongea sur le tapis moelleux qui recouvrait le parquet.

— Il y a un lit, en haut, murmura-t-il.

— Plus tard…, répondit-elle dans un souffle.

Elle ne voulait pas attendre d'être dans un lit. Elle voulait Garek maintenant. Tout de suite.

Il la plaça à califourchon sur lui, et la pénétra. Elle s'agrippa à ses épaules, puis à son torse, la tête rejetée en arrière.

Les mains de Garek glissèrent sur elle, remontant de ses hanches à ses seins. Il taquina ses tétons avec les pouces, accentuant la délicieuse pression qui montait en elle. Elle gémit de plaisir.

Il continua son va-et-vient, et soudain la jouissance la submergea, libérant la tension. Elle cria son nom.

Garek lâcha un cri à son tour en la rejoignant dans l'extase.

Elle se laissa tomber sur lui, hors d'haleine. Dès qu'elle aurait retrouvé l'usage de la parole, elle lui dirait… elle lui dirait qu'elle l'aimait. Mais alors…

Lui permettrait-il de l'aider contre Chekov, ou n'en serait-il que plus résolu à la protéger ?

Elle percevait les battements de son cœur sous ses seins.

Il était à bout de souffle, lui aussi. Du bout des doigts, il dessinait de petits cercles dans son dos.

— Nous avons du travail, dit-il enfin.

— Chekov ? demanda-t-elle, surprise et soulagée.

La main de Garek frémit légèrement.

— Je parlais du sapin. Il faut qu'on mette les décorations.

Candace avait rêvé de décorer un arbre de Noël comme celui de Mme Payne. D'une maison qui serait un foyer, comme celui de Mme Payne. Mais Garek n'avait pas dit qu'il voulait vivre avec elle. Il n'avait rien révélé de ses sentiments.

Il la fit rouler sur le dos, se leva, puis ramassa son pantalon et sa chemise.

— Si tu ne t'habilles pas…, dit-il en mettant son pantalon.

Ils feraient l'amour de nouveau. Le corps de Candace palpitait encore de plaisir, et elle avait hâte de recommencer. Elle se leva néanmoins et enfila la chemise qu'il lui tendait.

— … nous n'arriverons jamais à décorer ce sapin, poursuivit-il en lui donnant l'un des sacs contenant les décorations.

Torse nu, il se mit à accrocher boules et guirlandes. Fascinée par le jeu de ses muscles, Candace le contempla pendant quelques instants puis reporta son attention sur le sapin. Quand elle se haussa sur la pointe des pieds pour atteindre les branches les plus hautes, il fit courir ses doigts sur sa cuisse nue, décuplant son excitation.

Cependant, avant de faire de nouveau l'amour avec lui, elle voulait qu'ils parlent.

— Laisse-moi t'aider avec Chekov.

Les doigts de Garek quittèrent sa cuisse. Elle se raidit, attendant ses objections.

— Ce n'est pas à toi de te battre contre lui. Ça n'a rien à voir avec toi.

Si, justement, parce qu'elle l'aimait et que ses combats étaient désormais les siens. Et surtout…

— Chekov m'a impliquée dans cette affaire en essayant de me tuer.

Il soupira.

— C'est justement pour ça que tu devrais rester à l'écart.

— Il est trop tard.

Il la dévisagea, des émotions multiples dans ses yeux gris argent. Elle le sentit hésiter, puis il secoua la tête.

Elle crut qu'il capitulait…

Au même instant, Garek entendit le léger grincement que faisait la porte de derrière lorsqu'on l'ouvrait. D'un geste, il intima le silence à Candace et lui tendit son pistolet avant de se hâter de saisir le sien.

Compte tenu de la vitesse à laquelle il avait roulé, il était impossible qu'on l'ait suivi jusqu'ici. Par conséquent, celui qui les avait trouvés avait procédé autrement. Peut-être s'était-il renseigné auprès des archives immobilières et avait-il découvert qu'il avait récemment fait l'acquisition de cette maison.

Combien d'hommes allaient faire irruption chez lui ? Deux avaient tiré sur Candace, et elle pensait qu'un troisième était resté dans la voiture. Ils étaient peut-être donc trois. Dans ce cas, ils auraient un léger désavantage.

Garek soutint son regard un instant, comme s'il essayait de lui dire quelque chose. Puis il fit un signal, un bref hochement de tête, auquel elle répondit de la même manière.

Elle était prête à se battre à ses côtés. Elle regrettait seulement de ne pas lui avoir dit qu'elle l'aimait.

Parce qu'elle n'en aurait peut-être jamais plus l'occasion.

16

Nicholas Rus s'immobilisa, cilla, et regarda les pistolets braqués sur lui. Il ne s'était pas attendu à une telle réception.

— Vous avez la gâchette facile, vous deux.

Ils n'avaient pas tiré. Du moins, pas encore. Mais il n'était pas certain qu'ils n'en feraient rien, même maintenant qu'ils l'avaient identifié.

— Nous avons des raisons d'être un peu à cran, lui fit remarquer Garek, sarcastique, en glissant son arme dans sa ceinture.

Nick s'autorisa à respirer.

— C'est vrai. Vous allez bien, tous les deux ? Vous ne vous êtes pas attardés sur les lieux de l'accident pour faire votre déposition…

— Candace était exposée au froid depuis des heures. J'ai préféré l'emmener à l'hôpital pour m'assurer qu'elle ne souffrait pas d'hypothermie.

— Vous n'y êtes pas restés longtemps.

A vrai dire, il y avait fait un saut lui-même pour s'assurer qu'ils allaient bien.

— Les hommes de Chekov auraient pu me suivre jusque-là, intervint Candace. Ça risquait d'être dangereux pour le personnel et pour les autres patients.

— Vous ne pouvez pas être sûre que Chekov soit mêlé à votre accident.

— Ah non ?

Elle avait toujours son arme à la main. Elle ne la braquait plus droit sur lui, mais elle pouvait encore tirer très vite si elle décidait de le faire.

— Vous ne pouvez pas être sûre que ces hommes travaillent pour Chekov, insista-t-il. Nous n'avons pas encore établi de lien entre votre agresseur qui est mort et lui.

— Pas encore, admit-elle. Mais vous allez le faire. Et vous trouverez un lien avec ces hommes-là aussi.

— C'est pourquoi vous auriez dû rester à l'hôpital pour me fournir une déposition et des descriptions. Vous êtes la seule à les avoir vus.

Elle poussa un soupir de frustration.

— Il faudra que je réfléchisse, que j'essaie de me rappeler ce que j'ai vu. Tout s'est déroulé si vite.

— Elle est épuisée, dit Garek. C'est pour ça que je l'ai ramenée à la maison. Pour qu'elle soit au chaud et en sécurité.

Nick se contenta de hocher la tête.

— Vous êtes en sécurité, ici, assura-t-il à Candace. Personne ne sait où vous êtes. Vous n'avez pas besoin d'un pistolet.

Elle le foudroya du regard mais, en dépit de son évidente colère, finit par poser son arme.

— Pourquoi m'en voulez-vous ? reprit-il

— Comment avez-vous… Comment avez-vous osé ramener Garek dans ce milieu ?

Nick lâcha un juron.

— Bon sang ! Tu lui as dit… Tu es censé être un agent infiltré, Garek ! Ne rien dire à personne à part moi.

— Vous allez le faire tuer ! lança Candace.

— Non. C'est vous qui allez le faire tuer !

Elle cilla.

Il regretta aussitôt ses paroles. Il n'avait pas eu l'intention de la blesser. Quoi qu'il en soit, il savait qu'une femme pouvait affecter la concentration d'un homme et le mettre en danger. Il le savait parce qu'une femme ne cessait de s'immiscer dans ses pensées.

— Tu dépasses les bornes, riposta Garek, ses yeux gris étincelant de colère.

Nick l'ignora et s'adressa à Candace.

— Il s'inquiète tellement pour votre sécurité qu'il ne pense pas à la sienne. C'est pour ça qu'il est en danger.

Garek referma la porte derrière Rus et monta l'escalier pour retrouver Candace. Peut-être avait-elle dit la vérité en prétendant avoir froid et vouloir se reposer. Malgré tout, il avait été surpris qu'elle ne veuille pas assister à sa conversation avec l'agent du FBI, et qu'elle n'insiste pas davantage pour faire partie de l'opération clandestine.

— Ça va ?

Il s'attendait à la trouver dans le grand lit à baldaquin qu'il avait acheté avec la maison, un lit où il n'avait pas encore couché lui-même.

Avant de monter, elle était allée récupérer ses vêtements dans le salon. Tout habillée, elle se tenait à la fenêtre, et suivait des yeux la voiture de Rus qui s'éloignait.

— Oui, répondit-elle sans même le regarder. Enfin, non.

— Je vais te ramener à l'hôpital.

Il n'aurait pas dû accepter de l'en faire sortir contre l'avis des médecins.

— Physiquement, je vais bien, affirma-t-elle en se tournant vers lui.

— Rus t'a blessée, dit-il en soupirant.

— Il a raison…

Sa voix était empreinte de regret et d'inquiétude.

— Je vais te faire tuer.

— Non. A partir de maintenant, nous allons travailler ensemble.

Un mélange de surprise et d'espoir éclaira son regard.

— Tu ne vas pas écouter l'agent Rus ?

Il soupira.

— Je n'aurais probablement pas dû l'écouter dès le début. Je n'aurais pas dû me laisser persuader d'accepter cette mission.

— Mais tu l'as fait. Tu voulais le faire.

Il sourit. Elle le connaissait bien, désormais.

— Il m'a semblé que je devais le faire, admit-il.

— Parce que tu regrettais de ne pas avoir fait arrêter Chekov dans le temps… Quand le juge t'a proposé ce marché dont tu m'as parlé.

— J'étais terrifié, à l'époque, reconnut-il.

Et quand il s'agissait d'elle, il l'était toujours. Avec sa famille, il avait toujours joué le rôle de l'homme fort et intrépide. Seule Candace connaissait ses peurs et ses points faibles.

— Tu n'étais qu'un enfant, et tu étais seul, dit-elle avec compassion.

— J'avais Stacy et Milek.

— Ils étaient plus jeunes que toi, et sûrement plus terrifiés encore.

Submergé par l'émotion, incapable de parler, il se contenta de hocher la tête.

Candace fit un pas vers lui et l'entoura de ses bras, le tenant comme il n'avait jamais été tenu. Un autre genre d'émotion l'envahit. Il brûlait d'exprimer ses sentiments envers elle, mais il ne voulait pas la déconcentrer maintenant, au moment où ils avaient besoin d'être totalement focalisés sur Chekov.

— Nous allons en finir avec lui.

Il était grand temps que le règne de Viktor Chekov à River City prenne fin.

Candace acquiesça.

— Le plus tôt sera le mieux. Que devons-nous faire ?

— Trouver ce maudit pistolet avant qu'il s'en débarrasse.

— Ou qu'il s'en serve pour tuer de nouveau.

Au cours de sa carrière, Candace avait affronté pas mal d'individus dangereux, mais jamais elle n'avait été aussi mal à l'aise qu'avec Viktor Chekov. Cependant, il était essentiel qu'elle soit fidèle au personnage qu'il avait vu, sinon en personne du moins sur les bandes de vidéo surveillance. Par conséquent, elle entra dans le club avec aplomb et se dirigea droit vers son bureau, ignorant les objections de ses employés.

Il aurait dû être furieux de la voir faire irruption dans son domaine. Au lieu de cela, il l'accueillit avec un petit rire.

— Je vous ai vue arriver, mademoiselle Baker. Vous êtes une femme déterminée.

Il ne soupçonnait pas à quel point ! Elle avait hâte qu'il soit en prison. Alors elle pourrait dire à Garek ce qu'elle éprouvait pour lui, à quel point elle l'aimait.

Elle haussa les épaules.

— Je peux l'être, en effet. Quand je sais que j'ai raison.

Il se leva et vint vers elle. La pièce était vaste, éclairée uniquement par une lampe de bureau, de sorte qu'il était difficile de déterminer son âge. Ses cheveux étaient argentés, mais peut-être avaient-ils grisonné alors qu'il était encore jeune. Seules quelques rides marquaient son visage aux traits durs, aux yeux sombres et froids.

Il lui mit une main sur l'épaule. Elle se raidit mais ne recula pas.

— Et j'ai raison concernant la protection de votre fille. Je ferais un bien meilleur garde du corps que Garek Kozminski.

— J'ai du mal à saisir ce qu'il y a entre Garek et vous, dit-il en étrécissant les yeux. De l'amour ou de la haine ?

Elle se contenta de hausser les épaules de nouveau. Chekov se remit à rire.

— Ce fichu gamin m'inspire les mêmes sentiments.

Il y avait belle lurette que Garek n'était plus un gamin. Il avait grandi trop vite, écrasé par le poids des responsabilités. Il avait connu trop de tragédies, trop de déceptions.

Et cet individu y avait contribué.

— Asseyez-vous.

Il la poussa sur une chaise avant de s'adosser au bureau.

Elle savait exactement ce qu'il lui inspirait. De la répulsion. De la méfiance. De la colère. Elle se refusait à admettre qu'elle avait peur aussi. Si elle avait survécu dans l'armée et dans la police, c'était parce qu'elle avait toujours refusé de reconnaître la peur.

— Dans ce cas, vous devez convenir que je suis plus compétente pour protéger votre fille.

Il arqua un sourcil.

— Pourquoi ?

— On ne peut pas se fier à Garek Kozminski. Surtout pas avec les femmes.

Le regard sombre du mafieux pétilla.

— Garek a toujours été un briseur de cœurs. A-t-il brisé le vôtre ? C'est pour ça que vous essayez de lui voler son travail ?

— Vous croyez que je veux me venger ? C'est ça ?

Elle se moquait éperdument de ce qu'il pensait, tant que cela pouvait l'inciter à l'engager…

Il s'esclaffa.

— L'enfer n'abrite aucune furie pire qu'une femme humiliée.

Elle poussa un profond soupir.

— Je me suis sentie humiliée, c'est vrai.

Cependant, elle avait eu tort. Garek n'avait menti que dans le but de la protéger.

— Mais il ne s'agit pas de Garek Kozminski. Il n'a été engagé à l'agence que parce que sa sœur a épousé le patron. En réalité, il n'a aucune expérience en tant que garde du corps, ajouta-t-elle, se forçant à mentir. Contrairement à moi. Je pourrais vous montrer mon CV.

Elle l'avait apporté, mais un des sbires de Chekov le lui avait pris avant de la laisser entrer. Le club n'était pas encore ouvert au public, si bien qu'elle avait pris de gros risques en venant. Garek se trouvait avec Tori à la propriété des Chekov. Avec un peu de chance, il découvrirait le coffre-fort et le pistolet pendant qu'elle occupait le gangster.

Le problème, c'était que Garek n'était pas certain de pouvoir fouiller les lieux en présence de Tori. Il n'avait pas totalement confiance en elle, et Candace non plus. Par conséquent, même s'il trouvait le coffre, il devrait attendre le moment propice pour l'ouvrir. Il avait déjà songé à une occasion : le soir de la fête de Noël que Viktor Chekov organisait chaque année à son club.

Seulement, le plan ne pourrait fonctionner que si quelqu'un le remplaçait en tant que garde du corps de Tori. C'était pourquoi Candace était venue offrir ses services.

— Je suis parfaitement informé de vos états de carrière, mademoiselle Baker, gloussa Chekov. Ex-soldat, ex-flic.

— Voilà précisément pourquoi je devrais assurer la protection de votre fille.

Il hocha la tête. L'instant d'après, d'un mouvement vif, il s'écarta du bureau. La lumière se refléta sur le canon d'un pistolet qu'il lui braqua sur la tempe.

Elle retint son souffle tandis qu'il la toisait, les yeux pleins de haine.

— Je n'aime pas les flics. Ni les ex-flics.

17

— Papa ! cria Tori en se ruant dans le bureau, Garek sur ses talons.

Son intervention avait empêché Garek de dégainer, d'abattre Viktor. Il garda néanmoins la main sur son holster, prêt à l'action. Même s'il savait qu'il ne pourrait pas être assez rapide. Avec le canon pressé sur sa tempe, Candace serait morte avant qu'il ait eu le temps de loger une balle dans la tête du gangster.

— Ne lui fais pas de mal ! supplia Tori.

— Pourquoi pas ? Je pensais que tu serais contente que j'élimine une concurrente.

Tori se raidit et fit une moue méprisante.

— Elle n'est pas une concurrente pour moi.

Garek vit ciller Candace. Malgré son courage et sa beauté, il y avait en elle une vulnérabilité, une inquiétude…

Il brûlait de lui dire qu'il l'aimait, mais cela reviendrait à signer son arrêt de mort. Cette partie du plan lui avait déplu, il avait été inquiet de la savoir seule avec Viktor. D'ailleurs, tout cela n'avait servi à rien. Il n'avait pas pu fouiller la propriété, qui grouillait de gardes et de personnel en tout genre. Officiellement, il s'agissait d'employés chargés de décorer la maison et les jardins en vue des fêtes.

La réception de Noël aurait lieu le lendemain soir, au club. Peut-être était-ce ici qu'il aurait dû concentrer ses recherches.

Le pistolet se trouvait-il dans le bureau de Viktor depuis le début ? L'arme qu'il pointait vers Candace avait-elle déjà servi à ôter la vie de deux hommes ?

— Ce n'est qu'un test, dit Candace à Tori d'un ton dégagé, comme si ses propos ne l'avaient en rien offensée. Votre père veut savoir si je suis capable de vous protéger…

Elle saisit le poignet de Viktor, le forçant à lâcher le pistolet, puis elle vérifia la chambre.

— Il n'est même pas chargé.

Son regard croisa celui de Garek. Ce n'était pas l'arme du crime. Maintenant que le pistolet n'était plus braqué sur sa tempe, Garek le voyait mieux : il ne correspondait pas au calibre de celui qu'ils recherchaient.

Elle le rendit à Chekov.

S'attendant à ce que ce dernier se mette en colère et la frappe, Garek se raidit. A sa grande surprise, le gangster éclata d'un rire sonore.

— Vous devrez lui apprendre à faire ça, dit-il en désignant sa fille avec condescendance, pour que je ne sois plus obligé d'engager des gardes du corps. Il faut qu'elle sache se défendre.

Tori prit une brève inspiration. C'était à elle d'être offensée, maintenant.

— Je peux lui apprendre tous les mouvements d'autodéfense que je connais.

Viktor acquiesça et retourna à sa place.

— Vous avez raison, reconnut-il.

Avait-il réellement voulu mettre Candace à l'épreuve ? s'interrogea Garek. Ou avait-il tenté de lui faire peur et essayait-il de sauver son ego à présent qu'elle l'avait neutralisé ?

— Elle a besoin d'une femme garde du corps, reprit Viktor. Je vous engage.

Garek se raidit davantage. Quel allait être son sort ? Par chance, le pistolet sur le bureau n'était pas chargé…

Viktor se tourna vers lui.

— Quant à toi… j'ai d'autres projets te concernant.

L'inquiétude envahit Candace. Viktor allait-il obliger Garek à commettre un crime, ou comptait-il tout simplement l'éliminer ?

— C'est bon, lança l'agent Rus en éteignant son portable.

Milek et lui étaient assis dans une voiture du FBI garée dans une ruelle proche du club.

— Garek n'a pas l'air ravi, reprit Rus avec un soupir.

Milek hocha la tête. Il n'avait pas eu besoin de parler à son frère pour le deviner ; il le connaissait bien. Du moins avait-il cru bien le connaître, car jamais il n'aurait imaginé que son frère tomberait follement amoureux d'une femme.

Certes, Garek n'avait pas admis que tel était le cas ; sans doute ne se l'était-il pas encore avoué à lui-même, encore moins à Candace. Milek espérait qu'il le ferait avant qu'il soit trop tard.

— Je continue à penser que tu aurais dû m'envoyer à la place de Garek. J'aurais pu me rapprocher d'elle.

Bien que Tori ait été naguère amoureuse de Garek, elle avait flirté avec lui chaque fois qu'il l'avait remplacé auprès d'elle.

— J'aurais pu faire en sorte qu'elle accepte de témoigner contre son père.

Un muscle tressauta sur la mâchoire de Rus. Le témoignage de Tori était évidemment d'une importance cruciale, et Garek était convaincu qu'elle ne se résoudrait jamais à affronter son père dans une salle de tribunal.

Il secoua la tête.

— Elle ne serait pas tombée amoureuse de toi. Tout le monde est au courant, pour Amber et toi.

— Amber est morte.

Elle avait été assassinée, en même temps que leur fils. Elle était morte en pensant que Milek ne les aimait pas, ni elle ni l'enfant qu'ils avaient fait ensemble. Il aurait dû lui expliquer pourquoi il était resté en dehors de leur vie. C'était pour leur bien à tous les deux, parce qu'ils méritaient un homme meilleur que lui.

— Elle est morte, répéta-t-il. Je ne peux rien changer à cela.

Si seulement il avait su qu'elle était en danger…

Si seulement il lui avait parlé…

Mais il s'était contraint à garder ses distances. Il s'était considéré comme une menace pour leur sécurité et leur bonheur.

Rus se passa la main dans les cheveux en soupirant. Ses doigts tremblaient légèrement, et il évita son regard ; son malaise était palpable.

Milek reconnut brusquement l'émotion de l'agent. Lui-même se débattait avec depuis des années : le sentiment de culpabilité. Mais pourquoi Nicholas Rus se sentirait-il coupable ?

Un soupçon l'envahit.

— Tu sais quelque chose, murmura-t-il.

— Je sais beaucoup de choses, admit Rus. Je sais qu'il ne faut pas toujours se fier aux apparences…

Le cœur de Milek fit un bond dans sa poitrine. Non, il se refusait à espérer. C'était impossible.

— Il joue avec nous, grommela Candace, à la fois furieuse et effrayée. Il doit savoir que nous cherchons l'arme du crime. C'est pour ça qu'il m'a fait ce petit numéro.

— Il t'a fait ça parce que c'est un salaud, répondit Garek.

Ses doigts étaient crispés sur le volant, les jointures toutes blanches tant il le serrait. A l'évidence, il était aussi furieux qu'elle, sinon davantage.

— Il doit savoir que tu travailles pour le FBI. Pourquoi, sinon, aurait-il envoyé ses hommes à mes trousses ?

Garek haussa les épaules.

— Je ne sais pas. Il est peut-être tout simplement un peu sadique. N'oublie pas qu'il a assassiné l'homme dont sa fille était amoureuse.

Candace étouffa un cri de surprise. Elle savait que Polinsky avait travaillé pour Chekov, mais pas qu'il avait une relation avec Tori.

— Je m'en veux, avoua-t-elle. Je pensais que cette fille n'était qu'une petite garce trop gâtée. Je ne m'étais pas rendu compte qu'elle souffrait.

— C'est une petite garce trop gâtée. Mais elle a été anéantie, ou du moins assez bouleversée pour contacter le FBI.

— Elle a été témoin du crime ? demanda Candace, le cœur serré pour Tori. Si son père la soupçonne de l'avoir trahi, elle pourrait courir un réel danger.

— C'est aussi la raison pour laquelle je la surveille. Enfin, moi ou Milek quand…

— … tu voles à mon secours, acheva-t-elle, se sentant coupable. J'aurais dû rester en dehors de tout ça.

— Tu n'y aurais pas été mêlée si Stacy n'avait pas mis son grain de sel dans cette histoire, marmonna Garek avec amertume.

Elle ne voulait pas qu'il reproche quoi que ce soit à sa sœur. C'était elle qui avait décidé d'intervenir.

— Tu crois que Stacy aurait pu me persuader de revenir si je n'en avais pas eu envie ?

— Comment s'y est-elle prise ?

Il détourna une seconde son regard de la route et du rétroviseur pour planter ses yeux dans les siens. Elle y lut de la curiosité et autre chose. De l'espoir ?

Voulait-il qu'elle avoue ses sentiments pour lui ?

— J'ai saisi l'opportunité qu'elle m'offrait de me prouver

à moi-même que tu étais bel et bien le criminel que tu prétendais être.

Il eut un petit rire.

— Tu voulais pouvoir dire à Logan : « Tu vois, j'avais raison » ?

Elle soupira.

— Non. Je voulais surtout avoir une raison de te fuir…

Il se pencha vers elle et posa sa main sur la sienne. Sa paume effleura sa cuisse.

— Je te comprends. Dans un sens, j'ai fait exactement comme toi.

Une bouffée de frustration envahit Candace à la pensée de l'année qu'ils avaient perdue. Une année qu'ils auraient pu passer ensemble, sans une épée de Damoclès suspendue au-dessus de leurs têtes.

— J'aurais dû te faire confiance.

— Pourquoi ? demanda-t-il. Je ne t'ai donné aucune raison de le faire.

— J'ai eu tort de me fier aux apparences. J'aurais dû creuser davantage, découvrir l'homme que tu étais réellement…

Un homme merveilleux. Un frère affectueux. Un protecteur intrépide.

Il lui pressa la cuisse, provoquant en elle un délicieux frisson, avant de retirer sa main.

Peu après, il se garait devant son immeuble.

— Tu n'avais pas besoin de me raccompagner. J'aurais pu conduire moi-même.

— Tu ne vas pas rester ici, dit-il. Prends seulement les affaires dont tu auras besoin pour la réception demain soir.

Chekov lui avait donné l'ordre de servir de garde du corps à Tori mais de s'habiller comme une invitée. Tout en parlant, il l'avait détaillée de la tête aux pieds, comme s'il l'imaginait dévêtue. C'était à peine si elle avait pu maîtriser un frisson de dégoût. Elle n'imaginait pas qu'il la trouvait séduisante, mais plutôt qu'il voulait jauger la réaction de Garek.

Ce dernier avait fait de son mieux pour rester impassible, mais elle avait décelé de l'irritation dans son regard. Et autre chose…

De la jalousie ?

Il lui pressa la cuisse de nouveau.

— Ensuite, nous retournerons à la maison.

Pas à l'appartement.

A la maison.

Elle espérait que son foyer deviendrait le leur un jour mais, d'abord, ils devaient survivre à cette mission. Ensuite seulement pourraient-ils découvrir s'ils étaient capables de vivre ensemble.

Garek fit glisser sa main entre ses cuisses.

Une bouffée de désir la submergea. Elle n'était pas sûre d'être assez patiente pour attendre qu'ils soient chez lui.

— On pourrait coucher ici ce soir, suggéra-t-elle.

Il eut un petit rire et ouvrit sa portière. L'air froid s'engouffra dans la voiture.

Elle descendit à son tour, et frissonna quand les flocons glacés malmenés par le vent mordant lui piquèrent le visage.

Garek lui passa un bras autour des épaules et l'entraîna vers l'immeuble.

— Tu as peut-être raison, admit-il, son haleine dessinant des nuages blancs dans l'air. Il fait un temps épouvantable…

Dans l'entrée, la température était à peine plus élevée que dans la rue. Comme elle s'apprêtait à appeler l'ascenseur, Garek secoua la tête et la conduisit vers l'escalier. Elle était garde du corps depuis plus longtemps que lui, mais il était plus vigilant qu'elle. En cas de problème, on pouvait plus aisément s'échapper d'une cage d'escalier que d'un ascenseur.

— Pourquoi m'aurait-il engagée si c'était lui qui essayait de me tuer ? se demanda-t-elle tout haut.

Garek lui jeta un coup d'œil surpris.

— Jusqu'à maintenant, tu étais absolument convaincue qu'il avait manigancé toutes ces attaques. Qu'est-ce qui a changé ?

— Si Chekov avait voulu se débarrasser de moi, il aurait pu me tuer aujourd'hui. Dans son bureau.

Elle vit Garek grimacer. C'était précisément pour cette raison qu'il s'était opposé à ce qu'elle aille voir le gangster seule.

— Peut-être savait-il que Rus et Milek étaient à proximité, dit-il. Ils seraient intervenus si votre réunion s'était éternisée.

Finalement, c'était lui qui était venu à son secours. Et il continuait à la protéger, veillant à se placer entre elle et chacune des portes qui ouvraient sur la cage d'escalier.

Lorsqu'ils atteignirent son étage, il passa devant, l'arme au poing. Elle aurait pu s'en offusquer. Après tout, elle était parfaitement capable de se défendre elle-même. Or, c'était tout le contraire : elle se sentait aimée. Sa sollicitude la touchait presque autant que son honnêteté l'avait fait. Il était le premier homme à vouloir prendre soin d'elle.

Il s'immobilisa soudain et étouffa un juron. Aussitôt, elle sortit son propre pistolet de son holster.

— Qu'y a-t-il ? murmura-t-elle.

Il s'écarta, et elle découvrit alors que sa porte avait été fracassée comme celle de l'appartement de Garek.

D'un mouvement de la main, il lui fit signe de reculer. C'était compter sans la colère qui l'avait envahie. L'ignorant, elle entra avec lui.

Le chaos régnait à l'intérieur. Les meubles avaient été retournés, les placards vidés. De la vaisselle brisée était éparpillée un peu partout. Resserrant sa prise sur son arme, elle se dirigea vers sa chambre. Un tas de vêtements en lambeaux gisaient en vrac sur le sol.

Garek secoua la tête, incrédule.

— C'est dingue…, marmonna-t-il. Même pour Viktor.

— C'est forcément un avertissement.

Peut-être les autres incidents aussi, en fin de compte. Viktor n'avait pas tenté de la tuer. Pas encore.

— Il te dit de ne pas le trahir.

Visiblement sceptique, Garek secoua de nouveau la tête.

— On devrait informer Rus.

— Pour quoi faire ? Ce n'est pas comme si on ne connaissait pas le coupable.

— Je ne sais pas. Ce genre de chose ne ressemble pas à Chekov.

Elle se tourna vers lui.

— Non ? J'étais chez toi quand ses hommes de main ont enfoncé ta porte, souviens-toi.

— Ils n'ont rien touché à l'intérieur, objecta-t-il. Ils n'ont même pas fouillé l'appartement.

Une chance pour elle, sans quoi ils l'auraient trouvée cachée dans la chambre. A moins qu'ils n'aient su qu'elle était là…

— Peut-être a-t-il envoyé les gars sur qui j'ai tiré l'autre soir.

La destruction de ses affaires lui semblait infiniment personnelle. C'était presque comme un acte de vengeance.

— Oui, acquiesça Garek. De toute façon, ce n'est pas le moment d'appeler Rus. Allons-nous-en.

Elle hésita, balayant du regard l'appartement ravagé. Fille de militaire, elle n'avait jamais été particulièrement attachée à un endroit, et celui-ci ne faisait pas exception. Quant aux objets…

— Il n'y a rien à récupérer ici, ajouta Garek.

Elle n'avait jamais été attachée aux objets non plus. Avec ses parents, chaque déménagement était l'occasion d'une purge. On se débarrassait du vieux, on achetait du neuf. Elle ne possédait pas de souvenirs. Rien qui ressemble à la boîte de décorations de Noël de Penny Payne, et elle le regretta soudain.

— C'est vrai, admit-elle.

Il la prit par la main et la conduisit dans le couloir, puis dans l'escalier. Au moment de ressortir dans la rue, il serra plus fort sa main dans la sienne.

— Je suis désolé.

— Pourquoi ? Tu n'y es pour rien.

— Mais c'est arrivé à cause de moi.

— Peut-être pas. Peut-être que Rus a vu juste, après tout. Que ces incidents n'ont aucun rapport avec toi et qu'il s'agit de moi.

Il la regarda d'un air sceptique.

— J'envisagerais cette possibilité si nos portes n'avaient pas été enfoncées exactement de la même manière.

La coïncidence était trop frappante, en effet. Oui, c'était sans doute Chekov qui jouait avec eux comme un chat avec des souris.

— Rentrons…

Sur le point d'ajouter « à la maison », elle s'interrompit, laissant sa phrase en suspens. Elle avait davantage peur de ses sentiments que du petit jeu auquel se livrait Chekov.

A peine la porte de l'immeuble s'était-elle refermée sur eux que la fusillade éclata. En voyant Garek s'effondrer, Candace regretta de ne pas lui avoir dit combien elle l'aimait. A présent, elle ne pouvait que hurler.

18

— La balle que tu as reçue est similaire à celles qui ont tué Doornbos et Polinsky, annonça Rus.

C'était la seule bonne nouvelle de la journée. Au moins l'arme du crime était-elle toujours en possession de l'assassin.

La mission avait donc peut-être encore une chance de réussir.

Garek tremblait de fureur, ou peut-être de douleur à cause de sa jambe blessée. Il baissa les yeux sur le pansement qui lui entourait la cuisse.

— Elle n'est plus là.

— Tu n'es pas raisonnable de vouloir quitter l'hôpital, protesta Nick.

En arrivant, il avait entendu le médecin lui conseiller de se reposer. Il avait attendu que Garek soit seul pour se faufiler discrètement dans sa chambre.

Sans doute ces précautions n'étaient-elles plus nécessaires. Si la couverture de Garek tenait encore, pourquoi quelqu'un essayait-il de les abattre, Candace et lui ?

— Il faut qu'on en finisse tout de suite ! s'exclama Garek. Le bon sens de Chekov finira par prendre le dessus, et il se débarrassera de cette arme.

— Je ne pensais pas que les choses se passeraient ainsi, admit Nick.

Avec un témoin à sa disposition, il avait cru tenir une

occasion en or de mettre Chekov sous les verrous — à condition de pouvoir retrouver l'arme du crime. Et il avait estimé qu'un homme tel que Garek Kozminski, ex-cambrioleur et vieille connaissance de Chekov, n'aurait aucun mal à mettre la main sur l'arme en question.

— Je ne pensais pas que tu serais blessé.

— Je vais très bien, protesta Garek.

— Tu as reçu une balle dans la jambe. Candace et toi avez été pris en embuscade par trois types. Vous auriez pu être tués tous les deux.

— Ce sont les autres qui sont à la morgue, lui fit remarquer Garek.

Deux des trois tireurs étaient morts, en effet. Le troisième était parvenu à s'enfuir, avec le fameux pistolet.

— On retrouvera celui qui s'est échappé, assura Nick.

Avec un peu de chance, l'homme avait déjà restitué l'arme à Chekov. Du moins Nick l'espérait-il. Pour obtenir la condamnation du gangster, il était impératif que le pistolet soit retrouvé en sa possession.

— Les autres ont été identifiés, ajouta-t-il. On est en train de rechercher leurs partenaires connus.

— Doornbos en faisait partie ?

Nick acquiesça.

— Tu as trouvé un lien avec Chekov ?

— Qui à River City n'a aucun lien avec Chekov ? rétorqua Nick, l'air écœuré.

— Grâce à toi, plus personne. Même l'agence Payne le compte parmi ses clients.

Nick éprouva un pincement de regret. Penny avait raison. Sa famille ne lui pardonnerait jamais s'il arrivait malheur à l'un d'eux. Par chance, nul n'était au courant de la fusillade de la veille.

— Où est Candace ?

Garek consulta sa montre et soupira.

— Elle est partie faire du shopping avec Tori Chekov.

— Toute seule ?

— Milek veille sur elle.

En principe, puisqu'il s'agissait d'une enquête du FBI, des agents spéciaux auraient dû être chargés de la protection de Candace. Cependant, Nick comprenait que Garek n'ait pas confiance en eux. Viktor Chekov semblait trop bien informé pour qu'il n'y ait pas de complicités quelque part.

— Tu veux qu'on arrête tout ?

Garek se raidit.

— Pourquoi me poses-tu cette question maintenant ?

— Parce qu'il est évident que vous êtes en danger. Et que ta couverture est probablement compromise.

Garek haussa les épaules.

— Peut-être. Mais on peut encore réussir. Il faut tenter notre chance.

— Vous jouez votre vie, murmura Nick.

Et il avait peur que le risque soit trop grand. Garek et Candace seraient-ils encore en vie à Noël ?

Candace avait hésité à quitter Garek, seul et blessé à l'hôpital, mais elle était plus que jamais résolue à faire payer celui qui était derrière cette nouvelle attaque. Cet homme n'avait déjà que trop de morts sur la conscience…

Sa fille elle-même souffrait à cause de lui.

— Garek vous a tout raconté, dit Tori en repoussant des cintres sur un présentoir.

— Pardon ?

— Vous êtes au courant, pour Alexander. Je vois la compassion sur votre visage.

Candace n'avait pas eu l'impression de manifester de la compassion. Inquiétude, colère, fatigue… voilà ce qu'elle ressentait.

Le fait que Tori l'ait traînée dans tous les magasins du centre commercial n'avait en rien contribué à améliorer son état d'esprit. Au moins avait-elle accepté de laisser Candace lui montrer quelques mouvements d'autodéfense avant leur expédition shopping.

— Je ne veux pas de votre pitié, reprit Tori, sur la défensive.

Pour avoir vu Garek touché par balle la veille au soir, Candace comprenait ce que Tori avait dû éprouver quand son amant avait été abattu sous ses yeux.

Heureusement pour elle, elle n'avait pas perdu Garek. Il avait réussi à se relever et à riposter. Lorsqu'elle avait quitté l'hôpital, le médecin lui avait affirmé qu'il ne courait aucun risque. La balle n'avait pas causé de réels dégâts.

— Ce n'est pas de la pitié, assura Candace. Je suis désolée…

— Désolée qu'il vous l'ait dit ? Parce qu'à présent vous ne pouvez plus me haïr ?

— Je ne vous ai jamais haïe.

— Mais vous ne m'aimiez pas.

Candace ne l'aimait pas davantage à présent. En revanche, elle la comprenait mieux. Et elle avait été impressionnée par l'aisance avec laquelle Tori avait assimilé les mouvements qu'elle lui avait appris. La jeune femme était plus intelligente et plus forte qu'elle l'avait cru tout d'abord.

— A votre place, je serais pareille, reprit Tori. Quelle femme apprécie l'ex de l'homme qu'elle aime ?

Si Candace ne chercha pas à nier ses sentiments pour Garek, elle ne les admit pas non plus. Elle voulait déclarer son amour à Garek avant d'en parler à quiconque.

Tori prit une des robes sur le présentoir et l'approcha de Candace.

— Celle-ci vous ira bien. Et le bleu est la couleur préférée de Garek.

Candace ne savait rien des préférences de Garek. Même si elle avait beaucoup appris sur lui récemment, il était évident que Tori Chekov le connaissait depuis bien plus longtemps. Et qu'elle avait fait exprès de le signaler.

— Je ne fais pas de courses pour moi, répondit Candace en secouant la tête.

Tori était censée choisir des cadeaux pour Noël, mais elle s'était contentée d'acheter des choses pour elle-même. Jusqu'à maintenant, et à cet intérêt soudain pour sa garde-robe.

— Vous avez besoin d'une tenue pour la réception.

Candace inclina la tête de côté.

— Qu'est-ce qui vous fait penser que je n'en ai pas ?

Elle avait compté porter la robe rouge qu'elle avait mise le premier soir de sa venue au club, mais celle-ci gisait en lambeaux sur le sol de sa chambre.

Tori haussa les épaules.

— Vous ne semblez pas du genre à posséder beaucoup de robes habillées.

— J'en portais une la première fois que je suis venue au club, lui rappela Candace.

— Vous ne pouvez plus mettre celle-là…

Elle rougit jusqu'aux oreilles et s'interrompit brusquement.

— Vous savez qu'on a cambriolé mon appartement, dit Candace lentement. Et que mes affaires ont été saccagées.

Tori esquissa une moue.

— Je suis désolée…

— C'est votre père qui a donné l'ordre à ses hommes de le faire ? Vous pourriez en témoigner aussi.

— « Aussi » ?

La colère flamba dans son regard sombre.

— Garek vous a tout dit…

Candace comprit que Garek ne se trompait pas en affirmant que Tori refuserait de témoigner contre son père, et cela bien qu'il ait tué l'homme qu'elle aimait. Autrement dit, ils n'avaient d'autre solution que de mettre la main sur l'arme du crime.

Elle prit la robe en velours bleu que Tori tenait toujours.

— Elle est jolie.

— Elle sera superbe sur vous, dit Tori en se retournant vers le présentoir.

— Et vous, vous serez superbe quoi que vous décidiez de porter, répondit Candace avec sincérité.

Tori Chekov faisait partie de ces femmes qui étaient à leur avantage dans n'importe quelle tenue, y compris un uniforme de l'armée. Malgré tout, Candace ne parvenait pas à la détester.

— Nous obtiendrons justice pour Alexander, murmura-t-elle.

Des larmes embuèrent les yeux de Tori.

— Merci.

Garek traversa le salon en boitant, sans pouvoir réprimer une grimace de douleur. Il se pencha pour brancher la rallonge de la guirlande du sapin, qui s'illumina aussitôt. Puis il sortit un petit paquet de sa poche et le déposa sous l'arbre.

Candace n'était pas la seule à avoir fait des emplettes en prévision de Noël. Sur le chemin du retour, il s'était arrêté à la boutique de sa sœur. Il ne lui restait plus qu'à espérer que Candace et lui survivraient à cette mission et qu'il aurait la possibilité de lui offrir son cadeau.

Stacy s'était excusée d'avoir mêlé Candace à l'affaire et d'avoir douté de lui. Son cœur se serrait encore au souvenir des larmes qu'elle avait versées. Quant à lui, il avait été troublé de découvrir qu'elle savait la vérité. Tout le monde semblait être au courant de sa mission, pourtant censée être clandestine ! Si Chekov ne soupçonnait encore rien, cela n'allait pas tarder.

Il entendit grincer des lames de parquet au-dessus de lui et prit son pistolet posé sur la table basse. Qui avait découvert cette maison ? Il avait pourtant été très prudent, veillant à ce que personne ne le suive jusqu'ici.

Certes, Rus connaissait son adresse. Quelqu'un d'autre avait pu la découvrir par son intermédiaire. Avait-il commis une grossière erreur en lui faisant confiance ?

Biologiquement parlant, Nick Rus était un Payne, mais il n'avait pas été élevé par Penny. Il ne possédait pas nécessairement l'intégrité et l'honneur des autres membres de la famille. Peut-être avait-il été soudoyé.

L'arme au poing, il s'engagea dans l'escalier en serrant les dents. Chaque marche était un supplice. Avait-il présumé de ses forces ? Le médecin avait tenté de le persuader de passer une nuit supplémentaire à l'hôpital, mais il ne pouvait s'offrir ce luxe. La réception de Noël aurait lieu de soir, et une meilleure occasion de fouiller la propriété des Chekov ne se représenterait pas de sitôt.

Pourvu que l'arme du crime ait été rendue au gangster...

Et pourvu qu'il parvienne à la trouver !

Dans l'immédiat, il avait une autre priorité : neutraliser celui qui s'était introduit chez lui. Bizarrement, il n'avait pas remarqué de traces d'effraction autour de la serrure. L'intrus était talentueux.

Une fois en haut, il se dirigea vers la chambre principale d'où était venu le bruit et se figea sur le seuil, le souffle coupé.

L' « intrus » se tenait devant la psyché de style ancien qu'il avait achetée avec la maison et le lit à baldaquin. Elle était non seulement talentueuse, mais superbe.

Il prit une brève inspiration.

Elle fit volte-face et se précipita vers lui, nouant les bras autour de son cou.

— Tu vas bien ?

Il acquiesça, puis se souvint qu'il avait promis de toujours lui dire la vérité.

— Enfin, ma jambe me fait très mal.

— Comment as-tu monté les marches ?

— Avec difficulté. Je ne savais pas que tu étais là.

— J'ai vérifié que personne ne m'avait suivie. Et je me suis souvenue du code.

— C'est pour ça qu'il n'y avait pas de marques autour de la serrure, dit-il en souriant.

Elle lui rendit son sourire.

— Il va falloir que tu m'apprennes à crocheter les serrures.

Il hocha la tête. Pourquoi refuserait-il ? C'était une compétence qui s'était révélée utile même après qu'il avait quitté l'« entreprise familiale ». Il espérait seulement avoir le temps de la lui enseigner.

— Tu es déjà habillée pour la réception.

La robe bleu nuit, assortie à ses yeux, soulignait les courbes de son corps. Candace se retourna, montrant le décolleté plongeant dans son dos. Il ne put réprimer l'envie de se pencher et de déposer un baiser sur sa peau nue.

Elle frissonna au contact de ses lèvres.

— Tu devrais peut-être chercher une autre robe.

— Celle-ci ne te plaît pas ? demanda-t-elle, la déception perçant dans sa voix.

— Elle me plaît trop, au contraire. Les hommes n'auront d'yeux que pour toi.

Et il ne serait pas là. Il serait chez les Chekov, à la recherche du coffre-fort. A condition que le gangster et ses hommes ne l'aient pas déjà capturé…

Si cela devait arriver, il ne voulait avoir aucun regret. Y compris celui de ne pas l'avoir déshabillée une dernière fois. Lentement, il fit glisser le tissu soyeux sur ses épaules.

Elle ne portait pas de soutien-gorge. Rien qu'un minuscule slip en dentelle. Vibrant de désir, il ne put retenir un gémissement.

Il ôta sa veste et sa chemise et les laissa tomber sur le sol, puis il défit son pantalon et s'assit sur le lit pour le retirer.

— Garek, murmura-t-elle en effleurant son pansement. Nous ne pouvons pas. Tu es blessé.

Il avait mal tant il la désirait. La sensation de ses doigts sur sa cuisse suffisait à faire battre son cœur plus vite.

Il la repoussa sur le lit.

— Il faudrait que je sois mort pour ne pas avoir envie de toi.

Elle écarquilla les yeux, et il lut l'angoisse dans son regard. Elle avait peur pour lui, peur de ce qui pourrait se passer ce soir.

Ils firent l'amour avec passion puis restèrent soudés l'un à l'autre un moment.

Lorsque Candace fit mine de se détacher de lui, Garek garda les mains sur ses hanches, l'ancrant à lui. Il ne voulait pas perdre leur proximité. Il ne voulait pas la perdre, elle.

— Garek…

Le regret perçait dans sa voix. Elle devait partir. Ils le savaient l'un et l'autre, mais il la tenait toujours serrée contre lui, réticent à la laisser s'éloigner. Et si c'était les derniers instants qu'ils passaient ensemble ? Devait-il lui dire ce qu'il éprouvait pour elle ?

Devait-il lui donner le présent qu'il avait mis sous l'arbre ?

En faisant cela, ne risquait-il pas de la déconcentrer ?

S'il lui arrivait malheur par sa faute, jamais il ne pourrait se le pardonner. Au fond, c'était lui qui l'avait entraînée dans cette mission.

— Je vais être en retard, murmura-t-elle.

A contrecœur, il la lâcha enfin. Elle se leva, ramassa la robe restée sur le sol, puis se dirigea vers la salle de bains. Quand elle ressortit, elle s'était rhabillée. Elle était splendide malgré l'inquiétude qui marquait ses traits.

— Tu es sûr de vouloir fouiller la maison ? demanda-t-elle. Tu es blessé. Milek pourrait s'en charger à ta place.

Il secoua la tête.

— Il est moins bon que moi.

Ce n'était pas de l'arrogance de sa part, mais une simple constatation. A l'époque où son père les formait pour prendre part à l'« entreprise familiale », Garek avait toujours veillé à surpasser son jeune frère afin d'être envoyé en mission à sa place. C'était aussi la raison pour laquelle Viktor avait voulu l'engager, plutôt que Milek, quand leur père s'était retrouvé en prison.

— Tu voulais le protéger, n'est-ce pas ?

Candace l'avait compris. C'était comme si elle savait déchiffrer ses pensées, son âme, son cœur…

— Milek pourrait peut-être trouver le coffre, dit-il, mais il ne parviendrait pas à l'ouvrir. Il faut que ce soit moi.

Elle acquiesça.

— Nous allons en finir ce soir…

Elle n'acheva pas sa phrase, mais il comprit à son tour. Lui aussi était capable de lire dans ses pensées.

L'affaire se terminerait d'une manière ou d'une autre. Ce soir, ils risquaient de mourir.

Elle effleura ses lèvres des siennes et se détourna. Ses talons claquèrent sur le plancher.

Arrivée à la porte, elle pivota à demi, et chuchota :

— Je t'aime.

A moins qu'il ne l'ait imaginé ?

Avant qu'il ait eu le temps de répondre, elle avait disparu.

19

Milek fixait à travers le pare-brise la neige qui tombait sur le capot de sa voiture. Les flocons fondaient au contact du métal tiède, laissant des traînées qui ressemblaient à des larmes.

— Où veux-tu que je me poste ? demanda-t-il dans le micro que l'agent Rus avait caché sur lui.

Ce soir, tout le monde était équipé d'un micro. A l'exception de Candace.

Chekov l'avait engagée pour assurer la protection de sa fille, mais cela ne signifiait pas pour autant qu'il avait confiance en elle. Il continuait à la palper lorsqu'elle venait prendre son poste. Il l'avait fait l'après-midi même, quand elle était venue chercher Tori pour l'emmener faire les magasins.

Milek avait observé la scène à la jumelle. En voyant les mains de Chekov s'attarder sur le corps de Candace, il s'était dit qu'il valait mieux que Garek ne soit pas témoin de ce genre de scène.

— A proximité de la maison, répondit Rus. A cas où Garek aurait besoin de toi. Sa jambe n'est pas solide. Il ne devrait pas être seul là-bas.

— Il ne devrait pas y être du tout, grommela Milek.

— Il saura neutraliser le système d'alarme et éviter les gardiens. Mais il ne pourra pas s'enfuir rapidement en cas d'urgence. C'est là que tu entreras en jeu s'il le faut.

— Garek voulait que je reste au club, lui fit remarquer Milek. Il est plus soucieux de la sécurité de Candace que de la sienne.

— J'ai fait venir une équipe de Chicago. Des gars en qui j'ai toute confiance.

Une sensation de malaise gagna Milek.

— Tu veux dire que tu as des hommes ici dont tu te méfies ?

— Je ne sais pas, avoua Rus. Je n'arrive pas à comprendre qu'on s'en prenne à Candace.

— Pour déstabiliser Garek.

— Pourquoi ? A moins de savoir ce qu'il fait réellement… Et comment le saurait-on ?

Milek prit une inspiration.

— Tu penses qu'il y a un traître parmi les enquêteurs ?

— Non. Je croyais avoir mis en place une équipe fiable. Avoir mis un terme à la corruption au sein de la police de River City.

— Mais on ne sait jamais vraiment à qui se fier…

Peut-être cette mission n'était-elle pas aussi simple qu'elle semblait l'être. Et si Viktor Chekov n'était pas la seule menace qui pesait sur son frère ?

Des stroboscopes rouges et verts projetaient leurs lumières clignotantes sur la piste bondée. La boîte de nuit vibrait au rythme des basses. Candace avait le vertige en tournoyant entre les bras de son partenaire.

Viktor Chekov devait être plus jeune qu'il y paraissait, à moins d'être exceptionnellement en forme pour son âge. Il la tenait étroitement serrée contre lui et la guidait avec adresse parmi les danseurs.

Elle était censée assurer la protection de Tori, mais le père de celle-ci la monopolisait sans vergogne. Dans un sens, elle s'en félicitait car le plan aurait plus de probabilités de réussir si Chekov rentrait tard chez lui. Plus Garek aurait de temps, mieux cela vaudrait. Avec un peu de chance, il avait déjà découvert le pistolet…

— Vous êtes absolument superbe, murmura Chekov à son oreille.

Elle réprima non sans mal un frisson de dégoût et une envie folle de se dégager. Seule la pensée de Garek lui donnait la force de jouer la comédie.

La découverte de l'arme du crime suffirait-elle pour impliquer Chekov ? Si Tori refusait de témoigner contre son père, échapperait-il une fois de plus à la justice ?

— Tori m'a aidée à choisir ma robe, dit-elle.

— Oui. J'ai appris que vous étiez allées faire du shopping aujourd'hui.

Une pointe de condescendance et de dédain perçait dans sa voix.

Candace releva la tête et le regarda droit dans les yeux.

— Je n'avais pas le choix, puisque mon appartement a été mis à sac et que tous mes vêtements ont été détruits.

Le choc se lut dans les yeux sombres du gangster.

— Qu'est-il arrivé ? demanda-t-il, comme s'il n'était pas sûr d'avoir bien entendu.

Pourquoi paraissait-il surpris si c'était lui qui avait ordonné cela ? Avait-il pensé que ses hommes n'iraient pas aussi loin ?

— On a enfoncé la porte, expliqua-t-elle. Comme chez Garek. Et on a tout saccagé dans mon appartement.

Chekov étrécit les yeux.

— Quelqu'un est entré chez lui par effraction, admit-il. Mais je ne suis pas au courant d'un incident similaire chez vous.

Il venait de dire la vérité à propos de Garek. Pourquoi mentirait-il au sujet de son appartement ? Il n'avait aucune raison de le faire. Mais, si Viktor n'était pas au courant, comment Tori l'avait-elle appris ?

Viktor la fit tournoyer de nouveau mais cette fois, au lieu de la ramener dans ses bras, il la guida vers la table privée où Tori était assise, flanquée de plusieurs hommes. Milek, lui, était invisible. Sans doute se trouvait-il avec Garek.

De toute façon, l'agent Rus lui avait assuré qu'elle aurait des renforts sur place. Il s'agissait d'agents qu'elle n'avait jamais rencontrés, si bien qu'elle ne pouvait savoir s'ils étaient vraiment là. Et elle n'avait aucun moyen de communiquer avec eux. Porter un micro aurait été trop dangereux.

Viktor tira une chaise pour elle, mais ne s'assit pas.

— Profitez du reste de la soirée, lança-t-il avant de faire signe à ses hommes.

Ceux-ci se levèrent aussitôt et vinrent le rejoindre.

— Où… où allez-vous ? demanda Candace.

Il inclina la tête, et un éclair d'irritation traversa son regard.

— Votre rôle consiste à protéger Tori, lui rappela-t-il. Personne d'autre.

Elle sentit son estomac se nouer. Si Chekov surprenait Garek en train de fouiner chez lui…

— Bien sûr, dit-elle aussitôt. Mais je pensais que c'était votre réception…

— En effet. Et j'ai fait une apparition. A présent, il est temps que je parte.

Avant qu'elle ait pu répondre, trouver un prétexte pour le retarder davantage, il tourna les talons et s'éloigna, entouré de ses gardes du corps.

Les agents de Rus allaient-ils se rendre compte de ce qui se passait ? Allaient-ils avertir Garek à temps ?

Elle tendit la main vers son sac, mais il n'était plus accroché au dossier de sa chaise. Où était-il passé ?

— Papa est resté plus longtemps que d'habitude, remarqua Tori. Sans doute parce qu'il était occupé à danser avec vous…

Candace prit son verre et but une gorgée d'eau.

— Il vous dévorait des yeux, reprit Tori. Je crois que Garek n'aurait pas été très content.

Elle-même ne semblait pas ravie. Candace se tourna vers elle.

— Nous parlions… du saccage de mon appartement.

Tori se raidit.

— Que voulez-vous dire ?

— Il n'était pas au courant.

— Il n'allait sûrement pas l'admettre, répliqua Tori avec un ricanement méprisant. Il sait que vous êtes un ex-flic. Il sait sans doute aussi que Garek et vous collaborez pour rassembler des preuves contre lui.

Comment savait-elle cela ? Comment cette fille avait-elle obtenu ces informations ?

Elle plissa les yeux et tenta de focaliser son regard sur la jeune femme. Tout à coup, elle eut l'impression que les stroboscopes clignotaient de plus en plus vite. Elle ne voyait que d'éblouissants éclairs rouges et verts, pas d'images. Puis une douleur aiguë lui vrilla le crâne.

Elle avait été droguée.

Une seule personne avait pu mettre une drogue dans son verre : Tori.

C'était Tori qui voulait sa mort ! Et elle n'avait aucun moyen de se protéger.

Le coffre de Viktor ne se trouvait pas dans le salon. Ç'aurait été un endroit trop évident. Il avait été installé dans sa suite personnelle, au fond du dressing.

Garek s'était faufilé dans la villa sans difficulté. Le système d'alarme ne lui avait causé aucun souci ; il connaissait le code d'entrée. Même si Tori ne le lui avait pas révélé, il avait vu Viktor le composer assez souvent pour s'en souvenir. La date de l'anniversaire de Tori…

Comment un homme qui semblait aussi attaché à sa fille avait-il pu abattre celui qu'elle aimait, sous ses yeux de surcroît ? C'était incompréhensible. Mais un individu tel que Chekov — violent, impitoyable — était-il réellement capable d'affection, fût-ce envers sa propre fille ?

S'il voulait la persuader de témoigner contre lui, Rus devrait la convaincre qu'il ne l'aimait pas vraiment. Garek doutait qu'il réussisse. Au fond, il était persuadé qu'elle ne trahirait pas son père.

Pas plus que Viktor ne la trahirait, elle…

Qu'avait fait Alexander Polinsky ? A en croire la rumeur, il courait les femmes. Viktor avait-il découvert qu'il trompait Tori ? Dans ce cas, pourquoi aurait-elle été aussi bouleversée par sa mort ?

Il secoua la tête et reporta son attention sur la serrure. Il ne disposait pas de beaucoup de temps. Chekov ne s'attardait jamais dans les réceptions qu'il donnait. C'était pour cette raison qu'elles se déroulaient au club et non chez lui. En procédant ainsi, il était libre de s'éclipser dès qu'il le désirait.

Cela dit, Garek avait des alliés au-dehors. Y compris Milek. Il avait entendu sa voix et celles d'autres hommes dans son écouteur tout à l'heure. Mais, depuis qu'il était entré dans le dressing, tout était silencieux. Soit il ne se passait rien du tout à l'extérieur, soit la pièce était coupée de tout réseau et parfaitement insonorisée.

Autrement dit, s'il appelait à l'aide, personne ne l'entendrait non plus.

En dépit de la chaleur qui régnait dans la maison, un frisson le parcourut.

Peut-être devrait-il sortir du dressing et entrer en contact avec les autres, ne serait-ce que pour leur dire où il se trouvait.

A cet instant précis, il y eut un léger déclic et la porte

s'ouvrit, révélant non un coffre, mais une petite chambre forte, pleine à craquer de sacs en plastique contenant des billets, des drogues. Et des armes…

Des carabines. Des fusils automatiques. Des caisses de munitions. Un coup d'œil lui suffit pour savoir qu'il avait besoin d'aide pour inspecter sa trouvaille.

— Vous m'entendez ? demanda-t-il dans son micro.

Seul le silence lui répondit. Il n'y eut pas même un grésillement dans son écouteur.

Il sortit deux pistolets de leur cachette. Ils étaient du même calibre que celui que l'on avait utilisé pour tirer sur lui. Malgré tout, il avait le sentiment que ni l'un ni l'autre n'était l'arme qu'il cherchait.

En son for intérieur, et en dépit du nombre effarant d'armes qui se trouvaient là, il soupçonnait que le pistolet compromettant était ailleurs.

Soudain, une porte s'ouvrit derrière lui, la seule qu'il puisse entendre de là où il était : celle du dressing.

— Milek ?

— Ton frère ne peut plus rien pour toi.

La voix de Viktor Chekov lui glaça le sang.

L'homme avait-il découvert Milek dehors ? L'avait-il tué ?

Il n'aurait pas dû mêler son frère à cette affaire.

Sauf que Milek, comme d'habitude, ne lui avait pas laissé le choix. Il le suivait encore partout, comme lorsqu'ils étaient enfants.

Et il ne s'inquiétait pas seulement pour Milek. Viktor avait-il fait du mal à Candace ?

Il se retourna et se trouva nez à nez avec le canon d'un pistolet.

20

Une douleur sourde martelait le crâne de Candace. Pas comme si elle avait reçu un coup, mais plutôt comme si elle souffrait d'une gueule de bois. Elle se força à entrouvrir les yeux et regarda autour d'elle. Aucune lumière ne l'éblouit, ni rouge ni verte ; elle était dans le noir complet.

Elle voulut bouger ses bras, coincés sous son dos, mais se rendit compte qu'ils étaient retenus par des liens en plastique rigide qui lui entamaient les poignets. Elle cessa de s'agiter et s'obligea à faire le point de la situation.

Son sac avait disparu pendant qu'elle dansait avec Viktor ; inutile donc de songer au canif qu'il contenait. Et elle ne sentait pas le pistolet qu'elle avait mis dans un holster attaché à sa cuisse. On le lui avait pris. Elle était impuissante. Totalement sans défense.

Elle étouffa une exclamation de dépit ; elle ne savait même pas où elle était ! Soudain, un éclair l'aveugla. Elle plissa les yeux jusqu'à ce qu'ils s'accoutument à l'éclat fluorescent d'un plafonnier. Elle était étendue sur du ciment froid, sans doute dans le sous-sol du club.

Et une femme la toisait.

Tori portait encore la robe lamé or qu'elles avaient achetée dans l'après-midi. N'eût été le masque de jalousie et de folie qui déformait ses traits, elle aurait été splendide.

— Et papa qui s'imaginait que vous alliez m'apprendre à

me défendre ! ironisa-t-elle. Vous n'êtes même pas capable de vous protéger !

Candace garda le silence. C'était la vérité, et il n'aurait servi à rien de le nier. Comme il ne servait sans doute à rien de crier. Si Tori avait pensé qu'on pourrait l'entendre, elle l'aurait bâillonnée.

— Il ne se doute pas que je n'ai pas besoin de protection, reprit-elle. Je sais me défendre.

Pourtant, un homme se tenait derrière elle, un individu tout en muscles qui sembla vaguement familier à Candace. C'était probablement lui qui l'avait portée jusqu'ici. Tori avait beau être plus forte qu'elle l'avait cru au départ, elle n'aurait pas été capable de la soulever.

— Je sais aussi m'occuper de quiconque se dresse en travers de mon chemin, ajouta Tori.

— Je ne vous ai rien fait, rétorqua Candace.

Tori ricana.

— Vous êtes venue au club. Vous avez accaparé l'attention de Garek.

— Vous vouliez son attention ?

— A une certaine époque, admit Tori, je ne pensais qu'à lui. Mais… j'aimais ce qu'il avait plus que ce qu'il était.

Candace la dévisagea, perplexe.

— Que voulez-vous dire ?

— Il avait le respect de mon père. Mon père lui est très attaché.

Candace songea aux coups que les sbires de Chekov avaient donnés à Garek. Si c'était ainsi que le gangster témoignait son affection, il n'était guère étonnant que sa fille soit si perturbée.

— Vous êtes jalouse de lui ?

— Je voulais que mon père le voie tel qu'il est réellement. Faible…

Candace ne put réprimer un rire.

— Garek Kozminski ? Faible ?

Tori pointa brusquement son arme sur elle.

— Vous êtes sa faiblesse, lâcha-t-elle d'un ton empreint de dégoût. Dès que vous êtes arrivée, il a perdu toute sa concentration.

C'était donc une question de jalousie, mais Candace n'était pas sûre d'avoir compris de qui cette femme était jalouse. De Garek ou d'elle ?

— C'est vous qui avez tenté de me tuer ?

Pour toute réponse, Tori se contenta de hausser les épaules. L'homme qui se tenait derrière elle était de toute évidence à ses ordres, et non à ceux de son père.

Tout le monde croyait que Tori Chekov n'était qu'une petite princesse gâtée qui passait son temps à envoyer des SMS à ses amis. Quelle grossière erreur !

— Papa a remarqué que Garek était distrait, continua Tori avec un petit sourire satisfait. Il a compris qu'il n'était pas aussi fantastique qu'il l'avait pensé.

— Il m'a sauvé la vie plusieurs fois, murmura Candace.

Et peut-être y parviendrait-il cette fois encore, même si elle n'osait se bercer d'illusions. Il était à l'autre bout de la ville, et blessé. Comprendrait-il à temps qui était réellement le coupable ? Saurait-il où la trouver ?

— Je crois qu'il est fantastique, ajouta-t-elle.

Tori ricana de nouveau.

— Il ne vous sauvera pas cette fois, dit-elle, comme si elle avait lu dans ses pensées. Il ne pourra pas se sauver lui-même.

Le cœur comprimé par l'angoisse, Candace retint un cri. Cette femme était trop sûre d'elle. Elle savait quelque chose…

— Que lui est-il arrivé ?

Tori jeta un coup d'œil à sa montre. Manifestement, elle avait tout planifié avec soin. Sans doute les manipulait-elle tous depuis des semaines.

— A l'heure qu'il est, papa a surpris Garek en train de pénétrer dans sa chambre forte.

D'après le plan, Garek portait un micro. Il aurait dû être averti du retour de Chekov dans sa propriété. Sa blessure l'avait-elle empêché de s'enfuir ?

— Tous ces efforts pour ne rien trouver..., poursuivit Tori avec un reniflement méprisant.

Elle savait ce que Garek cherchait, bien sûr. C'était elle qui avait lancé l'enquête en allant voir l'agent Rus. L'avait-elle fait à dessein ? Savait-elle qu'il chargerait Garek de retrouver l'arme du crime, ou lui avait-elle suggéré son nom ?

Elle agita son pistolet.

— Je le sais parce que c'est moi qui l'ai. Je l'ai depuis le début. Garek va mourir pour rien.

Une vague de panique submergea Candace. Si Chekov surprenait Garek, l'abattrait-il ? C'était probable ; il était impitoyable. Malgré tout, elle se refusait à perdre espoir. Par le passé, elle avait douté de Garek. Elle ne douterait plus.

Si quelqu'un pouvait se tirer d'affaire, c'était lui.

— Que diable se passe-t-il ? fit Chekov. Ton frère faisait le guet dehors...

— Que lui avez-vous fait ? le coupa Garek.

Milek ne pouvait pas être mort ! Il avait déjà tant perdu...

Chekov se mit à rire.

— Tu as toujours été protecteur envers tes frère et sœur. C'est ça qui t'a valu d'aller en prison.

Garek saisit la perche qu'on lui tendait. C'était probablement le bon moment pour rappeler à Chekov qu'il lui avait été loyal.

— Je suis allé en prison parce que j'ai refusé de vous dénoncer.

— Non. Tu y es allé pour avoir tué un homme.

A l'évidence, il avait ajouté foi au témoignage de sa mère.

— Tu l'as fait pour protéger ton frère et ta sœur. Et, si tu ne m'as pas dénoncé, c'était pour la même raison.

— Qu'avez-vous fait à mon frère ? insista Garek. Je veux savoir s'il a besoin de soins médicaux…

— J'en doute, répliqua Chekov en riant de nouveau. D'après ce que j'ai pu constater, il a la tête aussi dure que toi.

Garek prit une profonde inspiration et se cramponna à l'espoir que Milek avait survécu.

— Qu'est-ce que tu fabriques ici ? reprit Chekov.

— Vous connaissez le dicton, lança Garek, espérant s'en tirer par une pirouette. Qui vole un œuf vole un bœuf.

— Le problème avec toi, Garek, dit Chekov sur un ton déçu, c'est que tu n'étais pas vraiment un voleur.

— Je suis un Kozminski.

— C'est vrai. Et tu as le talent nécessaire, évidemment, admit Viktor en désignant la chambre forte ouverte. Mais tu n'as jamais eu le cœur à ça. Tu n'as jamais vraiment eu envie de voler.

C'était la vérité, Garek n'allait pas le nier.

— J'ai été une déception pour mon père.

— Il a dû te forcer à exercer le métier que lui aimait. Et, quand il a été envoyé en prison, il a fallu que je te force à sa place. C'est de ça qu'il s'agit ? demanda le gangster. De vengeance ?

— Peut-être.

Sans doute était-ce en partie pour cette raison qu'il avait accepté la mission que lui proposait Rus — pour se venger de l'homme qui l'avait terrorisé autrefois. Mais il l'avait aussi fait par souci de justice.

— Tu ne peux pas m'abattre avec cette arme, reprit Chekov. Elle n'est pas chargée. Aucune ne l'est.

Il arma son pistolet.

— Celle-ci, en revanche…

— Vous allez me tuer comme vous avez tué Polinsky ?

Chekov se raidit.

— Polinsky ?

Il eut un rire amer.

— Alexander était comme un fils pour moi. Jamais je ne lui aurais fait du mal.

La douleur s'entendait dans sa voix. A l'évidence, il était sincèrement attristé par la mort du jeune homme. Quoi qu'il en soit, cela ne signifiait pas qu'il était innocent. A en croire la rumeur, il avait éliminé naguère son propre frère pour prendre la tête des opérations familiales.

— Pourquoi m'accuses-tu de cet épouvantable crime ? demanda-t-il, visiblement atterré.

Garek secoua la tête.

— Ce n'est pas moi qui vous accuse.

— Qui, alors ?

Pas question de dénoncer Tori. Garek se contenta de hausser les épaules.

— Les gens racontent beaucoup de choses sur vous. Des choses horribles.

— Mais de là à dire que j'ai tué un homme pour qui j'avais de l'affection et du respect ! Pourquoi irait-on raconter cela ?

Pourquoi, en effet ? Garek pouvait imaginer plusieurs raisons possibles, mais la principale était le désir de détourner les soupçons sur autrui. Son estomac se noua brusquement. Non, c'était impossible…

— Pourquoi aurait-on voulu éliminer Polinsky ? demanda-t-il d'une voix sourde.

— Je n'en sais rien. J'ai pensé que c'était à cause de moi, pour me faire souffrir.

Garek avait eu le même raisonnement lorsque Candace avait été prise pour cible. Il avait soupçonné Viktor de vouloir le faire souffrir. A présent, il s'interrogeait.

— C'est pourquoi j'ai eu recours à l'agence Payne, reprit

Viktor. Pour protéger Tori. J'ai pensé qu'on voulait me nuire et qu'on allait s'attaquer à tous ceux qui me sont proches.

Une certitude vint à Garek. Viktor Chekov n'avait pas éliminé son bras droit. Le cœur serré par l'angoisse, il dut se rendre à l'évidence.

— Où est Candace ?

Le gangster le dévisagea comme s'il avait perdu la tête.

— Candace ?

— La femme garde du corps que vous avez engagée pour protéger Tori.

— Elle est en train de protéger Tori, répliqua Viktor d'un ton à la fois perplexe et condescendant.

Avait-elle deviné l'identité du véritable assassin ? Garek, lui, venait de comprendre.

Arriverait-il à temps pour empêcher Tori Chekov de frapper de nouveau ? Pour l'empêcher de tuer la femme qu'il aimait ?

21

Logan pressa rapidement ses lèvres sur celles de Stacy avant de sortir en hâte. Il ne partait pas seul vers le danger. Ses frères allaient le rejoindre, comme toujours. Parker et Cooker seraient là pour lui prêter main-forte.

Arriveraient-ils à temps pour sauver les autres ?

Elle frissonna.

— Ferme la porte, ordonna Milek.

Il n'attendit pas qu'elle le fasse. Au lieu de suivre Logan, il le fit lui-même, restant à l'intérieur.

— Il gèle dehors.

Ce n'était pas à cause du froid glacial que Stacy tremblait, mais à cause de sa venue, du récit qu'il venait de leur faire.

Elle était surprise qu'il ne soit pas reparti avec Logan, et ce malgré sa blessure. Des mèches de ses cheveux blonds étaient poisseuses de sang coagulé. Elle leva instinctivement la main pour le toucher, puis interrompit son geste, certaine qu'il allait la repousser, qu'il s'en irait si elle essayait de se rapprocher de lui. Il était pareil à un animal blessé, trop méfiant, en proie à trop de souffrance pour laisser quiconque lui venir en aide.

— Je peux demander à Penny de garder le bébé et te conduire à l'hôpital, proposa-t-elle sans grand espoir. Ou Penny pourrait t'y emmener…

— Un des agents qui m'ont trouvé chez Chekov m'a examiné.

Avant l'arrivée de Milek, Logan avait reçu un appel téléphonique. Au ton inquiet de sa voix, Stacy avait craint le pire et cru avoir perdu ses deux frères. Peu après, la sonnette avait retenti, et Logan avait ouvert la porte à Milek, pâle et blessé.

D'après ce que Nicholas Rus avait relaté à Logan, des agents du FBI l'avaient découvert sans connaissance dans la neige, assez loin de son véhicule, comme s'il avait essayé de ramper jusqu'à la propriété pour secourir Garek.

— Tu crois qu'il est mort ? demanda-t-elle d'une voix étranglée.

Au fond, elle ne s'attendait pas vraiment à ce qu'il lui dise la vérité. Elle lui avait caché la vérité pendant des années ; il ne lui devait rien.

Il secoua la tête, et le mouvement lui arracha une grimace.

— Je m'inquiète moins pour Garek que pour Candace.

— Où est-elle ?

— Elle a disparu. Au nez et à la barbe des gars du FBI.

Son ton était empreint de dégoût et de frustration. Il secoua la tête de nouveau.

— Ils ne l'ont même pas vue quitter la réception.

— Dans ce cas, elle doit être encore au club ou tout près de là. Ils vont la retrouver.

Cette fois, Milek garda le silence un instant.

Elle comprit qu'il ne voulait pas lui donner de fausses espérances.

Quand il parla enfin, ce fut avec une honnêteté brutale.

— Je crois qu'il sera trop tard.

Trop tard pour la sauver…

Submergée d'inquiétude, d'appréhension et de regret, Stacy sentit un froid glacial l'envahir. Cet après-midi même, Garek était venu à la boutique et lui avait acheté un de ses bijoux préférés, qu'il admirait depuis longtemps. Elle avait voulu le lui offrir, mais il avait insisté pour le payer. Bien qu'il n'ait rien dit, elle avait deviné ses intentions.

— Je n'aurais pas dû la mêler à tout ça, dit-elle en soupirant. Je n'aurais pas dû lui parler de Garek.

D'autant moins qu'elle avait eu tort sur toute la ligne à son sujet.

— Je n'aurais pas dû douter de lui.

Elle avait dit tout cela à Garek, et il avait semblé lui pardonner.

Mais c'était avant ce soir, avant que Candace disparaisse.

— Moi aussi, j'ai douté de lui, admit Milek, le remords gravé sur ses traits. Je me suis demandé s'il était retourné à sa vie d'avant.

Garek l'avait fait, en effet, mais c'était uniquement dans le but d'obtenir la condamnation d'un gangster. Stacy avait beau s'être excusée auprès de lui, cela ne suffisait pas. Cela ne suffirait jamais si Candace ne survivait pas.

— Il va me détester, murmura-t-elle, le cœur serré.

Elle lança un regard furtif à son frère.

— Comme toi, ajouta-t-elle en se détournant pour lui cacher ses larmes.

Un instant plus tard, des bras solides se refermèrent autour d'elle. Milek la serrait contre lui ; Milek la réconfortait !

— Je ne te déteste pas, dit-il. Je ne pourrai jamais te détester. Et Garek non plus.

Malgré tout, elle s'accablait de reproches. Elle s'en voulait de s'être immiscée dans leur vie, d'avoir gâché le bonheur de Milek et peut-être celui de Garek. Il fallait que Candace survive. Qu'au moins un de ses frères puisse passer le reste de ses jours avec la femme de sa vie.

Du sang coulait sur les mains de Candace, s'étalait sur le sol derrière elle. Le plastique lui avait entaillé les poignets.

Pourtant, ignorant la douleur, elle continuait à essayer de se libérer.

C'était sa seule chance de s'en sortir. En même temps, elle faisait de son mieux pour distraire Tori, dans l'espoir que celle-ci finirait par baisser l'arme qu'elle braquait toujours sur elle.

Candace avait déjà le cœur transpercé. Où était Garek ? Comment Chekov réagirait-il s'il le surprenait en flagrant délit ?

Irait-il jusqu'à le tuer ?

Tori semblait le penser et s'en réjouir.

— L'avez-vous vraiment aimé ? demanda Candace.

— Qui ? Alexander ?

L'air songeur, Tori inclina la tête de côté.

— Il était beau et sexy, lâcha-t-elle enfin avec un soupir. Peut-être encore plus que Garek.

Candace ne put réprimer un sourire sceptique. Tori se mit à rire.

— Vous êtes vraiment amoureuse de lui, hein ?

Elle esquissa une fausse moue de compassion.

— Je devrais parler au passé.

— Je refuse de croire qu'il est mort, répliqua Candace en secouant la tête.

Et c'était pour cette raison qu'elle s'acharnait à batailler contre ses liens. Enfin, elle sentit le plastique se desserrer un peu. Encore un effort…

— Votre père aime bien Garek.

Hormis Tori, Garek était sans doute le seul être humain auquel Viktor Chekov était attaché.

— Il ne le tuera pas, insista-t-elle, luttant pour s'en convaincre.

Tori haussa les épaules.

— Peu importe. Vous ne serez pas ensemble de toute façon, puisque vous allez mourir.

Son doigt bougea sur la détente, et elle braqua le pistolet sur le cœur de Candace.

— Pourquoi me tuer ? A quoi cela vous sert-il ?

Tori poussa un soupir de frustration.

— Vous êtes intelligente, vous devez bien le savoir.

Candace haussa les épaules à son tour, un mouvement qui contribua à faire glisser les liens sur ses poignets.

— Vous êtes jalouse des sentiments que Garek a pour moi ? C'est pour ça que vous voulez m'éliminer ?

— Je vous en prie ! s'exclama Tori en levant les yeux au ciel. Ce qui m'intéresse, c'est de me débarrasser de Garek. Je pensais que mon père allait le renvoyer, mais…

— Je ne comprends pas, coupa Candace. Pourquoi avez-vous contacté l'agent Rus ? Pourquoi avez-vous prétendu que votre père avait tué un homme alors que c'était vous l'assassin ?

— N'est-ce pas évident ? s'esclaffa Tori d'un air condescendant. Je veux écarter mon père.

— Ça n'a rien d'évident, répliqua Candace. Si vous vouliez vraiment vous débarrasser de lui, vous auriez essayé de le tuer au lieu de vous en prendre à moi.

— Je ne veux pas qu'il meure. Je veux seulement qu'il aille en prison.

— Vous avez peur de lui ? Il vous a maltraitée ?

— Il m'empêche de faire mon propre chemin. Il considère que, parce que je suis une fille, je suis incapable de faire quoi que ce soit à part pianoter sur mon téléphone et faire du shopping.

Elle émit un petit bruit méprisant.

— Je voulais être son bras droit, mais il a préféré Alexander.

— Et c'est pour cela que vous l'avez tué ?

Tori acquiesça.

— Bien sûr. Il était un obstacle pour moi.

— Mais Garek n'en était pas un !

— Au départ, non. J'ai cru qu'il avait changé, qu'il allait m'aider à faire tomber mon père. Mais il ne s'est rien passé. Mon père continue à tout gérer…

La lumière se fit brusquement dans l'esprit de Candace.

— Et vous voulez…

Tori sourit.

— Oui. Si mon père va en prison, je serai son porte-parole. J'irai lui rendre visite et je ferai exécuter ses ordres… Du moins c'est ce que tout le monde pensera.

— Vous croyez qu'il vous fera confiance ? Après que vous aurez témoigné contre lui ?

— Je n'aurai pas besoin de témoigner. Il me suffira de faire en sorte que cette arme soit retrouvée sur lui. Elle aura servi pour tuer plusieurs personnes, dont vous. Il sera facile de le condamner. Il ne sortira jamais de prison.

— Garek ne vous croira pas.

— Encore faudrait-il qu'il survive…

— Vous avez vous-même reconnu que votre père a un faible pour lui. Il ne lui fera pas de mal. Et Garek comprendra ce que vous avez fait. Il saura que vous avez commis tous ces meurtres.

Tori sourit.

— Si vous ne l'aviez pas distrait comme vous l'avez fait, il aurait sans doute déjà compris.

Elle avait raison, Candace s'en rendit compte. Si Garek n'avait été aussi inquiet pour elle, il aurait rassemblé les pièces du puzzle depuis bien longtemps. Elle l'avait gêné.

— Après votre mort, il sera anéanti, trop éprouvé pour comprendre quoi que ce soit. Il aura besoin de moi pour le consoler.

Elle leva son arme.

— Ne vous inquiétez pas, Candace. Je prendrai soin de lui à votre place.

La rage bouillonna en Candace. Elle ne voulait pas que cette femme touche Garek, qu'elle s'approche de lui.

Serrant les dents, elle se força à faire glisser les liens sur ses doigts malgré la douleur.

Des coups de feu qui résonnèrent alors entre les murs du sous-sol la firent sursauter.

Elle retint son souffle, et attendit la fin.

Le cœur de Garek cognait follement. Le géant qui se tenait à côté de Tori lâcha son arme en s'effondrant sur le sol. Tori, en revanche, garda la sienne braquée sur le corps recroquevillé de Candace.

Indifférent à sa jambe douloureuse, il dévala les marches.

— Et voilà pourquoi mon père ne devrait plus être à la tête des affaires, dit Tori. Il t'a surpris dans sa chambre forte et pourtant il t'a laissé la vie sauve.

Elle renifla avec mépris.

— Il est devenu trop faible. Trop mou pour diriger la famille.

— C'est ça que tu veux ? demanda Garek en désignant les lieux d'un mouvement de la main. Le contrôle de la famille ?

D'où il se trouvait, il ne pouvait pas voir si Candace était blessée, si elle se vidait de son sang. Il n'osait pas la regarder de peur d'attirer de nouveau l'attention de Tori sur elle.

— C'est mon héritage, rétorqua-t-elle. Pas le tien. Ni celui d'Alexander.

— C'est pour ça que tu l'as tué ?

— Mon père voulait faire de lui son successeur, expliqua-t-elle avec amertume. Alexander n'était pas un membre de la famille. Je suis la seule vraie parente de mon père.

Sa mère était morte en lui donnant naissance, de sorte qu'elle avait toujours vécu seule avec Chekov qui avait néanmoins toujours considéré ses hommes de main comme sa famille.

Garek hocha la tête.

— C'est vrai.

Elle se tourna brusquement, braquant son arme sur lui.

— Toi non plus, tu ne fais pas partie de la famille. Mais papa t'a toujours traité comme si c'était le cas.

— Il s'est servi de moi, rectifia Garek. Ce n'est pas ainsi qu'on traite sa famille.

— Il t'a laissé travailler pour lui, lança Tori avec rancune.

— Il m'a aussi laissé aller en prison pour lui. C'est le risque qu'on court quand on fait ce métier. Je n'ai pas eu le choix, Tori. La manière dont j'ai été élevé me condamnait à voler. C'était pareil pour ton père. Par contre, il voulait que tu aies une vie meilleure. Il ne voulait pas que tu sois obligée de faire ce que lui et moi avons dû faire.

Elle secoua la tête. A présent, une lueur différente animait son regard, celle de la folie.

— Il me croyait incapable de faire ce métier. Il me prend pour une petite femme sans défense.

Elle pivota de nouveau, visant Candace.

Il aurait dû l'abattre lorsqu'il en avait la possibilité, quand son arme était braquée sur lui. Peu lui aurait importé qu'elle tire sur lui. Mais pas sur Candace…

La femme qu'il aimait gisait inerte sur le sol en ciment. Il y avait du sang derrière elle. Avait-elle été touchée dans le dos ?

Refoulant la peur qui menaçait de le submerger, il s'obligea à focaliser son attention sur Tori.

— Il ne pensait pas la même chose d'elle, continua-t-elle. Il la respectait. Dommage qu'il ne puisse pas la voir maintenant !

Son arme braquée sur Candace, elle le regardait par-dessus son épaule.

— Tu aurais dû le voir tout à l'heure, sur la piste… Il la dévorait des yeux.

Elle voulait qu'il réagisse, qu'il cède à un élan de jalousie. Il ne parvint qu'à étouffer une exclamation, mais pas à cause de ses paroles.

Candace s'était redressée d'un bond. Ses mains se refermèrent sur le bras de Tori qui appuya sur la détente.

Une fois, deux fois. Les détonations résonnèrent entre les murs.

Les agents avaient dû les entendre, mais Garek les avait persuadés de ne pas s'en mêler. Il leur avait assuré qu'il pourrait apaiser Tori.

Il ne s'était pas rendu compte qu'il ne la connaissait pas du tout, en réalité. Contrairement à Candace…

Elle avait beau être forte, elle ne pouvait pas lutter seule contre Tori armée. Il s'élança, saisit Tori à bras-le-corps et la souleva.

Il y eut un déclic. Le chargeur était vide. Tori laissa tomber son arme sur le sol, et se mit à sangloter, tremblant de tous ses membres.

Garek se tourna vers Candace, tout entier concentré sur elle.

— Ça va ?

Elle hocha la tête, à bout de souffle.

— Oui.

Il mourait d'envie de la serrer dans ses bras, de s'assurer par lui-même qu'elle était saine et sauve. Le même désir se lisait dans les yeux bleus de Candace.

— Et toi ? Chekov ne t'a pas fait de mal ?

— Non. Il m'a même indiqué l'endroit où elle avait pu t'emmener.

Si Chekov ne lui avait pas révélé que le club avait un sous-sol, Garek ne l'aurait sans doute pas retrouvée. Du moins, pas à temps.

Tori se figea, et cessa brusquement de pleurer.

— Papa est au courant ?

— Oui.

— Où est-il ? demanda-t-elle, d'une voix empreinte d'hystérie.

Garek la dévisagea. Comment avait-il pu ne s'apercevoir de rien ? Il avait toujours pensé que Tori était une enfant gâtée et mal dans sa peau, mais il n'avait pas soupçonné que ses problèmes étaient plus profonds. Son père, lui, en avait sans doute eu conscience.

— Il n'est pas fier de moi ? Il ne sait pas qu'il se trompait à mon sujet ? Qu'il s'est toujours trompé ?

Ne sachant que répondre ni même si elle l'écouterait dans l'état d'agitation où elle se trouvait, il hésita.

Avant qu'il ait pu se décider, elle passa à l'attaque, exécutant la manœuvre que Candace lui avait enseignée. Elle lui écrasa le pied et lui enfonça son coude dans les côtes, avant de lui assener un coup de tête dans le menton.

Surpris, il desserra légèrement sa prise sur elle. L'instant d'après, avant que Candace ait pu intervenir, elle se jeta sur le sol et s'empara du pistolet que son acolyte avait laissé échapper.

D'un même mouvement, Candace et lui s'élancèrent vers elle alors qu'elle appuyait sur la détente.

22

La salle d'attente de l'hôpital était bondée. Les Payne côtoyaient les Kozminski et toute une équipe d'agents du FBI. On parlait fort, on se bousculait dans l'espace exigu. C'était le chaos.

En temps normal, cette atmosphère aurait mis Nicholas Rus mal à l'aise. Il n'était pas habitué au chaos, à une famille bruyante, exubérante. De plus, il s'était attendu à ce que tous soient furieux contre lui à cause des risques qu'il avait fait courir à Garek dans son enquête sur Viktor Chekov. Contre toute attente, Penny l'avait étreint avec affection. Stacy Kozminski-Payne aussi, en lui murmurant des remerciements.

— Pour quoi ? avait-il demandé, éberlué.

Elle n'avait pas répondu. Elle s'était contentée d'aller rejoindre son frère Milek, qui avait passé un bras autour de ses épaules.

Milek lui avait-il rapporté ce qu'il avait eu le tort de lui révéler ? Il s'en voulait d'avoir fait cet aveu. Cependant, il en était venu à éprouver de l'affection pour sa famille, toute sa famille, et cela incluait les Kozminski. Et le chagrin de Milek l'avait particulièrement affecté.

Le silence se fit tout à coup dans la salle, l'arrachant à ses réflexions. Un homme aux cheveux poivre et sel entra et se dirigea droit sur lui.

Nick avait vu des photos de Viktor Chekov. Il l'avait même

aperçu à la jumelle lorsqu'il l'avait surveillé personnellement. Chekov paraissait différent. Moins dur. Plus éprouvé.

Les quelques heures qui venaient de s'écouler l'avaient vieilli prématurément.

— Agent spécial Rus…, commença-t-il.

C'était moins une question qu'une affirmation ou un salut.

— C'est vous qui avez la charge de l'enquête.

Là encore, ce n'était pas une question. Allait-il jurer de se venger sur lui et toute sa famille ?

Garek l'avait averti que cela se produirait. Viktor Chekov n'était pas homme à pardonner une trahison, quelle qu'elle soit.

Nick jeta un coup d'œil en direction des siens. Il venait tout juste de reconnaître l'importance qu'ils avaient prise dans sa vie. Allait-il devoir les quitter dès maintenant, avant d'avoir réellement appris à les connaître ?

Il était prêt à le faire pour garantir leur sécurité. A se sacrifier pour eux.

Il acquiesça.

— Oui, c'est moi qui ai eu l'idée de monter cette opération. Pas Garek Kozminski. Je l'ai contraint à y participer.

Viktor eut un petit rire sans joie.

— Comment ? En menaçant de s'en prendre à sa famille ? C'est la seule manière d'obliger Garek à faire quelque chose.

— Je l'ai persuadé, insista Nicholas.

— Ce n'est pas vous qui l'avez persuadé d'épargner ma fille, répliqua Viktor. Il aurait pu l'abattre comme il a abattu celui qui travaillait pour elle. Mais il ne l'a pas fait. Et, quand elle a tenté de se donner la mort, il l'en a empêchée.

La balle n'avait fait qu'effleurer le front de Tori au lieu de la tuer. Garek lui avait sauvé la vie.

— Je veux que vous l'épargniez, vous aussi, reprit Chekov.

Abasourdi par l'arrogance de l'homme, Nick secoua la tête. Chekov allait-il le menacer, ou tenter de le soudoyer ?

Devant une foule de témoins ? Etait-il aussi dément que sa fille ?

— Elle a tué deux hommes, dit-il. Elle l'a admis. Et elle a commandité les attaques perpétrées contre Candace.

Chekov allait-il se venger sur celle-ci ? Justement, elle entrait dans la salle d'attente, les poignets bandés. Garek l'accompagnait, un bras passé autour de sa taille.

— Vous pouvez l'arrêter et la faire condamner, répondit Chekov, l'obligeant à reporter son attention sur lui. Mais ce n'est pas vraiment elle que vous vouliez.

— Que voulez-vous dire ?

Le gangster pointa un doigt sur sa propre poitrine.

— Que c'est moi que votre enquête visait. C'est moi que vous voulez.

Nick secoua la tête de nouveau, stupéfait.

— C'est vrai, admit-il. Mais pas de cette manière. Je ne vous permettrai pas de vous accuser d'un crime que vous n'avez pas commis.

— Ce n'est pas ce que je vous propose. Choisissez un crime, n'importe lequel, que vous voudriez me faire avouer, et je le ferai.

— Quoi ? s'exclama Nick, interdit. Je ne pourrai pas la libérer pour autant.

Chekov poussa un soupir de regret.

— Trouvez un compromis, suggéra-t-il. Elle a beau se croire forte, elle ne pourrait pas survivre en prison. Sa place n'est pas là. Elle devrait être envoyée dans un hôpital psychiatrique.

— Il a raison, intervint Candace.

Nick les avait vus entrer, mais ne s'était pas rendu compte que Garek et elle s'étaient approchés.

— Vous n'y seriez pas opposée ? demanda-t-il. Elle a essayé de vous tuer plusieurs fois.

— Elle est perturbée, murmura Candace. Elle a besoin d'aide.

Visiblement moins convaincu, Garek garda le silence, les mâchoires serrées. Chekov dut percevoir sa résistance car ce fut à lui qu'il s'adressa.

— Permets-lui de se faire aider.

Personne n'était venu en aide à Garek autrefois, lorsqu'il avait été condamné à la prison. Nick aurait parfaitement compris qu'il refuse d'accéder à la demande de l'homme qui avait menacé sa famille.

Finalement, Garek soupira.

— Je suis d'accord, à condition qu'elle ne sorte pas de l'hôpital au bout de quelques mois.

— Il n'en est pas question, assura Nick. Elle va y passer de longues années.

Chekov acquiesça.

— Puis-je la voir ? Puis-je lui dire au revoir ?

Nick hocha la tête. Tori était sous bonne garde ; elle ne risquait pas de s'enfuir. D'ailleurs, il était convaincu que Chekov était sincère, qu'il souhaitait simplement que sa fille reçoive des soins, qu'elle soit guérie. Et il était prêt à sacrifier sa propre liberté pour elle.

— Tori se trompait, murmura Candace en regardant Chekov s'en aller. Son père l'aime vraiment.

Garek donna une tape affectueuse dans le dos de Nick.

— Tu as réussi l'impossible ! Tu l'as persuadé de se rendre.

— C'est grâce à toi, dit Nick. Si tu n'avais pas accepté cette mission… Et si tu ne l'avais pas épargnée…

Garek secoua la tête.

— C'est toi qu'il faut féliciter. Tu voulais coincer Chekov. Tu l'as eu. Savoure ta victoire.

Il prit la main de Candace.

— Je vais savourer la mienne.

— C'est moi, ta victoire ? demanda Candace, faussement indignée.

Ses yeux souriaient, brillant d'amour pour Garek.

— Nous sommes en vie, répondit-il. C'est une victoire et une raison de faire la fête.

Il ne s'attarda toutefois pas pour faire la fête avec sa famille. Tel un homme en mission, il se contenta d'étreindre les siens avant de guider Candace vers la sortie.

A son tour, Milek tapa dans le dos de Nick.

— Bravo. Tu dois être content.

En réalité, ce succès qui aurait dû être un tournant de sa carrière le laissait indifférent. Envahi par une pointe d'envie, il suivait des yeux Garek et Candace qui s'en allaient, main dans la main.

Ils rentraient chez eux, dans la maison que Garek avait achetée en banlieue juste avant le début de sa mission. Il s'était demandé alors ce qui avait pu pousser un homme que tous considéraient comme un play-boy à acheter une maison aussi traditionnelle. A présent, il comprenait.

Garek était déjà amoureux de Candace.

Il avait déjà commencé à envisager un avenir avec elle.

Milek, lui, ne pouvait sans doute plus imaginer son avenir. Pourtant, quand Nick se tourna vers lui, il lut dans son regard gris argent qu'il s'était trompé.

Milek savait. Sans oser en dire trop long, Nick en avait dit assez. Milek connaissait la vérité.

Au comble du bonheur, Candace ne remarqua pas le froid qui régnait au-dehors lorsque Garek et elle descendirent de voiture pour se hâter vers la maison. Derrière la vitre, le sapin de Noël semblait leur faire des clins d'œil.

Candace s'immobilisa devant l'arbre et soupira.

— C'est si…

— Si quoi ?

Debout derrière elle, Garek l'entoura de ses bras et la serra contre lui.

— … parfait, acheva-t-elle.

— Je ne savais pas que tu aimais Noël à ce point, dit-il, songeur.

Candace se mit à rire.

— Moi non plus. Mais maintenant…

Elle avait toujours été du genre pragmatique et ne s'intéressait ni aux froufrous, ni aux décorations, ni aux fêtes de famille. Elle s'apercevait avec stupeur qu'elle avait changé.

Que l'amour l'avait changée.

Pourtant… elle lui avait avoué son amour, mais il n'avait encore rien dit. L'avait-il entendue, d'ailleurs ? Elle n'avait fait que murmurer les mots en partant.

Peut-être devait-elle rassembler son courage et les répéter.

— Tu as entendu Chekov, lui rappela-t-elle en pivotant entre ses bras pour lui faire face. C'est fini. Il ne cherchera pas à s'en prendre à nous ni à aucun de nos proches.

Garek sourit.

— Non. Il nous est reconnaissant d'avoir laissé la vie sauve à Tori. C'est un miracle.

— Oui…

Elle noua les bras autour de son cou.

— Grâce à toi.

Il se dégagea et se laissa tomber à genoux sur le tapis, en s'efforçant de réprimer une grimace de douleur.

— Tu as mal ? s'inquiéta-t-elle aussitôt.

Comment avait-elle pu oublier qu'il était blessé ?

— Non, affirma-t-il malgré sa grimace. Je cherche quelque chose…

Il se baissa davantage et tendit la main sous le sapin. Candace s'agenouilla à côté de lui.

— Quoi ? Laisse-moi t'aider.

— Non, je l'ai.

Il tenait un minuscule paquet emballé de papier brillant qui étincelait à la lueur des guirlandes.

— Qu'est-ce que c'est ?

Il le lui tendit.

— Ouvre, et tu verras.

Elle secoua la tête.

— Ce n'est pas encore Noël !

— Cela ne va pas tarder.

Il avait raison, songea-t-elle en soupirant. Ils avaient été si accaparés par les récents événements qu'ils avaient perdu la notion du temps.

— Je n'ai pas encore commencé mes courses de Noël.

Il tendit la main et effleura le corsage de sa robe.

— Tu as acheté ceci.

— C'était pour moi… pas pour toi.

Le désir étincela dans ses yeux gris.

— Oh si, c'était pour moi.

Elle sourit, conquise par son charme. Elle débordait d'amour pour lui.

— Ouvre ton cadeau, insista-t-il.

Elle hésita, les doigts tremblants. Elle ne se souvenait pas qu'un homme lui ait offert un présent si magnifiquement emballé ou qu'il ait été si impatient de la voir l'ouvrir. Elle n'avait guère l'habitude de recevoir des cadeaux. Elle aurait préféré être celle qui offrait, surtout avec Garek, car elle avait le sentiment qu'il n'avait jamais été vraiment apprécié à sa juste valeur.

— Je peux attendre, murmura-t-elle. Je l'ouvrirai quand tu auras ton cadeau.

— Tu ne peux pas m'offrir ce que je veux pour Noël, dit-il, comme s'il avait lu dans ses pensées.

— Ah bon ?

— Ce n'est pas quelque chose qu'on peut emballer et mettre sous le sapin.

— Que veux-tu ?

— Que tu ouvres ce fichu cadeau !

Elle rit, mais tira sur le ruban rouge et ôta le papier brillant. Elle découvrit une petite boîte, un écrin en velours, comme sa robe, et reconnut le logo.

— Ça vient de la boutique de Stacy…

Elle avait toujours trouvé ironique que la fille d'un voleur de bijoux soit devenue créatrice et possède sa propre joaillerie. Et elle avait aussi toujours admiré secrètement les créations de Stacy.

— Tu n'aurais pas dû…

Il se rembrunit brusquement.

— Je n'aurais pas dû ? Pourquoi ?

— Les bijoux de Stacy sont superbes…

Comme accablé par sa propre stupidité, il se frappa le front.

— Mais vous deux n'avez pas les meilleures relations qui soient depuis…

Logan. Jamais cependant elle n'avait ressenti pour son employeur l'amour qu'elle éprouvait pour Garek.

— Bien sûr que tu ne veux pas d'un de ses bijoux, reprit-il avant qu'elle ait pu le détromper.

Elle se mit à rire.

— Bien sûr que si ! Elle a un talent fou, et tout ce qu'elle fait est magnifique. Ce que je voulais dire, c'est que tu n'aurais pas dû dépenser tant d'argent.

Il la dévisagea, les yeux écarquillés.

— Comment peux-tu ne pas croire que tu vaux bien tout l'or du monde ?

Bouleversée par l'intensité de son regard et par ce qu'elle lisait dans ses profondeurs sombres, elle retint son souffle. Il n'avait pas prononcé les mots, n'avait pas dit qu'il l'aimait, mais l'amour était bien là.

Jamais personne ne l'avait regardée ainsi.

D'une main incertaine, elle ouvrit l'écrin. Elle savait qu'elle serait impressionnée par le bijou, mais elle s'attendait à une paire de boucles d'oreilles, à un pendentif ou à un bracelet…

Pas à une bague. Un diamant étincelant niché parmi des saphirs, le tout sur un anneau en platine.

— Ce… c'est une bague, balbutia-t-elle, émerveillée, osant à peine songer au sens de ce cadeau.

Peut-être n'était-ce pas ce qu'elle croyait, ce qu'elle espérait.

— Oui.

Il la sortit de son écrin et la lui tendit.

— Tu m'as dit que tu m'aimais.

Au comble de l'émotion, elle ne put que hocher la tête. Il prit sa main et fit glisser la bague à son doigt. Elle lui allait parfaitement, comme s'il avait su sa taille.

— Je t'aime, et ceci est une demande en mariage. Veux-tu m'épouser, Candace Baker ? Acceptes-tu d'être ma partenaire, ma protectrice, mon héroïne, mon âme sœur ?

Candace resta un instant sans voix.

— Tu… tu es sûr ? souffla-t-elle enfin.

Une étincelle de colère brilla dans le regard gris de Garek.

— Je ne refuse pas, se hâta-t-elle d'ajouter. C'est seulement que…

— Tu ne sais pas à quel point tu es belle. A quel point tu es fantastique.

Des larmes picotèrent les yeux de Candace. L'irritation de Garek s'était déjà dissipée, cédant la place à la tendresse dans sa voix.

Il lui caressa la joue.

— J'admire tout en toi, reprit-il. Ta beauté, ta force, ton intelligence. Et ton cœur.

Les larmes roulèrent sur les joues de Candace.

— Tu m'as dit que tu m'aimais…

— C'est vrai. Je t'aime, murmura-t-elle. Je t'aime tant ! C'est toi qui es extraordinaire.

— Dans ce cas, épouse-moi. Dis oui.

Incapable de répondre, étranglée par la joie, elle noua les bras autour de son cou.

Il glissa le doigt sous son menton et plongea son regard dans le sien.

— J'ai besoin d'entendre les mots…

— Oui, j'accepte de t'épouser. Je t'aime !

Elle baissa les yeux sur sa main.

— Et j'adore ma bague.

— Moi, j'adore ta robe, dit-il en se mettant en devoir de la lui retirer. Et je veux faire l'amour à ma fiancée…

Épilogue

Debout devant la glace, Candace voyait enfin la beauté dont Garek avait parlé. Stupéfaite et émerveillée, elle contempla son propre reflet, son teint clair, ses grands yeux d'un bleu intense.

— Tu es superbe, dit Stacy en s'avançant pour ajuster le petit voile fixé sur l'élégant chapeau qui recouvrait ses cheveux noirs et soyeux.

Candace portait une robe courte, ornée de dentelle ancienne, que Penny, Nikki et Stacy l'avaient aidée à dénicher en un temps record. Elle avait encore du mal à croire que son mariage avait pu être organisé aussi vite.

— Merci.

— Simple constatation, répondit Stacy avec un haussement d'épaules.

Candace secoua la tête.

— Je ne te remerciais pas que pour le compliment, mais aussi pour avoir accepté d'être mon témoin.

— C'est moi qui te remercie de me l'avoir demandé.

Il demeurait dans sa voix une pointe de la surprise qu'elle avait éprouvée alors. En dépit de leurs différends passés, elles avaient réussi à devenir amies.

— Je ne serais pas ici sans toi. Tu m'as trouvée…

— C'est surtout Nikki…

Nikki était demoiselle d'honneur. Candace ne l'avait pas

oubliée non plus. Cependant, le lien qui l'unissait à Stacy était plus fort.

— C'est toi qui m'as persuadée de rentrer, de retourner vers Garek. Tu m'as aidée à croire qu'il éprouvait réellement quelque chose pour moi.

— Il t'adore.

Candace le savait désormais. Elle le voyait dans ses yeux chaque fois qu'il la regardait. Et, pendant que son père la conduisait à l'autel, elle remarqua à peine l'église magnifiquement décorée de branches de sapin odorantes et de guirlandes de Noël.

Elle n'avait d'yeux que pour son fiancé, debout bien droit dans son smoking noir. Il était si séduisant, si sexy. Et aussi amoureux d'elle qu'elle l'était de lui.

C'était sa véritable mission de Noël : son mariage avec la femme qu'il aimait plus que la vie elle-même. Jamais il n'aurait cru possible d'être aussi heureux.

Il prit les mains de Candace dans les siennes, et ils échangèrent leurs vœux. L'amour qu'elle éprouvait pour lui se reflétait dans ses yeux bleus.

Il était si heureux qu'il ressentit une pointe de culpabilité lorsque son frère lui tendit l'alliance destinée à Candace. Il n'était pas juste qu'il soit au comble du bonheur et que Milek soit si malheureux. Cependant son frère avait changé au cours des derniers jours. C'était presque comme s'il avait retrouvé espoir. Peut-être finirait-il par surmonter son deuil.

— Je vous déclare mari et femme, annonça le révérend.

Garek savait ce qui devait suivre et n'attendit pas qu'on lui donne la permission. Il donna un baiser à son épouse comme il lui avait donné son cœur. Il lui appartenait désormais, et lui avec, jusqu'à la fin de ses jours.

LISA CHILDS

L'enfant sur la photo

Traduction française de
CATHERINE VALLEROY

BLACK ROSE

HARLEQUIN

Titre original :
BODYGUARD DADDY

Ce roman a déjà été publié en 2017.

Prologue

Tranchant dans l'obscurité, des flammes s'élevaient de la carcasse noircie du véhicule. Levant les yeux, Milek Kozminski fixa l'écran de télévision placé au-dessus du bar. La musique country l'empêchait d'entendre ce que disait le reporter. Avec un accent traînant, le crooner chantait l'alcool et le désespoir. Il n'avait pas de mal à s'identifier à lui.

— Milek…, fit derrière lui une voix voilée par l'émotion.

Pivotant sur son tabouret, il vit sa sœur Stacy et son mari Logan. Puis il se rendit compte que la plus grande partie de l'agence Payne s'était déplacée : Parker, le jumeau de Logan, leur frère Cooper et leur sœur Nikki. Derrière eux, Mme Payne, une lueur de sympathie dans son chaud regard brun, le contemplait du même air que les autres — avec inquiétude.

— Qu'est-ce que c'est ? s'exclama-t-il. Une descente en force ?

Depuis quelque temps, il buvait plus que de raison, mais pas au point de perdre la tête. Il ne voulait pas répéter l'erreur commise naguère. La dernière fois qu'il était sorti de ses gonds, il avait atterri dans un centre de détention juvénile et son frère Garek en prison.

Ils se bornèrent à le regarder sans mot dire. Son cœur se mit à cogner dans sa poitrine. Des larmes roulaient sur les joues de Stacy, et son corps légèrement arrondi par la grossesse était secoué de sanglots. Y avait-il un problème avec le bébé ?

Il se tourna vers Garek, comme Stacy et lui le faisaient depuis leur enfance.

Le visage de son frère était rouge d'émotion. Faisant un pas vers le juke-box, il arracha le cordon du mur. La musique cessa net et le silence se fit dans le bar, en dehors de la voix du présentateur.

— … après avoir dérapé sur la chaussée mouillée, le véhicule est tombé dans un ravin et a pris feu. La conductrice, Amber Talsma, assistante du procureur, ainsi que son jeune fils ont péri dans l'accident.

Milek sentit son cœur s'arrêter.

Pas Amber !

Il se tourna vers le téléviseur. Une photo d'Amber, avec ses yeux verts et ses cheveux flamboyants, était incrustée dans le coin supérieur de l'écran. A côté, on voyait celle de son fils, un blondinet aux yeux gris.

Une main compatissante se posa sur son épaule.

— Il était de toi, dit Garek. Elle ne voulait pas te le dire.

Garek regarda Stacy. En temps normal, il se serait ému des larmes de sa sœur et n'aurait eu de cesse de la consoler. Or il la contemplait comme s'il ne l'avait jamais vue.

— Stacy était au courant, mais je l'ignorais, Milek. Je te jure que je ne savais pas. Je suis vraiment désolé.

Il attira son frère dans ses bras.

Milek le savait, même s'il avait entendu un autre homme prétendre que l'enfant était de lui. Mais il avait estimé que son fils vivrait mieux sans lui, tout comme il s'était dit qu'Amber serait plus heureuse avec un autre.

Cela avait failli le tuer, mais il s'était forcé à renoncer

à eux, parce qu'il les aimait et voulait ce qu'il y avait de mieux pour eux.

A présent, ils n'avaient plus rien. Et lui non plus.

Ils avaient disparu.

1

Cela faisait un an qu'Amber Talsma était morte, et personne n'avait réussi à découvrir qui l'avait tuée. En fait, personne n'avait essayé. Elle n'avait pas perdu le contrôle de sa voiture, on lui avait tiré dessus, et ce, quelques semaines après que son patron avait été abattu devant chez lui. On avait voulu la tuer, elle aussi.

Alors, elle était morte. Pour se sauver et sauver son fils. L'accident avait été mis en scène, et on avait enterré des cercueils vides. Michael et elle avaient disparu.

Ils s'appelaient désormais Mason et Heather Ames.

Cependant, quand elle se regardait dans le miroir, elle voyait toujours Amber. Elle avait coupé et teint ses longs cheveux roux et portait des lentilles marron, mais ses traits étaient restés les mêmes. Etait-ce pour cela qu'on l'avait reconnue ?

La lettre était arrivée une heure auparavant. Des photos étaient tombées par terre lorsqu'elle l'avait ouverte : Michael et elle au parc, devant l'école, au supermarché… Et une autre, prise à travers la fenêtre de leur maison. Au dos de l'une d'elles, d'une écriture qu'elle n'avait pas reconnue, figuraient quelques mots qui l'avaient fait frémir.

Je sais qui vous êtes…

Et où elle était… Mais comment ?

Une seule personne savait qu'elle était en vie, l'agent du

FBI qui l'avait aidée à disparaître. Nicholas Rus était le seul à qui elle avait parlé des coups de feu.

Elle frissonna en se rappelant comme les balles étaient passées près de son fils. S'il avait été tué…

C'était un risque qu'elle n'avait pas voulu prendre. Bien sûr, elle aurait pu engager des gardes du corps. Rus avait même suggéré qu'elle fasse appel à l'agence Payne, pendant que lui-même s'efforçait de retrouver le tireur.

Mais sa fierté lui avait interdit de contacter Milek. Il se serait occupé d'elle s'il avait pensé qu'elle était en danger, mais l'aurait-il crue ? Là était la question. Il ne l'avait pas crue quand elle lui avait dit être enceinte de lui et l'avait accusée de prétexter cette grossesse pour l'obliger à revenir.

Cinq ans plus tard, la honte la faisait encore rougir. Elle n'avait jamais avoué à Stacy qu'elle avait révélé à Milek l'existence de son fils. Trop embarrassée, elle n'avait pas voulu provoquer de problèmes entre sa sœur et lui.

Les Kozminski étaient soudés depuis l'enfance parce qu'ils n'avaient jamais eu personne sur qui compter. Quand Milek était allé en centre de détention juvénile et Garek en prison, Stacy s'était rapprochée d'elle, au point qu'elles étaient devenues comme des sœurs. Le mari de Stacy, P-DG de Payne Protection, aurait pu les protéger, elle et Michael.

Une année s'était écoulée sans que le meurtrier du procureur soit appréhendé. Aurait-on pu les protéger, son fils et elle, pendant une année entière, si le meurtrier avait su qu'ils étaient en vie ?

Faire la morte était beaucoup plus sûr. Elle en avait convaincu Rus, et il avait accepté de l'aider. A l'époque.

Il avait aussi promis de trouver celui qui voulait sa mort. C'était pour enquêter sur des faits de corruption qu'on l'avait affecté au commissariat de River City. Le procureur avait peut-être été tué pour dissimuler cette corruption, si bien que cela relevait des compétences de Rus. Malheureusement, il avait échoué à tenir sa promesse sur ce point.

Elle lui avait fait confiance, non seulement parce qu'il faisait partie du FBI, mais aussi parce qu'il était le demi-frère du mari de Stacy. Ce n'était toutefois pas un Payne, et la corruption de la police, et peut-être des services du procureur, prouvait que personne n'était incorruptible.

L'agent Rus s'était-il vendu à ceux qui voulaient la voir morte ? Leur avait-il révélé où elle se trouvait ?

— Tu m'as assuré qu'elle était en vie. Maintenant, il faut que tu me dises où elle est, dit Milek, dont la voix se fêla avant qu'il puisse ajouter « où ils sont »…

Sous l'effet de la culpabilité, les larges épaules de l'agent spécial s'affaissèrent et il baissa la tête.

— Je n'aurais pas dû te le dire.

— En effet, approuva Milek.

Surpris, Rus se redressa et posa sur lui ses yeux bleus. Son affectation durait depuis si longtemps qu'on lui avait attribué un bureau à River City. Ses fenêtres donnaient sur un quartier animé, mais toute son attention était fixée sur Milek.

— Tu n'aurais pas dû me le dire maintenant, précisa celui-ci, mais il y a un an.

— Je ne te connaissais pas, il y a un an.

Milek ricana.

— Nous nous sommes rencontrés à cette époque.

— Rencontrés, oui. Mais nous ne nous connaissions pas. Je ne savais pas si je pouvais te faire confiance.

— Maintenant, tu le sais, sinon tu ne m'aurais pas dit qu'elle est en vie.

Rus laissa échapper un juron.

— Je n'aurais pas dû.

— Pourquoi ? demanda Milek.

— Parce que, bien sûr, tu veux savoir où elle est.

Ce n'était pas une question de vouloir, mais de *devoir.* Il devait la voir, s'assurer par lui-même qu'elle était en vie. Et que leur fils l'était aussi…

— Je veux savoir aussi d'autres choses, dit Milek.

Rus grogna.

— Je veux comprendre pourquoi.

Pendant un an, Amber avait hanté ses pensées. Des images d'elle ne cessaient de traverser son esprit : son sourire, son beau visage illuminé par l'amour ou rougi par la passion, ses lèvres gonflées par les baisers. Ses grands yeux verts noyés de larmes… Toutefois, les images qui ne le quittaient jamais étaient celles de l'accident. Celles des flammes consumant son corps et celui de leur fils, les séparant à jamais de lui.

Mettant ses regrets de côté, il demanda :

— Pourquoi aurait-elle fait tant d'efforts pour faire croire à sa mort ? Etait-ce à cause du meurtre de son patron ? Parce qu'elle avait peur d'être la prochaine sur la liste ?

Amber avait été l'assistante la plus proche du procureur Il était possible qu'on ait voulu aussi la faire disparaître.

Rus soupira de nouveau et se renversa dans son fauteuil.

— Elle était la suivante sur la liste. Son fils et elle ont failli se faire tuer la veille de l'accident.

Milek frémit. Il ne les avait pas perdus, mais il s'en était fallu d'un cheveu.

— Qu'est-il arrivé ?

— On leur a tiré dessus chez elle.

— Je n'ai rien vu là-dessus à la télévision.

— Elle ne l'a pas signalé à la police ni aux médias, dit Nicholas. Elle n'en a parlé qu'à moi.

Elle avait appelé l'agent du FBI. Pourquoi ne l'avait-elle pas appelé lui ? Sans doute parce qu'elle doutait qu'il vienne. Ou qu'il y accorde de l'importance…

Quand il avait rompu avec elle, il avait fait de gros efforts pour la convaincre qu'il ne l'aimait plus. Et il n'avait que trop bien réussi.

— Et tu l'as gardé pour toi.

Rus acquiesça.

— Je ne savais pas à qui je pouvais faire confiance, lui rappela-t-il. Je suis venu à River City pour enquêter sur la corruption. J'ignorais qui était impliqué ou non.

— Moi ?

— Toi, ton frère et ta sœur… Vous n'aviez pas bonne réputation.

Et c'était bien pourquoi il avait rompu avec Amber. Pour son bien… Leur réputation n'était toutefois pas la seule raison à cela.

— Maintenant, je sais que c'était immérité, ajouta Rus.

Immérité pour Garek et Stacy. Pour sa part, Milek ne pouvait prétendre la même chose. Il soupira.

— Tu as eu raison, reconnut-il à contrecœur. Tu as eu raison de ne te fier à personne.

Dans le cas contraire, Amber et Michael auraient probablement bel et bien été tués.

— Je ne pensais pas que ça prendrait tant de temps, murmura Rus.

Milek jeta un coup d'œil à travers la cloison vitrée du bureau. Même si les inspecteurs et les agents en uniforme semblaient vaquer à leurs tâches, ils lançaient de temps en temps des regards inquiets dans leur direction.

— Pour éliminer la corruption ?

— Ça aussi, dit Rus. Mais je voulais dire que je ne pensais pas que ça prendrait tant de temps pour trouver l'assassin de son patron. Je n'aurais jamais cru qu'elle devrait se cacher aussi longtemps.

— C'est pour ça que tu me l'as dit ?

— Oui. Parce que tu n'avais pas l'air de te remettre de sa mort.

Il avait rompu avec Amber cinq ans avant sa mort supposée et ne s'en était pas remis. Le fait qu'elle soit en vie ne changeait rien ; il était toujours en deuil d'elle. En deuil de la passion qu'ils avaient vécue. Le simple fait de penser à elle, à son besoin d'elle, fit accélérer son pouls.

Pourtant, s'il n'avait été question que de passion, il n'aurait pas rompu. La vérité était qu'il l'aimait trop pour ruiner son avenir.

— Il faut que je la voie.

— Je ne peux pas prendre ce risque, répondit Rus. Jusqu'à maintenant, j'étais le seul à connaître la vérité.

— Je ne le dirai à personne, assura Milek.

— On ne peut pas prendre le risque d'aller la voir, que ce soit toi ou moi. Quelqu'un pourrait nous suivre.

— Pourquoi donc ? demanda Milek. En dehors de nous, personne ne sait qu'elle est vivante. Donc, personne ne la recherche.

Probablement pas, mais rien ne le garantissait, songea-t-il. Le tireur qui avait failli tuer Michael et Amber était peut-être encore à l'affût.

Rus travaillait toujours sur l'affaire, mais ce n'était pas la seule dont il devait s'occuper. Il venait juste de prendre en charge le cas d'un baron du crime organisé.

— Chekov n'aurait pas des idées ? reprit-il. Il t'a déjà dit pas mal de choses.

Chekov avait passé un marché pour éviter à sa fille une lourde peine de prison. On l'avait enfermée dans un hôpital psychiatrique dont elle ne sortirait sans doute jamais.

— Il prétend qu'il ne sait rien, dit Rus en secouant la tête.

— Et toi ? Tu en es où de ton enquête ?

— Je sais qui a tué le procureur.

— Vraiment ? s'exclama Milek. Alors, si c'est le même qui s'en est pris à Amber, pourquoi se cache-t-elle toujours ?

— Je sais qui a pressé la détente, expliqua Rus, mais je

n'ai pas encore pu l'arrêter. Et tant que je ne l'aurai pas fait, je ne saurai pas qui l'a engagé.

— C'est un tueur à gages ?

Rus acquiesça.

— L'étude balistique a montré que c'était la même arme que pour d'autres exécutions. Une empreinte retrouvée sur une des cartouches a confirmé que c'était Frank Campanelli.

— Tu sais qui c'est, mais tu n'arrives pas à lui mettre la main dessus ?

Milek était atterré. Rus avait besoin de renforts ; il avait besoin de Payne Protection.

— On appelle Campanelli « le Fantôme », lui apprit Rus. Alors, je ne sais pas quand ni si j'arriverai à le trouver. Personne n'a pu l'arrêter jusqu'ici.

— On disait aussi ça de Chekov, lui rappela Milek. Jusqu'à ce que Garek, Candace et moi arrivions à le coincer.

Et il était encore plus motivé maintenant. La colère faisait bouillir son sang. Quand il aurait trouvé l'homme qui avait essayé de tuer Amber et Michael, il en ferait un véritable fantôme.

Rus haussa les épaules.

— Même si nous coinçons Campanelli, je doute qu'il parle. Les tueurs à gages donnent rarement leurs clients. Alors, j'essaie de trouver le vrai tueur, celui qui l'a engagé. J'étudie toutes les affaires sur lesquelles travaillaient Amber et Schievink au moment où il a été tué, et même les affaires qu'ils ont eues avant sa mort.

Milek approuva d'un signe de tête.

— Quelqu'un a pu l'abattre par simple vengeance.

Sa remarque lui valut un regard acéré de la part de Rus.

Il ne pouvait nier qu'il avait eu une bonne raison pour avoir envie de tuer Gregory Schievink. Ce type avait fait tout ce qu'il pouvait pour les séparer, Amber et lui. Quand elle était tombée enceinte, Schievink l'avait convoqué pour lui dire que l'enfant était de lui.

Il serra les poings comme il l'avait fait ce jour-là. Sauf que, ce jour-là, il avait balancé son poing dans la figure de ce sale type. Ce faisant, il avait cédé à ses pires démons.

— Schievink était un salopard sans foi ni loi. Mais je n'étais pas le seul à lui en vouloir. Tu dois avoir une longue liste de suspects.

Rus hocha la tête sans le quitter du regard. Bien sûr, il figurait probablement sur cette liste, voire tout en haut.

— Je ne ferais jamais de mal à Amber et Michael.

— Etait-ce une erreur de te faire confiance, Kozminski ? demanda Rus.

Milek secoua la tête, mais il voyait bien que l'agent du FBI n'était pas convaincu. Celui-ci ouvrit la bouche pour dire quelque chose, mais, avant qu'il ait pu le faire, son ordinateur émit un bip aigu.

Après un coup d'œil à l'écran, il y accorda toute son attention. Un muscle se mit à tressauter sur sa mâchoire tandis qu'il lisait. Apparemment, ce n'étaient pas de bonnes nouvelles.

— Qu'est-ce qu'il se passe ? lança Milek.

— J'ai programmé mon ordinateur pour qu'il m'avertisse chaque fois qu'un nom est cité dans un rapport, répondit Rus.

Instinctivement, Milek sut de quel nom il s'agissait. Il passa néanmoins de l'autre côté du bureau pour en avoir confirmation.

Amber Talsma…

Le nom était surligné en jaune dans le rapport de police. Il vérifia au coin de l'écran le numéro de l'incident. Ce n'était pas vieux, quelques jours à peine.

— Pourquoi a-t-il fallu plusieurs jours pour t'avertir ? demanda-t-il.

— L'incident date d'il y a quelques jours, confirma Rus,

mais le rapport vient seulement d'être téléchargé dans la base de données.

— Pourquoi ?

— Parce que ce n'était pas une urgence.

— Et pourquoi ça ?

Il se pencha davantage, essayant de lire le rapport par-dessus l'épaule de Rus.

— Apparemment, ce n'est qu'un acte de vandalisme.

— Et quel rapport avec Amber ? Sa maison a été vendue il y a plus d'un an.

— Ce n'est pas sa maison qu'on a vandalisée, répliqua Rus. C'est sa tombe.

Le cœur de Milek se mit à battre à grands coups.

— En fait, on a profané deux sépultures, dit Rus en pointant un autre nom.

Michael Talsma, lut Milek.

Cela aurait dû être Michael Kozminski. Il aurait dû reconnaître son fils quand il en avait la possibilité. Parce qu'il n'était pas certain d'en avoir encore l'occasion…

Rus laissa échapper un autre juron.

— Tu sais ce que ça veut dire… Quelqu'un a pris la peine de vérifier qu'il y avait bien des corps dans les tombes.

Ils n'étaient plus les seuls à savoir qu'Amber et Michael Talsma n'étaient pas morts. Et le seul qui avait intérêt à s'en assurer était celui-là même qui voulait les éliminer.

2

D'une main nerveuse, Stacy fixa le dernier bijou sur le corps du nounours. Faits de feutre et de paillettes en plastique, ils étaient solidement cousus pour que les enfants ne risquent pas de s'étouffer avec.

Créatrice de bijoux, Stacy ne faisait de nounours que pour sa fille, ses neveux et nièces.

Il lui était difficile d'en fabriquer un sans penser au premier qu'elle avait réalisé pour l'aîné de ses neveux. Michael n'était plus. Peut-être s'était-il cramponné à son nounours dans les derniers instants. Peut-être cela l'avait-il un peu réconforté.

Deux bras musclés l'enlacèrent, interrompant ses pensées.

— Je ne sais pas pourquoi tu continues à faire ça, murmura une voix grave.

Un souffle chaud lui caressa la joue avant que des lèvres l'effleurent. Elle frémit de nouveau, mais pas pour la même raison. Le contact de son mari ne la laissait jamais indifférente.

— J'en fais toujours pour les bébés.

— Oui, tu en as déjà fabriqué un pour chacun des bébés qui sont nés, dit Logan. Tu n'as pas besoin d'en faire un autre.

— Garek…

Il se mit à rire, l'interrompant.

— Garek et Candace viennent tout juste de se marier ! Et ça m'étonnerait qu'ils aient des enfants, ces deux-là.

— Pourquoi pas ? Personne ne pensait non plus qu'ils allaient se marier.

Pourtant, ils l'avaient fait. A Noël. Stacy sentit ses yeux picoter en se rappelant quel beau mariage c'était. L'un de ses frères était heureux, au moins.

— Hé ! fit Logan en s'apercevant qu'elle retenait ses larmes. Je suis sûr que tu as raison. Je n'avais pas remarqué ce qu'ils éprouvaient l'un pour l'autre, mais toi, si.

Elle avait perçu les sentiments de Garek et Candace, mais pourquoi n'avait-elle pas compris ce que Milek ressentait pour Amber ? Elle avait cru son amie quand celle-ci lui avait dit que Milek avait rompu parce qu'il ne l'aimait pas. A la mort d'Amber, en voyant à quel point Milek était dévasté, elle avait compris son erreur. Le tourment de son frère avait duré toute l'année, mais il semblait aller mieux, à présent.

Ou peut-être était-ce ce qu'elle voulait croire. Il ne paraissait plus aussi dépressif et en colère, seulement nerveux ; quelque chose le tourmentait. Quel que soit le problème, elle ne voulait pas l'interroger, le pousser dans ses retranchements, car il commençait tout juste à lui reparler.

— Que se passe-t-il ? demanda Logan en la tournant vers lui. Dis-moi ce qui ne va pas.

Elle aurait aimé répondre que tout allait bien, qu'elle était heureuse. Or elle se sentait coupable d'être heureuse alors que Milek n'allait pas bien et que sa meilleure amie était morte. Pourtant, c'était vrai, elle était heureuse.

Elle noua les bras autour de son cou.

— Ce n'est pas pour Garek et Candace que je fais ce nounours.

Logan arqua un sourcil noir au-dessus de son œil bleu étincelant.

— Pour qui, alors ?

Avec un grand sourire, elle laissa éclater son bonheur.

— Pour nous !

Un cri d'étonnement et de joie échappa à Logan. Il la prit dans ses bras, et la fit tournoyer dans l'atelier. Avec un autre bébé en route, ils allaient devoir retransformer la pièce en chambre ou acheter une maison plus grande.

Mais elle ne voulait pas se soucier de cela tout de suite. Elle n'avait même pas à s'interroger sur le prénom de leur futur enfant. Ils s'étaient déjà mis d'accord. Lorsque leur petite Penny était née, le chagrin de Stacy était encore trop frais. A présent, elle était prête.

Si c'était une fille, ils la baptiseraient Amber. Et si c'était un garçon, ce serait Michael…

— Maman, je ne suis pas malade ! protesta Michael depuis la banquette arrière.

Arrêtée à un feu rouge, Amber se tourna vers lui avec un faible sourire, tout en tapotant le volant. Il fallait que le feu passe au vert. Tout de suite.

— Je sais, chéri.

— Alors, pourquoi t'es venue me chercher à l'école ?

Il n'était en classe que depuis deux heures quand elle avait fait son apparition.

— Parce qu'il faut que nous partions, murmura-t-elle, sans quitter des yeux ce feu récalcitrant.

— Partir où ?

Le feu passa enfin au vert et elle appuya sur l'accélérateur. Et si on l'avait suivie depuis la maison jusqu'à l'école ? Et si on les suivait maintenant ?

Les photos qu'elle avait reçues prouvaient qu'on la surveillait. Quelqu'un l'observait — les observait. Il n'y avait aucune raison pour que ça s'arrête, c'est pourquoi elle ne cessait de jeter des coups d'œil au rétroviseur.

Hélas ! elle ne savait pas détecter une filature ni s'en débarrasser. Pas comme Milek ou Garek. Leur père était un voleur de bijoux. Il avait appris à ses fils non seulement à voler, mais aussi à éviter une arrestation. Il avait pourtant fini par se faire prendre et emprisonner. Milek et Garek avaient eux aussi purgé une peine de prison.

Elle comprenait presque ce qu'ils avaient pu endurer, maintenant. Ce qu'elle avait fait vivre à de nombreux criminels… Toute cette année, elle s'était sentie emprisonnée dans sa vie, et même dans son corps.

— Nous partons d'ici, dit-elle à son fils.

Il tapa dans ses mains.

— On va à la maison !

— Non.

C'était le dernier endroit où ils devaient se rendre.

— Mais je veux aller à la maison !

Jetant un coup d'œil derrière elle, elle vit qu'il arborait une moue boudeuse.

— Je veux voir tata Stacy…

Elle aussi. Jamais elle n'avait eu autant besoin de son amie. Mais Stacy faisait partie de la famille de Nicholas Rus, désormais. Croirait-elle qu'il l'avait trahie ? Lui pardonnerait-elle de ne pas être venue la voir un an auparavant ?

Elle ne pouvait prendre le risque de retourner à River City. C'était là qu'on avait tenté de les tuer, et que Gregory avait été assassiné. Ils y seraient plus en danger que nulle part ailleurs.

Je sais qui vous êtes…

Quelqu'un les espionnait depuis des semaines. Elle regarda de nouveau dans le rétroviseur. Etait-ce le cas en ce moment ?

Elle frémit.

— On ne peut pas encore aller voir tante Stacy, répondit-elle.

— Tu dis toujours ça…

La déception contenue dans ces mots lui fendit le cœur. Elle avait bouleversé la vie de son fils, et elle devait recommencer.

— Il fallait partir tout de suite, reprit-elle. J'ai emballé toutes nos affaires.

Du moins, tout ce qu'elle avait pu rassembler en moins d'une heure.

— Où on va ?

Elle n'en avait aucune idée.

Michael se retourna sur son siège et regarda les cartons rangés à l'arrière du monospace.

— Où est mon nounours ?

C'était Stacy qui lui avait fabriqué ce nounours. Elle pensait sans doute qu'il avait brûlé dans l'accident, car elle savait que Michael ne s'en séparait jamais.

Elle était sûre de l'avoir mis avec le reste de leurs affaires. Il était dans le dernier carton qu'elle avait chargé dans le monospace.

— Il est là, dans le carton ouvert.

Elle était si pressée de partir qu'elle n'avait pas pris le temps de scotcher les cartons et n'avait même pas refermé le dernier.

Michael se pencha pour regarder et laissa échapper un sanglot.

— Il est pas là !

Elle se souvint qu'elle avait failli laisser tomber le carton en essayant de fermer la porte que le vent lui arrachait des mains. Peut-être avait-elle fait tomber le nounours à ce moment-là.

Michael avait déjà dû renoncer à tant de choses, sa famille, ses amis, son école... Elle ne pouvait pas lui demander d'abandonner son nounours, son dernier lien avec le passé.

Elle s'arrêta pour vérifier les cartons, sans trouver la peluche. Michael sanglotait, à présent. Elle n'avait pas le choix, il fallait retourner chercher le nounours, là où les attendait peut-être le tueur.

— C'est une erreur, remarqua Nicholas Rus en s'agrippant à son siège, tandis que Milek prenait un virage serré. On pourrait mener le tueur jusqu'à elle.

Milek jeta un coup d'œil dans le rétroviseur et secoua la tête.

— Personne ne nous suit.

Personne ne l'aurait pu. Garek l'avait tellement bien entraîné que, à plusieurs reprises, il n'avait même pas remarqué qu'il le suivait. Mais il l'avait formé mieux encore à semer d'éventuels poursuivants.

« Conduis comme si tu venais de faucher la voiture… »

Si la tension ne lui avait pas donné mal à la tête, Milek aurait souri, comme il le faisait toujours quand les conseils de son frère lui revenaient en mémoire.

— Ou alors on arrivera trop tard…

Sa plus grande peur était que le tireur les ait pris de vitesse. Amber n'habitait pas très loin, à quelques heures de River City, sur les rives du lac Michigan.

— Personne ne sait où elle est, à part moi, affirma Rus. Jusqu'à maintenant…

Il l'avait déjà dit. Pourtant, quelqu'un avait dû deviner. Sinon, pourquoi aurait-on profané sa tombe ?

— Tu aurais dû la cacher plus loin, dit Milek. Quelqu'un a pu la reconnaître.

— Je voulais la garder à proximité, au cas où elle aurait eu besoin de moi.

Milek saisissait la logique de l'agent du FBI et, maintenant qu'ils approchaient de la ville, il appréciait qu'elle ne soit pas si loin, après tout. Rus avait pris de sages décisions. Il aurait néanmoins voulu que ce soit vers lui qu'Amber se tourne, comme par le passé. Sa passion avait égalé la sienne ; elle le désirait avec autant de force et aussi souvent que lui. Ses baisers, ses caresses l'avaient rendu fou, en mettant à l'épreuve sa maîtrise de lui. Autrefois, elle le désirait, mais elle ne s'était pas fiée à lui quand il lui avait fallu de l'aide.

Il comprenait pourquoi. Il n'avait pas été là quand elle avait eu besoin de lui, quand elle lui avait annoncé sa grossesse. Si seulement il avait pu lui expliquer…

Mais il connaissait Amber ; jamais elle n'aurait accepté la vérité. Il avait été plus facile de lui mentir et de prétendre qu'il ne l'aimait plus.

Rus prit son portable.

— Elle n'a pas appelé, dit-il. Elle n'a pas besoin de moi.

Ou alors, elle n'avait pas pu le faire. Milek sentit son cœur s'emballer à cette pensée affreuse. Il appuya sur l'accélérateur.

— Stop ! cria Rus. Tu as manqué la rue !

Milek fit demi-tour sur les chapeaux de roues et s'engagea dans la rue indiquée. Ils se trouvaient dans un faubourg tranquille, avec de petites maisons alignées le long d'allées bordées d'arbres.

Amber avait une demeure plus grande à River City. En tant qu'avocate, elle avait les moyens de vivre et d'élever son fils.

— Qu'est-ce qu'elle fait ici ? demanda Milek.

— Des recherches dans un cabinet de droit immobilier, répondit Rus.

Ce qui était une régression, à la fois en termes de responsabilités et de salaire. Elle avait renoncé à beaucoup de choses, mais il savait pourquoi.

— C'est quelle maison ? s'enquit-il en ralentissant.

Rus lui désigna une maison semblable à ses voisines, sans rien de remarquable — la porte, la corniche et les piliers étaient blancs. Rien ne la distinguait des autres. Sans doute était-ce voulu.

Les pneus du 4x4 crissèrent quand il freina pour se garer le long du trottoir. Sans couper le contact, il descendit de voiture. Le voyant courir vers la véranda, Rus l'appela :

— Attends !

L'ignorant, Milek monta les marches, puis s'arrêta net.

— Attends, répéta Rus qui était lui aussi sorti de la voiture. Tu vas leur faire peur.

D'un geste, Milek lui intima le silence et lui montra la porte entrebâillée. Luttant contre une peur paralysante, il sortit son arme et franchit le seuil, l'estomac noué par l'appréhension.

Rus avait également tiré son arme et le suivait de près, protégeant ses arrières. Ce n'était pas pour lui-même que Milek avait peur, mais pour elle.

Toutes les portes étaient ouvertes, depuis celle des toilettes jusqu'aux placards de la cuisine. Les tiroirs avaient été également ouverts.

— Tu crois que c'est l'œuvre d'un cambrioleur ? fit Rus en contemplant ce chaos.

Milek retourna à la porte d'entrée. L'encadrement était intact et la serrure n'avait pas été forcée. A moins que ce soit Garek ou lui qui l'aient fait, il y aurait eu des traces.

— Non, fit-il en secouant la tête.

— Alors, on dirait qu'elle est partie à toute allure, conclut Rus.

Mais pourquoi ? se demanda Milek.

Rus lui avait-il dit qu'il savait qu'elle était en vie ? Etait-ce pour l'éviter qu'elle avait fui ?

Durant cinq ans, ils avaient pourtant vécu dans la même ville sans se voir. Elle pensait probablement que le fait qu'elle soit en vie lui était indifférent — assez, en tout cas, pour qu'il ne cherche pas à la rencontrer.

— Tu penses qu'elle a entendu parler des tombes ?

— Comment ? Je ne le savais pas moi-même il y a une heure.

Mais peut-être Rus n'était-il pas le seul avec qui Amber était restée en contact. Peut-être avait-elle gardé d'autres liens avec River City.

La porte buta contre quelque chose quand il la repoussa contre le mur. Il regarda derrière. Un nounours en peluche gisait sur le plancher.

Il le reconnut immédiatement, et se pencha pour le ramasser. C'était une des créations de Stacy.

Etait-ce avec elle qu'Amber était restée en contact ? Elles avaient toujours été aussi proches que des sœurs.

C'était une autre des raisons pour lesquelles il n'aurait jamais dû s'engager dans une relation avec Amber. Et, à dire vrai, il avait essayé de n'être qu'un ami pour elle.

Mais elle était si belle, et l'attirance était si forte entre eux… Même en sachant que c'était la meilleure amie de sa sœur, il n'avait pu résister et avait fini par tomber follement amoureux d'elle.

En ramassant le nounours, il trouva autre chose : une photo. Amber et son fils blottis sur le canapé, celui qui se trouvait derrière lui. Têtes rapprochées, ils regardaient un livre. Milek inspira profondément, et eut l'impression que l'air lui brûlait les poumons. Ils avaient l'air différents. Amber était brune au lieu de rousse, et ses cheveux étaient plus courts. Ses yeux étaient plus sombres aussi.

Les cheveux du garçon étaient bruns aussi, au lieu de blonds, mais ses yeux étaient restés du même gris pâle que les siens. Il était trop jeune pour porter des lentilles de contact, si bien que son déguisement n'était pas aussi complet que celui d'Amber.

Etait-ce ce qui s'était passé ? Quelqu'un les avait-il reconnus ?

La photo avait été prise par la fenêtre. Il la retourna et lut les mots gribouillés au dos : *Je sais qui vous êtes…*

— Voilà pourquoi elle est partie aussi soudainement, dit-il à Rus en lui montrant la photo.

— Comment a-t-on pu la retrouver ? s'exclama Rus avec un juron bien senti.

Milek avait commencé à le considérer comme un ami, surtout depuis qu'il lui avait dit la vérité, à savoir que la femme qu'il aimait toujours et son fils n'étaient pas morts. Mais il le regarda soudain avec méfiance.

Pouvait-on lui faire confiance ?

Tout en suivant le monospace d'Amber, Frank Campanelli secouait la tête, perplexe. Un peu plus tôt, il l'avait observée charger son véhicule de cartons et de valises et l'avait suivie jusqu'à l'école où elle était allée chercher son fils.

— Pourquoi tu retournes là-bas, hein ? marmonna-t-il.

Il lui avait envoyé les photos pour lui donner une chance. Tout comme il avait tiré ces coups de feu pour l'avertir, un an auparavant.

Tuer était son métier, et il n'avait aucun scrupule à le faire pour de l'argent. Mais tuer des femmes et des enfants, c'était autre chose. Leur mort revenait le hanter la nuit.

C'était pourquoi il avait été ravi qu'Amber prenne ses avertissements au sérieux et mette sa mort en scène. Il avait assumé la responsabilité de la chose et quand même touché le paiement.

Il l'aurait laissée pour « morte », si ce fichu agent du FBI n'avait pas fait des siennes. Il avait encore perdu un client quand Viktor Chekov avait atterri en prison, où il en avait rejoint plusieurs autres.

Il avait besoin d'argent. Il allait donc mettre sa conscience de côté et finir le boulot laissé inachevé. Il avait dû prendre les photos et ouvrir les tombes pour convaincre son client de casquer à nouveau.

Et, cette fois, il lui faudrait produire les corps.

Il ralentit en amorçant un virage derrière elle. Une main sur le volant, il se pencha pour ouvrir la boîte à gants et en tira un Glock muni d'un silencieux. Dans ce quartier résidentiel, personne n'entendrait rien, comme la dernière fois. La seule différence était que, aujourd'hui, il ne manquerait pas son coup. Il ferait en sorte que chacune de ses balles atteigne sa cible.

3

— Mais bon sang, où est-il passé ? s'exclama Garek Kozminski en poussant d'un geste brusque la porte du bureau de Nicholas Rus au poste de police.

Il vit une main aux longs doigts fins se poser sur son bras. Malgré son pull et sa veste, il frissonna à ce contact. Se retournant, il eut comme d'habitude le souffle coupé par la beauté de sa femme. Avec ses longs cheveux noirs, sa peau soyeuse, ses yeux bleus aux cils épais, elle était vraiment renversante.

Elle le regardait avec une affection inquiète.

— Tu n'es pas certain que ton frère travaille pour lui.

— Milek a refusé toutes les nouvelles missions, dit-il. Il est préoccupé. Rus l'a embarqué dans un truc, j'en suis sûr.

— Ce n'est peut-être pas une mauvaise chose, remarqua Candace.

Garek l'observa, les sourcils froncés.

— Depuis quelque temps, il a l'air d'aller mieux, poursuivit-elle. Il est moins déprimé.

C'était vrai. Toute l'année précédente, le chagrin de Milek l'avait éloigné de tous, au point que Garek avait même fini par quitter l'appartement qu'il partageait avec son frère. Quoi qu'il en soit, se mettre au service de Rus n'était pas une bonne idée. Cette fois, ce n'était pas le chagrin qui pouvait les séparer, mais la mort.

— J'ai travaillé pour Rus, lui rappela Garek, et nous avons tous failli nous faire tuer.

— Failli. Mais nous avons survécu.

Peut-être Milek aurait-il préféré y rester. Ce travail pour Rus était probablement pour lui une sorte de mission suicide, une façon de rejoindre la femme et l'enfant qu'il avait perdus.

— Hé ! Candace ! fit un homme depuis le seuil du bureau.

C'était une espèce de géant hirsute, à la barbe broussailleuse et aux longs cheveux raides.

Bien que sa femme n'ait nul besoin d'être protégée, Garek l'attira contre lui et lui passa un bras autour des épaules.

— Salut, Bruce, répondit Candace avec un sourire.

Garek en conclut que l'homme n'était pas un criminel. Avant de tomber amoureuse de lui, elle n'avait jamais eu de sympathie pour les repris de justice.

— Tu as l'air en pleine forme, dit le dénommé Bruce avec un sourire charmeur. On n'aurait aucun mal à t'employer de nouveau à Vice.

Elle rit, détendue. Il était évident qu'elle ne doutait plus de son pouvoir de séduction. Son mariage avec Garek l'avait aidée à se voir comme lui la voyait : une véritable beauté.

Garek lança un regard noir à l'homme, mais celui-ci ne lui prêta aucune attention.

— C'est pour ça que tu es là ? reprit Bruce. Tu es décidée à laisser tomber le métier ?

— Pas du tout, répliqua Candace avec un nouveau rire. Mon mari et moi, nous cherchons l'agent Rus.

Bruce s'intéressa à Garek pour la première fois.

— Vous ressemblez au type qui était avec lui juste avant qu'ils décampent.

— Et pourquoi ont-ils filé ? demanda Garek.

— Ils ont eu un appel ? dit Candace en même temps.

— Il y a toujours des appels, mais Rus ne s'en occupe pas, en général.

A moins que cela concerne une affaire sur laquelle il travaillait, comme quand il avait essayé d'arrêter Chekov avec l'aide de Garek.

— Mais il a peut-être reçu un signalement particulier…

Bruce haussa les épaules.

— Je ne sais pas. Si on l'a appelé pour une affaire, il n'a pas demandé de renforts. Ils n'étaient que deux. Avant de partir, ils étudiaient l'ordinateur de Rus.

— Merci, fit Candace.

Bruce parut comprendre à son ton qu'elle lui donnait congé.

Dès qu'il eut tourné les talons, elle se dégagea de l'étreinte de Garek, ferma la porte du bureau et alla s'asseoir derrière le bureau de Rus, où elle se mit à taper sur le clavier.

— Il n'a pas de mot de passe ? demanda Garek.

Il pouvait fracturer n'importe quelle serrure ou coffre-fort, mais les ordinateurs n'étaient pas sa tasse de thé.

— Si, répondit-elle en continuant à taper.

— Tu l'as craqué ? fit-il avec un sifflement d'admiration et de fierté.

— Nikki m'a donné des cours, dit-elle en hochant la tête. En échange, je l'ai formée aux techniques d'autodéfense et au maniement des armes.

Candace était une bonne pédagogue. Logan Payne n'aurait bientôt plus d'excuses pour refuser le travail de terrain à sa sœur.

Un petit cri d'étonnement lui échappa.

— Qu'est-ce qu'il y a ? demanda Garek.

— Je ne sais pas…, murmura-t-elle, mais elle fixait l'écran avec de grands yeux.

Il contourna le bureau pour regarder par-dessus l'épaule de sa femme.

— Qu'est-ce que c'est que ça ? s'exclama-t-il.

— Pourquoi aurait-on voulu profaner les tombes d'Amber et de Michael ?

Il y avait bien une raison, songea Garek, mais c'était vraiment tiré par les cheveux. Ou peut-être pas tant que ça…

Prenant la main de sa femme, il la fit se lever et l'entraîna vers la porte.

— On va trouver une explication.

Peut-être était-ce au cimetière que Rus et Milek étaient allés. Cela dit, Amber et Michael étaient déjà morts, si bien que la profanation de leur tombe ne pouvait guère leur faire de mal.

A moins que…

Je fais une erreur…

Amber le comprit dès qu'elle tourna dans la rue. Elle n'aurait pas dû revenir.

— Chéri, dit-elle, il vaudrait mieux repasser plus tard chercher ton nounours.

Ou jamais. Mieux valait sans doute abandonner toute leur vie d'autrefois, car elle avait le sentiment qu'il était dangereux de revenir sur leurs pas.

— Non, maman ! cria Michael, d'une petite voix cassée par les sanglots. Je veux mon nounours !

Amber sentit son cœur se serrer. Il était trop jeune pour comprendre et, de toute façon, elle ne pouvait pas lui expliquer. Elle ne pouvait pas dire à son petit garçon que quelqu'un voulait les tuer. C'était trop dur pour lui.

C'était aussi trop dur à supporter toute seule, mais elle n'avait plus le choix. Elle n'avait plus personne.

— D'accord, d'accord… On va aller le chercher, le rassura-t-elle.

Il faisait grand jour. Il était peu probable qu'on essaie de les abattre à proximité de tant de gens.

Un couple âgé marchait sur le trottoir, main dans la main ; un camion poubelles vidait les bennes placées au bout des allées ; un postier arpentait les pelouses pour distribuer le courrier.

Et devant sa maison stationnait un 4x4 noir, dont le pot d'échappement laissait passer un filet de fumée. Amber sentit son sang se glacer dans ses veines. Elle ne connaissait personne possédant un véhicule de ce genre — non qu'elle se soit fait tant d'amis que ça dans leur nouvelle ville. Pour ne pas risquer de voir leur secret découvert, elle avait préféré rester à l'écart.

Pourtant, malgré toutes ses précautions, quelqu'un avait compris la vérité et savait qui et où elle était. Elle n'aurait pas dû revenir.

— Maman ! s'exclama Michael. Regarde, ce monsieur a mon nounours !

C'est alors qu'elle le vit, debout sur le seuil, le nounours serré dans sa grande main. Le soleil se reflétait sur ses cheveux blonds. Et ses yeux…

Il la regarda droit dans les yeux, comme s'il la reconnaissait, en dépit de ses cheveux teints et de ses lentilles de contact.

Un autre homme sortit alors de la maison et le rejoignit. L'agent spécial Rus. Bien sûr, c'était lui qui avait conduit Milek jusqu'à elle. Etait-ce le seul à qui il avait parlé d'elle, ou l'avait-il dit aussi à celui qui leur avait tiré dessus ?

Tremblant de peur, elle appuya sur l'accélérateur. Le monospace bondit en avant.

— Maman ! protesta Michael. Mon nounours !

Qu'il ait ou non son nounours n'aurait aucune importance s'ils se faisaient tuer. Elle ne pouvait se fier à l'agent Rus ; elle était convaincue qu'il représentait une menace. Milek aussi était dangereux. Il lui avait fait plus de mal que n'importe qui d'autre.

— Il faut partir, chéri, dit-elle à son fils.

Ses larmes lui brisaient le cœur, mais elle avait trop peur

pour céder, trop peur pour faire autre chose que fuir. Elle accéléra.

Paralysé par le choc, Milek la regarda s'éloigner.

— Elle est vivante…

Les vitres du véhicule étaient teintées, si bien qu'il n'avait pu voir clairement son fils. Mais il y avait une ombre à l'arrière. Michael était avec elle.

Ils étaient en vie, comme Rus le lui avait affirmé. Il n'avait pas voulu le croire jusqu'à ce qu'il la voie de ses propres yeux.

— Foutu salopard ! s'exclama soudain Rus en brandissant le poing en direction de la voiture qui suivait le monospace. C'est le Fantôme !

— Le fantôme ? répéta Milek.

Amber n'était pas morte, il venait de la voir !

— Campanelli !

— Non !

Sa stupeur se dissipa d'un coup et il courut vers son 4x4, se mit au volant, et démarra tandis que Rus sautait sur le siège passager.

— Comment diable l'a-t-il retrouvée ?

Rus jurait tout ce qu'il savait.

— Je ne sais pas. Je ne sais pas…

Cela n'avait pas d'importance pour le moment. La seule chose qui comptait, c'était que le tueur avait retrouvé la trace d'Amber.

Milek accéléra pour rattraper la berline devant lui.

— C'est celle-là ?

On voyait clairement un homme de grande taille installé au volant. Il conduisait d'une main et, de l'autre, pointait un revolver sur le monospace qui le précédait.

— C'est lui ! s'écria Rus.

Il dégaina également, mais baissa son arme au bout de quelques secondes en secouant la tête.

— Je ne peux pas tirer ! La balle pourrait traverser la voiture et atteindre le monospace.

Milek, quant à lui, n'avait pas besoin d'une arme. Enfonçant l'accélérateur, il propulsa son 4x4 sur la voiture du tueur et heurta son pare-chocs arrière.

Il y eut le bruit du choc, le hurlement du moteur, et ce qui ressemblait à une détonation.

Etait-ce un coup de feu ? L'homme avait-il tiré ?

Milek plissa les yeux pour distinguer le monospace à travers la voiture du tueur. Le pare-brise arrière était étoilé et des morceaux de verre pleuvaient dans la rue. Il sentit son cœur se serrer de frayeur.

— L'ordure ! jura-t-il.

Campanelli avait tiré. La balle avait-elle touché Amber ou le petit garçon ? Milek était certain que son fils se trouvait sur la banquette arrière.

En lui, la colère se mêla à la peur. Il accéléra encore et heurta de nouveau la berline. Propulsée en avant, celle-ci heurta à son tour le monospace. Etait-ce pour cette raison que ce dernier se mit à dévier de sa trajectoire ou était-ce parce qu'Amber avait été touchée ?

Un cri monta dans sa gorge, mais il avait la mâchoire trop crispée pour le laisser sortir. A côté de lui, Rus jurait comme un charretier.

Dans un affreux grincement de ferraille, le monospace ripa contre la file de véhicules garés. La carrosserie se déforma et des étincelles fusèrent. Puis il se déporta de l'autre côté de la chaussée, bascula, et finit sa course couché sur le flanc. Le tueur l'évita de justesse en donnant un brusque coup de volant.

Milek s'arrêta près du monospace accidenté. Peu lui importait que le Fantôme prenne la fuite. La seule chose qui comptait, c'était de s'assurer qu'Amber et Michael étaient sains et saufs. Mais quand il voulut descendre du 4x4, Nicholas le retint par le bras.

— Il revient.

Le tueur avait fait demi-tour un peu plus loin et revenait à présent vers eux, pointant son arme par la vitre baissée.

Des balles ricochèrent sur la carrosserie du 4x4 et étoilèrent le pare-brise. Celui-ci vola en éclats et une pluie de verre s'abattit sur eux. Rus et Milek levèrent leurs armes et répliquèrent.

Une douleur pulsait dans sa tête, aussi rapide et forte que les battements de son cœur. Elle cligna des paupières, mais ce n'était pas sa vue qui était brouillée. Le pare-brise craquelé pendait devant son visage.

Elle cilla de nouveau quand quelque chose coula sur ses yeux. Instinctivement, elle les essuya et vit que ses doigts étaient poisseux de sang.

Peu importait son état. Son bébé…

Coincée par le volant, elle se tortilla pour se retourner et voir la banquette arrière. D'une voix étranglée par la peur, elle chuchota :

— Ça va, chéri ?

De grosses larmes roulaient sur les joues de Michael. Il était terrifié, trop effrayé pour laisser sortir ses sanglots.

Elle aussi était terrorisée. Elle avait du mal à respirer et son cœur battait la chamade. A l'extérieur du monospace, on aurait dit une zone de guerre. Les salves de coups de feu se succédaient à brefs intervalles, sans doute chaque fois que les hommes rechargeaient. Les détonations la faisaient tressaillir.

Etait-ce une balle qui avait fait éclater le pare-brise arrière ? Contrairement à celui de l'avant qui tenait encore d'une seule pièce, le verre s'était brisé en mille morceaux. Il y en avait partout dans le véhicule, mêlé à leurs affaires qui étaient sorties des cartons.

Mais les dégâts matériels n'avaient aucune importance. Elle tendit la main pour palper Michael. Avait-il été touché ? Toujours sanglé dans son siège enfant au milieu de la banquette, il était juché plus haut qu'elle, ce qui l'exposait aux tirs.

Le monospace était couché sur le flanc du côté conducteur. Le métal froissé et le plastique de la portière lui meurtrissaient le bras et la hanche. Elle se débattit avec sa ceinture de sécurité et parvint à la détacher. Ce faisant, elle sentit encore plus durement les arêtes de la carrosserie, mais c'était un inconfort mineur, comparé à son inquiétude pour son fils.

Elle tendit de nouveau le bras et chercha à tâtons la boucle de la ceinture du siège de Michael.

— Tu es blessé ? demanda-t-elle. Tu as mal quelque part ?

Les yeux agrandis par la peur, il secoua la tête.

Mais comment savoir ? En état de choc elle-même, elle aurait très bien pu être touchée sans même en avoir conscience.

Et Milek ? Etait-ce lui qui tirait ou était-il visé ?

Que se passait-il dehors ?

Soudain, les coups de feu cessèrent et elle entendit le rugissement d'un moteur. Un silence de mauvais augure s'installa. Quelqu'un était parti. Le tireur ? Cela avait-il de l'importance ? Elle ne pouvait se fier à personne.

Il fallait qu'elle sorte de là.

— Je vais défaire la ceinture de ton siège, annonça-t-elle à Michael. Tu vas tomber, mais je vais te rattraper.

Le visage sillonné de larmes, il hocha la tête.

Cependant, avant qu'elle puisse actionner la boucle de la ceinture, la portière arrière coulissa et s'ouvrit. De grandes mains apparurent dans l'ouverture, tendues vers son fils.

Submergée de terreur, elle hurla :

— Non ! Pas mon fils ! Laissez-le tranquille !

4

— Mais où sont-ils, bon sang ? s'exclama Garek, faisant écho à la question qui résonnait dans la tête de Logan Payne.

Figé devant les cercueils vides, Logan sentait s'effriter sous les pieds les mottes de terre entassées autour de la fosse. La tombe se trouvait tout au fond du cimetière de River City. Personne n'avait donc rien vu ou entendu avant que le gardien découvre la profanation des lieux. Du moins était-ce ce que le policier chargé de l'enquête lui avait expliqué.

Le jeune officier parlait à présent à Candace d'un air compassé, mais il ne savait rien de plus que ce qu'il leur avait déjà dit. Un seul homme pouvait répondre à leurs questions, songea Logan tandis que Candace laissait le policier où il était pour revenir auprès de lui.

Debout à côté d'eux, Garek éteignit son portable et le fourra dans sa poche d'une main tremblante. Candace lui posa la main sur l'épaule.

— Le téléphone de Milek est sur répondeur.

Logan avait aussi son téléphone à l'oreille, écoutant la voix de son demi-frère.

« Agent spécial Nicholas Rus. Je ne suis pas disponible pour le moment. Laissez-moi un message et je vous rappellerai. »

— Tu parles ! lança Logan en rempochant l'appareil.

Malgré le message qu'il lui avait laissé, Rus ne l'avait pas rappelé.

— Nick aussi est sur répondeur, ajouta-t-il.

— Mais où sont-ils ? répéta Garek.

— Il vaudrait peut-être mieux se demander où ils sont *eux*, suggéra Candace en désignant les cercueils de sa main libre.

L'intérieur des cercueils était immaculé. Aucun corps en décomposition.

Je suis sûr que Nick le sait, fit Logan.

La colère monta en lui. Il commençait juste à nouer une relation avec le demi-frère qui avait bouleversé la famille en faisant son apparition à River City. Ce n'était pas la faute de Nick si leur père avait eu une liaison avec sa mère, mais c'était la sienne si Stacy et Milek avaient souffert pendant plus d'un an de la mort d'Amber et de Michael.

— Ce salopard a dû mettre en scène le fameux accident, dit Garek d'un ton où la colère le disputait au dégoût. Comment a-t-il pu nous faire vivre ça à tous ?

— Il devait avoir ses raisons, intervint Candace.

Ce commentaire réconforta un peu Logan. Depuis qu'il était arrivé dans leur vie, Nick ne faisait effectivement rien sans raison.

— A quoi tu penses ? demanda-t-il. Protection de témoins ?

— Elle a dû voir quelque chose, répondit Candace. Peut-être le meurtre de son patron.

La rumeur disait qu'Amber entretenait une liaison avec Gregory Schievink et, le jour de son assassinat, sa femme n'était pas chez elle. Amber aurait très bien pu se trouver avec lui.

— Mais ça fait un an qu'elle a disparu ! insista Garek. Milek l'a pleurée pendant toute une année, ajouta-t-il d'une voix rauque de colère. Jusqu'à ce que…

Nick devait lui avoir dit la vérité au moment où ils avaient joint leurs efforts pour sauver Garek et Candace. Depuis lors, tout le monde avait remarqué que le plus jeune des Kozminski allait mieux.

— Il faut plus d'un an pour que certaines affaires soient jugées, remarqua Logan.

— Quelle affaire ? répliqua Garek. On n'a arrêté personne pour le meurtre du procureur ! Si Amber est en vie et qu'elle a vu la fusillade, il y aurait dû avoir une arrestation.

Même s'il n'avait pas toujours été du bon côté de la loi, il comprenait son fonctionnement.

— C'est vrai, admit Logan. Il doit y avoir une autre raison…

Mais laquelle ? Pourquoi, au nom du ciel, un agent du FBI aurait-il aidé l'assistante du procureur à feindre sa mort et celle de son fils ?

Logan rappela de nouveau Nick, avec le même résultat.

Où sont-ils, bon sang ?

Il avait pris son fils ! Il l'avait emporté avant qu'elle puisse faire un geste pour le sauver.

La portière côté passager s'ouvrit et les mêmes mains se tendirent vers elle.

D'instinct, elle se blottit de l'autre côté. Mais son instinct maternel refit surface et elle se débattit.

— Attends, lui dit une voix grave. Ne bouge pas. Tu es peut-être blessée.

Elle reconnut cette voix, ces mains… Ces mains étaient celles qui l'avaient touchée et caressée naguère…

— Où est Michael ? demanda-t-elle. Où l'as-tu mis ?

— Il est là, dehors, répondit Milek en se penchant à l'intérieur du monospace. Il est en sécurité. Pour l'instant…

Ses yeux argentés s'assombrirent d'inquiétude. Il avait peur que le tireur ne revienne.

— Il faut te sortir de là. Si tu n'es pas blessée, si tu peux bouger…

Elle pouvait se déplacer et le fit, mais cela déstabilisa le véhicule, qui se mit à osciller. Effrayée, elle se figea et retint son souffle. Puis les mains se glissèrent sous ses aisselles et la soulevèrent comme si elle ne pesait pas plus qu'un enfant.

Il la sortit du monospace, mais ne la posa pas tout de suite par terre. Il la retint contre lui, la serrant sur son cœur qui battait follement.

— Tu n'as rien ? demanda-t-il.

— Et toi ? répondit-elle. J'ai entendu les coups de feu. Il y en avait tant…

Elle frémit à ce souvenir. Au moins, les coups de feu qu'on avait tirés chez elle n'avaient fait aucun bruit. Au début, elle n'avait pas compris pourquoi les vitres explosaient et les tableaux tombaient des murs. Elle s'était dit qu'il s'agissait d'un tremblement de terre ; il y en avait eu quelques-uns dans la région, de petite amplitude. Quand elle avait entendu une voiture démarrer en trombe, elle était sortie et avait vu les cartouches par terre.

— Pas d'égratignures, dit Milek.

Il dut en conclure qu'elle non plus, car il la reposa sur ses pieds. Elle ne s'aperçut que ses genoux tremblaient que lorsqu'ils se dérobèrent sous elle. Milek la rattrapa et passa un bras autour de sa taille pour la soutenir. De l'autre main, il lui effleura la tempe. Tout comme autrefois, ce simple contact la fit frémir.

— Tu saignes.

Se détournant, il s'adressa à quelqu'un d'autre :

— Rus, il faut l'emmener aux urgences !

L'agent spécial Nicholas Rus s'avança, son fils sur un bras, l'autre bras pendant à son côté, un revolver au bout.

La frayeur fit battre le cœur d'Amber. Michael, pour sa

part, semblait rassuré. Ayant reconnu l'homme qui les avait aidés à se cacher, il se fiait à lui.

Amber, elle, ne le pouvait plus. Se dégageant de l'étreinte de Milek, elle tendit les bras vers son fils.

— Donnez-le-moi, fit-elle d'un ton dur. Lâchez mon fils.

Michael écarquilla ses yeux gris. Il ressemblait tellement à son père ! Le voyait-il ? Voyait-il à quel point il ressemblait à l'homme qui l'avait fait sortir de la voiture ? Pourquoi Milek l'avait-il confié à l'agent du FBI ?

Pour l'aider elle ou parce qu'il ne voulait toujours pas de leur fils ?

Avant qu'elle puisse prendre l'enfant, Milek le saisit et le pressa contre sa poitrine.

— Il va bien, lui assura-t-il.

Michael n'en avait pourtant pas l'air. Il fronçait les sourcils en regardant son père. Peut-être remarquait-il leur ressemblance, maintenant.

— Tu ressembles à quelqu'un, dit-il à Milek, ce qui confirma les soupçons d'Amber.

— A tante Stacy, répondit-elle vivement. Milek est le frère de tante Stacy.

Le petit garçon continuait toutefois d'étudier le beau visage de son père. Se pouvait-il que Milek soit devenu encore plus séduisant au cours de l'année qui venait de s'écouler ? Ses traits déjà burinés semblaient plus ciselés, ses pommettes plus aiguës, sa mâchoire plus carrée, plus dure. Mais ses lèvres restaient douces et voluptueuses…

Elle les avait embrassées tant de fois, mais cela remontait à des années… Embrassait-il de la même façon ? Cela lui ferait-il le même effet d'être touchée et embrassée par lui ?

Elle avait dû se cogner la tête pendant l'accident. Pourquoi aurait-elle des pensées aussi ineptes, sinon ? Elle ne désirait plus Milek Kozminski. Le seul qu'elle voulait, c'était son fils.

— Alors, tu es mon oncle ? demanda le petit garçon.

Milek se gratta la gorge.

— Non, je ne suis pas ton oncle. Je suis ton…

Ce qu'il allait dire fut couvert par le bruit de sirènes de police. Etait-il sur le point d'avouer qu'il était le père de leur fils ?

— Il faut y aller, dit Rus. Tout de suite !

Milek désigna le front d'Amber.

— Elle doit aller à l'hôpital. Elle doit être examinée pour savoir si elle n'a pas une commotion cérébrale. Et il faut la recoudre.

Amber toucha son front d'une main un peu tremblante. Le sang s'était remis à couler.

— Non…

— Maman, fit Michael d'une petite voix, tu saignes !

— Tout va bien, assura-t-elle à son fils.

Malgré ses pensées ridicules à propos de Milek, elle ne croyait pas souffrir d'un traumatisme crânien. Elle n'avait pas perdu connaissance et n'avait pas mal.

— Ma tête n'a rien heurté, ce n'est qu'une égratignure.

Sans doute causée par le bris du pare-brise.

— Il faut partir avant que quelqu'un vous voie. On risque de vous reconnaître et de comprendre que vous êtes en vie, dit Rus.

Amber pointa le doigt sur l'épave qu'avait été son monospace.

— Apparemment, il y a déjà quelqu'un qui le sait.

Et qui ne voulait pas la laisser en vie. Rus n'avait pas encore rangé son arme. Etait-ce pour les protéger ou pour les menacer ?

Cependant, loin d'être intimidée, elle était en colère. Sa vie et, plus important, celle de son fils avaient été menacées. Les yeux plissés, elle jeta un regard noir à l'agent Rus.

— Comment le savait-il ? A qui l'avez-vous dit ?

— A moi, intervint Milek. Il me l'a dit à moi.

Et cela les avait-il mis en danger, Michael et elle ?

Amber se pencha vers lui et déclara à voix basse :

— Il a pu en parler à quelqu'un d'autre.

Il faisait froid dehors, sur le balcon de la chambre d'hôtel où ils s'étaient réfugiés pour discuter. Milek ne frissonna pas à cause de la température, mais en sentant son souffle sur sa joue. A travers la porte-fenêtre, ils voyaient leur fils endormi sur l'un des lits jumeaux. Milek avait saisi les soupçons d'Amber à l'égard de l'agent du FBI. Si Rus n'avait pas quitté la pièce, elle serait restée avec son fils. Ils avaient laissé la porte-fenêtre entrouverte afin d'entendre Michael s'il se mettait à pleurer ou que quelqu'un entrait dans la chambre.

— Il n'avait pas besoin d'en parler à qui que ce soit.

— Mais il a dû le faire, insista-t-elle. Personne ne s'en est pris à nous de toute l'année… jusqu'à ce que ces photos arrivent aujourd'hui.

Elle lui lança le même regard noir qu'elle avait adressé à Rus, comme s'il était à la barre des témoins. Cela devait lui manquer, les contre-interrogatoires ; elle n'avait pas eu l'occasion d'en faire depuis un bon moment.

— Je n'ai aucune raison de vouloir que tu meures, dit-il.

Et toutes les raisons de désirer qu'elle vive.

Elle le fixait sans ciller. Avec ces cheveux bruns et ces lentilles sombres, elle était tellement différente… Pourtant, elle lui restait si familière…

— Tu ne m'as pas demandé pourquoi…

— Rus m'a parlé des coups de feu, dit-il.

— Tu ne m'as demandé pourquoi je ne suis pas venue te voir après la fusillade.

Il secoua la tête.

— Je n'avais pas besoin de te poser la question, je le savais déjà.

Parce qu'il l'avait déjà laissée tomber une fois. Elle le lui dit quand même.

— Parce que je pensais que tu t'en fichais…

Il tressaillit. Mais elle n'essayait pas de lui faire du mal, elle ne faisait qu'affirmer ce qu'il l'avait laissée penser : qu'il se fichait d'elle et de leur fils.

— Alors, pourquoi es-tu venu ici avec Rus ? demanda-t-elle.

Ils se trouvaient dans l'un des faubourgs de la petite ville où Nick Rus l'avait aidée à s'installer. Celui-ci était retourné à River City pour parler aux autorités qui, cela ne faisait aucun doute, devaient se demander ce qu'il s'était passé dans le quartier — un accident de la circulation ou une fusillade.

Les deux.

Ce genre de choses arrivait souvent à River City, mais ce n'était sûrement pas le cas dans cette petite bourgade pittoresque.

— Il m'a dit que Michael et toi étiez en vie.

— Et alors ? rétorqua-t-elle. Tu n'avais pas envie de me voir pendant toutes ces années, avant que je « meure ». Alors, pourquoi maintenant ?

Il aurait voulu lui dire que sa mort l'avait profondément affecté. Dévasté était le mot juste. Que quand il les avait perdus, elle et son fils, il avait perdu toute raison de vivre. Mais après la façon dont il l'avait traitée, dont il les avait rejetés, Michael et elle, il n'avait aucun droit de parler de ses sentiments.

Il jeta un coup d'œil par la porte-fenêtre pour s'assurer que le petit dormait sur ses deux oreilles et n'écoutait pas leur conversation. Il ne voulait pas le traumatiser davantage.

— Quelqu'un a profané vos tombes.

Amber frémit.

— Et ouvert les cercueils, poursuivit-il.

Elle laissa échapper un soupir tremblant.

— Alors, il a constaté qu'ils étaient vides…

— J'ai dans l'idée qu'il le savait déjà, dit Milek. Il voulait juste s'en assurer.

Amber poussa un juron très peu féminin.

Milek prit son portable et lui montra la liste des appels.

— Et il n'est plus le seul.

Il n'avait pas besoin d'écouter les messages pour le savoir ; il connaissait suffisamment bien sa famille.

Depuis l'accident d'Amber, ils le surveillaient de près. Ils avaient remarqué son changement de comportement après que Rus lui avait dit la vérité. Garek lui avait laissé entendre très clairement qu'il pensait qu'il travaillait pour Rus et, avec l'aide de sa nouvelle épouse, il avait continué à enquêter. Mais Garek et Candace n'étaient pas les seuls à l'avoir appelé. Toute la famille Payne lui avait téléphoné.

— Ils savent tous…

Amber poussa un petit cri.

— Stacy ?

Il jeta un nouveau coup d'œil à la liste d'appels et hocha la tête. Sa sœur avait appelé plusieurs fois. Elle aussi savait.

— Elle doit me haïr.

— Elle doit être heureuse de savoir que tu es en vie.

— Pour combien de temps ? Le tireur sait que je suis vivante. Et il veut que je meure.

— Ça n'arrivera pas tant que je pourrai m'y opposer, lui assura Milek.

Elle secoua la tête.

— Tu ne pourras pas l'en empêcher.

— Je l'ai déjà fait aujourd'hui.

Il ignorait toutefois si ses balles ou celles de Rus avaient réussi à blesser ou à effrayer le tueur.

— Tu ne pourras pas être avec moi chaque minute, dit Amber. Je vais réveiller Michael et partir.

Elle tendit la main vers la poignée de la porte-fenêtre.

Il couvrit sa main de la sienne ; sa peau soyeuse était froide. Il resserra ses doigts sur les siens.

— Tu ne pourras pas te cacher.

— Bien sûr que si, dit-elle. Je ne referai plus l'erreur de me fier à Rus.

— Il ne t'a pas trahie. Si quelqu'un n'avait pas profané vos tombes, je ne suis pas sûr qu'il m'aurait dit où tu étais.

— Alors pourquoi t'a-t-il révélé que Michael et moi étions en vie ?

Parce qu'il avait souffert. Mais il doutait qu'elle le croie. Puisqu'elle avait déjà du mal à lui faire confiance, mieux valait ne pas insister. D'autant qu'il avait une autre proposition à lui faire.

— Peu importent ses raisons, dit-il. Mais maintenant qu'il me l'a dit, maintenant que je sais que vous êtes en vie et en danger, j'ai l'intention de vous protéger.

Elle le dévisagea.

— Et comment comptes-tu faire ça ?

— En vous ramenant à la maison.

Elle sursauta.

— A River City ?

— Chez moi, précisa-t-il. Je veux que Michael et toi, vous veniez vivre avec moi.

Bien sûr, cela l'exposerait aussi à un danger, celui de la côtoyer.

Depuis sa voiture, Frank Campanelli observait le balcon sur lequel, quelques instants auparavant, se tenaient deux personnes.

Ils ne l'avaient pas vu les suivre depuis le lieu de l'accident. Rien d'étonnant à cela. N'était-il pas le Fantôme ? Personne ne l'apercevait jamais avant qu'il soit trop tard. Jusqu'à aujourd'hui…

Il porta la main à son front et tressaillit. Une balle l'avait effleuré. Voilà très longtemps qu'il n'avait pas vu le danger de si près ; cela l'avait secoué.

Il n'avait pas vraiment cherché à devenir un fantôme, mais il avait dû s'y faire. Il baissa les yeux sur l'écran de son téléphone, où s'affichaient les dernières nouvelles.

Les tombes d'Amber Talsma et de son fils Michael avaient été découvertes vides. On pensait que la jeune femme avait mis en scène sa mort et celle de son fils. Les raisons qui l'avaient poussée à le faire restaient obscures.

Lui seul savait la vérité. Cependant, comme il était professionnel, personne n'en saurait jamais rien. Et il était temps qu'il termine ce boulot. Il aurait pu le faire quand ils étaient sur le balcon, mais l'angle de tir n'était pas idéal. Il attendrait donc ; il savait se montrer patient.

Il n'eut toutefois pas à attendre longtemps avant de voir sortir sa cible. L'homme portait le garçon sur un bras et de l'autre entourait les épaules de la femme. Ce n'était guère efficace, comme protection. Il ne pourrait pas tirer son arme, cette fois. Il ne serait pas en mesure de répliquer quand il se mettrait à tirer.

5

C'était elle qui avait un nouveau nom, une nouvelle coiffure, une nouvelle couleur d'yeux, ainsi qu'un nouveau métier, une nouvelle maison et une nouvelle vie.

Mais c'était Milek qui avait changé. Il n'était plus l'homme dont elle se souvenait, celui qu'elle avait aimé. C'était sa sensibilité qui l'avait séduite naguère. Et l'homme qui l'avait tirée de l'épave du monospace ne semblait plus en avoir du tout.

Alors pourquoi avait-elle accepté de se réfugier chez lui ? Elle ne le connaissait même pas. Elle était déjà terrifiée rien qu'à l'idée de retourner à River City, là où tout avait commencé, où Gregory avait été assassiné et où elle avait failli être abattue. Vivre avec Milek ? Etre constamment avec lui ? Cela l'épouvantait.

Il avait insisté pour qu'ils quittent l'hôtel immédiatement et, parce qu'elle voulait partir avant le retour de Rus, elle avait accepté.

A présent qu'ils se dirigeaient vers le parking, elle n'était plus très sûre d'avoir pris la bonne décision. Cinq ans plus tôt, il lui avait donné la preuve qu'il valait mieux ne pas lui confier son cœur.

Mais pouvait-elle lui confier sa vie et celle de Michael ?

Il avait changé. Il n'était plus l'artiste sensible de jadis. C'était un garde du corps, au regard et aux muscles d'acier.

Bien qu'il portât Michael et eût passé le bras autour d'elle, ce n'était pas à eux qu'il prêtait attention. Il surveillait les alentours. Le parking était sombre et la lumière de l'hôtel faible. Elle n'y voyait rien.

Tout à coup, elle le sentit se crisper. Il resserra sa prise sur l'arme qu'il tenait de sa main libre.

— On va jouer à cache-cache, murmura-t-il à son fils. Ta maman et toi, vous allez vous cacher. Vous allez encore entendre des coups de feu, mais vous ne sortirez pas de votre cachette avant que je vous le dise.

Un peu de son ancienne sensibilité transparaissait dans ses paroles, tandis qu'il essayait de convaincre leur fils que ce qui allait se passer n'était qu'un jeu.

Après cette brève explication, il agit rapidement. Lui mettant l'enfant dans les bras, il se plaça devant eux.

— Rentre à l'hôtel, lui ordonna-t-il.

Avant qu'elle ait pu répondre, des détonations retentirent. Elle ignorait qui, de Milek ou de celui qu'il avait distingué dans l'obscurité, avait ouvert le feu. Paralysée par la peur, elle resta muette et ne fit pas un geste.

— Cours ! lui cria-t-il.

Enfin, ses jambes lui obéirent. Michael serré contre elle, elle piqua un sprint en direction du hall de l'hôtel, mais les portes vitrées l'arrêtèrent. La porte avait-elle été verrouillée pour la nuit ?

Lentement, les portes coulissèrent. Trop lentement. Elle se baissa en entendant d'autres tirs. Quelque chose siffla au-dessus de sa tête. Elle espéra que c'était son imagination, mais le verre de la porte s'étoila.

Elle ne put retenir un cri, et Michael lui fit écho, son petit corps tremblant contre elle. Elle le posa par terre, le poussa dans l'étroite ouverture et lui dit, comme Milek l'avait fait :

— Cours !

Il était plus petit qu'elle, une cible plus difficile à atteindre.

C'était après elle que le tireur en avait, pas après Michael ou Milek, mais cela mettait en danger ceux qu'elle aimait. La colère monta en elle, mêlée à la peur. L'idée de revenir sur ses pas lui traversa l'esprit, d'essayer de négocier avec le tueur : sa vie contre celle de son fils et de Milek. Mais son petit garçon s'était arrêté au milieu du hall, la fixant avec des yeux écarquillés par la frayeur. Il avait besoin d'elle.

Elle se faufila entre les portes vitrées à présent toutes deux fêlées et le rejoignit. Elle le reprit dans ses bras, sans savoir où aller. Dehors, la fusillade se poursuivait et, à l'intérieur, elle n'entendait que des cris et des pleurs.

Michael et elle étaient silencieux, sans doute à cause du choc. Les cris émanaient de derrière le comptoir. Elle aurait pu se réfugier là avec Michael, mais la terreur du concierge l'effraierait plus encore.

Il fallait qu'elle le mette à l'abri quelque part. Elle avait encore la clé de la chambre louée par Rus… Comment le tueur les avait-il retrouvés ? Etait-ce Rus qui lui avait dit où ils se trouvaient, ou était-ce lui qui tirait sur Milek dans le parking ?

Elle n'aurait pas dû lui faire confiance ! Elle n'avait pas été certaine non plus de pouvoir se fier à Milek, mais il faisait de son mieux, à présent, pour les sauver, elle et leur fils. Et elle allait peut-être le perdre…

La panique lui serra douloureusement le cœur. La fusillade augmentait d'intensité et les tirs se rapprochaient. Les fenêtres situées de part et d'autre de l'entrée explosèrent, et des vases se brisèrent en mille morceaux.

Agrippant Michael de toutes ses forces, elle se remit à courir à travers le hall, en direction de l'escalier et de l'ascenseur. Elle ne retournerait toutefois pas à la chambre. C'était trop dangereux, pour elle et pour tous ceux qui étaient autour.

Milek était-il sain et sauf ? Allait-il s'en sortir ?

Ou allait-il mourir en héros pour elle ?

Le verre pleuvait autour de lui. Milek s'accroupit entre deux rangées de voitures et jura. Il avait cru qu'on appelait Campanelli le Fantôme parce qu'il échappait depuis longtemps aux autorités. Mais, apparemment, c'était parce qu'il était impossible à stopper. On ne pouvait pas tuer quelqu'un qui était déjà mort.

On ne pouvait pas non plus le voir. Ce n'était pas parce qu'il avait aperçu l'assassin ou son arme qu'il avait renvoyé Amber et son fils dans l'hôtel. Il avait seulement *senti* sa présence. Après quelques pas dans le parking, il avait su qu'ils n'étaient pas seuls. Peut-être était-ce son entraînement qui avait affiné l'instinct que, dès son enfance, son père avait fait se développer chez lui et son frère. Ce sixième sens lui avait appris que ce n'était pas un client de l'hôtel, mais quelqu'un qui les guettait.

Pour les tuer.

Amber ou Michael avaient-ils été touchés ? Il avait entendu du verre se briser, sans doute les portes de l'hôtel, et des cris.

Mais Amber n'était pas le genre à hurler ; elle avait trop de maîtrise d'elle-même. Et elle devait avoir transmis cette force à leur enfant, parce qu'il n'avait pas entendu de cris d'enfant non plus.

A moins que…

La peur fit tambouriner son cœur, mais il repoussa cette terrifiante possibilité. Non, ils n'avaient pas été touchés. Cependant, le tueur se rapprochait de l'hôtel, tirant toujours plus de coups de feu à travers les fenêtres.

Un cri résonna.

Ce n'était pas Amber. Sa voix n'était pas si aiguë. Quelqu'un d'autre avait-il été blessé ?

Il jura entre ses dents tout en tirant dans la direction d'où venaient les balles, sans voir le tueur. L'arme de celui-ci était munie d'un silencieux, car il n'entendait qu'un vague « plop » quand il tirait.

De toute évidence, il perdait son temps et ses munitions. Il sortit son dernier chargeur de la poche de sa veste. Il fallait qu'il fasse mouche ! Il fallait qu'il touche le Fantôme, cette fois, sous peine d'en devenir un lui-même.

Parce que le tireur, lui, n'allait pas manquer de munitions. Il devait avoir assez de balles pour les tuer, lui, Amber et Michael.

Il pria pour qu'elle l'ait écouté, pour qu'elle se soit cachée avec leur fils quelque part où le tueur ne les trouverait pas. Parce qu'il n'était pas certain de pouvoir les protéger encore très longtemps.

Comme le prouvait le cri, il y avait d'autres personnes dans l'hôtel — le concierge et sans doute des clients. Quelqu'un avait déjà dû appeler le 911.

Les secours étaient en route. Le Fantôme n'allait plus s'attarder très longtemps ; il ne voudrait pas courir le risque de se faire prendre. A moins qu'il parvienne à le distraire jusqu'à l'arrivée de la police…

— Frank ! cria-t-il. Frank Campanelli !

Le silence se fit. Plus de sifflements, plus de bris de verre. Le tueur avait cessé de tirer et écoutait.

— Ouais, Frank, poursuivit Milek. La police sait que c'est toi qui as tué le procureur. Ils savent que c'est toi qui as tiré sur Amber Talsma. Et l'agent du FBI t'a vu, aujourd'hui.

Apparemment, Nick Rus était capable de voir les fantômes. Lui avait été tellement focalisé sur Amber et son fils qu'il n'avait pas vu le visage du tueur.

— On te recherche, Frank. Tu ne t'en tireras pas comme ça.

Un ricanement s'éleva dans l'obscurité.

Bien sûr, le Fantôme ne craignait pas de se faire prendre. Personne ne s'était approché suffisamment de lui, durant sa longue carrière.

— L'agent qui te pourchasse, c'est Nicholas Rus, ajouta Milek.

Tout en parlant, il se rapprocha de l'endroit d'où était monté le rire.

— C'est lui qui a arrêté Viktor Chekov. C'est la version locale d'Eliot Ness.

Accroupi, il se glissa entre les rangées de voitures. Pendant leur formation au vol, Garek et lui avaient appris de leur père comment se déplacer en silence. Comme pour tout ce qui leur avait été enseigné, Garek s'était montré meilleur que lui, mais Milek était tout de même doué.

Si c'était lui qui avait conduit jusqu'à l'hôtel, Campanelli n'aurait pas pu les suivre sans qu'il s'en aperçoive. Or c'était Nicholas qui avait pris le volant. C'était un bon agent, mais il n'était pas garde du corps. Il ne connaissait pas tous les trucs pour protéger un client en danger.

Lui avait pris place sur la banquette arrière, avec son fils. Il ne pouvait cesser de contempler le petit garçon, et pas seulement pour s'assurer qu'il allait bien. Même s'il y avait eu de bonnes raisons à cela, il regrettait de ne jamais avoir fait la connaissance de son fils et, durant une année, il avait cru avoir perdu cette chance pour toujours.

Il s'était dit aussi que ce trajet jusqu'à l'hôtel serait peut-être tout ce qu'il aurait jamais, parce qu'une autre règle des gardes du corps était de donner leur vie pour protéger leur client. Et il n'avait jamais été aussi prêt à donner la sienne.

C'est pourquoi il reprit la parole. Le Fantôme allait savoir où il se trouvait, mais c'était un risque qu'il était disposé à courir pour le localiser et faire bon usage de ses dernières balles.

— Mais Rus n'a pas fait ça tout seul, dit-il. Il a eu de l'aide.

Campanelli ricana de nouveau. Milek était assez près pour l'entendre clairement.

— Les fédéraux vont toujours par paire, répliqua le tueur. Plus d'un a essayé de m'attraper, mais ils n'ont pas réussi !

— Ce n'étaient pas des fédéraux qui ont secondé Rus, dit Milek. C'était mon frère et moi.

Le Fantôme rit encore.

Milek entendit le déclic révélateur de la balle s'engageant dans le canon. Il était tout près.

Et l'autre le savait aussi.

Assez près pour qu'aucun d'eux ne manque son coup.

— Pas que j'en aie quelque chose à faire, lança Campanelli. Mais t'es qui ?

C'était Garek le fier-à-bras, celui qui aimait irriter les gens. Jusqu'à cet instant, Milek n'avait jamais compris ce qu'il en retirait. A présent, il avait envie de faire sortir de ses gonds l'homme qui avait essayé, et qui essayait toujours, de tuer la seule femme qu'il ait jamais aimée et l'enfant qu'ils avaient conçu.

— J'imagine qu'il est juste que tu connaisses le nom de l'homme qui va finalement mettre fin à ta carrière, dit-il. Je m'appelle Milek Kozminski.

Cette fois, il n'y eut aucun ricanement, aucun rire. Frank Campanelli savait qui il était. Pour la première fois, Milek trouva un avantage à être aussi tristement célèbre que lui et son frère l'étaient.

— Tu travaillais pour Chekov, fit Campanelli.

C'était Garek qui l'avait fait, mais Milek était prêt à laisser le tueur croire ce qu'il voulait.

— Ta famille…

— On est tous des criminels, coupa Milek. Peut-être qu'il faut ça pour en abattre un…

Le dicton disait en fait qu'il fallait un voleur pour en attraper un autre. Mais peut-être était-ce vrai aussi des tueurs.

Milek avait déjà tué et, pour protéger Amber et Michael, il le referait sans hésiter.

Campanelli se remit à rire, mais son rire était chevrotant.

Sans doute avait-il compris qu'il n'avait pas affaire à un agent fédéral ou à un garde du corps ordinaire.

Probablement pensait-il qu'il affrontait un homme comme lui, aussi dénué de scrupules et de morale.

Milek, pour sa part, avait une conscience, mais il doutait qu'elle le fasse beaucoup souffrir s'il abattait un tueur à gages, quelqu'un qui assassinait les gens pour de l'argent.

Il arma son revolver.

Le moment était venu. Ses dernières munitions. Sa dernière chance d'abattre le Fantôme. Tout en sachant qu'il allait essuyer des tirs, il se redressa entre les voitures. Mieux valait que Campanelli tire sur lui que sur l'hôtel.

Et il était assez près, à présent, pour que le Fantôme ne le manque pas s'il répliquait.

Il pressa la détente.

Ils avaient fui. Nicholas Rus avait fouillé tout l'hôtel en vain. Peut-être était-ce mieux ainsi. Il n'avait pas trouvé de corps, mais cela ne voulait pas dire qu'ils n'étaient pas morts.

Il aurait été surpris qu'ils aient survécu. L'hôtel ressemblait à un champ de bataille. Du verre brisé, des objets en mille morceaux. Et c'était encore pire sur le parking : voitures endommagées, vitres brisées et carrosseries truffées de balles. Quelqu'un avait-il pu survivre à une telle fusillade ? Même Milek Kozminski…

Il dirigea le faisceau de sa torche vers l'asphalte. Des fragments de verre brillèrent dans la lumière, sauf ceux qui étaient maculés de sang. Il y en avait toute une mare, épaisse et sombre.

Quelqu'un avait été touché. Sans doute à mort.

Il espérait de toutes ses forces qu'il s'agissait de Frank Campanelli. Mais si le Fantôme était mort, où se trouvait son corps ? Et où étaient Milek, Amber et le petit s'ils n'étaient pas blessés ?

Son portable se mit à sonner ; il le sentit vibrer dans sa poche, mais hésita à le prendre. Il savait qui c'était et ce qu'on lui voulait.

Il avait déjà répondu à trop de questions ce soir, en expliquant l'accident aux autorités locales. Bien sûr, il n'avait pas dit qui conduisait le monospace ; il ne tenait pas à ce que d'autres personnes apprennent qu'Amber Talsma était en vie. C'était pour cette raison qu'il les avait persuadés, Milek et elle, de quitter les lieux et de le laisser les emmener dans cet hôtel, où ils seraient en sécurité.

Il avait été idiot ! Idiot de laisser quelqu'un les suivre et plus encore de penser que quiconque, Milek compris, pouvait protéger Amber d'un assassin aussi habile que Frank Campanelli, dit le Fantôme.

Il avait été stupide de croire qu'il pourrait garder le secret de l'existence d'Amber. Alors qu'il revenait vers l'hôtel, il avait entendu la nouvelle à la radio : la découverte de tombes vides et l'hypothèse qu'Amber avait mis sa mort en scène. A présent, tout le monde savait qu'elle n'était pas décédée.

Son téléphone cessa de vibrer avant même qu'il le prenne en main. C'était sans importance. Celui ou celle qui l'appelait laisserait un message, semblable à tous ceux qu'il avait déjà reçus.

De toute façon, il n'avait aucune réponse à apporter à la famille Payne-Kozminski. Il ignorait où se trouvaient Milek, Amber et l'enfant, et ne savait pas s'ils étaient sains et saufs.

Frank les avait-il emmenés ? Avait-il emporté leurs corps ? Après son coup manqué de la dernière fois, il avait peut-être besoin de produire la preuve de leur mort pour être payé.

— Salopard…, murmura-t-il dans l'obscurité.

Un des policiers qui se tenaient sur le parking lui jeta

un regard interrogateur. L'hôtel avait appelé le 911 pour signaler la fusillade.

— Pourquoi voulez-vous y retourner ? lui avait demandé l'inspecteur à River City quand il avait dit qu'il devait repartir.

Il n'avait rien répondu.

— Qui protégez-vous ? avait insisté l'inspecteur.

C'était bien là la question… Il n'avait protégé personne. Il les avait laissés seuls avec le tueur, qui devait l'avoir suivi jusqu'à l'hôtel. Ils n'avaient même pas un véhicule pour fuir ! Il avait pris le 4x4 pour aller au poste de police. Alors, où étaient-ils ?

Il se surprit à espérer que Milek s'était servi de ses talents pour voler une voiture, mais aucun vol n'avait été déclaré. Le seul signalement concernait la fusillade.

Des douilles vides brillaient dans l'obscurité, illuminées par les agents de la police scientifique qui prenaient des photos et plaçaient des repères. Tant de coups de feu…

Et le sang…

Il aurait dû être là. Il n'aurait pas dû les laisser seuls. Il se maudit en silence.

Son portable se remit à vibrer avec insistance dans sa poche. Il n'avait pas besoin de répondre, il sentait d'ici l'irritation et la colère de sa famille.

Ils ne le considéraient probablement pas comme un de leurs membres, pourtant, c'était ainsi qu'il commençait à penser à eux. Jamais auparavant il n'avait eu de véritable famille. Jusqu'à sa mort l'année dernière, il n'y avait eu que sa mère et lui, et elle ne ressemblait pas à Penny Payne. Il n'y avait rien de maternel chez elle.

Il avait bénéficié de plus d'affection de la part de voisins. Bien sûr, à l'adolescence, il s'était agacé de devoir traîner les plus jeunes derrière lui. Gage l'avait même suivi dans les marines, puis au FBI, qu'il avait quitté récemment pour se réengager dans les marines.

Quant à Annalise... Il sentit son cœur se serrer. Il ne pouvait plus penser à elle, pas comme il le faisait auparavant. Il avait anéanti leur relation comme il avait détruit celle qui s'était établie avec les Payne.

Baissant les yeux sur la mare de sang à ses pieds, il eut l'impression que le sien s'écoulait de son corps.

Il n'avait pas seulement perdu la femme et l'enfant qu'il s'efforçait de protéger depuis un an. Il avait aussi perdu sa famille.

6

Le cœur battant, Amber resserra son étreinte autour de son fils et se blottit au fond du placard qu'elle avait trouvé ouvert. Elle l'avait refermé de l'intérieur, après s'y être introduite avec Michael. Il ne faisait pas noir, une ampoule nue pendait au-dessus de leurs têtes, éclairant le petit espace.

Elle aurait préféré trouver l'interrupteur et l'éteindre, mais Michael avait peur dans l'obscurité. Il aurait pu se mettre à pleurer.

— Maman, c'est une bonne cachette, chuchota-t-il.

— Chut, chéri, dit-elle la voix tremblante de peur. Il ne faut pas faire de bruit.

Pour que le tueur ne les trouve pas. Etait-il toujours dehors ? La fusillade avait cessé, mais ce n'était pas nécessairement une bonne chose. Et si Milek avait été blessé, ou pire ?

A présent, la frayeur l'oppressait. Et s'il n'avait pas survécu ? Et si elle l'avait de nouveau perdu ?

Non qu'elle l'ait jamais vraiment eu… Sinon, il n'aurait pas rompu et ne lui aurait pas brisé le cœur. Peu importait, cependant, le chagrin qu'il lui avait causé. Elle ne lui souhaitait aucun mal. Elle voulait qu'il vive, même s'il devait ne jamais lui revenir.

Je t'en prie, reste en vie…

Elle perçut du mouvement de l'autre côté de la porte et la poignée bougea. Elle retint son souffle tandis que Michael laissait échapper un petit cri de surprise. Il se plaqua une main sur la bouche et ses yeux se remplirent de larmes.

Elle avait verrouillé la porte, dans l'espoir que cela découragerait quiconque passerait par là, mais la poignée continuait de bouger. Puis il y eut un léger déclic. On l'avait déverrouillée.

Ce pouvait être l'homme à tout faire. Cependant, elle en doutait. Tout le personnel s'était réfugié derrière le comptoir de la réception. Il s'agissait de quelqu'un d'autre. Quelqu'un qui leur voulait du mal.

Elle hurla en voyant la porte s'ouvrir…

Elle émergea du cauchemar qu'elle faisait.

Dieu merci, elle n'avait fait que rêver de ce qui s'était passé quelques heures auparavant ! Pourtant, une main lui couvrait la bouche, une grande main un peu calleuse.

Désorientée, elle sentit la panique la gagner et se débattit pour se redresser, en vain.

Un grand corps la repoussa sur le matelas où elle était allongée.

— Chut ! fit une voix grave.

Soudain, elle reconnut cette voix et se calma.

— Chut ! répéta-t-il. Tu vas réveiller Michael.

La pensée de son fils et l'envie de le tenir dans ses bras la firent se débattre à nouveau. Mais Milek avait déposé l'enfant endormi dans une autre pièce du loft qu'il avait converti en appartement quelques années plus tôt. Puis il l'avait amenée là, dans la chambre principale, et l'avait laissée seule. Elle ignorait combien de temps s'était écoulé. Avait-elle dormi quelques minutes ou quelques heures ?

— Tu es en sécurité, lui assura Milek, tout comme il l'avait fait en ouvrant le placard à l'hôtel.

Et, comme à ce moment-là, elle eut envie de le croire

mais n'y parvint pas. Impossible de lui faire totalement confiance. Elle n'aurait pas dû accepter de revenir à River City avec lui. Et encore moins de venir chez lui.

Mais l'endroit où ils se trouvaient avait-il de l'importance ? Le tueur les avait retrouvés et était plus déterminé que jamais à la tuer.

Elle secoua la tête.

Milek déplaça sa main, découvrant ses lèvres. Sa paume s'attarda néanmoins sur sa joue. Il était à moitié couché sur elle, une cuisse pesant en travers de ses jambes et son torse musclé plaqué contre ses seins.

Elle ne se rappelait pas qu'il était aussi massif… Il avait toujours été grand, mais il était devenu plus large, avec des muscles saillants. Il était garde du corps, à présent. L'homme qu'elle avait rencontré et aimé était un artiste sensible et tourmenté. Elle ignorait qui était celui qui se trouvait avec elle maintenant. Pourtant, son corps ne réagissait pas comme si c'était un inconnu. Malgré sa nouvelle musculature et leurs années de séparation, son corps le reconnaissait. Sa peau devint toute chaude et elle commença à trembler de désir.

Il dut prendre ce frémissement pour de la peur, car il lui assura de nouveau qu'elle était en sécurité.

Elle ne sentait pas en sécurité ! Elle se sentait trahie, y compris par son propre corps. Comment pouvait-elle désirer un homme qui lui avait fait tant de mal ? Or elle ne pouvait nier le désir qui montait en elle. Elle avait envie de l'embrasser, de le caresser…

Heureusement, elle était immobilisée par Milek, et ne pouvait pas bouger. Mais elle sentait la chaleur de son corps et sa force. Il était fort, indéniablement, mais cela ne le rendait pas invincible.

— Comment peux-tu dire ça ? Tu as failli te faire tuer !

— Tout va bien pour moi.

— Tu as été blessé.

Il effleura du bout des doigts la coupure à son menton.

— Ce n'était qu'un bout de verre.

— Ça aurait pu être une balle.

Ils en avaient tiré tellement ! Elle frissonna en y repensant ; elle avait bien failli le perdre.

— Tout va bien, répéta-t-il en secouant la tête.

Ça n'en avait pas l'air. Ses yeux étaient cernés de noir, sa mâchoire piquetée de barbe, et son menton ensanglanté. Il dut voir le doute dans ses yeux, car il se mit à rire.

— J'ai peut-être l'air d'un revenant, mais je suis en vie.

Ses yeux argentés s'assombrirent d'émotion et il lui caressa la joue du bout des doigts.

— Et toi aussi…, dit-il en poussant un soupir de soulagement. Toi aussi, tu es en vie.

— Grâce à toi, répondit-elle.

Il se déplaça un peu et elle put enfin libérer ses mains, si bien qu'elle les posa sur son torse.

— Tu as risqué ta vie pour sauver la nôtre.

Il haussa ses larges épaules.

— C'est le boulot d'un garde du corps.

Elle se tendit. Bien sûr, cela n'avait rien de personnel. Elle ne représentait qu'une mission pour lui. Il aurait de la même façon risqué sa vie pour un autre client. Pendant qu'elle se cachait, il avait mis volontairement sa vie en jeu.

— Je n'arrive pas à croire que tu sois devenu garde du corps, remarqua-t-elle pensivement.

— Beaucoup de gens sont comme toi…, dit-il d'un ton amer.

— Pourquoi ? Tu m'as sauvée de deux tentatives de meurtre.

— Pour la plupart des gens, un Kozminski est bien plus susceptible de commettre un meurtre que d'en empêcher un.

Elle ricana.

— La plupart des gens sont des idiots.

Stacy et Garek se fichaient de ce que pensaient les gens. Milek, lui, semblait s'en soucier. Trop…

Pourtant, il rit aussi. En signe d'approbation ou d'amusement ?

— Tu n'es pas idiote, fit-il.

Elle n'en était pas toujours certaine.

— Alors, pourquoi n'arrives-tu pas à croire que je suis devenu garde du corps ?

— Parce que tu n'as jamais paru avoir le moindre intérêt pour ça, répondit-elle. Pas comme pour ta peinture…

Ce fut à son tour de se tendre et de rouler sur le dos.

— Ma peinture ne m'a jamais sauvé la vie.

De cela non plus, elle n'était pas certaine. Elle avait vu son travail et, si elle n'était pas une spécialiste, les critiques d'art, eux, le trouvaient exceptionnel. A sa connaissance, il n'avait plus fait d'exposition depuis des années. Depuis qu'il avait rompu avec elle. Peut-être ne peignait-il plus.

— Merci, dit-elle après un long silence.

Elle ne parvenait pas à se souvenir si elle l'avait remercié quand il avait ouvert la porte du placard. Il lui avait expliqué qu'il avait forcé la serrure parce qu'il ne savait pas si c'était Michael et elle qui se cachaient à l'intérieur, ou le tueur. Et après lui avoir assuré qu'elle était désormais en sécurité, il les avait emmenés à toute allure chez lui. Elle n'avait certainement pas eu le temps de le remercier alors.

Pendant le trajet, il s'était tellement concentré sur la route, pour vérifier qu'on ne les suivait pas, qu'elle n'avait pas osé ouvrir la bouche. Il ne l'aurait sans doute pas entendue, d'ailleurs, car le pot d'échappement du vieux pick-up rouillé faisait un bruit infernal. Il avait acheté ce véhicule au garçon d'étage sans même le voir, tellement il était pressé de les éloigner.

Mais s'il n'avait pas réagi aussi vite…

Elle trembla en pensant à ce qui aurait pu leur arriver à

tous. Le moins qu'elle pouvait faire, c'était de lui exprimer sa gratitude.

— Merci de nous avoir protégés, dit-elle donc encore.

Les mots semblaient bien insuffisants pour le remercier. Se redressant sur un coude, elle se pencha vers lui et, cédant au désir qu'elle ne pouvait plus nier, elle pressa ses lèvres sur les siennes.

A la seconde même où leurs bouches se touchèrent, elle sut qu'elle venait de commettre une erreur. Elle avait envie de l'embrasser et de le caresser, mais ce n'était apparemment pas le cas pour lui.

Son grand corps se tendit encore plus et il se figea jusqu'à ce qu'elle recule.

Un instant plus tard, il glissa les doigts dans ses cheveux et rapprocha sa tête de la sienne. Puis il l'embrassa passionnément, pressant sa bouche sur la sienne, avant de lui ouvrir les lèvres. Il introduisit ensuite la langue entre elles, les taquinant et goûtant sa bouche.

Le désir la submergea et elle gémit. Il lui avait tellement manqué ! Et pas seulement cette dernière année... Il lui avait manqué durant tout le temps où ils avaient été séparés. Sauf qu'ils ne venaient pas de se remettre ensemble. Il ne faisait que la protéger, remplir son rôle.

Il fallait qu'elle retrouve sa fierté et qu'elle se dégage, mais il lui avait trop manqué. Quand il avait rompu, elle avait failli être anéantie. Elle avait survécu à des tentatives de meurtre et au bouleversement de sa vie bien mieux qu'à cette rupture.

Elle sentit son cœur s'emballer, pas uniquement à cause de la passion. Elle avait aussi peur que quand on lui avait tiré dessus.

Parce que si elle continuait dans cette voie, ce ne serait plus seulement sa vie qui serait en danger, mais aussi son cœur.

Le visage rouge de colère et de douleur, Frank Campanelli fixa le miroir au-dessus du lavabo. Il avait une mine horrible et avait failli s'évanouir. Dès le premier échange de coups de feu, une balle l'avait effleuré. Mais, durant le second, il avait reçu une. Ce salopard l'avait touché.

Milek Kozminski.

Il connaissait ce nom. Quiconque vivait à River City le connaissait. Le père et l'oncle Kozminski étaient de célèbres voleurs de bijoux. Le vieux avait abattu un flic et avait passé le reste de sa vie en prison. S'il s'en souvenait bien, les fils étaient aussi des tueurs. A l'époque, ils étaient encore trop jeunes pour avoir écopé d'une lourde peine. Ils avaient prétendu que c'était de la légitime défense.

Cela le fit ricaner ; il en doutait très fort. Milek Kozminski l'avait provoqué dans ce fichu parking.

Il pressa la main sur le bandage de son épaule. Le sang suintait à travers la gaze et, dessous, la blessure l'élançait douloureusement.

— N'y touche pas, lui dit le médecin en se redressant.

Il venait d'éponger le sang sur le sol en marbre. Ils n'étaient pas à l'hôpital, ni dans une clinique. Le médecin l'avait emmené chez lui, dans son fichu manoir, et l'avait pansé dans l'une des salles de bains.

Le Dr Gunz n'aurait pas eu de manoir du tout s'il ne l'avait pas aidé, s'il ne s'était pas chargé de quelques témoins dans un procès qui aurait pu mettre fin à sa carrière. Le bon docteur lui était donc redevable, comme tant d'autres. C'était pourquoi Gunz s'était occupé de lui.

A présent, c'était à lui de s'occuper de Milek Kozminski. Il s'était donné pour règle de ne tuer que pour de l'argent, et n'avait jamais abattu personne par colère ou par jalousie.

Jusqu'à maintenant…

Il voulait tuer Milek Kozminski, et pas uniquement pour pouvoir s'en prendre ensuite à la petite rouquine. Il voulait le tuer parce qu'il l'avait blessé. Malgré son métier à risque, il n'avait encore jamais été touché. Le seul danger qu'il avait affronté était l'arrestation, et personne ne s'était jamais assez approché de lui pour cela, sauf Milek Kozminski.

— Tu as eu de la chance, dit le médecin. Quelques centimètres de plus, et la balle aurait touché le cœur. Tu peux t'estimer heureux d'être en vie.

Il avait de la chance, oui.

Mais pas Kozminski. La prochaine fois, il ne raterait pas ce blanc-bec. Il ferait en sorte que la balle se fiche en plein dans le mille.

En pensant que, pendant un an, il avait été persuadé qu'il ne reverrait jamais Amber, Milek sentit son cœur se serrer.

Il avait cru qu'il ne pourrait plus jamais l'enlacer, l'embrasser...

Et voilà qu'elle était dans ses bras, dans son lit. Il était submergé par l'émotion, le soulagement, la joie, la passion... et l'amour.

Il n'avait jamais cessé de l'aimer, même quand il l'avait crue morte.

D'une main tremblante, il lui caressa les cheveux et l'embrassa avec tendresse, lui écartant les lèvres en douceur.

Elle posa la main sur sa poitrine, mais sans le repousser. Elle lui caressait le torse, suivant des doigts le contour de ses muscles sous le T-shirt. Il avait envie de le retirer, et de déshabiller aussi Amber.

Il voulait que plus rien ne les sépare — ni vêtements, ni secrets, ni ressentiment ou culpabilité.

La seule chose qu'il pouvait faire, c'était d'ôter leurs vêtements. Il lui avait fait trop de mal pour pouvoir raisonnablement espérer plus. Il ne s'était pas attendu à ce qu'elle l'embrasse, mais peut-être n'y voyait-elle que des remerciements.

Rien de plus.

Il en avait conscience, mais ne pouvait plus se contrôler. Sa maîtrise de lui-même s'était évanouie. Il ne pouvait plus reculer. Elle lui avait bien trop manqué, et pendant trop longtemps.

Quand il fit mine de lui ôter son pull, elle n'essaya pas de l'en empêcher. Au contraire, elle leva les bras pour lui faciliter la tâche.

Seigneur ! Elle était si belle, plus belle même que dans son souvenir. Et il avait pensé à elle si souvent, exactement comme cela, dans son lit, sa peau rougie par le désir. Ses seins menaçaient de déborder de son soutien-gorge. Ils lui semblaient plus pleins que naguère. Il passa les mains derrière elle et dégrafa son soutien-gorge. Puis il toucha ses seins, du bout des doigts d'abord, effleurant sa peau soyeuse comme il caressait parfois la toile du pinceau en recherchant un effet particulier.

Cependant, quels que soient ses efforts artistiques, jamais il ne pourrait créer quelque chose d'aussi beau qu'elle. Ses mamelons durcirent et se dressèrent quand il les effleura du pouce. Amber gémit et se mordit la lèvre. Il se pencha sur elle et posa sa bouche sur la sienne.

Elle écarta les lèvres, mais il n'approfondit pas le baiser. Il baissa la tête vers ses seins et déposa des baisers sur leur doux renflement avant de refermer sa bouche sur l'un des mamelons.

Un léger cri lui échappa et elle arqua le dos, se pressant contre sa bouche. Il fit danser sa langue pour la taquiner.

Elle agrippa son T-shirt, puis passa les mains dessous et lui caressa le torse avant de descendre jusqu'à son ceinturon.

Milek était tendu, son érection pressait douloureusement

contre sa braguette. Il mourait d'envie de la posséder, d'être en elle.

Cela faisait trop longtemps. Si longtemps que son besoin d'elle était devenu du désespoir.

Amber avait les mains tremblantes, si bien qu'il les repoussa gentiment et se leva pour se débarrasser de son T-shirt et de son pantalon. Quand il se retourna, elle avait fait la même chose et reposait nue sur le lit.

— C'est une mauvaise idée, murmura-t-elle, presque comme pour elle-même.

Il le savait. Elle était en danger et mieux valait ne pas se laisser distraire. Cependant, l'appartement était sûr. Garek et lui avaient installé le meilleur système de sécurité possible — même eux n'auraient pu le mettre en échec. Et son arme était sur la table de chevet, à portée de main.

Mais il n'en aurait pas besoin.

C'était d'elle qu'il avait besoin.

D'une voix que le désir rendait rauque, il s'obligea à demander :

— Tu veux qu'on arrête ?

Dès que les mots eurent passé ses lèvres, il regretta d'avoir posé la question. Il ne voulait pas qu'Amber change d'avis. Il voulait qu'elle le désire aussi fort qu'il la désirait.

Elle se mordit encore la lèvre. Apparemment, elle avait changé d'avis. Malgré la tension qui l'habitait, il se força à reculer. Il comprenait pourquoi elle ne voulait pas faire l'amour avec lui ; elle ne pouvait lui faire confiance après qu'il l'avait laissée tomber avec tant de froideur.

Finalement, elle lui tendit les bras. Se redressant sur les genoux, elle noua les bras autour de son cou et inclina la tête pour pouvoir l'embrasser. Elle lui mordilla les lèvres pour l'inciter à les ouvrir, puis introduisit une petite langue humide dans sa bouche.

Il fit un effort pour se contrôler, afin de ne pas se jeter

sur elle, mais il avait atteint le point de non-retour. Il devait la posséder. Tout de suite.

Il voulait cependant être certain qu'elle le désirait autant que lui. Si bien qu'il lui rendit son baiser, en faisant aller sa langue dans sa bouche comme il avait envie de le faire dans son corps. Son désir exigeait un soulagement immédiat, mais il rassembla patience et tendresse.

Du bout des doigts, il lui caressa le dos, depuis les épaules jusqu'à la courbe des hanches. Elle était plus arrondie que naguère, ce qu'il trouvait encore plus sexy.

Elle se rapprocha de lui, frottant son corps contre le sien.

— Milek…

Il perçut le désir dans sa voix fêlée.

Elle le voulait, et sa passion le galvanisait. Il se maîtrisa néanmoins pour lui faire l'amour lentement, en embrassant chaque centimètre de sa peau. Ses lèvres, ses joues, sa gorge…

Elle retomba sur le lit tandis qu'il lui embrassait les épaules, puis les seins…

Il prit son temps, taquinant ses mamelons du bout de la langue. Elle gémit et tendit les mains vers lui, mais il s'écarta. Si elle le touchait, il allait perdre la tête.

Et il voulait lui donner du plaisir. Il descendit plus bas et lui fit l'amour avec sa bouche. Il embrassa d'abord le petit mont entre ses jambes, puis lécha ses parties intimes. Elle arqua son corps et frémit en poussant un gémissement.

Il était submergé de désir. Il fallait qu'il la possède…

D'une main tremblante, il fouilla dans la table de chevet pour trouver un préservatif. Il se dépêcha de l'enfiler, avant de revenir se placer entre ses jambes, puis il la pénétra doucement.

Elle se tortilla pour venir à sa rencontre, puis lui enserra la taille entre ses jambes et se cramponna à ses épaules, en lui plantant ses ongles dans le dos.

La sueur perla sur sa lèvre supérieure, tandis qu'il luttait pour se maîtriser et garder un rythme doux et lent au lieu de céder à la frénésie, comme l'exigeait son corps.

Son contrôle de lui-même lui échappait un peu plus à chaque coup de reins. Il s'enfonça en elle plus profondément. Elle se cambra et le retint en contractant ses muscles internes.

Il passa les mains sur tout son corps et lui taquina les mamelons avant de descendre plus bas, afin de lui caresser le clitoris.

Elle se cramponna à lui en haletant. Soudain, son corps fut secoué par un long frisson, et il sentit monter son orgasme. Il la pénétra profondément pour prolonger son plaisir. Enfin, le barrage qu'il opposait à son propre plaisir se rompit et il s'abandonna à sa propre jouissance.

Après un rapide passage à la salle de bains, Milek retourna dans sa chambre. Il craignait de découvrir qu'Amber était partie, mais elle était toujours là, trop repue, semblait-il, pour bouger. Il n'était cependant pas certain qu'elle allait accueillir son retour avec joie. Après ce qu'il lui avait fait subir naguère, il avait eu de la chance qu'elle le laisse la toucher.

Il hésita près du lit. Elle ouvrit la bouche, mais il n'entendit pas ce qu'elle disait car une sirène brisa le silence avec une intensité assourdissante.

Les yeux d'Amber, de nouveau verts car elle avait ôté ses lentilles de contact, s'écarquillèrent. Elevant la voix, elle demanda :

— Qu'est-ce que c'est que ça ?

Elle était déjà sortie du lit, cherchant ses vêtements, quand Milek saisit son arme.

— L'alarme incendie ?

— Non.

C'était pire, bien pire. Tandis qu'il était là, à envisager de refaire l'amour avec elle, quelqu'un tentait de s'introduire chez lui. Et s'il était déjà à l'intérieur ? Ce devait être un professionnel. Frank Campanelli ?

7

Cela faisait plus d'un an que des tueurs avaient été engagés pour assassiner Stacy Kozminski-Payne, mais c'était fini. Il ne s'était agi que d'une confusion d'identité avec le frère jumeau de son mari. Une fois l'affaire éclaircie, Stacy s'était dit qu'elle ne reverrait jamais une arme se braquer sur elle.

Elle déglutit avec difficulté. C'était son propre frère qui tenait le pistolet. Elle savait qu'il était en colère contre elle, mais…

— Bon sang, Stacy ! fit-il en baissant son arme. Je suis désolé.

Elle hocha la tête.

— Mais qu'est-ce que tu fiches ici ? Comment es-tu entrée ?

L'irritation la gagna. Garek et lui pensaient être les seuls à qui leur père avait transmis le savoir-faire familial. Or il lui avait également montré comment forcer une serrure. Cela dit, elle n'était pas aussi douée qu'eux, car eux n'auraient pas déclenché l'alarme. Elle exhiba son kit de cambrioleur avant de le laisser tomber dans son sac.

— Tu as de la chance que je ne t'aie pas tiré dessus ! reprit-il en rengainant son arme.

Il ne portait que son holster d'épaule, pas de chemise, et il semblait avoir enfilé son pantalon à la hâte, sans s'être donné le temps de le fermer.

Elle porta son regard au-delà de lui, vers la chambre. Une femme se tenait sur le seuil, ses cheveux bruns emmêlés retombant autour de son visage. Un visage qu'elle n'aurait jamais cru revoir.

Un visage qui était aussi pâle de frayeur.

Stacy éprouva un pincement de culpabilité. Elle n'aurait peut-être pas dû s'introduire chez Milek de cette manière. Son mari ne savait même pas qu'elle était là. Il était avec Garek et Candace, essayant de retrouver la trace de Rus pour qu'il leur explique ce qu'il se passait.

— J'ai appelé, dit-elle. En fait, je n'ai pas cessé de téléphoner, mais tu ne répondais pas.

Soudain, elle fut submergée par les émotions qui l'avaient saisie quand son mari lui avait parlé des tombes vides. Elle avait peur, elle était en colère et désorientée.

— Et tu n'as répondu à aucun des messages que je t'ai laissés !

Milek fourragea dans ses cheveux, d'une main un peu tremblante. Manifestement, il était dans le même état qu'elle, voire pire.

De nouveau, elle contempla Amber. Son amie était habillée, mais ses vêtements étaient fripés, comme s'ils venaient d'être remis en hâte après avoir traîné sur le parquet. Puis son regard revint se poser sur Milek.

Elle se souvint de ce que Logan et elle faisaient au début de leur relation. Mais Milek et Amber n'étaient pas ensemble. Après leur rupture, des années plus tôt, ils ne s'étaient plus revus.

Elle avait envie de savoir, de leur poser un millier de questions. Mais c'était son chagrin qui l'avait poussée à s'introduire par effraction dans l'appartement. Contrairement à ceux qui pensaient que Milek s'était enfui avec Amber et Michael, elle savait qu'il rentrerait chez lui.

Tout comme il l'avait fait quand Garek s'était trouvé en danger…

Si ses frères et elle avaient appris quelque chose des épreuves qu'ils avaient traversées, c'était que la sécurité venait du nombre. Leur famille était plus forte quand elle s'unissait.

Si seulement Amber avait compris cela au lieu de partir de son côté, au lieu de leur laisser croire au pire…

Elle devait avoir mal interprété l'état des relations entre Milek et Amber. Amber s'était peut-être endormie tout habillée, et Milek avait dû prendre une douche. Cependant, ses cheveux n'étaient pas mouillés…

Ils ne pouvaient avoir fait l'amour ! Elle doutait que Milek pardonne un jour à Amber de lui avoir laissé croire qu'elle et son fils étaient morts. Elle-même n'était pas certaine de pouvoir lui pardonner cela, bien qu'Amber soit sa meilleure amie.

— Tata Stacy !

Le cri résonna dans le couloir qui menait aux chambres. Le petit garçon courut vers elle dans un claquement de pieds nus et se suspendit à son cou.

— Tata Stacy ! Tu m'as manqué !

Des larmes lui picotèrent les yeux.

— Tu m'as manqué aussi, chéri.

Tellement manqué !

— Elle me déteste, dit Amber.

Pourtant, elle n'en voulait pas à Stacy. Elle se détestait elle-même pour lui avoir fait subir cela. Stacy avait à peine réussi à la regarder en face.

Mais Amber non plus ne pouvait se regarder en face. Pas après ce qu'elle avait fait avec Milek. Qu'est-ce qui lui avait pris ?

Elle n'avait pas réfléchi. Seulement senti et ressenti. Le désir… le besoin de lui.

Elle s'était retrouvée tellement seule l'année précédente, tellement isolée. Peut-être était-ce tout ce dont elle avait besoin : du contact, de la chaleur humaine. Elle ne s'était jamais sentie aussi proche de quelqu'un que de Milek, quand ils avaient fait l'amour.

Mais elle ne pensait pas qu'il ait éprouvé la même chose. Il ne s'était pas donné entièrement. Elle pouvait comprendre qu'il lui en veuille d'avoir feint sa mort, et elle soupçonnait qu'il ne se serait de toute façon pas livré corps et âme.

Depuis que Stacy avait quitté l'appartement après avoir bordé Michael, il ne lui avait plus adressé la parole. Il était resté au téléphone, répondant aux messages que lui avaient laissés les membres de l'agence.

— Tu penses aussi qu'elle me déteste, conclut-elle.

C'était sans doute pour cela qu'il ne disait rien, parce qu'il ne voulait pas confirmer ses craintes.

Entre-temps, il avait raccroché, si bien qu'il devait l'avoir entendue, mais il ne lui prêtait guère attention. Il s'était habillé et, maintenant, enfilait son blouson de cuir.

— Où vas-tu ? lui demanda-t-elle, le cœur serré.

— Je dois aller voir Rus.

Elle secoua la tête.

— Tu ne peux pas lui faire confiance.

Elle-même ne savait plus vraiment à qui elle pouvait se fier. Ç'avait été une mauvaise idée de revenir à River City, pour un tas de raisons, et une idée plus mauvaise encore de faire l'amour avec lui.

— Il faut que je lui parle, dit Milek. Je crois que j'ai touché Campanelli sur le parking de l'hôtel.

Elle laissa échapper un soupir frémissant.

— Alors, c'est fini ?

— Pas tant que nous n'aurons pas découvert qui l'a engagé.

Elle le savait, bien sûr. L'homme qui avait abattu Gregory et qui essayait de la tuer ne faisait que son travail, un travail pour lequel quelqu'un l'avait payé. Mais qui ?

Au cours de l'année qui s'était écoulée, elle avait passé beaucoup de temps à se pencher sur de vieilles affaires, essayant de trouver des suspects sur lesquels Rus pourrait enquêter. Mais avait-il vraiment fait des recherches sur les gens qu'elle lui avait signalés ?

Elle saisit le bras de Milek. Ses muscles étaient durs comme de la pierre.

— S'il te plaît…

— Tu es en sécurité, ici, lui dit-il.

Elle était effrayée à l'idée de rester seule dans l'appartement. Davantage pour son fils que pour elle. Parce que quelqu'un voulait sa mort, Michael était lui aussi en danger, bien qu'il ne soit qu'un enfant innocent.

— Comment peux-tu dire ça ? Stacy vient de nous prouver que l'on pouvait entrer !

— Je ne te laisse pas seule.

Le panneau de contrôle du système d'alarme émit un petit bruit. La lourde porte métallique coulissa, et Garek Kozminski entra.

Comme Milek, Garek avait changé, en un an. Il était plus musclé, mais il y avait autre chose. Il rayonnait d'un bonheur que même ses soucis actuels ne parvenaient pas à estomper. C'est alors qu'elle remarqua l'alliance à son doigt.

Garek, l'incarnation du play-boy, s'était marié ? Elle ne pouvait y croire. Milek s'était fiancé avant Stacy et lui, mais il était désormais le seul célibataire.

Garek lui jeta un bref coup d'œil avant de s'adresser à son frère.

— Il me semble que tu me dois pas mal d'explications.

C'était elle qui avait causé tous ces problèmes, pas Milek.

Elle ouvrit la bouche pour le défendre, mais il répondit avant elle.

— Je t'ai demandé de venir pour gagner du temps, dit-il à son frère. Maintenant, je dois aller voir si Rus a découvert du neuf.

— Propose-lui de venir aussi, suggéra Garek.

— Non !

Le mot avait échappé à Amber. Elle ne voulait pas voir Rus, pas tant qu'elle ne serait pas certaine qu'il ne l'avait pas trahie.

— Et tu ne devrais pas y aller seul, ajouta-t-elle.

— Je pense que tu as tort à propos de Rus, lui dit Milek en secouant la tête.

Garek acquiesça.

— Nick est un type bien.

Les Kozminski lui faisaient sans doute confiance parce qu'il était apparenté aux Payne, mais il n'avait pas été élevé avec eux. Il n'était apparu à River City que juste avant la mort de Gregory. Etait-ce réellement une coïncidence ?

— Tout ira bien, assura Milek.

Elle se demanda s'il disait cela pour son frère ou pour elle. Malgré son bonheur évident, Garek paraissait soucieux.

Milek s'approcha d'elle et leva la main comme pour lui caresser le visage. Puis il changea d'avis et la fourra dans sa poche.

— Tu es en sécurité ici, dit-il.

Michael et elle étaient peut-être en sécurité. Mais lui ?

Milek attendit que la porte de l'appartement se soit refermée derrière lui pour souffler. Son haleine forma un petit nuage blanc devant ses yeux. La nuit était froide ; une mince couche de gel faisait scintiller le sol et toutes les surfaces.

Il n'y avait pas de jardins, dans ce vieux quartier industriel de River City où il s'était installé. Où un petit garçon aurait-il pu jouer ?

Non qu'il soit allé s'amuser dehors, pas alors que quelqu'un voulait la mort de sa mère. On aurait pu utiliser le petit pour parvenir jusqu'à elle, l'obliger à abandonner la protection qu'il lui assurait…

Il ne l'avait pourtant pas bien protégée. Il avait eu une chance incroyable que Stacy soit entrée par effraction, et non Campanelli.

Peut-être le tueur était-il déjà hors d'état de nuire. Il n'avait pas pu le manquer après l'avoir autant approché. Il se savait bon tireur.

Mais même s'il avait abattu le Fantôme, il y en aurait d'autres pour finir le travail. Quelqu'un voulait la mort d'Amber et, pour assurer sa sécurité, c'était ce quelqu'un qu'il devait éliminer.

Il leva les yeux vers le ciel où le jour commençait à peine à poindre, et remonta le col de son blouson pour se protéger de la morsure du vent. L'hiver s'attardait sur le Michigan comme un invité indésirable.

Bien que Garek ait vécu un temps avec lui, Milek n'avait jamais eu d'invités à long terme jusqu'à ce jour.

Amber n'était toutefois pas une invitée indésirable. Au contraire, elle était désirée. Trop désirée.

Quand elle avait exprimé sa peine que Stacy refuse de lui parler, il avait eu envie de la consoler. Il s'en était abstenu, car il savait ce qui arriverait s'il la touchait de nouveau.

Garek avait raison. Il aurait pu demander à Rus de venir, il aurait même pu l'appeler. Mais il avait eu envie de mettre un peu de distance entre Amber et lui, surtout après ce qu'il s'était passé entre eux.

Il avait besoin de se reprendre, de se rappeler toutes les raisons qui les empêchaient d'être ensemble.

Il ne devait pas être égoïste, mais faire ce qui était le

mieux pour elle. Et, pour l'instant, cela consistait à veiller à ce que Michael et elle restent en vie.

Le pick-up cabossé qu'il avait rapporté du nord était dans le garage, à l'arrière de l'entrepôt. Il s'en servirait pour emmener Amber et Michael. Il y avait d'autres véhicules stationnés, mais il décida de prendre celui de Garek. Le 4x4 noir était rangé le long du trottoir et le moteur déjà chaud. Il tapa le code pour déverrouiller les portières et prit place au volant.

La clé se trouvait sous le siège ; il mit le contact et démarra.

Avec son col relevé, peut-être le prendrait-on pour Garek. Ils n'étaient pas jumeaux, mais se ressemblaient assez pour qu'on puisse les confondre, et il ne doutait pas qu'on l'observait. Il le sentait, tout comme il avait détecté la présence de Campanelli dans le parking de l'hôtel.

Il se pouvait que ce soit lui. Après tout, il lui avait dit son nom. Il n'était toutefois pas facile de remonter sa trace jusqu'à l'appartement. L'acte de propriété portait le nom dont il se servait pour signer ses peintures, Koz. Campanelli avait cependant les mêmes contacts que Garek et lui ; peut-être avait-il trouvé quelqu'un qui savait où il vivait.

Mais était-il toujours en vie ?

Il n'avait pas vu son corps. Cela ne voulait pas dire qu'il avait survécu à la fusillade ; il pouvait très bien avoir succombé à ses blessures plus tard.

Cela dit, il espérait que non. Il était préoccupé par l'idée que la seule manière d'apprendre qui l'avait engagé était de la bouche même de Campanelli. Il valait donc mieux qu'il ne soit pas mort. Pas encore…

Il jeta un coup d'œil au rétroviseur et remarqua des phares derrière lui. Il était trop tôt pour qu'il y ait beaucoup de circulation, surtout dans ce quartier. Son loft était l'un des rares bâtiments occupés.

Son instinct se révélait bon, une fois de plus. Quelqu'un le suivait. Il pouvait s'agir de n'importe qui, un membre de la famille, par exemple. Quand il avait répondu à leurs messages, ils avaient tous exprimé la même inquiétude, pas seulement pour Amber et le petit, mais aussi pour lui. Ils craignaient qu'il ne soit blessé.

C'était pour cette raison que Stacy s'était montrée si froide avec Amber, parce qu'elle aimait ses frères. Il devait lui dire la vérité : il avait toujours su que le petit garçon était de lui. En plus de pleurer sa meilleure amie, Stacy avait eu mauvaise conscience de lui taire ce secret.

Apparemment, Amber lui avait dit qu'elle ne voulait pas que Milek revienne parce qu'elle était enceinte, mais parce qu'il l'aimait. Alors, elle avait fait jurer à Stacy de garder le secret. Or c'était un mensonge. Elle lui avait bien dit qu'elle attendait un enfant, et il l'avait rejetée.

Avait-elle menti par fierté ? Pour le protéger ?

Si sa famille apprenait qu'il n'avait pas reconnu son enfant, ils ne comprendraient pas. Ils ne savaient pas ce dont il était capable, ils ne connaissaient pas sa noirceur, cette colère qu'il avait parfois du mal à contenir.

La colère qui montait en lui tandis qu'il voyait les phares se rapprocher. N'importe quel membre de Payne Protection aurait fait mieux. Il ne les aurait pas remarqués si vite, et ils ne se seraient pas approchés autant.

Tout à coup, la camionnette qui le suivait accéléra et vint heurter son pare-chocs arrière. La ceinture de sécurité lui scia le torse et il jura.

Il était seul. On l'avait sûrement vu monter seul en voiture, et c'était Amber que Campanelli voulait, pas lui.

A moins qu'il ne se soit dit qu'il devait d'abord se débarrasser de lui pour pouvoir s'en prendre à elle…

Pas faux. La seule façon d'atteindre Amber était de l'éliminer, lui, d'abord.

Sans ralentir, il s'engagea brusquement dans une rue

perpendiculaire. Il y eut un crissement de pneus aigu quand l'autre véhicule l'imita.

Milek connaissait parfaitement le quartier, il pouvait le semer sans problème. Il préférait néanmoins inverser la situation. Il prit donc un nouveau virage dans une impasse d'où il savait pouvoir s'échapper à pied — une fois qu'il aurait dévisagé, et peut-être abattu, celui qui le suivait.

Il venait juste d'ouvrir sa portière quand la camionnette s'engagea dans l'impasse, l'aveuglant de ses phares. Avant qu'il ait pu faire un mouvement de plus, il entendit la portière s'ouvrir, puis des détonations en rafale.

Si c'était Frank Campanelli, il n'avait pas son silencieux, cette fois. Il s'était muni d'une mitraillette et les balles étaient si nombreuses que Milek sut qu'au moins l'une d'elles allait l'atteindre.

Pouvait-il s'en sortir ou allait-il laisser Amber et leur fils sans protection, sans même avoir pu leur dire qu'il les aimait ?

8

Elle aurait pu retourner se coucher. Après cette soirée mouvementée, Michael allait sûrement faire la grasse matinée et l'aube pointait à peine. Mais Amber savait que le sommeil la fuirait, et elle n'avait pas envie d'aller s'allonger dans la chambre de Milek sous les yeux de Garek, qui montait la garde d'un air stoïque. Même s'il n'avait rien dit jusque-là, il ne manquerait pas de faire une remarque qu'elle n'avait pas la moindre envie d'entendre.

Elle s'occupa donc dans la cuisine, bien qu'il n'y ait pas grand-chose à faire. Le réfrigérateur et les placards étaient presque vides. Sans doute Milek ne passait-il pas beaucoup de temps chez lui. Il y avait cependant du café, et elle en prépara. Ayant déniché également de la farine et du sucre, elle se mit en devoir de faire un gâteau. La pâtisserie était devenue une thérapie pour elle, à la grande joie de Michael et à son propre désespoir. Elle avait pris plusieurs kilos, mais Milek n'avait pas paru s'en formaliser…

Au souvenir de ses caresses, elle sentit sa peau se réchauffer et picoter. Ses baisers…

Elle avait essayé de s'en convaincre : faire l'amour avec lui était une folie. Désormais, elle ne pouvait plus se mentir et se dire que ce n'était pas si bien que ça entre eux…

C'était mieux que bien ; c'était extraordinaire. Et elle allait avoir d'autant plus de difficultés à lutter contre son désir. Peut-être était-ce pour cette raison que Milek était parti, parce qu'il ressentait la même chose.

A cette heure matinale, Rus ne pouvait être déjà à son bureau. Alors, où Milek avait-il bien pu aller ?

Un « bip » retentit et elle jeta un coup d'œil au four, mais il n'avait pas fini de préchauffer. Elle entendit alors la voix de Garek et comprit qu'il avait un appel.

— Salut…

Ce simple mot reflétait le bonheur qu'elle avait vu dans ses yeux. Elle fut certaine que c'était sa femme qui l'appelait, jusqu'à ce qu'il se mette à jurer.

— Non ! Oh ! Bon Dieu, non !

L'autre raison qui l'avait empêchée d'aller se recoucher était le souci qu'elle se faisait pour Milek. Elle savait qu'il était en danger. Avant même de poser la question, elle comprit que ses pires craintes venaient de se réaliser.

— Quoi ? Qui est-ce ?

Garek lui lança un regard glacé. Stacy ne la haïssait peut-être pas, mais lui si, cela ne faisait aucun doute. Revenant à son interlocuteur, il dit :

— Je sais que tu le feras… Je sais. Mais sois prudente. Je t'aime, tu le sais.

C'était bien sa femme, et il s'inquiétait autant pour elle qu'Amber pour Milek. Il raccrocha et pressa son téléphone dans sa main.

— Que se passe-t-il ? demanda-t-elle d'une voix creuse.

Le visage rouge de colère, il répondit :

— On vient juste d'essayer de tuer mon frère.

La panique monta en elle, mais elle se força à rester calme.

— Essayer ? Il va bien, j'espère ?

— Qu'est-ce que ça peut te faire ? rétorqua Garek sans chercher à masquer sa colère.

— Bien sûr que ça me fait quelque chose !

Plus qu'elle n'aurait voulu. Plus qu'il n'était sain pour un cœur que Milek avait déjà brisé. Mais elle ne regrettait pas d'avoir fait l'amour avec lui. Elle en était même heureuse.

Garek poussa un soupir entrecoupé et se radoucit un peu. Il avait dû percevoir l'émotion dans sa voix et voir ses yeux s'embuer de larmes.

Elle les retint et observa ce beau visage, si semblable à celui de son frère. Milek n'avait cependant jamais eu cette expression de bonheur, même quand ils étaient fiancés. Peut-être ne l'avait-il jamais vraiment aimée.

— Candace…

Malgré la tension, la voix de Garek prenait une note tendre quand il prononçait le prénom de sa femme.

— Candace suivait Milek. Quelqu'un l'a coincé dans une impasse et lui a tiré dessus. Elle essaie de le retrouver.

Amber ne put retenir ses larmes plus longtemps.

— Alors, tu ne sais pas s'il est blessé ou pire. Tu ne sais pas si…

Contournant l'îlot de la cuisine, Garek s'avança vers elle et la prit dans ses bras.

— Je sais qu'il est sain et sauf, dit-il. Il est malin et coriace. Il va s'en sortir.

Etait-ce elle qu'il voulait convaincre ou lui-même ? Rien ne prouvait que Milek s'en était tiré.

Si ce n'était pas le cas… Michael ne connaîtrait jamais son père.

Nouée par l'inquiétude qu'elle avait perçue dans la voix de son mari, Candace songea qu'elle aurait dû attendre d'en apprendre plus au sujet de Milek avant de l'appeler. Mais elle savait que Garek voulait avoir les nouvelles immédiatement, même quand elles étaient mauvaises ou incomplètes.

Elle n'avait aucune idée de ce qui s'était passé. Pourquoi Milek s'était-il engagé dans cette impasse ? Il connaissait ce quartier mieux que personne. A moins qu'il n'ait voulu piéger le tireur…

C'était aussi ce qu'elle voulait tenter. Son 4x4, criblé d'impacts de balles, était arrêté derrière la camionnette. S'étant baissée pour éviter d'être touchée, elle n'avait pas vu dans quelle direction étaient partis les deux hommes.

Son arme à la main, Candace inspecta la ruelle. Il y avait des douilles partout, mais pas de corps. Ni de sang.

Comment avaient-ils pu tirer autant de coups de feu sans que personne soit blessé ? Elle effleura son propre visage, surprise de ne pas avoir été touchée. Quand une arme apparut soudain dans son champ visuel, elle se figea et songea que cela n'allait pas tarder.

— Et merde ! fit une voix derrière elle.

Avec un soupir de soulagement, elle se retourna pour faire face à son beau-frère.

— Dieu merci, tu es sain et sauf !

Rengainant son arme, elle prit son portable.

Milek brandissait toujours son pistolet, balayant l'impasse, à l'affût du moindre mouvement. L'homme était-il toujours là, dans l'obscurité ?

Au lieu d'appeler Garek, Candace lui adressa un texto :

L'ai trouvé.

En réalité, c'était plutôt Milek qui l'avait trouvée. Il devait sans doute se cacher. Elle le passa en revue des pieds à la tête et ne constata aucune blessure. Elle écrivit donc :

Pas touché.

— Mais qu'est-ce que tu fiches ? s'exclama-t-il avec irritation.

— Je fais savoir à Garek que tu vas bien.

— Je t'ai entendue l'appeler. Tu n'aurais pas dû faire ça.

— Garek et moi, nous n'avons pas de secrets l'un pour l'autre.

— Le tireur aurait pu t'entendre. Tu ne devrais même pas être ici !

— Franchement, tu croyais qu'on allait te laisser partir sans protection ? rétorqua-t-elle.

— Bien sûr que non, fit-il en ricanant. Au début, j'ai cru que c'était l'un de vous…

Si elle n'avait été si heureuse qu'il soit indemne, elle se serait sentie insultée.

— Tu l'as vu ? demanda-t-elle.

— C'était sans doute Campanelli, répondit-il en secouant la tête.

Il regarda autour de lui, comme si le simple fait de prononcer son nom pouvait faire apparaître l'homme.

— Il faut déguerpir d'ici, dit-elle en l'entraînant vers son 4x4.

Milek désigna le pare-brise étoilé.

— T'as eu de la chance de ne pas prendre une balle.

— Il n'a tiré qu'une rafale dans ma direction, pour m'empêcher de descendre de voiture, j'imagine. C'est toi qu'il essayait de tuer.

Elle frémit en se rappelant l'échange de coups de feu.

— C'est toi qui as eu de la chance.

Milek n'avait pas l'impression d'être si chanceux que ça. S'il n'avait pas plongé derrière une benne à ordures, il aurait sans doute été tué. Et si Candace n'était pas arrivée…

Celui qui l'avait coincé dans cette impasse serait probablement resté pour s'assurer qu'il était bien mort. Et même s'il était soulagé d'avoir reçu du renfort, il était pris de remords à l'idée que Candace aurait pu y rester aussi.

Il fallait qu'il en finisse avec tout ça avant que lui ou quelqu'un d'autre se fasse tuer.

Poussant la porte du bureau de Rus, il entra et la claqua derrière lui.

— Bon sang ! s'exclama Nicholas Rus en sursautant derrière son bureau.

Il avait les cheveux ébouriffés et le menton noir de barbe. Milek comprit qu'il n'était pas rentré chez lui.

— T'as une mine à faire peur, remarqua-t-il.

— Pareil pour toi, répliqua Rus. On dirait qu'on a essayé de te tuer.

— C'est le cas, acquiesça Milek.

Il était certain que Rus en savait autant que lui là-dessus.

— Je veux que tu me dises tout ce que tu sais sur cette affaire, reprit-il. Je veux voir le rapport sur le meurtre de Schievink, et les notes que tu as prises sur la tentative de meurtre sur Amber l'année dernière.

Le fauteuil de Rus grinça quand il se renversa en arrière.

— Pourquoi ? Tu n'es pas flic.

— Je ne suis pas idiot ! rétorqua Milek. Je peux lire un rapport aussi bien que n'importe qui.

— *J'espère* que tu n'es pas idiot, répondit Rus comme s'il avait des doutes là-dessus.

Milek n'avait pas dormi, et on lui avait tiré dessus tant de fois que sa maîtrise de lui-même commençait à faiblir. Il serra les poings et faillit les brandir sous le nez de Rus.

— Fichu…

— Tu ne serais pas le seul, le coupa Rus. Moi aussi, je suis un idiot.

Maintenant, il se dénigrait…, songea Milek en soupirant.

— Campanelli est un pro. Pas la peine de battre ta coulpe pour l'avoir laissé nous suivre jusqu'à l'hôtel.

— C'est vrai, c'est un pro, convint Rus. Alors pourquoi t'a-t-il tiré dessus ?

— Parce que j'étais sur son chemin, répondit Milek en haussant les épaules.

— Amber n'était pas avec toi quand il t'a tiré dessus tout à l'heure.

— Et alors ? Où veux-tu en venir ?

Rus fourragea dans sa chevelure déjà ébouriffée. Il serrait les dents si fort qu'un muscle tressautait sur sa joue. Il désigna le portable posé sur son bureau.

— Depuis que les médias ont appris qu'Amber est en vie, c'est infernal.

— Et ?

— La procureure par intérim m'a appelé.

Milek n'en fut pas surpris. Cette femme exerçait toutes les pressions possibles pour se faire élire au poste qu'elle occupait. Elle avait sans doute voulu en apprendre davantage avant de lâcher la bombe auprès de la presse.

— Mais qu'est-ce qui t'embête ?

— Amber…, répondit Rus en jetant un dossier sur son bureau.

— Quoi, Amber ?

L'agent et elle avaient-ils eu une relation ? Etait-ce pour ça qu'elle n'était pas venue le chercher ? La jalousie lui tordit l'estomac, mais il n'avait pas le droit de réagir ainsi.

— Je ne suis pas sûr qu'elle soit bien la victime, avoua Rus.

— Tu étais là, lui rappela Milek. Tu as vu le Fantôme tirer sur sa voiture et la faire sortir de la route. Il a essayé de la tuer.

— Mais…

— Et il y a un an, l'interrompit Milek, on a relevé les empreintes de Campanelli sur une des douilles retrouvées sur la scène.

— Et ça ne te semble pas un peu trop pratique ?

Epuisé, Milek se laissa tomber dans l'un des fauteuils devant le bureau de Rus.

— Ça me semble négligent.

— Si Campanelli était négligent, il y a belle lurette qu'on lui aurait mis la main dessus.

— Arrogant, alors.

Milek pressentait que c'était plutôt le genre du Fantôme : il se croyait invincible.

— Peut-être, dit Rus à contrecœur.

Manifestement, il était d'un autre avis.

— Bon, alors quoi ? fit Milek.

— Quand Schievink a été abattu, j'ai soupçonné Amber.

— Quoi ?

— Elle aurait eu son poste jusqu'aux prochaines élections.

— Et tu penses qu'elle a engagé Campanelli pour éliminer le procureur ? s'exclama Milek avec un grand rire. Ça n'a aucun sens ! Elle a dû disparaître et a perdu tout ce qui comptait pour elle.

Tout, sauf Michael.

— Elle savait peut-être que je la soupçonnais, reprit Rus. C'est pour ça qu'elle m'a appelé quand on a lui tiré dessus.

Milek sentit son estomac se nouer.

— Donc, tu es en train de dire qu'elle a pris la fuite pour échapper aux soupçons ?

— Ça a marché.

— Mais elle n'aura plus le poste de Schievink ; elle est partie depuis trop longtemps. Alors pourquoi sortir de sa cachette maintenant ?

Rus haussa les épaules.

— Parce que Campanelli s'est retourné contre elle. Il la fait peut-être chanter.

Milek ricana.

— Tu vas vraiment trop loin. C'est ridicule ! Amber est ambitieuse, je suis bien placé pour le savoir.

C'était une des raisons pour lesquelles il avait rompu, afin que sa réputation ne nuise pas à la carrière d'Amber.

Elle serait de toute façon devenue la prochaine procureure, sans avoir besoin de tuer quiconque.

— Ce que tu suggères est absurde.

— Mais il ne s'agissait peut-être pas d'ambition, insista Rus.

— Et pour quelle autre raison aurait-elle fait tuer son patron ?

— Parce qu'elle avait une relation avec lui, dit Rus. Tout le monde était persuadé qu'ils avaient une liaison.

Même Milek…

— Elle a peut-être tué Schievink par vengeance. C'est peut-être pour ça que Campanelli essayait de t'abattre ce matin. Elle veut que tu meures aussi.

Milek laissa échapper un rire qui sonna creux à ses propres oreilles.

— Il faudra qu'elle recrute un autre tueur à gages, alors, parce que maintenant, il essaie de la tuer.

— Il essaie, souligna Rus. Mais elle n'a pas été tuée.

— Tu te trompes complètement sur elle. Elle n'aurait jamais mis la vie de Michael en danger.

— J'espère que tu as raison. Pour mon bien, mais aussi pour le tien.

— Je vais bien, assura Milek.

Rus lui lança un regard de pitié.

— J'aurais mieux fait de ne pas te dire qu'elle était en vie.

— Je l'aurais découvert tout seul, rétorqua Milek. Exactement comme les autres.

— Mais tu ne te serais pas retrouvé au milieu de cette pagaille. Tu n'aurais pas été en danger.

Peu importait quand ou comment il l'aurait découvert. S'il avait appris qu'elle était vivante, il aurait cherché à la voir.

— Et tu es en danger, insista Rus.

— Ce n'est pas la première fois.

— Campanelli ne rate jamais son coup, ajouta Rus. Jusqu'ici, personne n'a survécu à l'un de ses contrats.

Peut-être était-ce aussi pour cela qu'il se méfiait d'Amber. Milek aurait préféré qu'il garde ses doutes pour lui. Il ne croyait pas un instant qu'Amber ait pu mettre leur fils en danger, mais il n'avait pas besoin qu'on lui rappelle sa liaison avec feu son patron.

Même si la rumeur était vraie et qu'ils avaient bien eu une relation, elle n'était pas responsable de son meurtre. Si elle avait envisagé une seconde d'engager un tueur, il y serait passé cinq ans plus tôt, quand il avait rompu et refusé de reconnaître son fils.

Non. Ce n'était pas Amber qui voulait sa mort, c'était quelqu'un d'autre. Il devait aussi se protéger lui-même. Protéger sa vie… et son cœur.

9

Lui mentait-il ?

Amber regarda Garek boire une gorgée de café pour faire descendre une bouchée de gâteau.

— S'il est sain et sauf, pourquoi ne revient-il pas ? demanda-t-elle.

— Il est allé voir Rus, répondit Garek. C'est là qu'il est.

Il avait de nouveau reçu un appel. Elle avait pensé que c'était sa femme, mais peut-être était-ce Rus.

— Mais on lui a tiré dessus, lui rappela-t-elle.

— Et qui mieux que Rus pourrait prendre sa déposition ? C'est vers lui que tu t'es tournée quand on t'a tiré dessus…

— Je ne suis plus très sûre que ça ait été une bonne décision, avoua-t-elle en reposant sa tasse de café d'une main un peu tremblante.

La dernière chose dont elle avait besoin, c'était de caféine. Elle était déjà assez anxieuse comme ça.

— Votre défiance est mutuelle, apparemment, marmonna Garek.

— Quoi ?

— Il pense que tu en sais plus que tu ne le dis sur le meurtre de ton patron.

— Je lui ai raconté tout ce que je savais. Je lui ai donné une liste de suspects.

Et vu le nombre d'affaires que Gregory et elle avaient traitées, la liste était longue.

— Mais elle comportait une omission.

Elle avait oublié quelqu'un ? L'espoir monta soudain en elle. Rus avait peut-être compris qui dirigeait le tueur à distance.

— Qui ?

— Toi.

Elle se mit à rire.

— C'est ridicule ! Je n'avais aucune raison de vouloir la mort de Gregory.

Il avait été son mentor aussi bien que son patron, et il avait toujours été animé des meilleures intentions à son égard.

— Pourquoi pense-t-il ça ? Ce n'était pas le cas, il y a un an.

— Il avait déjà des soupçons, affirma Garek. Et il ne connaissait pas toute l'histoire.

— Quelle histoire ?

Elle avait raté quelque chose, quelque chose qui poussait Garek à la regarder avec colère et méfiance.

— Ta liaison avec Schievink.

Ce n'était pas la première fois qu'elle entendait cette rumeur. Chaque fois qu'un homme et une femme travaillaient ensemble, les gens spéculaient. Dans son cas, ils étaient jaloux des affaires qu'on lui avait attribuées. Or, la seule chose qu'elle avait faite pour les obtenir, c'était son travail.

Elle poussa un soupir de lassitude. Pour ce qui était de ses cancans malveillants, River City ne lui avait pas manqué.

— Je n'ai jamais eu de relation avec Gregory.

Il était vrai qu'il lui avait fait comprendre son attirance, mais elle s'était empressée de le décourager.

Elle avait eu un petit copain au lycée, puis un autre en fac de droit, mais le seul qu'elle ait jamais aimé était Milek Kozminski.

— J'ai toujours cru que c'était pour ça que Milek avait rompu, dit Garek. Parce que tu l'avais trompé avec Schievink.

Elle en resta bouche bée. Comment Milek avait-il pu croire aux rumeurs ? Elle lui avait demandé pourquoi il ne voulait plus l'épouser, mais il n'avait pas vraiment répondu. Il avait prétendu avoir commis une erreur en la demandant en mariage et lui avait fait ses excuses.

S'il avait pensé qu'elle le trompait, pourquoi s'était-il excusé ? Elle s'était dit qu'il ne l'aimait pas, qu'il ne l'avait jamais aimée.

— Je n'ai jamais trompé Milek !

Garek ne parut pas convaincu.

— Tu as de l'ambition, lui dit-il.

— Je travaille dur.

— Parfois, le travail ne suffit pour arriver où l'on veut, remarqua-t-il.

— C'est vrai, reconnut-elle.

Elle avait fait de gros efforts pour persuader Milek de s'ouvrir, et elle l'avait malgré tout perdu. Elle avait aussi beaucoup travaillé pour comprendre qui voulait sa mort, mais sans parvenir à savoir qui avait engagé Frank Campanelli.

— Donc, il était peut-être plus facile d'éliminer Schievink que d'attendre les élections pour prendre sa place…

Un courant d'air fit écho à son hoquet de surprise. Pivotant sur elle-même, elle vit Milek sur le seuil. Ses yeux argent étaient devenus gris tempête. Il paraissait furieux. Cependant, elle ignorait si cette colère était dirigée contre elle ou contre son frère.

— On s'est déjà mis d'accord, dit Chekov quand Nick s'installa sur une chaise, de l'autre côté de la table en métal. Si vous continuez à me rendre visite, agent Rus, je vais commencer à penser que vous avez le béguin pour moi.

— Je viens te voir, répondit Nick, parce que tu ne m'as pas dit tout ce que tu savais.

Chekov leva les bras aussi haut que le lui permettaient les chaînes qui le retenaient à la table.

— J'ai fait ma part de notre petit arrangement.

— Et j'ai tenu ma promesse, répliqua Nick. Ta fille bénéficie des soins nécessaires.

Il n'était pas sûr que Tori Chekov puisse être guérie. C'était une tueuse de sang-froid, et il veillerait à ce qu'elle ne soit plus jamais libre de ses mouvements.

— Donc, notre affaire est conclue.

Comme s'il était toujours le patron, Chekov leva le bras pour héler le garde et congédier Rus. Durant des années, il avait dirigé sans pitié une famille du crime organisé.

— Je pensais que tu avais changé, remarqua Nick. Que tu étais capable de bonté.

Chekov se mit à rire.

— Je ne suis ici que depuis quelques mois. Tu crois qu'on m'a déjà réformé ?

Si l'on se fiait à sa confession, Chekov était aussi dénué de scrupules que sa fille, et Nick doutait qu'il puisse changer. Sans doute avait-il perdu son temps en venant. Il se leva.

Chekov lui fit signe de se rasseoir.

— Je ne suis peut-être pas transformé, mais je commence à bien t'aimer, en fait, agent spécial Nicholas Rus.

Nick sentit son sang se figer dans ses veines. Parfois, la façon dont l'autre prononçait son nom sonnait comme une menace, bien qu'il ait promis de ne pas chercher à se venger de son arrestation. Pouvait-on se fier à la parole d'un tueur ?

— Ce doit être toutes mes visites, remarqua-t-il. Je commence à t'influencer.

Le vieux mafieux ricana.

— J'espère bien que non. Pas envie de puer comme l'un de vous.

Et peut-être était-ce pour cette raison qu'il avait refusé de parler de qui que ce soit en dehors de lui-même. Il avait avoué ses crimes, sans donner personne d'autre. Il était de la vieille école et ne voulait pas qu'on le prenne pour une balance.

— Tu m'aimes bien, malgré ma puanteur, lui rappela Nick.

— Bien aimer, c'est beaucoup dire, rétorqua Chekov. Disons que je te respecte.

Pour quelqu'un comme lui, le respect comptait plus que l'appréciation. Le respect pouvait le pousser à s'incliner devant quelqu'un qu'il haïssait par ailleurs.

— Tu es le seul qui a eu l'audace de s'attaquer à moi, poursuivit-il en riant.

— C'est Garek qui l'a fait, dit Nick, bien qu'il eût mieux fait de ne pas le lui rappeler. Les Kozminski…

— Ne sont pas dans la police, conclut le vieux mafieux. Ce sont des têtes brûlées, comme moi. Tu es le seul flic qui a eu assez d'estomac pour essayer de m'arrêter.

Même s'il prenait là des risques, Nick ne résista pas à l'envie d'ajouter :

— Je n'ai pas seulement essayé. Je l'ai fait.

Au lieu de se vexer, Chekov se remit à rire.

— Oui, c'est vrai. Tu as trouvé mon talon d'Achille.

C'est-à-dire sa fille. En réalité, c'était Garek et Candace qui avaient réussi à les mettre, elle et son père, hors d'état de nuire. Cependant, pour une raison quelconque, c'était à lui qu'on en attribuait le mérite. Chekov n'ignorait pas le rôle joué par les Kozminski. C'était sans doute pour cela que les dangers que courait Milek le laissaient de marbre.

— Qu'est-ce que tu veux pour elle ? demanda Nick.

C'était le seul motif qui pouvait pousser le vieux mafieux à parler. Il était hors de question que Tori sorte un jour de l'hôpital psychiatrique où elle était internée sous haute surveillance, mais Nick pouvait faire en sorte de lui procurer de petits privilèges.

— Ce qu'il y a de mieux.

— L'hôpital où elle est internée est le mieux coté de tous. Pour un établissement de ce genre, s'entend.

Chekov hocha la tête.

— Mais il n'a pas les meilleurs psys. Je voudrais qu'elle puisse voir quelqu'un d'autre. C'est moi qui paierai les consultations. J'ai juste besoin que tu les autorises.

— Il faudra que je vérifie les antécédents de ce type, dit Nick.

Et surtout que Chekov ne l'avait pas embauché pour faire évader sa fille.

— C'est une femme, précisa Chekov. Je crois que c'est le problème de Tori : elle n'a jamais eu de figure maternelle dans sa vie.

Nick non plus n'avait jamais eu de véritable figure maternelle. Et il n'avait pas eu de père du tout, pour autant qu'il sache, mais il n'était pas devenu un tueur pour autant. Il s'abstint toutefois de souligner ce point.

— Je me renseignerai sur elle, alors.

— Tu y penseras ?

Nick acquiesça d'un signe de tête.

— Et tu es venu me parler encore du Fantôme.

Nick hocha la tête. La dernière fois, Chekov avait consenti à lui décrire l'homme physiquement. Cela lui avait été très utile, car le seul cliché dont il disposait datait de l'adolescence du Fantôme. C'était grâce à cette description qu'il avait pu le reconnaître en le voyant suivre la voiture d'Amber.

— Tu ne le trouveras pas, l'avertit Chekov. Ce n'est pas pour rien qu'on l'appelle le Fantôme.

— Je sais où il est.

Chekov haussa un sourcil gris.

— Si c'était vrai, je ne pense pas que tu aurais pris la peine de venir me voir.

— Il est à River City.

— Il est revenu ? s'exclama le vieux mafieux.

— Il a essayé de tuer Milek Kozminski aujourd'hui.

— Milek ? fit Chekov, l'air surpris. Je comprendrais qu'on veuille abattre Garek. Mais lui…

Milek était le gentil, le meilleur des deux. Tout le monde le soupçonnait d'être un criminel, mais on l'aimait quand même.

— Tu ne sais pas pourquoi on veut le faire disparaître ?

Chekov secoua la tête. Nick lui exposa alors la théorie de Milek.

— Tu penses que Campanelli pourrait vouloir le descendre juste pour ne plus l'avoir dans les jambes ?

Cette idée fit rire Chekov.

— Le Fantôme ne tue jamais gratuitement.

C'était aussi ce que Nick pensait. Quelqu'un d'autre voulait la mort de Milek. Amber ?

— Qu'est-ce que tu sais du meurtre commandité du procureur ?

— Tu m'as déjà demandé ça.

La résolution de cette affaire était encore plus importante pour Nick que l'avait été l'arrestation de Chekov, mais le mafieux s'était montré curieusement réticent à ce sujet.

— Mais on vient de passer un marché, lui rappela-t-il.

— Et ma réponse n'a pas changé.

— Tu ne sais vraiment rien de Schievink ?

— Je n'ai pas dit ça. J'ai juste dit que je ne sais pas qui a commandité son meurtre.

Je n'ai peut-être pas posé les bonnes questions, songea Nick.

— Qu'est-ce que tu sais de Schievink ?

— C'était un homme ambitieux.

— Corrompu ?

— Ambitieux, répéta Chekov. Les hommes ambitieux font ce qu'il faut pour arriver en haut de la pyramide.

— Et Amber Talsma ? Elle est ambitieuse, elle aussi ?

Chekov haussa les épaules.

— Je te l'ai déjà dit, je ne la connais pas.

— C'était l'assistante de Schievink, insista Nick. Celle qui travaillait le plus avec lui.

La procureure intérimaire avait des doutes quant à la façon dont Amber avait obtenu les affaires les plus intéressantes.

— L'avocate rouquine ?

Nick acquiesça.

— J'ai entendu dire que Schievink se la faisait.

— Et qu'est-ce que tu as entendu dire d'autre sur elle ? Elle était corrompue ?

— S'ils étaient aussi proches que tout le monde le dit, ça devait être le cas, non ? fit Chekov. Pour quelle raison aurait-elle fait semblant de ne rien voir, sinon ?

Avec ses arguments rationnels, Milek avait failli le convaincre. Bien sûr, elle n'aurait pas mis volontairement son fils en danger. Même les hommes comme Chekov aimaient leurs enfants. Mais elle n'était pas aussi innocente que Milek le pensait. Nick avait bien fait de l'avertir.

— Tu me crois ? demanda-t-elle.

Accroupi près du lit où il venait de border son fils, Milek leva les yeux.

— Je sais que je suis son père.

Le mensonge de Gregory l'avait déstabilisé quelque temps, mais il n'avait eu qu'à jeter un coup d'œil au bébé après sa naissance pour avoir la certitude qu'il était de lui.

— Je ne parlais pas de Michael, murmura-t-elle en secouant la tête.

Il se releva en s'interdisant de caresser la tête de l'enfant pour ne pas le réveiller. La journée avait été longue pour lui : il avait renoué les liens avec sa tante Stacy, appris à connaître son oncle Garek, mais il ne savait toujours pas qui était Milek.

Il attendit d'être sorti de la chambre pour lui répondre. Epuisé par sa nuit blanche, il se laissa tomber sur le canapé. C'était là qu'il dormirait ce soir. Il ne prendrait pas le risque de refaire l'amour avec Amber.

— Il faut qu'on parle de Michael, lui dit-il.

Cela faisait cinq ans qu'ils auraient dû avoir cette conversation. Il avait eu du mal à accepter sa paternité. A l'instar de son géniteur, il ne s'estimait pas fait pour être père. Il était même pire que son père. Au moins, Patek Kozminski n'avait-il jamais tué personne, même s'il avait fait de la prison pour un crime qu'il n'avait pas commis.

— Oui, répondit Amber. Mais je veux d'abord parler de ce qu'a dit ton frère. Toi aussi, tu crois que j'ai tué Gregory ?

— Non.

Malgré les efforts de Rus, il n'avait aucun doute sur ce point. Elle le dévisagea, comme pour débusquer une ombre de suspicion chez lui.

— Mais tu penses que nous avions une liaison ?

Milek sentit son estomac se nouer sous l'effet de la jalousie qui l'avait dévoré cinq ans plus tôt.

— Oui.

— Comment peux-tu croire ça ! Toi, entre tous, tu devrais te méfier des commérages. Avec tout ce qui a été dit sur ta famille, tu devrais savoir à quoi t'en tenir.

— Je le sais. Mais je l'ai entendu de la bouche même de l'intéressé.

— Je ne t'ai jamais dit…

Elle écarquilla les yeux en comprenant ce qu'il racontait.

— Ouais, fit-il. Ce bon vieux Gregory m'a déclaré que

vous étiez amoureux, mais qu'il ne pouvait pas encore quitter sa femme.

— C'est… pour ça que tu as rompu nos fiançailles ? Comment as-tu pu croire que je te trompais ? Tu ne me connaissais donc pas ?

Si, il la connaissait, mais il se connaissait mieux encore. Et il aurait fini par lui faire du mal.

— Schievink ne me l'a dit qu'après notre rupture.

C'était alors qu'il l'avait convoqué dans sa chouette demeure pour lui montrer tout ce qu'il pouvait offrir à Amber.

— Je ne comprends pas pourquoi il t'a menti, dit-elle en fronçant les sourcils

— Il savait que j'étais au courant de ta grossesse, et il voulait me faire croire que l'enfant était de lui.

— Le salopard ! Si j'avais su ça, j'aurais bien engagé quelqu'un pour le tuer.

Sa réaction fit rire Milek. Rus ne la connaissait décidément pas.

Elle pencha la tête en fixant sur lui ses prunelles émeraude. Il était content qu'elle ait cessé de porter ses lentilles marron.

— Si j'avais voulu la mort de Schievink, je n'aurais pas attendu cinq ans, dit-il.

Il l'avait néanmoins frappé ce jour-là, et le procureur s'était servi de ce passage à l'acte pour souligner à quel point il était dangereux.

— Tu aurais dû me raconter ce qu'il t'avait dit.

— Je croyais que tu le savais.

— Tu pensais vraiment que j'avais une liaison avec lui ?

— Et pour quelle raison aurait-il menti ? rétorqua Milek. Les hommes mariés n'avouent généralement pas leurs liaisons. Alors, une liaison qu'ils n'ont pas…

Amber pâlit et se mit à trembler légèrement.

— Tu ne me crois pas.

Il ne voulait pas la croire, car il avait besoin d'une raison pour mettre de la distance entre eux, au moins sur le plan émotionnel.

— Je ne sais plus ce que je dois penser. L'année dernière, j'étais persuadé que vous étiez morts, toi et Michael. Ça aussi, c'était un mensonge.

— Tu sais bien pourquoi…

Il aurait voulu la prendre dans ses bras pour lui offrir le réconfort dont ils avaient tous deux besoin, mais il savait qu'ils finiraient par faire de nouveau l'amour.

— J'ai besoin de dormir, marmonna-t-il, davantage pour lui-même que pour elle.

— Je croyais que tu voulais parler de Michael.

C'était le cas. Il voulait décider de ce qu'ils devaient dire à leur fils. Michael ne savait visiblement pas qu'il était son père. Mais était-ce la meilleure chose à faire ?

— Non, plus tard…

— Tu es fatigué, dit-elle avec compréhension. Tu peux prendre le lit, si tu veux.

— Non. Il faut que je monte la garde, répondit-il en désignant la porte.

Frank Campanelli avait intensifié ses attaques. Il allait recommencer, aucun doute là-dessus.

Ce n'était donc pas encore cette nuit qu'il allait pouvoir dormir.

10

Toute la journée, les visiteurs se succédèrent au loft. Les Payne, les Kozminski. Ils discutaient avec Milek, jouaient avec Michael, mais prêtaient à peine attention à Amber.

Elle avait l'impression d'être morte, ou invisible. Avec un soupir, elle repoussa ces pensées. S'ils ne voulaient pas comprendre ses raisons ou, pis, s'ils pensaient qu'elle avait quelque chose à voir avec la mort de Gregory… De toute façon, elle n'avait pas besoin d'eux.

Cependant, quand la porte s'ouvrit sur Stacy, elle sentit son cœur se serrer. Logan était ses côtés, lui murmurant :

— Ce n'est pas une bonne idée. C'est trop dangereux.

— Avec tous ces gardes du corps, nous ne risquons absolument rien, lui répondit Stacy.

Et elle lui prit leur petite fille des bras.

Le plus grand regret d'Amber était de ne pas avoir accompagné Stacy durant sa grossesse, de ne pas avoir été là dans les moments de peine comme de joie. Elle était avide de voir la fille de son amie.

Le bébé était blotti dans une combinaison en peluche rose. Seul son petit visage joufflu en émergeait.

— Elle est si belle ! murmura Amber.

Durant un instant, Stacy lui sourit. Puis son sourire s'évanouit, comme si elle se rappelait qu'elle lui en voulait.

Amber pouvait supporter l'ostracisme de tous les autres, mais pas de Stacy.

— Pourquoi est-ce que tu ne me parles pas ? demanda-t-elle.

Stacy jeta un regard à son mari, comme pour le prier de voler à son secours. Il se contenta de lui reprendre le bébé.

— Je vais lui enlever sa combinaison, dit-il.

— C'est qui ? demanda Michael en sortant de sa chambre pour accueillir les nouveaux invités.

Il s'était bien acclimaté à l'appartement. Un peu trop bien, peut-être. Milek et elle n'avaient toujours pas eu de conversation à son sujet, mais Milek jouait avec lui chaque fois qu'il le pouvait, c'est-à-dire quand il n'était pas occupé à étudier de vieux rapports de police avec Logan ou Rus.

— C'est ta cousine Penny, lui dit Stacy. Tu peux aider oncle Logan à lui enlever sa combinaison.

Fasciné par ce petit paquet rose, Michael emboîta le pas à Logan.

Stacy et Amber en profitèrent pour se retirer dans la chambre à coucher. Amber ferma la porte, car elle ne voulait pas que son fils la voie pleurer. Elle avait toujours attendu qu'il dorme pour laisser libre cours à son chagrin.

— Je suis désolée, dit-elle à Stacy. J'ai cru bien faire en laissant Rus nous aider à nous faire passer pour morts.

Stacy poussa un petit soupir, mais ne dit rien.

— Mais, par-dessus tout, je suis désolée de ne pas avoir été là pour toi quand tu as eu ton bébé, poursuivit Amber.

Des larmes perlèrent dans les yeux gris de Stacy. Amber aussi sentit ses yeux s'embuer.

— Pourras-tu me pardonner un jour ?

Après l'avoir contemplée un long moment, Stacy hocha lentement la tête.

— Je crois que j'étais plus en colère contre toi quand je te croyais morte que maintenant.

Ces mots firent mal à Amber, mais elle se maîtrisa.

— J'étais en colère à cause de la situation dans laquelle tu m'avais mise, expliqua Stacy. Je m'en voulais de n'avoir rien dit de Michael à mon frère. Je n'aurais jamais dû te laisser m'obliger à faire cette promesse.

— Milek ne voulait plus de moi, lui rappela Amber. Je ne souhaitais pas me servir de ma grossesse comme d'un prétexte.

— Il n'était pas forcé de t'épouser, mais il aurait pu faire partie de la vie de Michael. Tu n'aurais pas dû le priver de cela.

— Elle ne l'a pas fait, dit Milek en entrant dans la chambre.

Avant de refermer la porte, il jeta un coup d'œil à leur fils, qui jouait sur le canapé avec sa petite cousine.

— Elle m'a dit qu'elle était enceinte, et je ne l'ai pas crue.

Stacy laissa échapper une exclamation et secoua l'épaule de son frère.

— Mais c'est horrible !

Puis elle se tourna vers Amber.

— Et toi, tu m'as menti.

— Je ne voulais pas causer de problèmes entre vous, répondit Amber, même si elle le craignait malgré tout.

Le visage sillonné de larmes, Stacy l'étreignit.

— Je suis désolée, vraiment.

— Je comprends pourquoi tu m'en veux, dit Amber en pleurant elle aussi. J'aurais été très en colère si tu m'avais fait croire que tu étais morte.

— J'aurais dû réaliser que tu ne faisais que protéger ton fils. Comme tu as protégé mon imbécile de frère.

— L'imbécile va vous laisser, dans ce cas, dit Milek en ressortant de la chambre.

— J'ai du mal à croire qu'il t'ait fait ça ! s'exclama Stacy. Qu'il ait douté de toi…

— Maintenant, je sais pourquoi, avoua Amber. Gregory lui a dit que le bébé était de lui.

Stacy jura.

— Quel salopard ! Ça ne m'étonne pas qu'il se soit fait tuer.

Amber poussa un gros soupir.

— Merci.

— Merci pour quoi ?

— Parce que tu ne penses pas que je couchais avec lui, comme tout le monde.

Stacy ricana.

— C'est sûr qu'il craquait pour toi. C'est sans doute pour ça qu'il a essayé de jeter le trouble dans l'esprit de Milek. Mais tu n'aurais jamais trompé mon frère. Tu étais trop amoureuse de lui.

Elle jeta un coup d'œil au lit et arqua un sourcil.

— Et je pense que tu l'es toujours.

— Je n'ai même plus l'impression de le connaître, dit Amber en secouant la tête. Il a changé. Ou il croit cette horrible rumeur sur Gregory et moi, ou…

— Ou quoi ?

— Il ne m'aime plus du tout.

Lui offrant l'affection et le réconfort qui lui avaient si cruellement manqué, Stacy l'étreignit.

— Tu ne l'as pas vu l'année dernière, dit-elle. Il était dévasté. Il t'aime.

— Il te l'a dit ?

Stacy se mordit la lèvre, mais ne répondit pas.

C'était un guet-apens, Milek le comprit à la seconde même où il entra dans le bureau de Rus. Celui-ci n'était pas seul. Garek était avec lui, et ils parlaient à voix basse.

Au moins Logan n'était-il pas là. Lui et Stacy étaient restés avec Amber et Michael. Sa sœur avait pardonné à sa meilleure amie. Il poussa un soupir de soulagement à l'idée que les deux femmes s'étaient réconciliées, car il savait l'importance que cela avait pour elles.

Les deux hommes levèrent les yeux.

— Tu es venu, dit Rus.

— Evidemment, répliqua Milek. Tu m'as convoqué.

— Je suis surpris que tu aies pu t'arracher à elle, remarqua Garek.

Ces mots firent ricaner Milek.

— Tu parles ! Tu ne pouvais pas laisser Candace une minute, même quand ta présence la mettait en danger.

Garek rougit. Il ne pouvait guère nier le mal qu'il avait toujours eu à s'éloigner de sa femme.

— Ta situation est différente, lança-t-il. C'est Amber qui te met en danger.

— Ce n'est pas sa faute, rétorqua Milek.

Les deux hommes le dévisagèrent.

— Vous vous trompez tous les deux, poursuivit-il. Elle n'a rien à voir avec l'assassinat de Schievink, ni avec le fait que Campanelli veuille m'abattre.

Le simple fait qu'ils puissent penser cela d'elle le dégoûtait et il ne fit pas mine de le cacher.

— C'est la meilleure amie de Stacy. Elle s'est occupée de notre sœur quand nous n'étions pas là... Tu sais bien quel genre de personne elle est, insista-t-il.

Garek fronça les sourcils d'un air perplexe.

— Mais si tu es tellement amoureux d'elle, pourquoi tu ne l'as pas épousée ?

— Ce ne sont pas tes affaires, fit Milek d'un ton tranchant.

— Bien sûr que si ! s'exclama Garek en rougissant de colère.

Son frère et sa sœur ne le comprenaient pas, songea Milek. Ils ne l'avaient jamais compris. Il se contenta de secouer la tête.

— Ma femme aussi a été en danger, l'autre soir, reprit Garek d'un ton belliqueux. Ce salopard l'a visée à travers le pare-brise. Il aurait pu la tuer.

— Elle n'aurait pas dû me suivre, remarqua Milek.

— Tu as eu de la chance qu'elle l'ait fait ! Sans ça, tu ne serais pas là pour en parler !

Il était déjà parvenu à la même conclusion. Campanelli, si c'était bien lui, aurait continué à tirer si Candace n'avait pas été là.

Ramené à plus d'humilité, il hocha la tête.

— Je sais.

Garek hocha lui aussi la tête en silence.

— Tu as découvert autre chose sur la fusillade dans l'impasse ou à l'hôtel ? demanda Milek.

— La camionnette qu'il a laissée dans l'impasse était volée, répondit Nick. L'arme aussi. Elle faisait partie d'une cargaison d'armes volées.

— A Chekov ? s'enquit Garek.

Nick acquiesça.

— On pourrait penser que Campanelli a assez de bon sens pour ne pas voler Chekov.

— Ce n'était peut-être pas lui, dans l'impasse, remarqua Milek. Tu as trouvé du sang sur le parking. Ça pouvait être quelqu'un d'autre.

— Ne te réjouis pas trop vite, intervint Garek. La dernière chose dont on a besoin, c'est d'une bande de tueurs à tes trousses, comme ce qui est arrivé à Logan et Parker l'année dernière.

— Il faut trouver qui a recruté Campanelli.

— Je t'ai passé des copies des rapports, dit Nick. Tu as découvert quelque chose ?

Milek n'avait pas envie d'admettre sa défaite, mais il ne pouvait faire autrement.

Nick soupira.

— J'ai passé toute l'année à essayer de comprendre qui l'avait engagé. Aucun des noms fournis par Amber n'a donné de piste viable.

— C'est pourquoi il faut trouver Campanelli, dit Milek. S'il a été touché, il doit se faire soigner quelque part.

— Mais où ? fit Nick. Ici ou dans le nord ?

Milek haussa les épaules.

— Aucune idée. Je sais juste qu'il faut le trouver. A ce moment-là, on pourra lui faire dire qui est son commanditaire.

Nick ricana.

— C'est un pro. Même si on l'arrête, il ne parlera pas.

— A moi, il me le dira ! lança Milek d'un ton menaçant.

Garek secoua la tête.

— La seule chose qu'il va faire, c'est te tuer.

— Il n'a pas fait d'autre tentative depuis l'autre soir, leur rappela Milek.

Bien sûr, il n'était pas ressorti. Il était resté confiné dans l'appartement avec Michael et Amber, en essayant d'ignorer son attirance pour cette dernière. Succomber au désir avait été une grosse erreur. Il n'avait pas pu dormir depuis, et ce n'était pas sa sécurité qui l'empêchait de fermer l'œil.

C'était son cœur qui l'inquiétait. Là était le vrai danger pour lui : tomber encore une fois amoureux d'elle.

Malgré le vent froid qui soufflait entre les bâtiments du centre-ville, Frank avait trop chaud. C'était dû en partie à cette fichue infection contre laquelle l'avait prévenu le Dr Gunz. Il avait dû retourner chez le toubib pour se faire faire une injection d'antibiotiques. L'infection n'était pas terminée, mais les antalgiques l'aidaient à combattre fièvre et douleur. Cela ne changeait pourtant rien à son humeur.

C'était l'autre raison pour laquelle il avait chaud. Il était furieux ! Milek Kozminski ne lui avait pas encore donné l'occasion de se venger. Il était resté terré dans sa forteresse. Jusqu'à maintenant… Et il n'était jamais vraiment seul. Il y avait toujours des gens qui le pistaient, comme cette amazone, l'autre soir, dans l'impasse. Si elle n'avait pas été là, tout serait déjà terminé.

Il avait terriblement envie d'en finir, et il se fichait de savoir qui suivait Kozminski. Il s'était débrouillé pour abattre des témoins sous le nez de shérifs ou de policiers affectés à leur protection. Un ou deux gardes du corps n'allaient donc pas l'impressionner…

Il fallait tirer le meilleur parti de l'occasion. Ignorant les élancements dans son épaule, il pressa le pas en suivant Kozminski qui venait juste de quitter le poste de police de River City. Il frémit de dégoût. C'était le dernier endroit où il avait envie d'être.

On l'avait arrêté une fois, à l'époque où il avait plus d'audace que de raison. Mais il avait acquis de l'expérience, depuis, et il ne se ferait plus prendre.

Kozminski se retourna tout à coup et regarda dans sa direction.

Il raffermit aussitôt sa prise sur la crosse de son arme. Heureusement, il avait été touché à l'épaule gauche et non à la droite. En voyant Kozminski porter la main à son holster, prêt à dégainer, il sut qu'il n'aurait qu'une seule chance.

Il devait donc réussir du premier coup. Un coup mortel.

11

Milek était absent depuis des heures. Lui était-il arrivé quelque chose ? Amber referma la porte de la chambre de son fils et revint au salon.

Stacy et Logan étaient partis peu de temps auparavant. Cooper Payne, l'ex-marine, se tenait adossé au mur près de l'entrée. Il y eut un grincement quand la porte se mit à glisser sur son rail. Cooper saisit le pistolet qu'il portait à la ceinture et le pointa sur la porte.

— Bon sang ! s'exclama Milek en entrant. T'es pas un peu nerveux ?

— J'ai appris à ne pas me fier aux apparences, répondit Cooper. Ce n'est pas parce que l'alarme ne s'est pas déclenchée que c'était forcément toi. Et tu as l'air plutôt nerveux toi-même.

Milek ne discuta pas et se contenta de hocher la tête.

— Merci pour ta vigilance, lui dit-il. Je prends le relais, maintenant.

— C'est quand tu veux…, fit Cooper en balayant ses remerciements d'un geste.

Dès qu'il fut parti, Amber posa la question qui lui brûlait les lèvres.

— Que s'est-il passé ?

Parce qu'il s'était de toute évidence passé quelque chose.

Comme Cooper l'avait remarqué, Milek était nerveux et fébrile.

— Campanelli a encore essayé de te tuer ? demanda-t-elle, le cœur serré par l'appréhension.

— Non, mais il n'était pas loin, répondit Milek en se passant la main sur la mâchoire.

— Tu l'as vu ?

— Je ne sais pas à quoi il ressemble. On n'a aucune photo de lui depuis son adolescence.

Amber frissonna.

— Alors, il aurait pu être tout près.

Cette idée la glaça et la poussa à se rapprocher de lui. Elle traversa le salon pour le rejoindre.

— Mais si c'était le cas, pourquoi n'a-t-il rien tenté contre moi ?

Il s'approcha du panneau de sécurité et pressa un bouton pour voir les images des caméras de surveillance placées autour de l'entrepôt. Il observa les écrans.

— Tu penses qu'il t'a suivi jusqu'ici ?

— Il n'en a sans doute pas besoin, dit-il en haussant les épaules.

— Tu crois qu'il sait où nous sommes ?

— Tu sais à quel point les gens sont bavards, dans cette ville. Et lui et moi, nous fréquentons le même milieu. Je suis certain qu'il connaît l'endroit où je vis, à présent.

Elle sentit son cœur battre la chamade.

— Alors, tu n'aurais pas dû nous amener ici.

Il lui désigna l'un des écrans. Elle s'approcha pour le regarder. A l'arrière du bâtiment, dans l'ombre des bennes à ordures, quelque chose bougeait.

— Il est là ! fit-elle d'une voix étranglée. Il faut partir !

— Ce n'est pas le Fantôme. Regarde encore.

Elle étudia l'ombre mouvante. Elle était longue, mais aussi fine. Le soulagement la fit frémir.

— C'est Candace.

Milek tapota un autre écran.

— Et voilà son mari, mon frangin.

— Ils nous surveillent.

— Et peut-être est-ce pour ça que le Fantôme ne m'a pas tué aujourd'hui. L'un d'entre eux a dû le suivre, dit-il.

Sans Garek et Candace, il aurait de nouveau été pris pour cible. Et, cette fois, l'assassin n'aurait pas manqué son coup.

Involontairement, elle tendit la main pour le toucher, par besoin de s'assurer qu'il était sain et sauf.

— Tu n'as rien, tu es sûr ?

Il quitta les écrans des yeux pour poser sur elle un regard brûlant.

— Non.

— Mais tu viens de dire qu'il n'a pas tiré…

— C'est toi, dit-il. C'est à cause de toi que je ne vais pas bien.

Elle comprit soudain où il était allé.

— Rus a de nouveau essayé de te convaincre que je suis dans le coup ?

Il ne chercha pas à nier et haussa seulement les épaules.

— Ce ne sont pas de vieilles rumeurs qui m'empêchent de dormir. C'est toi…

Son pouls accéléra, et soudain la main de Milek se posa sur la sienne, qu'elle avait laissée sur son bras. Du pouce, il effleura son poignet, ce qui la fit frissonner.

— Je pensais que tu veillais toutes les nuits pour nous protéger, dit-elle.

Elle n'avait pas dormi non plus, parce qu'elle pensait à lui.

Il désigna les écrans.

— Ils sont là. J'aurais pu dormir. Mais chaque fois que je fermais les yeux, je te voyais…

Ses yeux argentés lancèrent un éclair.

— … toute nue.

— Milek…

Il la souleva dans ses bras et l'emporta dans la chambre à coucher. Il était avec elle, à présent, refermant la porte derrière eux. Inclinant la tête, il l'embrassa passionnément.

Lui rendant son baiser, elle s'accrocha à lui, les bras noués autour de son cou, si bien que quand il la déposa sur le lit, elle l'entraîna avec elle. Son corps recouvrit le sien.

Elle sentit son holster appuyer sur ses côtes, et se tendit un instant, se remémorant le danger, le fait que quelqu'un souhaitait sa mort. Elle voulait seulement qu'on la désire. Non, pas « on ». Milek.

Il se dégagea de leur étreinte et, se débarrassant de son arme et de son holster, les posa sur la table de chevet pour les garder à portée de main.

Il fallait espérer qu'il n'en aurait pas besoin.

Amber ôta ses chaussures et commença à déboutonner son cardigan, mais les doigts de Milek étaient déjà là, écartant les siens. Son tricot s'ouvrit, révélant son soutien-gorge.

— Tu es si belle…

Il était si avare de mots que ses compliments la touchaient toujours. Elle sourit. C'était lui qui était beau, avec ses cheveux blonds soyeux, ses traits ciselés et ses yeux émouvants. Elle s'empressa de défaire les boutons de sa chemise.

Son corps aussi était magnifique, tout de peau douce et de muscles durs. Elle plaqua un baiser sur sa poitrine puis descendit plus bas, sur son ventre. La ceinture l'arrêta une seconde, mais elle défit la boucle.

Les mains de Milek couvrirent les siennes. Il se leva pour enlever son pantalon et son caleçon, et se tint devant elle entièrement nu. Elle s'extirpa rapidement de son jean. Elle le voulait, elle avait besoin de lui.

Même si beaucoup de monde était passé à l'appartement ces derniers jours, elle s'était sentie seule. Isolée. Parce que Milek lui manquait.

— Milek…

Son cœur vibrait de désir.

Il la toucha. Comme s'il se servait d'un pinceau, il effleura sa peau, s'attardant sur sa gorge et ses clavicules. Puis il descendit jusqu'à ses seins qu'il prit dans ses paumes, tout en caressant les mamelons du pouce.

Sentant monter le désir, elle s'arqua vers lui. Un gémissement lui échappa quand la langue de Milek s'introduisit entre ses lèvres et bougea comme pour lui donner un avant-goût du plaisir à venir.

Un plaisir que lui seul savait lui donner.

Ses doigts s'aventurèrent plus bas, au-delà du léger renflement de son ventre, vers son pubis. Il trouva son clitoris et le caressa lentement. La tension devenait insupportable. Elle approfondit leur baiser et se cramponna à ses épaules.

— Je te veux, murmura-t-elle.

Au lieu de la pénétrer, il s'écarta d'elle. Submergée par la déception, elle ferma les yeux. Un instant plus tard, elle entendit un tiroir s'ouvrir et un emballage se déchirer. Son membre se pressa ensuite contre son ventre et se déplaça plus bas, entre ses jambes, cherchant son chemin.

Elle le guida et se cambra pour le recevoir au plus profond d'elle, puis il se retira avant de revenir en elle. Il recommença, encore et encore, donnant des coups de reins de plus en plus forts.

Elle noua les jambes autour de sa taille et s'agrippa à son dos pour accompagner ses mouvements. C'était merveilleux de le sentir en elle, avec tant de vigueur et de justesse, mais la jouissance la fuyait.

Milek roula tout à coup sur le dos, afin de lui permettre de le chevaucher. A présent, elle pouvait mener la danse, une danse éperdue et frénétique. Elle replia les jambes pour qu'il aille encore plus loin en elle.

Il s'adapta à son rythme en la saisissant par les hanches

et en la guidant, jusqu'à ce que l'orgasme surgisse, si intense qu'elle laissa échapper un cri. Milek resserra son étreinte et l'attira à lui. Avec un gémissement rauque, il s'abandonna aussi au plaisir.

Repue, Amber s'effondra sur sa poitrine, qui montait et descendait au rythme de son souffle précipité.

— Ce n'était pas une mauvaise idée, après tout, murmura-t-elle.

Il lui caressa la colonne vertébrale de haut en bas sans dire un mot. Peut-être n'avait-il pas encore repris son souffle. A moins qu'il ne l'ait pas comprise car, quand il prit la parole, ce fut pour demander :

— De revenir à la maison ?

Ce n'était pas ce dont elle parlait et elle soupçonnait qu'il le savait, mais elle joua le jeu.

— La maison ? Ça ne ressemble pas à une maison.

— C'est très industriel, admit-il.

— J'aimais bien, au début. Mais la brique, le béton et l'acier ont fini par me rappeler l'endroit où vont les criminels que je faisais condamner.

Il se tendit et elle regretta immédiatement ses paroles. Lui aussi avait été incarcéré. Pendant six horribles mois.

Elle avait essayé de lui en parler une fois. Il n'était pas comme les autres ex-condamnés ; il n'avait pas juré ses grands dieux qu'il avait été victime d'une erreur judiciaire. En fait, il avait admis que cette expérience avait au moins eu un avantage : il avait pu peindre.

— Tu trouves que ma maison ressemble à une prison ?

— Seulement parce que je sais que je ne peux pas en sortir. J'ai l'impression d'y être piégée.

Mais l'était-elle réellement ? Elle releva la tête et contempla le beau visage de son amant.

— Tu es sorti, toi.

— Et j'ai failli me faire tuer, lui rappela-t-il.

— Mais Candace t'a sauvé. Et si nous sortions, ils seraient encore plus nombreux à nous protéger. Tout irait bien, insista-t-elle.

Milek secoua la tête. Il se refusait à l'envisager.

Logan avait toujours une sensation étrange en entrant dans le poste de police de River City, surtout quand, en allant voir son demi-frère, il passait devant son ancien bureau.

La porte de Nick était ouverte, comme s'il l'attendait. Peut-être était-ce le cas. Ce type semblait avoir la même capacité que Penny à toujours savoir ce qui allait se passer. Le plus bizarre étant, bien sûr, que Penny n'était pas sa mère.

— Tu as montré les rapports à Milek, déclara Logan. Pourquoi pas à moi ?

Nick ne leva pas les yeux. Il l'attendait donc bien.

— Je l'ai fait uniquement pour le mettre au courant.

— A propos d'Amber ?

Nick fit signe que oui.

— Ce n'est pas elle, le problème, répondit Logan. Tu perds ton temps à enquêter sur elle.

— Tu n'as pas lu les rapports.

— Je veux les voir pour découvrir qui est derrière l'assassinat de Schievink. Amber n'est pas une suspecte crédible.

Enfin, Nick leva les yeux et croisa son regard.

— Je peux comprendre que Milek la défende, dit-il, parce qu'il est amoureux d'elle. Mais toi ? Tu venais de la rencontrer quand elle a disparu.

— Quand tu l'as fait passer pour morte, rectifia Logan.

Il n'était pas certain de pouvoir le lui pardonner, pas après ce que Stacy avait subi.

Pour sa part, sa femme avait pardonné à Amber. A présent, elle resplendissait de bonheur et de santé. Seule son inquiétude pour son amie et son frère atténuait ce bonheur.

Logan ne pouvait le tolérer ; le jour de leur mariage, il avait juré de tout faire pour la rendre heureuse.

— Donc, tu ne la connais pas vraiment, poursuivit Nick.

— Ma femme la connaît bien, rétorqua Logan. Et j'ai appris à me fier à son jugement. Elle ne se trompe jamais.

Nick se mit à ricaner.

— C'est tout ce que tu as ? Ta femme se porte garant de son amie ? Et si elle avait tort, pour une fois ? Ça arrive à tout le monde, conclut-il en bougonnant.

Ce n'étaient pas des excuses, pas formelles en tout cas. Mais son ton exprimait son regret d'avoir causé tant d'angoisses à la famille de Logan.

— Ça s'est passé il y a un an, dit Logan, autant pour lui-même que pour Nick. Toi et moi, nous nous connaissions à peine aussi.

— C'est vrai, approuva son demi-frère.

Logan sentait toutefois que, peu importait le temps écoulé, Nick ne faisait pas confiance à grand monde. Il n'avait même pas pu se fier à sa propre mère.

Comme Amber, elle s'était cachée et avait caché son fils sous un autre nom. Amber n'était restée absente qu'un an. Nick, lui, avait vécu sa vie entière loin de sa famille.

— Maintenant, tu nous connais, reprit Logan. Tu sais que nous travaillons ensemble. Nous nous serrons les coudes.

Nick fit glisser un dossier sur le bureau. Il l'avait préparé. Indubitablement, il savait qu'il allait passer.

— J'espère que tu es aussi bon détective qu'on le dit, lança-t-il. Parce qu'il va falloir trouver une solution rapidement.

Sans cela, il serait trop tard pour tous ceux qu'aimait Logan et que Nick en était venu à apprécier aussi.

— C'est une mauvaise idée, murmura Milek.

Il ne parlait pas de faire l'amour avec elle, mais de sortir de l'appartement. Bien sûr, ils avaient des gardes du corps, qui n'essayaient même plus de passer inaperçus. Mais c'était tout de même dangereux.

Pas seulement pour Amber et lui, mais aussi pour leurs gardes du corps. Si Candace était blessée, ou pire… Garek le tuerait avant même que Campanelli le fasse.

Amber offrit son visage au soleil et gloussa de plaisir.

— C'est si bon…

Malgré le beau temps, il faisait froid dans le parc. Le vent sifflait dans les branches dénudées. Milek comprenait toutefois sa réaction. Il se souvenait de la sensation d'être emprisonné. Quand elle avait comparé l'appartement à une prison, il n'avait pas eu le cœur de la tenir enfermée plus longtemps. En dépit de ce qu'en disaient Nick et Garek, elle n'avait rien fait de mal.

— Je me sens coupable, dit-elle. Michael adorerait ce parc.

Elle fit un geste en direction des balançoires qui oscillaient dans le vent.

Il n'avait pas osé emmener Michael. C'était trop risqué. Campanelli n'était peut-être pas le seul à vouloir leur mort.

— On devrait rentrer, répondit-il.

Elle lui sourit, d'un beau sourire qui l'illumina tout entière.

— Pour revenir avec Michael ?

Il secoua la tête et répéta :

— Ce n'est pas une bonne idée.

Il l'éprouvait de nouveau, cette sensation de mauvais augure qu'il avait eue sur le parking de l'hôtel et aussi la veille, dans la rue. Il sentait la présence de Frank Campanelli. Mais les détonations éclatèrent avant même qu'il ait pu tirer son arme.

12

Les coups de feu résonnaient dans sa tête, et ses oreilles sifflaient. Amber ne pouvait s'arrêter de trembler. Milek la prit dans ses bras, comme il l'avait fait dans le parc.

— Ça va ? demanda-t-il. Tu penses que tu es en état de choc ?

Oui, elle était sous le choc, mais seulement qu'ils n'aient pas été tués.

— Et toi, ça va ? murmura-t-elle.

Elle sentit son menton se poser sur ses cheveux quand il répondit.

— Oui.

— Et les autres ?

Il poussa un grand soupir.

— Ça va aussi.

Elle se dégagea légèrement pour pouvoir le regarder.

— Personne n'a réussi à toucher Campanelli, ajouta-t-il, expliquant sa déception.

— Tu crois que c'était lui ?

— Oui, j'en suis sûr.

— Je suis désolée. Vraiment désolée…

— En dépit de ce qu'en pensent certains, je sais que ce n'est pas toi qui l'as engagé, lui assura-t-il. Alors pourquoi es-tu désolée ?

— Je n'aurais pas dû te persuader de sortir de l'appartement.

Cela lui avait plu de le convaincre, avec ses lèvres et avec ses mains. Ils avaient passé toute la nuit à faire l'amour, avant qu'il accepte finalement de sortir dans la matinée.

— Personne n'a été blessé, lui rappela-t-il.

Il resserra les bras autour d'elle, et elle posa la tête contre son torse. Son cœur battait aussi vite et aussi fort que le sien. Lui aussi était secoué.

— Mais ça aurait pu arriver.

Et elle qui avait voulu conduire Michael au parc…

Elle frémit à l'idée de ce qui aurait pu arriver à leur fils. Milek ne l'avait pas laissée voir Michael ; il l'avait emmenée directement dans sa chambre après leur retour.

— Je suis désolée, murmura-t-elle encore, en pressant ses lèvres contre le cou de Milek.

Il lui frotta le dos avant de l'écarter et de lui déposer un baiser léger sur la bouche.

— Il n'est rien arrivé, dit-il. C'est vrai, il aurait pu nous tuer, mais…

Un frisson la secoua. Ils l'avaient échappé belle !

D'une voix rauque, Milek reprit :

— Il aurait pu nous tuer. Mais il ne l'a pas fait…

— Ce qui me prend autant de temps ? répéta Frank dans le portable plaqué contre son oreille.

Il aurait eu l'occasion d'en finir, mais Kozminski n'était jamais seul. Même quand il ne protégeait pas la femme et l'enfant, il y avait toujours des gens qui surveillaient ses déplacements.

Cette fichue garde du corps était toujours là, dans les parages.

Il n'avait pas envie de la tuer, pourtant. Elle ne faisait que son boulot. Tout comme Kozminski faisait le sien, d'ailleurs…

Peut-être étaient-ce les antalgiques. Ils le calmaient et lui redonnaient la possibilité de raisonner. Il ne s'était jamais laissé aller à réagir avec ses émotions. C'était pour cela qu'il n'avait pas tiré sur Kozminski. Il n'était pas question qu'il risque sa vie en tuant quelqu'un qu'on ne lui avait pas demandé d'éliminer.

Ni qu'il risque sa liberté. Dans le parc, il était clairement en infériorité numérique. Les coups de feu ayant été tirés de loin, aucun n'avait atteint sa cible.

De toute façon, il n'avait qu'une cible, et ce n'était pas Kozminski.

— Je ne travaille pas gratis, pensa-t-il tout haut, sans y prendre garde.

Le portable lui retransmit l'indignation véhémente de son interlocuteur. Il sourit.

— Oui, je sais que vous m'avez déjà payé et que vous pensiez que le boulot était fait.

Il avait déjà doublé son commanditaire une fois, et n'osait pas recommencer. La furie de l'autre était dangereusement proche de la folie ; il lui avait déjà soutiré autant d'argent que possible.

Mais il avait une autre source possible de revenus. Il s'était suffisamment approché de Kozminski pour noter la qualité de ses vêtements. Et il avait vu son appartement. Cela avait dû coûter un paquet de convertir l'entrepôt en logement.

Comment Kozminski pouvait-il se permettre tout ça avec son salaire ? Bien sûr, il était aussi voleur…

Peut-être pourrais-je mettre ses talents à profit pour moi, songea-t-il.

Et cela pourrait aussi profiter à la femme que Kozminski aimait si visiblement qu'il ne cessait de mettre sa vie en danger pour elle.

Que Logan soit le patron de l'agence Payne n'avait jamais posé de problème à Milek. Contrairement aux frères et à la sœur de l'aîné des Payne, il n'avait jamais convoité la place. Il était devenu garde du corps parce qu'il voulait sauver au moins une vie. Non qu'elle eût pu remplacer celle qu'il avait prise, même s'il l'avait voulu…

Pourtant, en cet instant, ils se comportaient tous — même Logan — comme si c'était lui le chef. Il avait organisé la réunion chez lui, pour la bonne raison qu'il les voulait tous à proximité d'Amber et de Michael.

Et aussi parce qu'il souhaitait être près d'eux. Ils s'étaient réunis dans la chambre du petit garçon. Michael regardait un dessin animé dans le salon, si bien qu'il ne les entendrait pas. Milek ne voulait pas qu'il sache que le méchant avait encore essayé de leur faire du mal.

— Personne n'a rien vu ?

De concert avec les policiers dépêchés par Rus, les gardes du corps avaient interrogé joggeurs et promeneurs.

Ils se mirent tous à parler en même temps.

— C'était peut-être un des promeneurs de chien, dit Candace. Il y en avait un qui…

— … flirtait avec toi parce que tu es renversante. Si ça avait été lui, tu aurais vu son arme, ajouta Garek.

— J'ai trouvé son arme, disait en même temps Cooper.

— Un agent l'a emporté au commissariat de River City, conclut Parker.

Le reste de leurs paroles fut perdu pour Milek. Il essaya de démêler tout ça, mais Garek et Candace se donnaient la réplique tandis que Parker et Cooper discutaient de l'un des policiers.

Seul Logan le regardait. Il savait combien tout cela était important pour Milek, et il attendait.

Milek leva la main.

— Cooper, dit-il assez fort pour attirer l'attention de l'ex-marine. Qu'est-ce que tu peux nous dire de l'arme ?

L'intéressé haussa les épaules.

— Ce n'était pas celle qu'il aurait fallu, vu la distance d'où il tirait. J'ai trouvé les cartouches vides. S'il avait eu un fusil à lunette, il aurait pu t'abattre avant même qu'on s'aperçoive de sa présence.

Milek avait veillé à rester auprès d'Amber. Assez près pour prendre la balle si quelqu'un lui tirait dessus. Alors pourquoi n'avait-il pas été touché ?

— Ce n'était peut-être pas Campanelli, remarqua-t-il. Lui se serait servi de l'arme adéquate.

Candace hocha la tête.

— L'autre soir, dans l'impasse, il n'avait pas ce problème.

— Si c'était bien le Fantôme…

— Le policier a emporté l'arme au labo pour qu'on sache si elle provient du même lot que le fusil automatique, précisa Cooper.

— Bon, fit Milek.

Mais ce n'était pas l'arme qui allait les mener à Campanelli. Il ne l'aurait pas laissée derrière lui si cela avait pu les aider à remonter sa piste. D'un autre côté, il était assez audacieux pour interpeller l'un d'entre eux.

Il se tourna vers Candace.

— Ce type, lui dit-il, de quoi il avait l'air ?

— Cinquante ou soixante ans, taille et stature moyennes, cheveux poivre et sel, un peu dégarnis, yeux bleus…

Il avait vu des hommes de ce genre la veille.

— Aucun signe particulier ? Un tatouage ? Une cicatrice ?

Elle secoua la tête. C'était bien ainsi que le Fantôme voulait être : quelconque. Invisible.

Son portable vibra dans sa poche. Il faillit l'ignorer, mais Logan lui dit que c'était peut-être Nick.

Il n'avait pas convié à ce dernier à la réunion ; il aurait

sans doute mis la fusillade sur le dos d'Amber. Ou peut-être appelait-il pour reconnaître qu'il s'était trompé ? Il sortit son téléphone et y jeta un coup d'œil.

Numéro non identifié. Une sensation de malaise lui hérissa les poils de la nuque. Pouvait-ce être…

— C'est Nick ? demanda Logan.

Il secoua la tête et prit la communication. Il fallait qu'il sache.

— Allô ?

— Salut, Kozminski.

Son sang se figea dans ses veines quand il reconnut la voix de Campanelli.

— Salut…

— Chut ! fit Campanelli. Ne dis à personne que c'est moi.

— Pourquoi ça ?

— Parce que toi et moi, on peut mettre un terme à tout ça.

Milek couvrit l'appareil de sa main et s'adressa aux autres.

— Il faut que je prenne cet appel.

Ignorant leur étonnement, il sortit de la pièce et alla s'enfermer dans sa chambre.

— Je peux parler, maintenant, dit-il. Qu'est-ce que tu proposes ? Un duel à l'ancienne ?

— On aurait pu le faire l'autre jour, quand on est tombés nez à nez devant le poste de police.

Milek frissonna. Il avait senti qu'il était tout près d'être abattu. Mais il n'avait pas réalisé qu'il avait effectivement vu le Fantôme.

— Pourquoi tu n'as pas pressé la détente ? Trop près de la prison ?

— Tu n'étais pas seul.

— Je n'étais pas seul hier non plus, rétorqua Milek, mais tu n'as pas hésité à tirer.

— Je n'essayais pas de te tuer. Je ne faisais que vous avertir, comme le jour où j'ai tiré sur la maison de l'avocate.

— Je ne connais pas beaucoup de tueurs à gages qui prennent la peine de donner des avertissements.

Mais il ne pouvait nier que Campanelli l'avait fait. Au début, il avait pensé que les photos envoyées à Amber étaient une moquerie sadique. Mais peut-être s'agissait-il bel et bien d'une mise en garde. Peut-être ne voulait-il pas vraiment la tuer.

— La première fois que tu m'as tiré dessus, dans l'impasse, reprit-il, ça ne ressemblait pas non plus à un avertissement.

Un soupir s'éleva à l'autre bout du fil.

— Je t'en voulais.

— Tu m'en voulais ?

— Tu m'as touché, sur le parking de l'hôtel.

Il grogna comme s'il avait toujours mal.

— Je te ferais bien des excuses, fit Milek, mais ce n'étaient pas des tirs d'avertissement, ce soir-là.

Campanelli se mit à rire.

— Mais aucun ne t'a touché, toi…

— Je suis garde du corps, répondit Milek. C'est mon boulot de protéger mes clients.

Le tueur soupira de nouveau.

— Je sais. C'est pour ça que j'ai fini par me calmer. Et c'est pour ça que je n'ai pas vraiment visé ta collègue non plus.

— Je dirai à mon frère que tu ne feras pas de mal à sa femme.

Garek serait heureux de savoir que Candace était en sécurité. Mais Amber ?

Milek contempla le lit, se remémorant les gémissements sensuels d'Amber, la nuit précédente. Il ne pouvait pas la perdre.

Et Michael ne pouvait pas non plus perdre sa mère. Il était encore bien trop petit.

— Et nous savons tous les deux que l'avocate est davantage

qu'une cliente pour toi, reprit Campanelli. Le gosse te ressemble comme deux gouttes d'eau.

— C'est mon fils, dit Milek.

Cela lui fit du bien de l'affirmer.

— Donc, tu dis que ma belle-sœur n'a rien à craindre. Et, apparemment, tu ne cherches plus à me tuer. Mais Amber ?

— Ça dépend de ce que tu as à m'offrir…

Il voulait de l'argent. Evidemment. C'était tout ce qui importait à Campanelli — ses émoluments.

— Je peux te payer, répondit Milek, bien qu'il n'eût aucune idée des tarifs d'un tueur à gages. Mais ça n'empêchera pas celui qui t'a recruté de s'adresser à quelqu'un d'autre. Quelqu'un qui ne sera peut-être pas aussi raisonnable que toi.

Campanelli rit de nouveau.

— Tu veux savoir qui c'est.

— Oui.

Les tueurs à gages étaient connus pour ne jamais révéler l'identité de leurs clients. Mais ils ne prévenaient pas non plus, en général. Frank Campanelli était manifestement différent.

— Ça va te coûter cher.

Milek se fichait de savoir combien. S'il n'avait pas assez, il trouverait le reste. Il n'avait pas oublié ce que son père lui avait appris. Et la sécurité d'Amber et de Michael n'avait pas de prix.

— Je veux qu'on se rencontre, dit Campanelli.

Alors même qu'il se disait que c'était un piège, Milek se surprit à accepter.

— D'accord.

— Seul.

C'était indubitablement un piège.

Mais s'il devait payer de sa propre vie le salut d'Amber, Milek le ferait avec joie.

13

La porte se referma derrière Milek. Amber porta la main à ses lèvres. Elles picotaient encore du baiser qu'il lui avait donné, mais il ne lui avait pas dit où il partait.

Elle avait l'estomac noué. Ce baiser-là avait eu un goût si définitif qu'elle craignait que ce ne soit le dernier.

— Il t'a dit où il allait ? demanda-t-elle à Candace.

Celle-ci secoua la tête en se mordillant la lèvre inférieure. Amber n'était pas la seule que le départ de Milek rendait nerveuse. Sa nervosité fit bientôt place à la peur.

Elle se dirigea vers la porte d'entrée. Peut-être pouvait-elle encore le rattraper et le dissuader de partir. Cependant, en atteignant la porte, elle constata de nouveau qu'il n'y avait ni poignée ni bouton, seulement un panneau de contrôle. Il fallait entrer un code pour ouvrir la porte. Elle tendit la main puis s'immobilisa. Elle n'avait aucune idée de ce qu'était ce code ; Milek ne lui avait jamais dit.

Elle n'avait pas exagéré en disant qu'elle se sentait prisonnière chez lui.

— C'est quoi, le code ? demanda-t-elle à Candace. Tu le connais ? Il faut que je sorte d'ici !

— Tu n'iras nulle part. C'est trop dangereux.

— C'est dangereux pour lui aussi, répliqua Amber.

— Milek est un garde du corps. Et il est fichtrement doué. Il sait se protéger.

Mais ces mots à peine prononcés, Candace se remit à se mordiller la lèvre. Elle ne croyait pas plus à ses paroles qu'Amber elle-même.

— S'il te plaît…

— Maman, tu vas où ? demanda Michael.

Son nounours sous le bras, il courut vers elle.

— Ta maman ne va nulle part, répondit Candace pour elle. Elle s'assurait seulement que la porte était bien fermée.

— Pour que le méchant puisse pas entrer ? questionna le petit, le menton tremblant.

Amber avait cru qu'il n'avait rien entendu de leur discussion sur la fusillade, mais il devait se souvenir des fois précédentes.

Elle s'agenouilla devant son fils et le prit dans ses bras.

— Oh ! chéri…

Candace tapota la tête de Michael.

— N'aie pas peur, mon bonhomme. Le méchant n'osera pas entrer ici.

Elle fit saillir un biceps impressionnant.

— Il a trop peur de moi. Je pourrais lui botter le cul.

Michael gloussa. Se dégageant de l'étreinte d'Amber, il tendit les bras à la brune sculpturale.

Une expression de panique passa fugitivement sur le visage de Candace. Elle n'était manifestement pas à l'aise avec les enfants, même si l'instinct lui avait soufflé la meilleure manière de calmer les craintes du petit garçon. Elle le prit néanmoins dans ses bras.

Michael lui déposa un baiser mouillé sur la joue.

— Merci, tata Candy.

Candace écarquilla ses yeux bleus.

— Tata Candy ?

— Tu dois l'appeler tante Candace, dit Amber à son fils en riant sous cape.

Michael fronça les sourcils, l'air confus.

— Mais c'est comme ça que tonton Garek m'a dit de l'appeler.

Candace se mit à rire.

— Evidemment !

Elle n'était pas irritée, l'amour brillait dans ses yeux.

Amber lui enviait cet amour, un amour visiblement réciproque. Elle avait toujours du mal à croire que Garek, ce play-boy invétéré, soit tombé amoureux, mais on ne pouvait nier les sentiments qu'il éprouvait envers sa femme.

Milek ressentait-il la même chose pour elle ? Quelque chose de plus profond que le désir ?

— Tata Candy, tu veux colorier avec moi ? demanda Michael.

Il adorait peindre et dessiner. Il avait hérité de la passion de son père, car Amber n'avait aucun talent artistique.

Candace eut de nouveau l'air un peu effrayée, mais elle hocha la tête.

— Bien sûr.

Pivotant sur lui-même, le petit garçon courut vers l'ancienne chambre de son père, qui était à présent la sienne. Quand ils seraient en sécurité, si cela arrivait un jour, Amber se demandait comment Michael vivrait le fait de devoir quitter l'appartement et Milek.

Parce qu'une fois qu'ils seraient hors de danger, ils ne pourraient pas rester chez lui.

— Ne t'inquiète pas, dit Candace.

Comme elle avait tapoté la tête de Michael, elle tapotait à présent l'épaule d'Amber.

— Il n'est pas tout seul.

Un soupir de soulagement lui échappa.

— C'est vrai… Lui aussi, il a des gardes du corps.

— Garek veillera sur lui. C'est le meilleur de tous, lui assura Candace avec un respect évident pour son mari.

Vu le nombre de fois où Milek l'avait sauvée, Amber aurait

pu argumenter avec elle, mais elle se contenta de hocher la tête. Garek protégerait son frère, elle le savait, mais la peur et la tension ne décrurent pourtant pas.

— Tu peux l'appeler ? Lui demander où est allé Milek ?

Elle avait besoin de savoir.

Candace dut le comprendre, car elle prit son portable et pressa une touche. La voix de Garek résonna sur la ligne avec une note de panique.

— Chérie, je ne peux pas te parler maintenant. Je crois que je l'ai perdu.

Amber sentit son cœur se serrer de frayeur.

— Milek ? fit-elle, le souffle coupé. Il a perdu Milek ?

Ainsi, il était bien tout seul, sans protection.

Garek n'avait jamais été aussi en colère après son frère. Qu'est-ce qui lui avait pris ? Et comment diable avait-il fait pour le semer ?

C'était sa faute, il n'aurait pas dû le former si bien. Il entra dans l'agence et claqua la porte derrière lui.

Assise à son bureau, Nikki leva les yeux.

— Qu'est-ce qui ne va pas ?

— Milek…

Elle se renversa sur sa chaise.

— Tu l'as perdu ?

Il hocha la tête d'un air furieux.

— Logan est parti, dit-elle. Je suis seule ici.

— Tant mieux. Tu vas m'aider à le retrouver.

Les yeux bruns de Nikki s'illuminèrent. Elle ne ressemblait pas à ses frères, mais à sa mère, Penny. Peut-être était-ce pour cette raison que Logan se montrait si protecteur envers elle, parce qu'il n'avait pas réussi à protéger sa mère de la souffrance et du chagrin.

— Moi ? fit-elle avant de hocher la tête en hâte. Bien sûr. Si j'étais allée à la réunion…

Mais elle n'était pas dans le parc durant la fusillade, et Milek ne l'avait pas convoquée. De toute façon, elle n'aurait jamais pu y être. Logan écartait férocement sa sœur de toutes les missions dangereuses.

— Ce que tu fais est plus important, lui dit Garek. Je voudrais que tu traces son téléphone.

Les doigts de Nikki tapèrent furieusement sur le clavier. Non seulement elle était douée, mais elle était aussi rapide. Elle secoua la tête.

— Il est éteint.

— Tu peux le rallumer à distance ?

Elle tapa de nouveau quelque chose et fit un geste de dénégation.

— Il a dû enlever la batterie. Je ne vois pas son GPS.

— Bon sang !

— Mais j'ai fait ce que tu m'as demandé la dernière fois, ajouta-t-elle.

Il s'était passé tant de choses récemment, avec la réapparition d'Amber et de son fils, qu'il ne pouvait se rappeler ce qu'il lui avait demandé.

— J'ai mis son téléphone sur écoute, précisa-t-elle en souriant.

Garek sentit son cœur se gonfler, et il contourna précipitamment le bureau pour l'étreindre.

— Si je n'aimais pas autant ma femme, je t'embrasserais !

Cela fit frémir Nikki.

— Et Candace nous tuerait tous les deux.

Il rit, mais elle n'avait pas tort.

— Qu'est-ce que tu veux écouter ? lui demanda-t-elle.

— Hier soir. Il a eu un appel pendant la réunion et, après, il est devenu bizarre.

Les doigts de Nikki volèrent de nouveau sur le clavier.

Elle fit apparaître une fenêtre ressemblant à un écran d'électrocardiogramme. Mais quand elle pressa une touche, la voix de Milek résonna.

Garek n'avait jamais entendu la voix de son interlocuteur, mais il comprit immédiatement de qui il s'agissait.

— L'ordure…

Le tueur à gages avait appelé Milek, sans doute pour passer un marché. Mais Garek ne lui faisait pas confiance. Campanelli ne voulait pas seulement l'argent de son frère, il voulait aussi sa vie. Et Milek était seul dehors, sans protection.

— Bon sang ! jura-t-il.

Il se rua en direction de la sortie en lançant :

— Appelle Rus. Fais-lui écouter ça.

— Mais les écoutes, c'est illégal, protesta Nikki.

— Il ne dira rien.

Même si elle-même refusait de reconnaître leurs liens, Nick la considérait comme une sœur.

— Appelle-le !

Il s'arrêta un instant pour se tourner vers elle et ajouter :

— Et merci.

Elle avait peut-être sauvé la vie de son frère. S'il arrivait à temps…

Milek avait apporté tout l'argent qu'il avait pu rassembler, mais pas autant que ce que voulait le tueur. Serait-ce assez pour qu'il lui révèle l'identité de son commanditaire ?

Peut-être cela n'avait-il aucune importance. La seule intention de Campanelli était peut-être de le tuer. Il était prêt à affronter ce risque. L'arme au poing, il s'engagea dans l'allée menant au night-club.

Le club avait fermé quelques mois plus tôt, quand Viktor Chekov avait été arrêté et sa fille envoyée en hôpital psychiatrique. Etait-il possible que ce soit l'un d'eux qui ait engagé le Fantôme pour le tuer ? Le tueur à gages avait peut-être deux clients, celui qui voulait la mort d'Amber et celui qui voulait sa mort.

Mais Chekov ne s'en serait-il pas pris d'abord à Garek, à Candace ou à Rus ? Pourquoi lui ? Son rôle dans cette affaire avait été minime.

Même si Campanelli lui avait fixé rendez-vous dans le club de Chekov, Milek était convaincu que cela n'avait rien à voir avec le mafieux emprisonné. Le meurtre de Schievink et les tentatives de meurtre sur Amber avaient d'autres causes. Il avait lu les rapports de Rus. La liste de suspects était longue, plus longue depuis que Rus avait appris la corruption de Schievink. Mais peut-être Campanelli en saurait-il davantage.

S'il était effectivement prêt à parler…

Milek tira la porte de service. Comme le tueur le lui avait dit, elle n'était pas verrouillée.

Il se prépara toutefois à essuyer des tirs. Cette fois, il ne pourrait pas se cacher derrière une benne à ordures. L'éclairage de la ruelle était faible, n'illuminant qu'une petite partie du corridor. Campanelli lui avait dit qu'il débouchait sur un escalier menant au bureau de Chekov.

Le fantôme voulait-il prendre la suite du mafieux ? Apparemment, d'autres avaient eu la même idée. Campanelli ne pourrait pas réussir ce coup sans gagner la confiance de ce qui restait de la famille Chekov. Se mettre à table ne pouvait lui gagner le respect de personne.

Seul le fait d'exécuter sa mission le pouvait.

Amber était en sécurité, se répéta Milek. Candace était avec elle dans l'appartement, tandis que Cooper et Parker gardaient les abords du bâtiment.

C'était lui qui était en danger.

Tenant fermement son arme, il se faufila dans le corridor dos au mur. Peut-être n'était-ce pas des balles qu'il devait se méfier. Si Campanelli avait été sérieusement blessé, il pouvait recourir à des explosifs.

Tout le club était peut-être piégé. Milek s'immobilisa devant une autre porte. Un panneau lumineux annonçait « ESCALIER ». Au-dessous, une petite plaque disait « PRIVÉ ».

Il retint son souffle et ouvrit doucement la porte. Rien ne se passa. Seuls ses pas se firent entendre quand il s'engagea dans l'escalier.

Le silence était de mauvais augure.

Il ouvrit la bouche pour appeler, puis se ravisa. Mieux valait ne pas annoncer son arrivée, même si Campanelli n'avait pu manquer d'entendre le grincement de la porte et des marches métalliques.

Sur le palier, il relâcha son souffle. Ce n'était pas parce qu'il n'avait pas encore sauté que tout allait bien. Le tueur pouvait avoir d'autres plans pour lui.

Il manœuvra la poignée de la porte du palier d'une main si moite qu'il dut s'y reprendre à deux fois. Encore un couloir obscur et il se trouva devant le bureau de Chekov. On avait traité beaucoup d'affaires, là-dedans. De mauvaises affaires : drogue, prostitution, meurtre…

Il poussa la porte et entra. La pièce était obscure, sans fenêtres. Il chercha l'interrupteur et l'actionna, en vain. L'électricité avait déjà été coupée.

— Campanelli ! appela-t-il. Je suis là. Je suis venu seul, comme convenu.

Ce qui était pure folie, il en prit soudain conscience.

Le tueur avait vu Candace et les autres, dans le parc. Milek avait voulu lui faire savoir qu'il n'était pas seul. Mais à présent, il l'était.

— On a fait un marché, Campanelli, reprit-il. J'ai apporté l'argent.

Serait-ce suffisant ? Où diable était ce type ?

Il avait l'impression que la pièce était vide. Aucune

respiration n'était perceptible, à part la sienne. Etait-il en avance ?

Il s'approchait du bureau, pensant qu'il serait mieux placé pour accueillir le tueur, quand son pied heurta quelque chose qui roula sur le sol. S'accroupissant, il tendit la main et la referma sur du métal. Une torche. Il l'alluma. Le faisceau se projeta sur le parquet, éclairant un corps allongé sur le dos.

L'homme fixait sur lui un regard bleu vitreux. Il avait des cheveux poivre et sel, des traits sans rien de remarquable, ainsi que Candace l'avait décrit. Pas de doute, c'était Campanelli.

Il était mort. Le Fantôme portait désormais bien son nom.

— Merde ! fit Milek.

Quelqu'un avait compris que le tueur allait dénoncer son commanditaire et avait pris Milek de vitesse.

Une porte grinça sur ses gonds quelque part, et les marches de l'escalier vibrèrent.

Il ne croyait pas aux fantômes. Ce n'était sûrement pas Campanelli qui revenait d'entre les morts. Il était beaucoup probable qu'il s'agissait de son meurtrier.

14

— Mais qu'est-ce qui t'est passé par la tête ? s'exclama Nick, les poings serrés.

Plusieurs heures après, il tremblait encore. Il avait failli abattre un homme qu'il connaissait et qu'il aimait, même s'il n'était pas sûr de lui faire confiance.

Si seulement Garek avait écouté plus tôt la conversation de Milek et Campanelli ! Peut-être seraient-ils arrivés à temps.

— Il m'est passé par la tête que j'allais mettre un terme à tout ça, répliqua Milek, le visage rouge de colère.

Lui aussi tremblait un peu, et faisait les cent pas dans le bureau.

— Alors, c'est toi qui l'as tué ? reprit Nick.

Il lui avait déjà posé la question en le trouvant en compagnie du cadavre, et il n'était pas sûr de pouvoir le lui reprocher. Cependant, Campanelli n'avait pas sorti son arme et encore moins tiré. Personne ne croirait que Milek avait agi en état de légitime défense.

— C'est toi qui l'as tué ?

— Pourquoi j'aurais fait ça ? Sa mort ne résout rien. Au contraire. Maintenant, nous ne saurons jamais qui l'a engagé.

Nick grogna d'énervement.

— C'est lui qui l'a tué, ajouta Milek. Le commanditaire. Il a compris que Campanelli allait parler.

— On verra ce que dit la balistique, fit Nick sans se compromettre.

Il avait envie de le croire, mais il se méfiait de lui.

— Elle dira que la balle qui l'a tué n'était pas à moi, conclut Milek en ouvrant la porte.

— Je l'espère. Mais jusqu'à ce qu'on en soit sûrs, tu connais la chanson…

Milek se retourna en ricanant.

— Tu veux dire que je ne peux pas quitter la ville ?

Nick hocha la tête.

— Et tu crois que je partirais en laissant Amber et Michael dans cette situation ? demanda Milek avec incrédulité. Tu crois que je les laisserais à la merci d'un assassin ?

— Non, je ne pense pas ça. Mais tu pourrais partir avec eux.

Il se fustigea mentalement de lui avoir mis cette idée en tête, mais peut-être l'avait-il déjà eue.

Quoi qu'il en soit, il ignorait ce qu'il ferait à la place de Milek et jusqu'où il irait pour protéger la femme qu'il aimait.

Et s'il avait un enfant…

Cette pensée le fit ricaner intérieurement. Aucune chance que ça arrive ! Il avait trop de mal à laisser les autres s'approcher de lui. Il repoussa le souvenir fugitif d'Annalise. Cela avait été une erreur, qui lui avait coûté une amitié.

— Fais gaffe, conseilla-t-il à Milek. Ne te mets pas en danger, ni eux avec toi.

— Je ferai ce que j'ai à faire, jeta Milek.

C'était bien ce qui inquiétait Nick.

Quelqu'un avait rapporté les affaires d'Amber et de Michael, récupérées dans le monospace accidenté. Elle avait été ravie de pouvoir en disposer. Du moins jusqu'à cet instant, où elle essayait hâtivement de les intégrer à leurs bagages.

— Qu'est-ce que tu fais ? demanda une voix grave.

Milek se tenait sur le seuil de la chambre, la mine sombre.

— Nous devons partir, dit-elle.

Il devait bien comprendre qu'ils n'étaient pas en sécurité à River City. Après ce qui venait de se passer, ils ne sauraient jamais qui avait engagé le tueur.

Il secoua la tête.

— Non. Michael et toi, vous restez. C'est moi qui vais partir.

Elle cessa de remplir la valise pour le dévisager.

— Tu penses que c'est à cause de toi que je pars ?

— Ce n'est pas moi qui ai tué Campanelli. Ce n'est pas pour ça que j'ai accepté de le voir.

— Je sais.

Il avait mis sa vie en danger pour les protéger, Michael et elle.

— Alors pourquoi fais-tu tes bagages ? lança-t-il en désignant la valise ouverte. Pourquoi veux-tu me quitter ?

— Ce n'est pas toi que je veux quitter.

Au contraire. Mais ce n'était pas le moment d'y penser ; elle avait d'autres motifs de frayeur.

— C'est River City.

— Pourquoi ?

— Parce que c'est dangereux. C'est ici que Gregory a été abattu, et c'est ici qu'on m'a tiré dessus. Et maintenant, l'homme qui était censé me tuer est mort aussi.

— La dernière fois que tu t'es enfuie, on t'a retrouvée, lui rappela Milek. Qu'est-ce qui te fait penser que ce sera différent cette fois ?

— Tu ne viens pas avec nous ? fit-elle en reprenant son souffle.

— Je ne peux pas. On m'a ordonné de ne pas quitter la ville.

— Quoi ?

— Je suis suspect du meurtre de Campanelli.

— Rus pense que tu l'as tué ?

— Je croyais que tu le pensais aussi.

Le chagrin obscurcit ses yeux argentés.

Amber fit alors ce qu'elle aurait dû faire dès qu'il était apparu : elle courut vers lui et jeta les bras autour de son cou. Elle sentit les battements sourds et rapides de son cœur.

— J'ai cru ne jamais te revoir, murmura-t-elle.

— Tu croyais que j'allais te laisser ici ?

Elle fit non de la tête.

— Quand tu m'as dit au revoir…

Sa voix s'étrangla.

— J'ai compris que tu n'étais pas sûr de revenir.

Il resserra les bras autour d'elle.

— Il fallait que je prenne ce risque. Campanelli ne m'aurait pas parlé, si je n'avais pas été seul.

— Je suis contente que tu aies trouvé son cadavre. Il aurait pu te tuer.

Et elle ignorait si elle aurait pu survivre à ça. Elle avait déjà souffert mille morts quand il avait rompu. Si elle le perdait pour toujours…

Elle avait besoin d'être tout près de lui, comme quand ils faisaient l'amour. Repoussant sa veste, elle commença à défaire les boutons de sa chemise. Elle voulait sentir sa peau contre la sienne, son cœur battre contre le sien.

Il devait ressentir la même chose, car il lui retira son pull et lui baissa son pantalon sur les cuisses. Debout devant lui, en culotte et soutien-gorge, elle frissonna dans l'air frais, mais la chaleur du regard que Milek posait sur elle la réchauffa.

Il lui inclina la tête et approcha le visage pour l'embrasser, doucement au début, puis avec plus de passion.

Garek se tenait près de la porte, comme s'il avait envie de s'esquiver.

Il était tard. Milek avait laissé Amber au lit pour accueillir son frère, mais celui-ci n'avait pas encore ouvert la bouche.

Milek jeta un coup d'œil en direction de la chambre. Amber allait-elle se réveiller et recommencer à faire ses valises ?

— Je n'ai pas le temps, dit-il. Dis-moi ce que tu veux…

— Tu m'en veux d'avoir demandé à Nikki de faire écouter ta conversation à Rus et de lui avoir parlé de ton rendez-vous.

Milek secoua la tête. Il comprenait pourquoi son frère avait mis Rus au courant, bien que Nikki n'ait sans doute pas été très contente de devoir appeler son demi-frère.

Garek l'observait.

— Alors, tu m'en veux de t'avoir mis sur écoute ?

Ce n'était pas l'unique raison, mais il y avait de cela. Il avait du mal à croire que Garek ait eu le culot d'envahir ainsi son intimité. Il savait que ses proches s'inquiétaient pour lui depuis la mort simulée d'Amber, mais ils étaient devenus encore plus nerveux quand il avait appris qu'elle et leur fils étaient en vie.

— C'était pour ton bien, reprit Garek sur la défensive. Je ne comprends pas comment tu as pu décider d'aller voir Campanelli tout seul.

— Tu n'arrives pas à croire que je t'aie semé, dit Milek avec un demi-sourire.

Il adorait prendre l'avantage sur son frère, d'autant qu'il n'en avait pas souvent l'occasion.

Garek plissa les yeux.

— Comment ça se fait que t'es devenu si bon ?

— J'ai été entraîné par le meilleur, répondit Milek.

Il aimait son frère, c'était pour ça qu'il était blessé. Pas parce que Garek avait demandé à Nikki de le mettre sur écoute, mais à cause de son expression quand il était arrivé avec Rus au night-club. Que Nick le regarde de cet air, c'était compréhensible, ce gars n'avait jamais fait confiance à personne. Mais son propre frère…

— C'est peut-être toi le meilleur, maintenant, reconnut Garek à contrecœur.

— Je n'ai pas réussi à sauver Campanelli, dit Milek en secouant la tête.

— Ce n'était pas un de tes clients. C'était un assassin.

— Tu as cru que c'était moi. Que c'était moi qui l'avais abattu.

Garek se crispa et ne répondit pas.

— Je l'ai lu dans tes yeux…

Milek avait vu la même expression sur son visage quatorze ans auparavant, quand il s'était réveillé et l'avait trouvé penché sur le cadavre de leur beau-père.

— Si tu l'avais fait, dit Garek, ça aurait été de la légitime défense. Comme la dernière fois…

Milek fit un geste de dénégation.

— Son arme était toujours dans son holster. Ça aurait été un meurtre.

— Ce type a essayé de te tuer. De tuer Amber et Michael…

— Ce n'est pas moi qui l'ai fait, affirma Milek bien que Garek ne lui ait pas posé la question.

Apparemment, il se contentait de supposer le pire.

— Tu n'as pas besoin de chercher à justifier un acte que je n'ai pas commis.

— Je suis désolé, répondit Garek.

Mais Milek balaya ses excuses d'un geste.

Il n'était pas sûr de ce qui se serait passé s'il avait trouvé Campanelli en vie, si l'argent qu'il avait apporté n'avait pas suffi pour que le tueur à gages dénonce son commanditaire.

Peut-être l'aurait-il frappé. Et la dernière fois qu'il avait frappé quelqu'un, il en était mort.

15

Logan n'avait procédé à aucun interrogatoire depuis des années, mais il sentait ses réflexes lui revenir.

Une longue pause avant la question suivante. Le regard fixe. Le visage impassible.

Ils n'étaient pas dans une salle d'interrogatoire, mais dans la salle à manger de Milek. Amber était assise face à lui, comme tant d'autres suspects quand il était inspecteur. Mais, contrairement à eux, elle savait exactement ce qu'il faisait.

— Je comprends pourquoi Stacy et toi, vous vous êtes disputés si longtemps avant d'admettre vos sentiments réciproques, dit-elle avec un léger sourire.

Ne voulant pas lui donner l'avantage, Logan réprima le sien. Sa femme était dans la chambre, en train de jouer avec Michael.

Logan lui en voulait toujours à cause de ce qu'elle avait fait traverser à Stacy. Cependant, parce qu'il était père, il comprenait qu'elle ait fait tout son possible pour protéger son fils.

— Tu es dur, Logan, reprit-elle. Et tu perds ton temps.

Mais il la protégeait, parce que Milek était parti avec son frère.

Mal à l'aise, Logan songea qu'il aimait bien ses beaux-frères, mais qu'il ne se fiait pas totalement à eux. Pouvait-il croire Milek quand il disait que Campanelli n'avait pas eu le temps de parler ? Peut-être avait-il avoué au moment de mourir.

— Je ne perds pas mon temps, répondit-il, si ça nous aide à trouver qui veut te tuer.

— Je suis sûre que Rus t'a montré la liste de suspects que je lui ai fournie. Les hommes que Gregory et moi avons fait condamner.

Logan laissa tomber son masque pour soupirer :

— Nick a passé toute l'année à tenter de trouver un lien entre le Fantôme et l'un d'eux.

— Campanelli était un professionnel. Même s'il est crédité de nombreux meurtres, on n'a jamais pu savoir qui l'avait recruté.

— J'ai pourtant essayé, marmonna Logan, se souvenant de sa plus grande déconvenue quand il était dans la police. Il y avait ce médecin, Gunz…

Amber se pencha en avant.

— Celui qui a eu un non-lieu parce que tous les témoins étaient morts ?

Il acquiesça.

— Il était poursuivi pour faute professionnelle, se rappela-t-elle. Je voulais requalifier l'accusation en homicide involontaire, parce qu'il était ivre. Il n'aurait pas dû opérer. L'anesthésiste et le chirurgien assistant allaient témoigner…

— Et on les a retrouvés morts.

— La coïncidence était trop grosse, dit-elle. C'était forcément lui.

Logan approuva de nouveau, puis quelque chose lui revint.

— Campanelli a été blessé…

— Tu veux dire qu'il a été tué, fit Amber, étonnée.

— Ce n'est pas de ça que je parle. Milek l'a touché à l'épaule, sur le parking de l'hôtel. Quelqu'un l'a recousu et pansé… Il faut que j'appelle Nick, ajouta-t-il en se levant.

Une étincelle dans ses yeux verts, Amber hocha la tête.

— J'espère que tu vas pouvoir faire le lien entre Gunz et Campanelli.

Mais ce n'était pas tout. Il était visible qu'elle souhaitait aussi être celle qui traduirait le médecin en justice.

Cependant, pour pouvoir faire cela, elle devait rester en vie.

— Ma belle-mère voudrait te voir, lui dit Stacy.

Amber savait que Penny Payne était davantage qu'une belle-mère pour son amie. Alors que tout le monde était convaincu que le père de Stacy avait assassiné le mari de Penny, celle-ci avait continué de s'occuper des enfants Kozminski. Elle était devenue la tutrice légale de Stacy, parce que leur mère n'avait jamais mérité son titre.

— J'adorerais sortir d'ici, répondit Amber en soupirant. Mais je ne pense pas qu'on me le permettra.

Jusqu'à ce que le commanditaire de son assassinat soit derrière les barreaux, c'était elle qui était prisonnière. L'appartement était agréable, mais elle avait besoin de grand air et de soleil.

Cela avait failli lui coûter cher, pourtant. Si Campanelli avait tiré de plus près, dans le parc, Milek ou l'un de ceux qu'elle en était venue à tellement apprécier aurait été tué. La famille élargie de Stacy était à présent comme la sienne.

— Personne ne te laissera sortir, en effet, confirma Stacy. Et Penny ne doit pas venir ici. Ils ne veulent pas la mettre en danger.

— Moi non plus, je ne veux mettre personne en danger, dit Amber, sentant ses yeux s'embuer. Même toi, tu n'aurais pas dû venir.

— Logan me protège, assura Stacy avec ferveur. Et il protégera aussi Michael.

— Bien sûr.

Logan traitait le petit garçon comme si c'était son fils.

— Alors, tu veux bien que je l'emmène ?

Amber eut l'impression d'avoir raté quelque chose.

— Où ça ?

— Chez Penny.

— Tu veux présenter Michael à ta belle-mère ?

Stacy sourit.

— Oui. Je suis sûre qu'elle va l'adorer. Et il pourra aussi revoir sa cousine. C'est sa grand-mère qui la garde.

La mère d'Amber avait succombé à un cancer du sein alors qu'Amber était encore en faculté de droit. Son père était mort quelques années plus tard d'une maladie de cœur, due sans doute au chagrin.

Mais Michael avait une cousine, à présent. Il avait aussi des tantes et des oncles, même s'il n'avait pas encore officiellement de père.

— Bien sûr que tu peux l'emmener, dit-elle en hochant la tête.

Michael n'était pas en danger avec sa tante. Peut-être aurait-elle dû le laisser à Stacy, l'année précédente, pour qu'elle s'occupe de lui. Il aurait été plus en sécurité avec elle qu'avec sa propre mère.

Malgré cela, le laisser partir avec tata Stacy et tonton Logan fut douloureux.

— Je peux demander à Cooper ou à Parker de monter la garde à l'intérieur, avait proposé Logan avant de s'en aller avec Michael et Stacy.

Elle avait refusé.

Pour la première fois depuis son départ de chez elle, elle était seule.

Et elle avait besoin de solitude pour penser et se souvenir. Pendant un an, elle n'avait pas pu exercer son métier d'avocate. Jusqu'à sa conversation avec Logan, un peu plus tôt, elle ne s'était pas rendu compte à quel point cela lui manquait…

Mue peut-être par cette prise de conscience, elle décida qu'il lui fallait enquêter. Non qu'elle soupçonnât Milek. Elle était convaincue qu'il n'avait rien à voir avec le meurtre de Gregory, ni avec celui de Campanelli.

Mais elle voulait fouiller l'appartement, pour tenter de découvrir les secrets qu'il lui taisait, elle en était persuadée. Pourquoi avait-il rompu leurs fiançailles, par exemple ?

Comment pouvait-il lui faire l'amour avec tant de passion, s'il ne l'aimait pas ? Il avait forcément des sentiments pour elle. Cela ne pouvait pas être à sens unique.

Elle avait passé suffisamment de temps dans la chambre pour savoir qu'elle n'y trouverait rien. Mais il y avait une autre porte dans le couloir, après celle de la chambre de Michael. On aurait dit une porte de service, sauf qu'elle ne donnait pas sur l'extérieur.

Amber s'immobilisa devant la porte en question. Le code d'accès était noté sur un Post-it collé sur le panneau de contrôle. Ce n'était pas l'écriture de Milek. Plutôt celle de Garek, rapide et agressive.

Son cœur eut un raté quand elle lut la combinaison. C'était la date du jour où Milek l'avait demandé en mariage. S'il regrettait de l'avoir fait, comme il le lui avait dit, pourquoi se servir de cette date ?

Les doigts tremblants, elle appuya sur les touches et le panneau coulissa. Une bouffée d'air froid l'assaillit. Cette partie de l'entrepôt n'avait pas été restaurée.

Elle franchit le seuil et suivit le mur d'un petit corridor à tâtons, jusqu'à ce qu'elle trouve une autre porte. Celle-ci était entrebâillée. Elle la poussa.

Le soleil se déversait par un Velux, illuminant l'espace. La poussière dansait dans la lumière. Personne n'était venu là depuis un bon bout de temps.

Cependant, elle voyait à quoi servait cette pièce. De la peinture maculait le sol en béton. Elle était sèche, tout comme celle des toiles appuyées aux murs. D'autres étaient empilées un peu partout, à l'exception d'un espace restreint où se trouvait un bureau. Quelques journaux traînaient dessus.

Elle s'en approcha pour examiner le contenu des tiroirs. De vieux reçus pour des tubes de peinture et quelques ventes de tableaux. Et un article de journal. Elle saisit le papier jauni et lut :

Les coups de pinceau et les couleurs de Koz dénotent une colère rentrée. Si cette colère était un jour libérée, elle pourrait constituer un danger pour l'artiste ou pour ses proches.

L'audace du critique la laissa bouche bée. On pouvait juger l'art, mais de quel droit jugeait-on l'artiste ?

Pourquoi Milek avait-il gardé des inepties pareilles ? Elle fouilla le reste du bureau, mais il n'y avait pas d'autres critiques — aucune de celles, en tout cas, qu'elle-même avait découpées et collées dans un cahier. Celles-là s'extasiaient sur son talent, ses couleurs, la vivacité de sa peinture.

Pourquoi garder une mauvaise critique et ignorer toutes les autres ? Elle contempla de nouveau l'article. L'auteur était-il quelqu'un que Milek connaissait ou respectait ?

Elle ne reconnut pas le nom. Mais la date si : c'était le jour où Milek avait rompu. Qu'est-ce que cela avait à voir ? Milek avait-il vraiment cru qu'il pouvait constituer un danger pour elle ?

Il y eut un grincement métallique. Sans doute le toit ou les parois…

A moins que ce ne soit le vent, dehors.

Elle frissonna, non à cause du froid qui régnait dans l'atelier, mais parce que ces bruits lui semblaient suspects.

— Campanelli devait être vraiment fauché, commenta Garek en poussant la porte du studio.

Il ne lui avait fallu que quelques instants pour crocheter la serrure.

Milek suivit son frère à l'intérieur et regarda autour de lui. L'ameublement était réduit au minimum : un lit, une table, une chaise. Campanelli n'avait manifestement pas prévu de demeurer là longtemps.

— Tu l'aurais fait ? demanda Garek.

— Tuer le toubib ?

Il ne se rappelait même pas l'avoir menacé. Cela n'aurait pas impressionné Gunz, de toute façon. Les chirurgiens se prenaient pour Dieu, en général. Il avait menacé de le dénoncer à la presse, ce qui était bien pire pour un type comme lui. Bien sûr, ils n'avaient rien de concret pour prouver que Gunz avait soigné le Fantôme. Ils n'auraient pas pu le dénoncer à la police. Mais les médias, eux, se fichaient pas mal des faits et des preuves.

— Non, fit Garek, un peu trop rapidement. Je veux dire : tu aurais volé pour donner de l'argent à Campanelli ?

Milek croisa le regard curieux de son frère et hocha la tête.

— Je suis prêt à tout pour découvrir qui veut la mort d'Amber.

De fait, les deux frères avaient fait appel à leurs anciens contacts, des relations de leur père et leur oncle, pour les interroger sur Campanelli et celui qui l'avait abattu. Gunz, lui, n'en savait guère plus ; c'était son chauffeur qui avait reconduit le tueur de sa demeure jusqu'à ce studio situé à l'autre bout de River City.

Peut-être n'y avait-il pas que des inconvénients à être un Kozminski, après tout.

— Je t'aurais aidé, dit Garek. A obtenir ce que tu voulais…

Milek pressa l'épaule de son frère.

— Mais on aurait dû le dire à Nick…

— … qu'on a repris nos anciennes activités ? demanda Milek.

Il se déplaçait dans la pièce, ouvrant les tiroirs et les placards. Garek, lui, vérifiait les endroits habituels : le réservoir de la chasse d'eau, le congélateur, le pot de farine, les boîtes de céréales…

Milek feuilleta et secoua les quelques livres des étagères, puis sortit son cran d'arrêt et se mit au travail sur le matelas.

— Qu'on a trouvé où créchait Campanelli, corrigea Garek.

— Il le découvrira bien par lui-même, fit Milek.

Mais il savait que Nick aurait voulu être le premier informé de tout nouvel élément concernant le commanditaire.

Garek se mit à rire en contemplant le chaos autour d'eux.

— Il va être furieux.

— Ouais.

Milek aussi était furieux. Ils n'avaient rien trouvé. Alors qu'il se dirigeait vers la porte, le parquet grinça sous son pied. Il s'immobilisa. Une des lames bougeait plus qu'elle n'aurait dû, et ce n'était pas seulement en raison de son ancienneté.

Son regard croisa celui de Garek, et tous deux se laissèrent tomber à genoux. Il se servit de son couteau pour soulever la lame de parquet, découvrant un coffret métallique.

La serrure de celui-ci fit rire Garek, qui la força en deux secondes. Il le tendit ensuite à Milek, qui l'ouvrit.

Un gros carnet à la couverture très usée reposait à l'intérieur. Milek l'ouvrit et le feuilleta. Il y avait des noms, des centaines de noms. Ils n'étaient pas faciles à lire, car tous avaient été soigneusement barrés.

Aucun ne lui était familier, jusqu'à ce qu'il arrive à la fin. Bien qu'il fût aussi rayé, le nom était lisible : *Procureur Gregory Schievink*. Les deux suivants, en revanche, n'étaient pas barrés.

Les voir là, inscrits avec minutie par Frank, glaça le sang de Milek. Son cœur se serra de frayeur.

Amber Talsma.

Michael Talsma.

Ce n'était pas seulement Amber qu'on voulait tuer, mais aussi son fils — leur fils.

16

Candace jeta un coup d'œil au rétroviseur. Michael croisa son regard et lui sourit.

— Coucou, tata Candy !

— Coucou, mon bonhomme.

Stacy tendit le bras et lui pressa la main.

— Merci de nous conduire chez Penny.

— Ça me fait plaisir…

— Mais ce n'était pas vraiment nécessaire, ajouta Stacy. Il n'y a pas de danger.

Candace n'en était pas aussi certaine, surtout après ce qu'elle avait vu dans le rétroviseur. Une camionnette les suivait depuis l'appartement de Milek, et la distance entre les deux véhicules diminuait. Difficile de rater cette filature, car la route menant chez Penny n'était pas aussi fréquentée que les rues de River City.

Qui cela pouvait-il être ?

Campanelli était mort. Celui qui l'avait remplacé avait peut-être confondu Stacy avec Amber. Ses mèches blondes avaient des traces de roux, et elle était aussi pulpeuse que son amie.

A moins que ce ne soit pas « un méchant », comme aurait dit Michael. C'était peut-être l'un des hommes de Rus. Il ne leur faisait peut-être plus confiance, après que Milek était allé voir Campanelli tout seul.

Aujourd'hui aussi, il était parti de son côté, mais elle savait où. Garek et elle n'avaient pas de secrets l'un pour l'autre. Il valait mieux qu'elle l'appelle pour lui dire qu'elle était suivie ; il pourrait vérifier auprès de Rus s'il s'agissait bien de l'un de ses hommes.

Mais la camionnette se rapprochait. Un agent du FBI ou un policier n'aurait pas conduit aussi vite, aussi imprudemment…

Non. C'était bien « un méchant ».

La camionnette heurta le pare-chocs du 4x4. Bien que Candace maintînt fermement le volant, leur véhicule se mit à déraper.

Fébrilement, Milek tapa la combinaison de son appartement. Il n'attendit pas que la porte ait fini de coulisser pour se faufiler à l'intérieur.

— Amber ? Amber ?

Sa voix résonna dans le salon. D'où il était, il voyait la cuisine et la salle à manger, où il n'y avait personne. Il traversa en courant le salon et passa la tête dans la chambre. Si elle avait été là, elle l'aurait entendu. Il ne fut donc pas surpris de trouver la chambre vide.

Un craquement dans le salon l'alerta.

— Amber ?

— Elle n'est pas là ? demanda Garek.

Ignorant son frère, il poursuivit son exploration du couloir. La salle de bains, la chambre de Michael… Le lit avait été fait, mais le nounours normalement posé dessus n'y était plus.

Il se rappela le soir où il l'avait trouvée en train de faire ses valises. Pourquoi avait-il cru qu'elle resterait ?

— Elle est partie…

— Non, fit Garek, Cooper dit que personne n'a quitté l'entrepôt depuis le départ de Stacy et du garçon.

— Le garçon ? répéta Milek. Tu veux dire Michael ?

Devant l'air de Garek, il sentit la terreur l'envahir.

— Il est dehors… à la merci du tueur ?

S'approchant de lui, Garek lui pressa l'épaule.

— Candace les a conduits, Stacy et lui, chez Penny. Ils sont en sécurité.

Milek l'aurait cru, lui aussi, s'il n'avait vu le carnet de Frank Campanelli.

— Et où est Amber, bon Dieu ?

— Elle est forcément ici. Cooper n'a pas pu la manquer. Il l'aurait vue, si elle était sortie de l'appartement.

— Pas de l'appartement…, murmura Milek.

— Quoi ?

— Il ne l'a pas vue sortir du bâtiment.

Le cœur battant, il se précipita vers la porte du fond. Cela faisait un an qu'il n'était pas entré dans son atelier, si bien qu'il avait oublié que Garek avait collé la combinaison sur le panneau de contrôle. Il n'avait pas besoin de la relire pour s'en souvenir : c'était la date du jour où Amber lui avait dit oui.

Qu'avait-elle pensé en le voyant ? S'en était-elle servie ?

Il aurait dû être furieux qu'elle se soit introduite dans son atelier, qu'elle se soit mise en danger en pénétrant dans la partie la moins sûre du bâtiment… mais tout ce qu'il voulait, c'était la voir.

En hâte, il composa le code. Il fallait qu'elle soit là…

Avant qu'il ait pu franchir la porte, le portable de son frère se mit à sonner. Garek fouilla dans sa poche avec un soupir de soulagement. Malgré l'assurance qu'il affichait, il s'était inquiété lui aussi.

— C'est Candace.

Il prit la communication et son expression s'assombrit en écoutant.

Manifestement, il ne s'agissait pas d'une bonne nouvelle…

La découverte du tableau lui causa un tel choc qu'elle en eut le souffle coupé. Avant de les retrouver sous leurs fausses identités, Milek n'avait pas fait mine de s'intéresser à elle ou à leur fils. Du moins était-ce ce qu'elle avait pensé.

Mais alors… Comment avait-il pu peindre un portrait aussi vivant, aussi saisissant d'eux deux ? Elle se sentit ramenée à l'époque où elle baignait dans l'odeur du talc et du shampooing pour bébé.

Elle s'était persuadée que Milek avait manqué tout ça. Elle toucha la toile, s'attendant à la trouver aussi chaude et douce que leur enfant, mais la peinture était sèche et froide.

Cette partie de l'entrepôt n'avait pas été rénovée. Les parois et le plafond étaient nus, sans isolation, et le sol en béton. C'était là qu'il travaillait, dans le froid ?

Un nouveau craquement se fit entendre, et elle se retourna. Il était là, l'observant depuis le seuil. Un petit cri lui échappa et résonna dans l'air froid tandis qu'elle plaquait une main sur son cœur.

— Tu m'as fait peur !

Il ne dit rien, se contentant de la regarder.

— Je ne savais pas que tu avais cessé de peindre, reprit-elle.

Il ne répondit pas. Peut-être se disait-il que ce n'était pas son affaire. Ils n'étaient plus ensemble ; il ne faisait que les protéger, Michael et elle.

Son silence finit toutefois par l'alarmer. Il n'était pas en colère, c'était autre chose…

— Milek ?

Son expression était aussi effrayante que son apparition soudaine. Il secoua la tête, comme s'il était trop accablé pour pouvoir prononcer un mot.

— Milek, que se passe-t-il ?

Il fallait qu'elle sache. Après un nouveau regard au portrait de leur fils, elle comprit tout à coup ce qui le mettait dans cet état. Ses genoux se dérobèrent sous elle.

Elle se serait effondrée s'il ne s'était pas précipité pour la soutenir. Il referma étroitement les bras autour d'elle.

— Dis-moi, l'implora-t-elle. Dis-moi ce qui se passe…

— Amber…

— Dis-moi ! hurla-t-elle. Dis-moi ce qui lui est arrivé !

— Il y a eu un accident…

Ses yeux étaient presque noirs, non de chagrin mais de colère.

Elle comprit que ce n'était pas un accident. Que cela ne devait rien au hasard. Michael aussi était visé, comme elle.

L'assassin avait-il réussi son coup ?

17

Penny Payne plaqua un sourire sur son visage. Elle avait l'habitude de faire semblant.

Elle avait fait semblant que tout allait bien en découvrant que son mari l'avait trompée. Elle avait ensuite fait semblant de lui pardonner bien avant d'en avoir envie et, à sa mort, elle avait fait semblant d'être forte pour soutenir ses enfants.

Rassemblant son courage, elle enlaça sa belle-fille. Les frêles épaules de Stacy étaient recroquevillées par la culpabilité.

— Je n'aurais pas dû l'emmener ! J'aurais dû le laisser avec sa mère. Elle ne me le pardonnera jamais…

Amber lui pardonnerait certainement avant que Stacy se pardonne, songea Penny.

— Ce n'était pas ta faute.

C'était la faute de ce sadique qui avait foncé sur un 4x4 transportant un enfant, une femme enceinte, et Candace.

Pâle comme un linge, cette dernière était adossée au mur, près de la porte de la chambre d'hôpital. Elle non plus n'avait aucune raison de sentir coupable, mais ce n'était pas Penny qui pourrait les absoudre, Stacy et elle.

La porte s'ouvrit et Candace tira son revolver. Une grande main le saisit par le canon et des bras forts se refermèrent sur elle.

— Tu n'as rien ! s'exclama Garek en l'étreignant. Dieu merci, tu n'as rien.

Milek et une autre femme entrèrent en hâte à la suite de Garek. Ils étaient aussi pâles que Candace. Le petit garçon se redressa dans le lit où Stacy l'avait bordé, celui-là même où elle aurait dû attendre patiemment la visite du médecin.

— Maman ! s'exclama-t-il.

La femme rousse courut vers le lit et le serra dans ses bras. Des larmes sillonnaient son visage.

— Tu vas bien ?

Il gigota pour se dégager de son étreinte et la dévisagea, les sourcils froncés par la perplexité.

— Je suis pas malade, lui assura-t-il. C'est tata Stacy qui est malade. C'est son lit.

Stacy était bien trop bouleversée pour s'asseoir ou s'allonger, bien qu'elle soit enceinte. Si tout allait bien, Penny allait de nouveau être grand-mère.

— On m'a dit que tu avais eu un accident de voiture, dit la mère du petit garçon, la voix fêlée par l'émotion. Et qu'on t'avait emmené à l'hôpital.

Il secoua la tête.

— Tata Candy conduit mieux que toi. Elle est restée sur la route quand le méchant nous a foncé dessus.

Au lieu de se vexer, la mère se mit à rire et l'étreignit de nouveau avec un soupir de soulagement.

Garek aussi se mit à rire, un rire qui s'arrêta net quand Candace lui donna un coup de coude dans les côtes.

— Merci beaucoup !

Apparemment, observa Penny, Candace ne se formalisait pas d'être appelée Candy par son neveu. Elle avait fait de son mieux pour le protéger. Elle avait gardé le contrôle du 4x4 et échappé à la camionnette qui tentait de lui faire quitter la route.

— Merci, dit Milek à sa belle-sœur. Merci de l'avoir sauvé.

La gorge nouée par l'émotion, Candace le remercia d'un signe de tête.

Lorsque Logan arriva à son tour, Penny sentit comme toujours son cœur se serrer en voyant à quel point il ressemblait à son père. Mais tous ses fils ressemblaient à leur père, même celui qu'elle n'avait pas mis au monde. Nick n'était pas là. Il viendrait, cependant. Il venait toujours quand sa famille traversait des épreuves, même s'il avait du mal à saisir qu'il était des leurs.

Sous le coup de l'émotion, Logan tendit les bras à sa femme.

— Chérie, ça va ?

Elle hocha la tête.

— Et le bébé ?

— Ils vont bien tous les deux, affirma Stacy.

La confusion se peignit sur les traits de Logan.

— Mais Penny n'était pas dans la voiture, dit-il. C'est maman qui la gardait…

A présent, la petite fille était chez sa tante Tanya, l'épouse de Cooper.

— Oui, c'est vrai, dit Stacy.

— Alors…

Il comprit soudain.

— On va avoir des jumeaux ?

Stacy lui sourit.

— C'est merveilleux ! s'exclama Amber avec une joie sincère.

Se dégageant des bras de son mari, Stacy se tourna vers elle.

— Alors, tu n'es pas en colère contre moi ?

— Bien sûr que non, répondit Amber. Ce n'était pas ta faute.

— C'est la faute du méchant, intervint Michael.

Il était le plus jeune, mais aussi le plus sage d'entre eux. Il savait qui était le seul responsable. Il se tourna vers Milek.

— Il faut le mettre en prison.

— Ne t'inquiète pas, on va s'en occuper, lui dit Milek.

Pourvu que ce soit bientôt, avant qu'on fasse encore du mal au petit, pria Penny intérieurement.

Elle détestait que l'on s'en prenne à sa famille. Et même si elle n'avait pas encore été présentée à Amber et à son fils, pour elle, ils faisaient déjà partie des siens.

Jamais encore Milek ne s'était senti aussi anxieux. Sa tension n'était pas retombée depuis qu'il avait constaté la disparition d'Amber et de Michael. Il aurait pu les perdre si facilement... Il les avait déjà perdus une fois, et il ne pouvait s'en prendre qu'à lui-même.

— C'est ma faute, dit-il à voix basse au téléphone.

Il ne voulait pas réveiller Amber ou Michael, épuisés par les événements de la journée. Il s'était donc installé au salon, un œil sur la porte.

— Qu'est-ce qui est ta faute ? demanda Rus.

Il paraissait las, comme si Milek l'avait réveillé. Peut-être était-ce le cas. Il ignorait quelle heure il était. Sachant que le sommeil le fuirait, il n'avait même pas tenté de dormir.

— C'est à cause de moi qu'on essaie de tuer Amber et Michael.

— Qu'est-ce qui te fait penser ça ?

C'était logique. En nuisant aux deux êtres qu'il aimait le plus, on l'atteignait profondément. C'était pour la même raison que la fille de Chekov avait voulu s'en prendre à Candace... Parce qu'elle était le talon d'Achille de Garek, tout comme Amber était le sien.

Rus ne semblait pas avoir de talon d'Achille, parce qu'il garda le silence un long moment. Enfin, il reprit la parole.

— Ça ne peut pas venir du côté de Chekov. La première tentative contre Amber a eu lieu il y a un an, avant que Garek et toi m'aidiez à l'arrêter.

— Ce n'est pas Chekov, acquiesça Milek. C'est quelqu'un d'autre.

Quelqu'un qui le haïssait suffisamment pour vouloir le détruire. Quand et comment s'était-il fait un ennemi pareil ? Il ne pouvait se rappeler que deux personnes à qui il avait fait du mal. L'une était morte, et l'autre était Amber.

Il jeta un coup d'œil en direction de la chambre et la vit sur le seuil, appuyée au chambranle. Baignant dans la clarté de la lune, elle était splendide. Si belle qu'il sentit ses entrailles se nouer de désir…

Il n'entendit pas ce que disait Rus ; le sang battait dans ses oreilles et courait dans ses veines avec une sorte de frénésie.

Ce fut alors qu'elle demanda :

— A qui tu parles ?

— Nicholas Rus…

— Qu'est-ce qui te prend ? s'exclama Rus avec irritation.

Milek ne savait comment le nommer. Il n'était même pas certain de savoir ce qu'ils étaient l'un pour l'autre. Des amis ? des parents ?

Rus n'était pas convaincu qu'il n'avait pas tué Campanelli, mais ça ne voulait rien dire. Son propre frère avait eu les mêmes soupçons.

— Je disais à Amber à qui je parlais, expliqua-t-il.

Il espérait ne pas l'avoir réveillée. Il espérait qu'elle n'avait pas entendu la conversation. Elle le détesterait encore plus si elle comprenait que c'était à lui qu'elle devait toutes ses épreuves.

Malgré la distance qui les séparait, Amber sentait la tension de Milek. Il raccrocha et fourra son téléphone dans sa poche.

— Il est tard, dit-elle. Pourquoi ne dors-tu pas ?

Il fit un geste vers la porte.

— Il faut que je monte la garde…

Elle secoua la tête. A l'hôpital, elle avait entendu Logan dire à tous les membres de l'équipe de laisser tomber leurs tâches courantes pour assurer leur protection.

— Nous sommes en sécurité…

Milek s'éloigna de la porte, comme s'il se rendait à ses arguments. Il remarqua néanmoins :

— Tu ne seras pas en sécurité tant que nous ne saurons pas qui a engagé Campanelli.

— Et qui que ce soit, il a recruté quelqu'un d'autre, fit-elle.

Même les assassins étaient interchangeables, semblait-il. Peut-être n'aurait-elle pas dû s'inquiéter qu'une autre assistante ait obtenu le poste de prucureur. Elle ne l'aurait peut-être jamais eu, même si elle était restée à River City.

Et vu son image dans les médias — une intrigante qui avait feint sa propre mort et eu une liaison avec son patron —, elle pouvait sans doute dire adieu à sa carrière.

— On trouvera qui c'est, dit Milek avec une détermination féroce.

Il se rapprocha d'elle, mais sans la regarder, comme s'il ne pouvait supporter de croiser son regard.

— Non, tu ne le trouveras pas.

Il tressaillit.

— Pas si tu perds ton temps à penser que c'est quelqu'un qui cherche à te nuire personnellement, poursuivit-elle.

Les yeux plissés, il la dévisagea.

— Tu as entendu ce que je disais à Rus ?

Elle fit signe que oui.

— Je suis désolé, reprit-il d'une voix enrouée par la culpabilité. Je suis désolé de vous avoir mis en danger, Michael et toi.

Voir Milek se fustiger pour quelque chose qui ne dépendait pas de lui la navrait. Elle s'approcha et lui caressa la mâchoire du bout des doigts.

— Ce n'est pas ta faute. Ça n'a rien à voir avec toi.

— J'espère que non. Mais vouloir la mort de Michael…

— Et de Schievink, lui rappela-t-elle. Tu ne l'aimais pas tant que ça.

Il esquissa un demi-sourire.

— Non…

— Et qui irait imaginer que tu m'aimes ?

Il laissa échapper un hoquet, comme si elle lui avait donné un coup de poing.

— Tu m'as quittée. Tu ne t'es jamais occupé de Michael. Comment nous faire du mal pourrait-il te blesser ?

Il haussa les épaules et les laissa retomber sous le poids de sa faute.

Loin d'amoindrir sa culpabilité, elle l'avait aggravée, songea Amber. Mais elle ne pouvait lui pardonner le chagrin qu'il lui avait causé sans connaître ses raisons.

— Pourquoi ? demanda-t-elle. Pourquoi as-tu rompu ?

— J'avais mes raisons.

— Schievink ? Mais tu m'as dit qu'il n'a prétendu être le père de Michael qu'après notre rupture !

— Il faut nous concentrer sur l'ennemi. C'est ce que j'essaie de faire.

— Je t'aimais…

— Amber…

— Est-ce que tu éprouvais la même chose pour moi ?

— Tu sais bien…

— Quoi ?

Elle ne savait rien du tout. Cinq ans plus tôt, il s'était refermé comme une huître.

Mais il l'attira contre lui et lui donna un baiser passionné. Peut-être était-ce sa manière d'exprimer ce qu'il ne pouvait dire.

Du moins était-ce ce qu'elle voulait croire. Elle se cramponna à lui et lui rendit son baiser.

Il la souleva dans ses bras et l'emporta dans la chambre. Elle ne portait qu'un peignoir, qu'il eût tôt fait de dénouer et de repousser sur ses épaules. Il reprit son souffle en contemplant ses seins.

— Tu es si belle…

Il n'était pas le seul à le lui avoir dit. Ses anciens petits amis l'avaient fait aussi. D'autres hommes avec qui elle était sortie, ainsi que Gregory…

Mais quand c'était Milek, cela l'émouvait davantage. En tant qu'artiste, il créait de la beauté, une beauté inimaginable. Ce portrait de leur fils, découvert dans l'atelier, lui avait fait monter les larmes aux yeux.

Et la façon dont il la touchait, presque avec révérence, l'émouvait aussi aux larmes. Elle cilla et se concentra sur son visage. Il était incomparable, avec des traits presque trop parfaits pour être beaux. Elle suivit du doigt ses courbes et ses angles.

Quand elle effleura ses lèvres, il lui embrassa le bout des doigts. Puis sa bouche remonta de son bras à son épaule, et il l'embrassa dans le cou. Elle frissonna de plaisir.

— Tu as froid ? demanda-t-il.

Baignant dans la chaleur de la passion, elle secoua la tête.

Il la recouvrit néanmoins de son corps. Leurs peaux nues se rencontrèrent, aussi chaudes l'une que l'autre. Elle sentit son érection se presser et pulser contre son ventre. Il la désirait autant qu'elle le désirait, même s'il ne voulait pas l'admettre.

Elle lui caressa la verge et il grogna avant de l'embrasser passionnément. Sa langue s'introduisit entre ses lèvres, et…

Soudain, il se tendit.

Amber sursauta en entendant un grincement, puis un bruit de verre brisé.

Malgré toutes les précautions et les mesures de sécurité, quelqu'un venait d'entrer dans l'appartement.

18

— Qu'est-ce que tu faisais dans le noir ? demanda Milek à son fils en l'emmenant dans sa chambre.

Le petit garçon avait-il eu un accès de somnambulisme ? Il avait buté contre la table basse du salon et envoyé un verre se fracasser sur le parquet.

L'enfant se blottit contre lui et passa les bras autour de son cou en reniflant. Milek n'avait jamais éprouvé un tel chagrin ; les larmes de son fils lui donnaient l'impression d'avoir un étau autour du cœur.

— J'ai fait un cauchemar, balbutia Michael.

Milek le serra plus fort. Il pouvait le protéger du danger physique, mais que faire face aux dégâts psychologiques causés par la situation ?

Quelles peurs, quel sentiment d'insécurité garderait-il de cette épreuve ? Il avait dû quitter sa maison, son école, ses amis, et faire semblant d'être quelqu'un d'autre. Tout ça après avoir essuyé des tirs chez lui.

Comme si cela ne suffisait pas, il avait dû reprendre la route avec sa mère et subir une autre fusillade. C'était un miracle qu'il ne fasse pas plus de cauchemars, après tout ce qu'il avait enduré.

— Ce n'était qu'un mauvais rêve, le rassura Milek.

Il craignait toutefois qu'il ne s'agisse plutôt des souvenirs du petit garçon. Il aurait voulu lui promettre que tout irait bien, désormais, mais c'était une promesse qu'il ne pourrait tenir tant qu'il n'aurait pas découvert l'identité du commanditaire de Campanelli.

Quelle sorte de malade pouvait projeter la mort d'un petit garçon ?

Repoussant les couvertures, Milek recoucha son fils, mais le petit continuait de s'accrocher à son cou.

— Tu veux bien rester avec moi ? lui demanda-t-il.

— Bien sûr…

Michael recula sous les draps et tapota le matelas à côté de lui.

— Couche-toi près de moi, comme fait maman.

Milek avait en effet vu Amber apaiser ainsi les frayeurs du petit garçon et l'aider à retrouver un sentiment de sécurité. Bien qu'incertain d'être capable d'autant de tendresse, il s'allongea près de son fils. Michael se blottit contre lui, et il sentit qu'il le regardait. Il se tourna sur le côté pour le regarder lui aussi à la lueur de la veilleuse. Michael lui ressemblait tellement, avec ces yeux argentés aux cils épais !

Michael battit des paupières, luttant contre le sommeil. Sans doute craignait-il de faire un autre cauchemar.

Milek fouilla sa mémoire, à la recherche d'une histoire qu'il pourrait lui raconter. Hélas ! tous les contes de fées dont il se souvenait étaient encore plus violents que la réalité. Il aurait pu faire des dessins avec lui, mais il lui aurait fallu sortir du lit pour aller chercher du papier et des crayons, et il se sentait bien, couché près de son fils.

— T'es le frère de tata Stacy ? questionna le petit.

Milek hocha la tête.

— Comme tonton Garek, remarqua l'enfant. Alors, t'es aussi mon oncle ?

— Non, répondit Milek.

Peut-être aurait-il dû avoir cette conversation d'abord

avec Amber mais, comme souvent, il ignorait ce qu'il convenait de faire.

— Je suis ton père, dit-il enfin.

Le petit garçon écarquilla les yeux et s'exclama d'un ton exalté :

— Je le savais ! Je le savais !

Il jeta les bras autour du cou de Milek.

— Tu es mon papa !

Milek lui caressa la tête d'une main mal assurée.

— Oui, je suis ton papa.

Un léger bruit attira son attention. Amber était là, sur le seuil, des larmes roulant silencieusement sur ses joues. Il sentit son estomac se tordre. Etait-elle en colère contre lui ?

Il se maudit de l'avoir fait pleurer, comme cinq ans plus tôt. Il n'avait jamais eu l'intention de lui faire du mal, ni alors ni maintenant. Il essayait seulement de la protéger.

La porte de la chambre grinça doucement et Amber se tendit. Elle savait que c'était Milek. Personne d'autre n'aurait pu entrer ainsi.

Après l'avoir vu cajoler leur fils, elle était retournée en toute hâte à leur chambre parce qu'elle ne voulait pas que Michael la voie pleurer et que, submergée par l'émotion, elle n'était pas certaine de pouvoir parler.

Milek s'assit sur le lit, faisant ployer le matelas sous son poids. Il devait savoir qu'elle ne dormait pas, malgré ses yeux fermés, car il demanda :

— Tu es fâchée que je le lui aie dit ?

De la tête, elle fit signe que non. Au contraire, elle était soulagée car elle avait craint qu'il n'assume jamais sa paternité.

Elle était bouleversée, aussi. Ce n'était plus un soupçon ; elle savait sans l'ombre d'un doute qu'elle était de nouveau amoureuse de Milek. Peut-être n'avait-elle jamais cessé de l'aimer. Malgré l'insistance de Schievink, elle n'avait pas cédé. Bien sûr, il était marié, mais, même s'il avait été célibataire, il ne lui aurait pas plu. Un seul homme avait toujours régné sur son cœur : Milek.

— Non, je ne suis pas fâchée, dit-elle enfin. Michael mérite de savoir qui est son père.

— Il mérite surtout un meilleur père que moi, murmura Milek.

— Tu nous as sauvé la vie maintes et maintes fois, lui rappela-t-elle. C'est ce que font les bons pères : ils protègent leurs enfants.

Il essuya ses larmes du pouce.

— C'est toi qui l'as fait. Tu as renoncé au travail que tu adorais, à tes amis, à ta maison… Tu as tout fait pour le sauver.

— Tu as failli te faire tuer à cause de nous ! Tu es un bon père, Milek.

— J'ai peur de le décevoir, avoua-t-il. De n'être pas là au bon moment…

Face à ses craintes, Amber sentit son cœur se serrer. La paternité l'effrayait vraiment. Il n'avait pas abandonné son fils parce qu'il ne l'aimait pas, mais, au contraire, parce qu'il l'aimait.

— Il faut que je découvre qui vous en veut, reprit-il. C'est la seule manière de vous mettre en sécurité.

Se souvenant de ce qu'elle l'avait entendu dire à Rus, elle lui assura :

— Ce n'est pas à cause de toi que nous sommes en danger.

— Grâce à vous, c'est on ne peut plus clair, madame l'avocate, répliqua-t-il avec un rire un peu amer.

Elle s'était montrée brutale avec lui, naguère. On l'avait déjà accusée d'être impitoyable dans l'exercice de ses fonctions, mais elle avait appris cela de Gregory : des condamnations sévères pour des crimes graves.

Une seule fois, ils s'étaient opposés. Elle avait finalement dû se plier à son avis parce qu'il était son chef. Et, de toute façon, le juge ne l'aurait pas écoutée. Gregory et lui avaient décidé de mettre le coupable en prison. Il avait été accusé de deux homicides, après avoir foncé dans la foule à la sortie d'un night-club. Il était ivre, mais c'était son premier délit. Elle voulait l'envoyer en cure de désintoxication, car elle savait qu'il ne tiendrait pas longtemps en prison.

Cependant, elle n'avait pas imaginé qu'il en sortirait comme il en était sorti : en se suicidant. On l'avait condamné à cinq ans, et il n'avait pas supporté la détention cinq jours.

Elle était allée à son enterrement. Le père du jeune homme était inconsolable. Elle tressaillit en se rappelant la scène épouvantable ; elle n'avait pas voulu déclencher tout ça.

— Je sais qui c'est ! s'exclama-t-elle dans un soudain éclair de lucidité.

Les sourcils légèrement froncés, Milek la dévisagea.

— Un des suspects de ta liste ?

— Non, je n'ai pas pensé à lui. Ce n'est pas un suspect. Il n'a pas été traduit en justice.

— Alors qui est-ce ?

— Un père éploré.

Milek hocha la tête. Manifestement, il comprenait.

Qui d'autre voudrait faire du mal à son enfant, sinon quelqu'un qui était convaincu qu'elle avait fait du mal au sien ?

Les gens ne faisaient-ils plus ce qu'ils étaient payés pour faire ? Etaient-ils trop paresseux ou trop stupides pour finir leur travail ? Il avait dépensé tellement d'argent sans résultats probants ! Sans aucune mort…

Du moins, pas de mort qui compte.

Non que Frank Campanelli n'ait pas mérité sa mort, ce mercenaire traître ! L'engager avait été une erreur. Il ne s'intéressait qu'à l'argent, c'était sa seule motivation. Et quand le pseudo-accident fatal avait été mis en scène, il n'avait été que trop heureux de s'en tenir là.

Tuer lui était trop indifférent. Jusqu'à ce que ce soit lui qui meure. Le souvenir de l'expression de Campanelli quand la balle avait pénétré son cœur suscita en lui une bouffée de satisfaction.

Le tueur ne s'y attendait pas.

Mais Amber Talsma, elle, s'y attendait. Elle savait ce qui allait se passer. Malgré son petit ami garde du corps et sa famille, elle ne pourrait pas y échapper. Ils ne pouvaient pas la surveiller à chaque minute.

Tôt ou tard, elle et son petit bâtard y passeraient…

19

Nick acquiesça d'un signe de tête.

— C'est un suspect crédible.

Enfin ! Il avait passé toute une année à enquêter sur les gens dont Amber lui avait fourni les noms, mais ce n'était pas un de ceux auxquels elle avait pensé.

Elle n'aurait d'ailleurs jamais songé à lui si son fils n'avait pas figuré aussi sur la liste de Campanelli.

L'irritation le minait. D'abord, le fait que Milek et Garek aient trouvé ce carnet l'avait exaspéré. L'appartement était ouvert, selon eux. Mon œil ! Aucune serrure ne résistait aux frères Kozminski. Il se dit qu'il devait apprendre à faire de même.

— Qu'est-ce que tu vas faire ? lui demanda Milek.

Ces derniers temps, Nick s'était souvent posé cette question. Avec la procureure, les grands pontes du FBI et le maire sur le dos, il avait davantage l'impression d'être un politicien qu'un policier. Il enviait aux Kozminski et aux Payne leur liberté, celle d'enquêter sans s'inquiéter des conséquences.

— Nick ? le relança Milek.

Il se força à revenir au présent.

— Je vais demander qu'il soit convoqué pour interrogatoire.

Il tapa sur son clavier et donna l'ordre qu'un agent en uniforme se rende à la dernière adresse connue de Brad Jipping.

— Je veux lui parler, dit Amber.

— Il n'en est pas question.

— J'ai déjà interrogé des suspects. Je suis assistante du procureur.

— Vous ne l'êtes plus, lui rappela Nick avant de se tourner vers Milek. Tu n'aurais pas dû l'amener ici.

C'était dangereux. Dès qu'elle se montrait en public, les balles volaient. Il en avait la nausée de devoir rédiger un rapport chaque fois.

— Elle a insisté, fit Milek.

— J'aurais pu me rendre chez toi, remarqua Nick.

Amber secoua la tête. On distinguait désormais des reflets roux dans ses cheveux bruns, et elle s'était débarrassée de ses lentilles marron. Le déguisement et la nouvelle vie qu'il lui avait procurés avaient disparu.

— Nous voulons accéder à votre base de données, expliqua-t-elle. A mes dossiers…

— Je suis certain que Nikki devrait pouvoir faire ça pour nous.

Pour eux. Sa demi-sœur n'était guère disposée à l'aider. Si ses demi-frères ne lui reprochaient pas la liaison de leur père avec sa mère, c'était différent avec Nikki. Elle l'avait malgré tout appelé, à contrecœur, pour lui faire part de la conversation de Frank et Milek.

Peut-être faisait-il des progrès avec elle…

— Je veux être présente quand Jipping arrivera, dit Amber.

— On ne sait pas combien de temps il faudra pour le trouver.

Et il ne tenait pas à les voir traîner dans son bureau. Si la procureure par intérim repérait Amber… A coup sûr, elle verrait rouge et insisterait pour l'arrêter sur-le-champ.

Amber jeta un coup d'œil à Milek.

— On ne peut pas rester partis aussi longtemps. Michael…

Nick était un peu surpris qu'ils aient laissé leur fils à la maison, mais toute la famille Payne assurait sa protection, de même que celle de Milek et d'Amber. Il avait presque pitié de celui qui tenterait de s'attaquer à eux. C'était voué à l'échec.

— Je vous tiendrai au courant de ses déclarations, fit-il.

Cela lui valut un regard sceptique de la part d'Amber. Il avait entendu dire que c'était une bonne assistante du procureur, peut-être la meilleure. Le compliment ne venait pas de la procureure en exercice, évidemment. Evelyn Reynolds n'avait rien d'élogieux à dire sur Amber. Mais d'autres avocats, des juges, et même le maire, chantaient ses louanges.

— Vous allez reprendre votre poste ? demanda-t-il. Quand nous aurons trouvé le commanditaire ?

Elle regarda de nouveau Milek. De toute évidence, elle voulait savoir ce qu'il pensait de cette idée, mais son expression ne révélait rien. Des deux frères, c'était pourtant lui le plus facile à déchiffrer.

Au lieu de répondre à sa question, elle haussa les épaules.

— Pour le moment, il n'en est pas question. Pas avec le danger qui nous menace, Michael et moi.

Nick ne lui fit aucune promesse. Il ne lui jura pas qu'il allait coincer celui qui cherchait à l'éliminer.

— Je vous ferai savoir quand je pourrai interroger Jipping, se borna-t-il à dire.

Elle allait protester, mais Milek l'entraîna hors du bureau. Moins d'une minute plus tard, la porte se rouvrit.

Un soupir las échappa à Nick.

— Vous ne pensez pas sérieusement qu'il est déjà là…

Levant les yeux, il s'interrompit net.

— Qui ? demanda Penny Payne.

Il aurait pu refuser de répondre, mais elle l'aurait de toute façon découvert. Elle savait toujours tout.

— Le suspect qui tente de tuer Amber et Michael Talsma.

— Super ! fit-elle avec un grand sourire. Vous faites des progrès, alors.

Il secoua la tête d'un air désabusé. Trop de gens lui attribuaient le crédit de choses qu'il n'avait pas faites. Il avait été bien trop occupé avec la paperasse pour avoir le temps de faire le véritable job. Le job dangereux.

— Amber s'est souvenue de lui, expliqua-t-il. C'est un profil intéressant.

— J'espère que ce sera bientôt terminé, dit-elle. Pour qu'Amber et son fils puissent reprendre le cours de leur vie.

— Est-ce pour cela que vous êtes passée ? Pour vous informer de l'état de l'enquête ?

Elle mit la main dans son sac, qui était volumineux, et en tira un grand paquet de biscuits aux pépites de chocolat.

— Je t'ai apporté ça. Tes préférés…

Comment le savait-elle ? Sa propre mère n'avait jamais su ce qu'il aimait manger. Cela dit, elle ne cuisinait pas souvent. Généralement, elle le chargeait d'aller au fast-food — quand elle n'avait pas dépensé tout l'argent en drogue ou en alcool.

— Je mets de la crème dans la pâte pour qu'ils soient bien moelleux, ajouta-t-elle.

— Et de gros morceaux de chocolat noir, murmura-t-il.

Cela faisait bien longtemps qu'il n'avait pas eu ainsi l'eau à la bouche. Mais Penny Payne était une pâtissière hors pair. Elle ne se servait pas de pépites toutes faites, mais de vrai chocolat.

— Merci.

Elle sourit de nouveau.

Nick se demanda ce qu'elle attendait de lui. Elle avait déjà sa gratitude ; personne ne l'avait aussi bien accueilli qu'elle.

— Pourquoi ? ajouta-t-il.

La question lui avait échappé sans qu'il s'en rende compte.

— Pourquoi êtes-vous si gentille avec moi ? Pourquoi

m'apportez-vous des biscuits ? Pourquoi me traitez-vous comme l'un de vos fils ?

— Tu es un Payne, répondit-elle.

— Non, je suis un Rus.

— Ce n'est pas ton vrai nom. C'est le nom qu'a pris ta mère pour se cacher.

Il haussa les épaules.

— Alors, c'était un autre nom. Mais je ne me suis jamais appelé Payne.

En réalité, il s'en fichait.

— Mais tu aurais dû t'appeler Payne.

— J'ai ma propre vie.

— Tu as ta carrière, dit-elle en regardant autour d'elle. Mais tu n'as pas de vie, Nick. Pas encore.

Sans un mot de plus, elle tourna les talons et sortit du bureau, le laissant avec les biscuits et une myriade d'émotions confuses. Il n'avait pas le temps d'essayer de les trier ; il avait une affaire à résoudre.

— Tu le ferais ? demanda Milek. Tu reprendrais ton ancien poste, si tu n'étais plus en danger ?

Elle sentait qu'il l'étudiait, comme si sa réponse lui importait. Toutefois, quand elle tourna la tête, elle le vit regarder fixement la route.

— Je ne serais jamais partie si je n'avais pas été en danger, dit-elle.

— Tu pourras le reprendre, lui assura-t-il.

Elle rit doucement.

— Sans doute pas. La nouvelle la procureure ne me laissera jamais revenir.

— Pourquoi pas ?

— Elle m'en veut de mes relations avec Gregory.

Un muscle tressauta sur la joue de Milek.

— Des relations de travail, précisa-t-elle. C'est tout ce que nous avions.

— Mais ce n'était pas tout ce qu'il voulait.

Elle ne pouvait le contredire sur ce point.

— Je pense qu'Evelyn Reynolds est persuadée qu'il y avait davantage entre nous.

— Elle n'est pas la seule.

— Et ça ne lui plaisait pas du tout.

Amber se crispa en se remémorant la méchanceté de cette femme. Les avocats étaient rarement tendres entre eux, mais Evelyn avait quasiment fait une religion de la trahison et de la rivalité.

Milek tendit la main et la posa sur sa cuisse. Sans doute s'agissait-il d'un simple geste de réconfort, mais elle sentit sa peau picoter.

— Jusqu'à quel point ? demanda-t-il. Au point de vouloir y remédier ?

Durant ses années au bureau du procureur, Amber avait vu trop de choses pour écarter d'emblée un suspect. Des grands-mères avaient tué pour un pari, des adolescents pour une paire de chaussures. Evelyn aurait-elle pu tuer pour un poste ?

Peut-être. Mais alors, pourquoi s'en prendre à elle et à Michael ? Elle n'était plus une menace pour elle, puisque Evelyn avait obtenu ce qu'elle voulait. Peut-être, malgré tout, n'était-elle toujours pas heureuse.

— Je ne sais pas…

— On devrait peut-être aller la voir pour lui parler, suggéra Milek.

Elle avait insisté pour aller voir Rus parce qu'elle voulait parler à Brad Jipping, mais elle était restée trop longtemps loin de Michael.

Milek lui pressa de nouveau le genou.

— Tout ira bien pour lui, assura-t-il, sachant instinctivement pourquoi elle hésitait. Tout le monde le surveille.

— Alors, qui nous surveille, nous ?

Elle ne voulait pas seulement que son fils soit en sécurité, elle souhaitait aussi rester en vie pour le revoir.

Le tueur. C'était lui que Milek croyait avoir vu dans le rétroviseur, au volant d'une camionnette au pare-chocs endommagé. Endommagé par la collision avec le 4x4 de Candace et le monospace d'Amber. Milek distinguait le véhicule, mais pas le conducteur ; ce n'était qu'une ombre tassée derrière le volant. Il les suivait depuis qu'ils avaient quitté le poste de police.

Un autre tueur à gages, ou celui qui avait engagé Campanelli était-il désormais résolu à se charger personnellement de la besogne ?

Peut-être Parker ou Logan pourraient-ils le pincer. Les jumeaux le suivaient aussi. Il les aurait repérés même s'ils ne l'avaient pas prévenu. Ils étaient doués, cependant, si bien que le tueur ignorait probablement tout de leur présence.

— Il est de nouveau là ? demanda Amber en jetant un œil par-dessus son épaule.

— Ne regarde pas, lui conseilla-t-il. Mieux vaut qu'il ne sache pas que nous l'avons repéré.

Mais un crissement de pneus s'éleva derrière eux. La camionnette venait de faire demi-tour en pleine rue.

— Trop tard, murmura Milek.

Ils entendirent un moteur, et un 4x4 noir effectua la même manœuvre pour se lancer à sa poursuite.

— Suis-les, dit Amber.

Milek refusa d'un signe de tête.

— Je ne veux pas te mettre en danger. Parker et Logan vont s'en charger.

— Si c'est Evelyn qui a fait tuer Gregory, ce n'est certainement pas elle derrière le volant. Elle aurait embauché quelqu'un.

— Et elle ne manque pas de ressources, renchérit-il. Un criminel à qui elle aurait accordé une faveur, par exemple…

Il aurait aimé suivre la camionnette pour mettre la main sur l'homme qui s'en était pris à son fils. Si Candace n'avait pas aussi bien réagi, Michael aurait pu être blessé. Stacy et son enfant à venir auraient eux aussi pu souffrir de l'accident. En se rappelant qu'ils étaient hors de danger, il poussa un soupir de soulagement.

Amber posa un instant la main sur la sienne.

— D'accord, dit-elle. Ils vont coincer le chauffeur, et toi et moi, on va attraper l'assassin. Allons parler à Evelyn.

Il hocha la tête. C'était au moins quelque chose à faire en attendant d'avoir des nouvelles de Parker et Logan. Comme le poste de police, le tribunal était en centre-ville. Quelques minutes plus tard, il pénétra dans le parking souterrain. Il dut descendre de plusieurs niveaux avant de trouver une place.

Enfin, il se gara et se tourna vers Amber. Elle était d'une pâleur mortelle.

Il passa le point mort et coupa le contact, mais toute son attention était focalisée sur elle.

— Est-ce que ça va ?

Elle fit non de la tête.

— J'aimais venir travailler ici naguère, murmura-t-elle. J'aimais me battre pour la justice…

C'était pour cette raison qu'il avait rompu leurs fiançailles. Il n'avait pas voulu saboter une carrière pour laquelle elle avait travaillé si dur.

— Alors tu devrais être contente d'y revenir, non ?

— Je ne reviens pas.

Et il était clair qu'elle craignait de ne jamais pouvoir le faire.

Il tendit la main vers la clé qui était restée sur le contact.

— C'était une mauvaise idée…

Et pas seulement parce que cela bouleversait Amber. Il venait de comprendre que, partis à la poursuite de leur suiveur, Logan et Parker n'étaient plus là pour les protéger.

Elle s'empara de sa main pour l'empêcher de redémarrer.

— Ne partons pas, dit-elle. Ça va mieux, maintenant. Ça m'a fait bizarre de revenir ici, c'est tout. Il faut que nous interrogions Evelyn.

— Nous ne savons même pas si elle est disponible, argua-t-il.

— Alors, on attendra.

— Tu veux laisser Michael seul si longtemps ? demanda-t-il.

— Non, fit-elle en secouant la tête. Mais, comme tu me l'as dit, tout ira bien pour lui. Et avec toutes ses tantes pour lui tenir compagnie, je ne lui manquerai pas.

Milek sentit son sang se figer dans ses veines. Elle ne manquerait pas à leur fils pendant une ou deux heures. Mais si quelque chose lui arrivait ? Si elle ne revenait jamais auprès de lui ?

— On rentre à la maison, déclara-t-il, en proie à un malaise soudain.

Sans doute ressentait-elle la même chose, car elle accepta, bien qu'à contrecœur.

— D'accord…

Son appartement était-il « la maison », pour elle ? Même s'il voulait qu'elle s'y soit à l'aise, il ne souhaitait pas qu'elle s'y sente vraiment chez elle. Malgré leurs ébats nocturnes, rien n'avait changé entre eux.

Il n'était pas assez bien pour être son mari ou le père de Michael. Il n'y avait pas que la carrière d'Amber qu'il saboterait s'ils se remettaient ensemble.

Il mit le contact et jeta un coup d'œil dans le rétroviseur. C'est alors qu'il vit un mouvement, un éclair dans la pénombre.

Il poussa Amber sous le tableau de bord juste avant qu'un coup de feu ne pulvérise le pare-brise arrière. Des éclats de verre volèrent dans toutes les directions, criblant le siège avant, son visage et ses mains.

Il dégaina son arme tandis que d'autres détonations retentissaient. Mais il était trop tard…

20

Il était tombé dans le panneau comme un débutant ! Logan sentit le dégoût de lui-même lui nouer les entrailles. Stacy ne lui pardonnerait jamais si son frère et sa meilleure amie mouraient.

Il ne pourrait plus se regarder en face. Il avait déjà du mal à croiser le regard de Parker, qui venait de raccrocher et fourrait son portable dans sa poche.

— Milek ne répond pas.

Logan se tourna vers l'adolescent qu'il avait extirpé de la camionnette emboutie.

— Si quelqu'un y passe, ta peau ne vaudra pas cher ! l'avertit-il en le poussant contre le flanc du véhicule. Tu ferais mieux de dire tout de suite ce que tu sais !

Abandonnant son attitude bravache, l'adolescent essuya les larmes qui se mirent à couler sur ses joues sales.

— J'sais rien !

— Tu conduis le véhicule qui a foncé dans la voiture où était ma femme, l'autre jour, dit Logan.

Il s'était senti tellement impuissant, tellement enragé de ne pas avoir été là pour protéger la femme qu'il aimait ! C'était Candace qui l'avait fait. Mais il aurait dû être là.

— J'ai foncé sur personne ! répondit l'adolescent. Je devais juste suivre ce 4x4.

— Pourquoi ?

— On m'a payé pour le faire.

Il voulut mettre la main à sa poche. Logan l'arrêta et la tapota lui-même. Il ne pensait pas que l'adolescent y cachait un revolver, sinon il l'aurait déjà sorti, mais il aurait pu avoir un couteau. Il ne trouva que quelques billets froissés. Deux cents dollars. Frank Campanelli n'aurait même pas mis un pied hors de chez lui pour une somme pareille. Mais peut-être avait-il été remplacé, comme tant de cadres sur le retour, par ce délinquant à la petite semaine.

— C'est ça qu'on t'a payé, l'autre jour, pour essayer de tuer un petit garçon ?

Le garçon secoua la tête avec force, ce qui fit glisser en arrière sa casquette graisseuse.

— J'suis pas un assassin. On m'a juste demandé de suivre le 4x4.

Pour faire diversion.

Logan sentit la bile remonter dans son œsophage et jeta un coup d'œil à Parker, de nouveau au téléphone.

— Qui t'a payé ? questionna-t-il.

— J'le connais pas.

— Un homme ?

— J'crois…

— Grand ? Petit ? Blanc ? Noir ?

— J'sais pas, répondit le garçon en secouant la tête.

— Il t'a donné deux cents dollars, et tu n'as rien remarqué à son propos ?

— Il avait un capuchon et des grosses lunettes, et y parlait d'une drôle d'façon. Y portait même des gants.

En dehors de celles de l'adolescent, il n'y aurait donc aucune empreinte qui pourrait leur être utile dans le véhicule qui avait été volé. Logan savait que la police était en route pour arrêter le garçon pour vol de voiture, mais c'était la seule chose dont ils pourraient l'accuser.

Les larmes coulèrent de nouveau sur les joues du garçon.

— J'voudrais bien vous en dire plus…
— Pourquoi tu as fait demi-tour ? lança Logan.
— Le gars m'a dit de…
Logan tapa de nouveau sur les poches du garçon.
— Il te parlait ? Par téléphone ?
— Non. Il a dit que je devais suivre le 4x4 pendant quelques kilomètres, et qu'après je pourrais faire demi-tour…
Parce que le tueur, le véritable tueur, savait que Milek ne sortirait pas seul, qu'il aurait quelqu'un avec lui pour le protéger. Le garçon ne s'en était pas aperçu, mais l'assassin le savait. Et il avait voulu se débarrasser de la filature.
— Fumier…, murmura Logan.
— Je suis désolé, sanglota l'adolescent. Je suis vraiment désolé…
Moi aussi, songea Logan quand il vit Parker secouer la tête.
Milek ne répondait pas au téléphone. C'était mauvais signe. Il se passait quelque chose de grave.

— Ça va ? répéta Milek.
Le verre avait plu sur eux. Des morceaux brillaient dans les cheveux d'Amber. Il tendit la main pour les brosser et s'entailla le doigt.
— Ne fais pas ça, dit-elle. Tu vas te couper.
Il gloussa d'un air ironique. Ce n'était pas le verre qui l'inquiétait, pas après la fusillade nourrie qu'ils venaient d'essuyer.
— Tu n'as pas été touchée ?
Amber s'immobilisa comme si elle devait passer son corps en revue avant de répondre.
Les battements de cœur de Milek s'accélérèrent. Une balle avait-elle traversé le siège d'Amber ? L'avait-il poussée trop tard sous le tableau de bord ?
— Amber !

— Tout va bien, assura-t-elle. Tu l'as touché ?

Pivotant sur son siège, elle regarda derrière eux.

Il n'y avait plus de pare-brise, mais plus de tueur non plus.

Milek avait répliqué. Il espérait de toutes ses forces qu'une de ses balles avait fait mouche, que l'assassin était blessé…

Peut-être réussiraient-ils à coincer le salopard. Ils avaient bien retrouvé Campanelli grâce au médecin, mais Gunz avait été arrêté. Celui-là devrait trouver un autre toubib. Milek s'apprêtait à ouvrir sa portière quand il entendit le déclic d'un pistolet qu'on armait.

— Mettez les mains là où je peux les voir ! ordonna un agent de sécurité.

Milek posa les mains sur le volant. Heureusement, il avait rengainé son arme, sinon l'homme aurait pu tirer.

— Ne bougez pas. Ne bougez surtout pas, reprit l'agent.

Rien ne garantissait qu'il n'allait pas tirer. Des crissements de pneus se firent entendre, et plusieurs véhicules débouchèrent à toute allure du niveau supérieur.

Milek vit une silhouette familière sortir d'un 4x4.

— Rangez votre arme, dit Rus à l'agent de sécurité en lui montrant son insigne.

Il siffla entre ses dents en voyant le 4x4 de Milek criblé de balles.

— Ça va, tous les deux ?

Milek n'était pas certain qu'Amber n'avait pas été touchée. Même s'il n'y avait apparemment pas de sang sur elle, elle était anormalement silencieuse. Peut-être était-elle en état de choc.

— Tu devrais appeler une ambulance, dit-il à Nick. Il faut la conduire à l'hôpital.

— Mais je suis censé l'emmener au poste ! répondit Rus.

— Vous avez trouvé Brad Jipping ? demanda Amber qui réagit enfin.

Rus secoua la tête.

— Non, pas encore.

— Alors pourquoi devez-vous m'emmener au poste de police ?

— La procureure par intérim a retenu des charges contre vous, annonça Rus.

— Des charges ? répéta Milek d'un ton incrédule. Qu'est-ce que c'est que cette histoire ?

— Entrave à la justice, précisa Rus. Elle veut aussi vous interroger pour suspicion de meurtre.

— Gregory ? interrogea Amber.

Rus fit signe que oui.

Milek le repoussa et ouvrit la portière.

— Je croyais que tu avais fini par comprendre que tu avais tort ! Elle n'a rien à voir avec la mort de Schievink !

— Ce n'est pas moi qui ai demandé à la procureure de la mettre en accusation, répliqua Rus. Je ne sais pas d'où elle sort ça…

La procureure l'avait doublé. Amber avait peut-être raison à son sujet, après tout. Prendre le poste de Schievink n'avait pas suffi à Evelyn Reynolds. Elle voulait réduire Amber à néant. Peut-être croyait-elle ainsi conserver le poste au moment des élections ; en éliminant la compétition.

— Elle veut même interroger Amber au sujet du meurtre de Campanelli.

Cette fois, Milek se mit à ricaner.

— Amber a des témoins et des bandes de surveillance pour prouver qu'elle n'était pas au night-club ce soir-là. Il n'y a rien qui la relie au meurtre de Frank.

— Sauf toi.

— La balistique prouvera…

— L'étude balistique n'est pas encore terminée, l'interrompit Nick. Je dois l'emmener.

Il prit ses menottes.

— Et on m'a dit de le faire dans les règles.

Milek l'injuria.

— Ça va, dit Amber.

Non, ça n'allait pas ! En la voyant menottée et poussée à l'arrière de la voiture de police, Milek se sentit ramené des années en arrière, quand Stacy et Garek avaient été arrêtés avec lui. Ils n'étaient pas responsables, pas plus qu'Amber n'était responsable de ce dont on l'accusait.

Et, comme à l'époque, il se sentit accablé de culpabilité. En toute logique, il savait que rien de ce qui se passait n'était sa faute. Il n'avait pas tué Schievink ni Frank, même s'il avait souhaité leur mort. Mais il n'avait pas non plus protégé Amber. Il n'avait pas été là quand elle avait eu besoin de lui.

Avant que Rus referme la portière, elle croisa son regard et l'implora :

— Occupe-toi de notre fils.

Il hocha la tête. Il prendrait soin de Michael, mais il avait l'intention de prendre soin d'elle aussi. Il ferait en sorte de l'innocenter de ces accusations ridicules. Et il veillerait à ce que le véritable coupable paie pour tout ce qu'il avait fait subir à Amber…

— Je voulais te parler, dit Amber.

— Et c'est pour ça que tu t'es fait passer pour morte l'année dernière ? demanda Evelyn d'un ton facétieux.

L'arrogance de l'avocate n'avait d'égale que sa conviction de valoir mieux que le reste du monde.

— Je l'ai fait pour rester en vie, répondit Amber.

Evelyn secoua la tête sans qu'un seul cheveu blond s'échappe de son chignon strict.

— On dirait plutôt que ce sont les autres qui ont du mal à rester en vie autour de toi…

Une telle mesquinerie ne pouvait que faire rire Amber.

— Tu m'as fait arrêter sur la scène de la dernière tentative de meurtre contre moi. Comment peux-tu nier que je suis en danger ? Tu as en ta possession la liste des prochains meurtres de Frank Campanelli, et mon nom y figure.

Ainsi que celui de Michael. Son cœur se serra de frayeur, mais elle se dit que son fils était en sécurité. Il avait un père, maintenant.

Evelyn haussa ses épaules osseuses. Elle était plus mince qu'Amber ne s'en souvenait, au point qu'on pouvait se demander si elle mangeait parfois ou si elle était trop stressée pour assimiler ce qu'elle ingérait. Stressée par la culpabilité ou par le poste qu'elle n'était pas vraiment qualifiée pour occuper ?

— Nous n'avons aucune preuve que ce carnet appartenait à Campanelli, répliqua-t-elle. D'autant que c'est ton petit ami qui l'a apporté à la police, ajouta-t-elle avec un rire mauvais.

Les gens étaient si prompts à penser le pire de Milek et de ses frère et sœur ! N'avaient-ils pas fait leurs preuves ? Ils n'étaient pas comme leur père ou leur oncle. Ce n'étaient pas des voleurs, mais des gens honorables, qui sauvaient des vies et aidaient à arrêter les véritables criminels. Apparemment, Evelyn n'en savait rien.

— Tu es stupide, lança Amber à son ancienne collègue.

Elle espérait que ce n'était que cela : de la stupidité et non de la corruption.

Le visage pincé d'Evelyn rougit de colère.

— Comment oses-tu…

— Comment oses-tu, l'interrompit Amber, prétendre que tu sais ce que tu fais ? Tu devrais mettre en œuvre tout ce que tu peux pour authentifier ce carnet. C'est une mine d'indices, qui relie Campanelli à une flopée de meurtres non résolus.

— C'est comme ça que tu comptes récupérer ton poste ? demanda Evelyn avec hauteur.

Amber secoua la tête.

— Je ne veux pas reprendre mon poste, dit-elle dans un éclair de lucidité. Je veux le tien.

— Et tu vas aussi me tuer pour ça ? Comme tu as tué Gregory ?

— Je n'ai pas besoin de tuer qui que ce soit. Il me suffira d'attendre les prochaines élections et de prouver à quel point tu es incompétente.

Cette fois, son interlocutrice devint pourpre.

La provoquer n'était peut-être pas la meilleure chose à faire. Cependant, si elle la mettait suffisamment en colère, peut-être Evelyn ferait-elle un lapsus et laisserait-elle voir à quel point elle la haïssait Amber — au point d'essayer de la tuer.

— Tu n'obtiendras jamais ce poste, fit-elle d'une voix blanche de rage.

— Pourquoi ? demanda Amber. Tu vas continuer à recruter des tueurs à gages jusqu'à ce que l'un d'eux me tue comme Campanelli a assassiné Gregory pour toi ?

Toute couleur quitta le visage d'Evelyn.

— Tu m'accuses de son meurtre ?

— C'est toi qui avais le plus à gagner à sa mort, répliqua Amber. Le maire t'a nommée à ce poste jusqu'aux prochaines élections. C'est pour ça que tu essaies de me faire tuer ? Pour que je ne puisse pas me présenter contre toi ?

Mais pourquoi Michael, dans ce cas ? Pourquoi Evelyn voudrait-elle faire du mal à un innocent ? Elle n'était sûrement pas mauvaise à ce point.

— Je serai ravie que tu fasses campagne contre moi, la défia Evelyn, parce que tu n'obtiendras jamais le poste.

Cette blondasse pensait manifestement être la seule à avoir de la cervelle.

— Et pourquoi ça ?

— A cause de tes liens avec des criminels notoires. Avec un assassin…

— Tes accusations sont ridicules ! Je n'ai jamais eu aucun lien avec Frank Campanelli.

— Ce n'est pas de lui que je parlais. Le père de ton enfant est un meurtrier, dit Evelyn. Tu crois que ça te vaudra des votes ?

Elle secoua la tête d'un air apitoyé avant d'ajouter :

— Je n'ai pas besoin de te tuer pour garder mon emploi.

— C'est du pur délire de penser que tu vas le conserver après m'avoir arrêtée pour entrave à la justice.

Durant le trajet vers le poste de police, Rus lui avait assuré qu'il passerait par-dessus la tête de la procureure pour faire tomber les charges. Depuis qu'il avait organisé sa disparition, elle était sous protection fédérale.

Elle jeta un coup d'œil vers la porte de la salle d'interrogatoire. Où était-il ?

On avait pris ses empreintes et on l'avait emmenée dans cette salle minuscule pour l'interroger. Evelyn lui avait lu ses droits et lui avait demandé si elle voulait un avocat.

— Tu étais suspecte dans le meurtre de Gregory, dit Evelyn. Et au lieu de rester pour affronter une éventuelle accusation, tu as pris la fuite.

— C'est pour me sauver et sauver mon fils que je me suis enfuie. Je n'ai rien à voir avec la mort de Gregory, et tu le sais parfaitement ! Sans cela, tu m'aurais mise en accusation.

Evelyn la dévisagea en plissant des yeux qu'elle avait déjà petits.

— Vraiment ? Tu avais un mobile.

— C'est toi qui as pris son poste, répliqua Amber.

— Ton mobile à toi était la vengeance.

Si Amber avait su ce que Gregory avait dit à Milek sur sa paternité supposée, cela aurait pu être un mobile plausible. Son chef n'avait jamais caché son attirance pour elle, mais elle n'avait pas mesuré les conséquences d'une obsession éventuelle.

— La vengeance ? répéta-t-elle.

— Il ne voulait pas quitter sa femme, précisa Evelyn. Tu t'es lassée d'attendre qu'il tienne ses promesses, et tu l'as tué.

Amber se mit à rire.

— Pas de doute, tu délires ! Il n'y avait rien entre Gregory et moi.

De son côté, Evelyn ricana.

— Bien sûr ! Et c'est pour ça que tu as toujours obtenu les meilleures affaires.

Elle avait effectivement été chargée des meilleures affaires, mais ce n'était pas parce qu'elle couchait avec son patron. Tout compte fait, peut-être ressemblait-elle davantage à Evelyn qu'elle le pensait : convaincue d'être la meilleure.

— Je n'avais pas de liaison avec Gregory, affirma Amber.

Elle comprenait maintenant ce que ressentait Milek quand des inconnus se comportaient avec lui comme s'ils connaissaient le fond de son âme.

— Ce n'est pas ce que dit sa femme ! Elle sait qu'il l'avait choisie et que ça te mettait très en colère.

Que diable Gregory avait-il bien pu raconter à sa femme ? Lui avait-il menti comme à Milek ? Pourquoi ? Dans quel but ?

— Elle se trompe, dit Amber. De toute façon, ce ne sont que des ouï-dire, et tes accusations ne tiennent pas un instant. Tu devrais laisser tomber les charges avant de te ridiculiser tout à fait.

— Ce n'est pas moi qui vais me ridiculiser, répliqua Evelyn en se levant.

Elle alla ouvrir la porte de la salle d'interrogatoire et s'adressa à l'agent en uniforme en faction dans le couloir.

— Mettez-la en détention jusqu'à ce qu'un juge ait décidé de sa caution.

— Evelyn…

— Tu vas avoir du mal à payer la caution, non ? se

moqua Evelyn. J'ai entendu dire que tu n'avais pas gagné grand-chose, l'année dernière.

Comment savait-elle ce qu'elle avait vécu ? Etait-ce elle qui avait engagé Campanelli ?

— Mais ton petit copain pourra toujours faire quelques cambriolages, ajouta Evelyn.

Comme elle lui avait déjà dit qu'elle délirait, Amber passa aux noms d'oiseaux.

La main d'Evelyn s'abattit sur son visage avec tant de force que sa tête partit en arrière. Au lieu de hurler, Amber sourit.

— Oh oui, je vais te prendre ton boulot.

La procureure par intérim jeta un regard nerveux au policier qui n'avait pas perdu une miette du spectacle.

— Emmenez-la en cellule !

Amber n'aurait jamais cru que cela irait si loin. Où était donc Rus ? Pourquoi n'avait-il pas encore fait annuler les charges ?

— Il est tard, reprit Evelyn. Alors, si ton petit ami ne peut pas payer, tu vas devoir passer la nuit derrière les barreaux, en attendant ta comparution.

C'était ce qu'elle cherchait : faire honte à Amber et peut-être la mettre en péril…

Quelques instants plus tard, la porte coulissante de la cellule se referma sur Amber.

La cellule était bondée. Une dizaine de femmes s'y trouvaient, certaines dormant sur les banquettes, d'autres faisant les cent pas.

Il fallait absolument que Rus la sorte de là !

Une femme vint se camper face à elle.

— T'es l'avocate… Celle dont on cause sans arrêt aux nouvelles.

Amber poussa un petit soupir de soulagement. C'était l'unique raison pour laquelle cette femme l'avait reconnue, à cause du battage médiatique.

— Tu m'reconnais pas ?

— Je devrais ?

— Tu m'as fait condamner y a deux ans, dit la femme en avançant d'un pas.

Elle était bien plus grande qu'Amber, et aussi plus lourde et plus forte. Elle n'aurait aucun mal à l'agresser avant qu'un gardien arrive.

La femme se rapprocha encore et les autres l'imitèrent. Amber sentit les choses se gâter. Milek ne pouvait rien faire pour elle, dans ce lieu. Elle était seule.

21

— Où ils sont, mon papa et ma maman ? demanda Michael.

Le petit garçon battait des paupières, essayant de garder les yeux ouverts. Des yeux si semblables à ceux de son père — et de son oncle — que Candace se sentit fondre de tendresse.

Mais elle avait déjà eu le coup de foudre pour son neveu, sans doute la première fois qu'il l'avait appelée « tata Candy ». Ce Garek…

Elle l'aimait tant ! Il ne l'énervait plus du tout comme autrefois. Penser à lui l'aida à sourire au petit garçon.

— Ils vont bientôt rentrer à la maison, lui promit-elle.

Il le fallait.

Amber était une victime, pas une suspecte. Elle n'avait pas fait entrave à la justice en fuyant ; elle avait sauvé la vie de son fils.

— Je vais les attendre, insista Michael en rouvrant les yeux.

— Il est très tard, mon chéri, dit Candace en le bordant jusque sous son petit menton.

En voyant des larmes inonder les grands yeux argentés, elle sentit son cœur se fendre.

— C'est maman qui me borde, d'habitude. Tous les jours.

— Elle te bordera aussi, lui assura Candace. Quand elle rentrera, elle viendra t'embrasser.

Et, se penchant, elle déposa un baiser sur le petit front plissé.

— Le méchant n'a pas attrapé maman ? demanda le petit garçon avec un regard effrayé.

Candace s'agenouilla près du lit et le prit dans ses bras.

— Bien sûr que non. Ton papa ne laissera personne faire du mal à ta maman.

Tout comme Garek n'avait laissé personne lui faire du mal quand elle s'était trouvée en danger. Les Kozminski protégeaient les femmes qu'ils aimaient ; c'étaient des héros. Voilà ce que l'on aurait dû dire d'eux, plutôt que de leur faire une réputation imméritée de criminels.

Michael poussa un profond soupir et hocha la tête.

— Papa va attraper le méchant.

— Oh oui !

Ou alors il mourrait en essayant, et c'était bien ce qui inquiétait Candace. Ils avaient déjà failli perdre Milek. Maintenant, c'était le tueur qui risquait de le leur prendre.

Blotti dans les bras de Candace, le petit garçon finit par s'endormir. Elle attendit de l'entendre respirer régulièrement pour l'allonger dans son lit. Se relevant, elle déposa un autre baiser sur son front ; il croirait peut-être que c'était Amber.

Elle se tournait pour sortir de la chambre quand une ombre sur le seuil la fit sursauter. Mais elle reconnut instinctivement la haute silhouette de Garek, avant qu'il ne s'avance dans le halo de la veilleuse.

— Alors, nous aussi on va en faire un ? demanda-t-il en désignant l'enfant endormi.

La gorge nouée par l'émotion, Candace ne put que hocher vivement la tête. Elle voulait un bébé avec son mari.

— Je vais dire à Stacy de commencer à fabriquer un autre nounours.

Pensant à leur futur enfant, elle plaqua une main sur son ventre. Garek posa la sienne dessus, et elle sentit qu'il tremblait légèrement. Il était inquiet au sujet de son frère et d'Amber, tout comme Michael et elle.

— Tu as des nouvelles de Milek ? demanda-t-elle.
— Pas encore, dit-il en soupirant.
— Ça ira pour lui.
— Pas si Amber ne s'en sort pas…

Il fallait qu'elle s'en sorte. Candace se retourna pour regarder le petit garçon. Il dormait, mais il fronçait les sourcils dans son sommeil. Il avait besoin de sa mère.

Milek se demandait si Nick Rus lui avait vraiment fait une faveur en le laissant regarder la procureure interroger Amber. La femme ne délirait pas autant que le pensait Amber. Elle avait raison à son sujet, tout comme Gregory Schievink avait eu raison. Si elle était avec lui, Amber ne serait jamais élue. Sa réputation détruirait la sienne, de même que toutes ses chances d'obtenir le poste qu'elle convoitait.

Et maintenant, il savait qu'elle le voulait.

Cependant, si elle souhaitait se présenter, il fallait qu'elle cesse de fuir. Il devait absolument découvrir qui voulait sa mort.

Cette folle de procureure ? Elle détestait manifestement assez Amber pour lui nuire. Quand elle l'avait giflée… Rus avait dû le retenir. Milek avait failli briser le miroir sans tain derrière lequel ils observaient les deux anciennes collègues.

Après l'interrogatoire, ils étaient retournés dans le bureau de Nick, tandis qu'on emmenait Amber en cellule. Il avait l'estomac noué. L'idée qu'Amber soit emprisonnée le rendait malade. Ce n'était pas juste. Elle n'avait rien à faire derrière les barreaux.

Et elle n'y était pas en sécurité non plus. Il ne pouvait pas être avec elle et la protéger.

— Qu'est-ce qui leur prend si longtemps ? demanda-t-il.
— Mon patron a dû réveiller un juge fédéral, expliqua Nick.
— Et ça lui faisait peur ?

Nick se mit à rire.

— Rien ne fait peur à l'agent spécial en chef Lynch.

Son admiration pour son patron était compréhensible. Milek, qui assurait le service de sécurité, avait rencontré l'homme lors du mariage de deux agents dans la chapelle de Penny Payne. Chaque fois qu'il s'y rendait, il s'imaginait devant l'autel, attendant qu'Amber remonte l'allée pour le rejoindre.

Mais il ne pouvait plus lui demander de l'épouser. Il ne voulait pas gâcher sa vie.

Le portable de Nick se mit à sonner. Il prit la communication et, après avoir écouté un instant, laissa échapper un : « Génial ! »

— Tu as fait tomber les charges ? demanda Milek qui respirait soudain plus facilement.

Nick acquiesça. Puis, après avoir écouté quelques secondes de plus, il raccrocha et gloussa.

— Non seulement les charges ont été annulées, mais encore le maire va nommer une nouvelle procureure par intérim.

— Amber ? fit avec espoir Milek.

— Non. Même si elle n'est plus en accusation, elle n'est pas complètement innocentée.

— Tu la soupçonnes toujours ?

— Non, dit Rus en secouant la tête.

Soulagé, Milek prit une profonde inspiration. Rus l'aiderait à blanchir Amber.

— Laisse-la partir, fit-il.

Au même moment, la porte s'ouvrit sur un agent en uniforme haletant.

— Il y a un problème dans les cellules, agent Rus !

Le cœur de Milek fit un bond.

Amber ! Il savait qu'elle ne serait pas en sécurité en détention. Quelqu'un avait dû la reconnaître. Ou alors Reynolds avait recruté quelqu'un pour la tuer en prison.

Peut-être était-ce pour cette raison même qu'elle avait inventé ces fausses accusations, pour la mettre en position de vulnérabilité.

Si tel était le cas, il allait s'occuper de cette garce. Elle allait perdre bien plus que son travail…

Amber avait cru ne jamais revoir son fils, si bien qu'elle ne se lassait pas de le regarder dormir. A la minute où elle était entrée dans la chambre, Michael avait poussé un grand soupir, comme s'il avait senti sa présence.

Quant à Milek, il l'observait avec autant d'intensité qu'elle contemplait leur fils. Il se tenait à côté d'elle sur le seuil de la pièce.

— Tu es sûre que ça va ? demanda-t-il dans un murmure.

Michael dut l'entendre ; il remua dans son lit et se pelotonna sous ses couvertures, le visage apaisé. Il se sentait en sécurité, à présent.

Amber aussi. Milek lui avait sauvé la vie une fois de plus. Mais, tandis qu'il la regardait, elle sentit que quelque chose avait changé. Une sorte de distance s'était installée entre eux.

Cette distance l'effrayait encore plus que ne l'avait fait l'enfermement. Sans la femme qui l'avait reconnue, elle n'aurait peut-être pas survécu à son passage en prison. Mais elle avait recommandé une cure de désintoxication pour la jeune prostituée plutôt que l'incarcération, et celle-ci lui en avait été reconnaissante, suffisamment pour la défendre quand les autres s'étaient retournées contre elle.

Ne voulant pas réveiller son fils, elle s'éloigna de la petite pièce pour se rendre dans la chambre qu'elle occupait avec Milek. La question était maintenant de savoir s'il voulait encore la partager avec elle.

Il la suivit et alluma la lumière. Puis il lui prit délicatement le menton et examina son visage.

— Tu vas peut-être avoir un bleu, dit-il.

— Je n'ai pas été frappée.

La bagarre avait été tout de suite interrompue, puis on l'avait libérée.

— Reynolds t'a giflée.

— Tu l'as vue ?

Il fit signe que oui et elle comprit qu'il avait entendu le reste de leurs échanges.

— Elle a tort, reprit Amber.

Il acquiesça de nouveau.

— Elle le sait, maintenant, étant donné que ses fausses accusations lui ont coûté son travail.

Le travail pour lequel elle avait peut-être tué. L'avait-elle fait ? L'avocate blonde était ambitieuse et méchante, mais était-ce une meurtrière ?

— Ce n'est pas de ça que je parlais, dit Amber. Ce qu'elle a dit sur toi…

Il haussa les épaules.

— C'est vrai, j'ai tué un homme…

— En état de légitime défense.

— Ce n'était pas à moi qu'il essayait de nuire.

C'était à Stacy. Leur beau-père avait failli violer leur sœur avant que Milek et Garek fassent irruption dans la pièce où il la retenait prisonnière. Amber avait entendu cette histoire, non de la bouche de Milek, car il n'en avait jamais parlé, mais de celle de Stacy.

Stacy n'en savait toutefois pas davantage, car elle avait perdu connaissance ; son beau-père était en train de l'étrangler. Elle serait probablement morte si ses frères n'étaient pas arrivés à sa rescousse. Elle ignorait ce qui s'était passé par la suite, à part que son beau-père était mort et que ses deux frères avaient été accusés d'homicide.

Cela avait été un simulacre de justice.

— Tu as sauvé la vie de ta sœur, lui dit Amber. Tout comme tu ne cesses de sauver la mienne.

Elle n'avait pas eu l'occasion de le remercier de lui avoir sauvé la vie dans le parking souterrain. S'il ne l'avait pas fait se baisser, elle aurait pu recevoir une ou plusieurs balles. Elle n'avait subi qu'une pluie de verre, et en avait d'ailleurs encore dans les cheveux. Elle leva la main vers sa tête, mais Milek lui attrapa le bras et arrêta son geste.

— Tu vas te couper.

La prenant par la main, il l'emmena dans la salle de bains adjacente. Il entra dans la douche et ouvrit le robinet.

La douche était spacieuse, carrelée du sol au plafond d'ardoises qui prenaient toutes les couleurs de l'arc-en-ciel quand l'eau coulait.

Sans attendre qu'elle se déshabille, Milek l'attira dedans avec lui.

Les morceaux de verre furent emportés dans le siphon. L'eau ruisselait sur elle, lui plaquant les cheveux sur le crâne, trempant ses vêtements.

Il repoussa les mèches qui lui tombaient sur le visage pour mieux la voir, mais elle ne put déchiffrer son expression. A quoi pensait-il ?

Puis elle vit son regard se poser sur ses seins. Elle baissa les yeux et constata que ses mamelons durcis se distinguaient à travers le tissu mouillé de son corsage.

Il se mit à en défaire les boutons. Elle ignorait à quoi il pensait, mais elle savait ce qu'il voulait. La même chose qu'elle…

22

Nick regardait par la vitre de son bureau, observant les inspecteurs et les policiers qui s'agitaient dans le service. Avait-il perdu son temps ici ?

Apparemment, il n'avait pas aussi bien nettoyé River City qu'il le pensait. Après avoir fouillé un peu plus dans la vie et les finances d'Evelyn Reynolds, il avait trouvé des pots-de-vin. Des pots-de-vin touchés et d'autres versés.

Elle avait certes les mains sales, mais était-elle aussi une meurtrière ? Il l'ignorait, même après l'avoir interrogée. Pour l'heure, elle séjournait dans la cellule qu'avait occupée Amber. Ses comptes en banque ayant été gelés, elle ne pourrait pas payer sa caution, et il doutait que l'on vienne à sa rescousse. Inutile de s'inquiéter à ce sujet pour le moment.

Et Brad Jipping ? Il prit son téléphone et composa rapidement le numéro du meilleur inspecteur de River City.

— Des indices sur Jipping ?

— Depuis la mort de son fils l'année dernière, le type n'a plus donné signe de vie, répondit l'inspecteur.

Nick poussa un petit soupir de soulagement. Cela voulait dire que Nikki ne pourrait pas le trouver non plus — il était sûr que Milek lui avait demandé de le faire. Il ne voulait pas que l'agence Payne mette la main sur Jipping avant lui. Car s'il se révélait être le véritable tueur, qui sait comment réagirait Milek…

Le risque était réel qu'on le retrouve mort avant que Nick ait pu l'arrêter. Dans ce cas, il devrait arrêter Milek, quand bien même il aurait difficilement pu lui reprocher de vouloir se débarrasser de l'homme qui terrorisait son fils et la mère de celui-ci.

Si lui-même avait eu un enfant et que quelqu'un ait voulu le faire disparaître…

Mais ce n'était qu'une hypothèse. Il ouvrit le tiroir de son bureau et y prit un cookie. La seule relation digne de ce nom qu'il ait établie depuis son emménagement à River City était Penny Payne. Mais c'était une drôle de relation, que personne ne comprenait.

Pas même lui…

Il n'avait jamais été doué dans ce domaine. Il soupçonnait qu'Annalise Huxton ne dirait pas le contraire, car il avait dépassé les bornes avec elle et gâché leur amitié. Peut-être était-ce une chance que le frère d'Annalise ait disparu à l'étranger, car il aurait sans doute déjà traqué Nick pour lui botter les fesses.

Bref, Nick comprenait que Milek puisse vouloir éliminer l'homme qui menaçait son fils et son ex-fiancée, mais il ne pouvait pas le laisser faire.

Il était là, Milek en était sûr. Sur un signe de lui, Garek enfonça la porte de la chambre de motel et Milek se rua à l'intérieur, pistolet au poing.

Malgré son épaule blessée, l'homme se jeta sur son arme et la pointa sur Milek.

— Jette ton arme ! lui cria Garek. Tu pourras pas l'utiliser contre nous deux.

Si l'on en jugeait par la précision de ses tirs dans le parking souterrain, il ne pourrait pas même en toucher un. Peut-être était-ce pour cette raison qu'il avait engagé Frank

Campanelli pour tuer Schievink. Le procureur serait sans doute toujours en vie si Jipping s'en était chargé.

— Vous êtes qui, vous ? beugla Jipping d'une voix avinée.

Milek désigna son épaule blessée. Le sang filtrait à travers la gaze qu'il avait appliquée sur la blessure. D'autres bandages maculés de sang traînaient sur le lit où était assis Jipping.

— C'est moi qui t'ai tiré dessus.

— T'es le garde du corps de la fille.

Il était davantage que son garde du corps. Il était aussi le père de son enfant, son ex-fiancé, son amant…

Pourquoi ne pouvait-il contrôler son désir d'elle ? Chaque fois qu'ils faisaient l'amour, il avait de plus en plus de mal à cacher ses sentiments.

Jipping lui rendrait peut-être service en l'abattant. Cela lui ferait moins mal que de laisser partir Amber.

Toutefois, l'homme ne paraissait pas impatient de presser la détente, sans doute parce qu'il se rendait compte que Garek avait raison. Il ne pourrait les toucher tous les deux, et celui qu'il n'aurait pas abattu le descendrait.

— Comment qu'vous m'avez trouvé ? demanda-t-il en les dévisageant tour à tour de ses yeux injectés de sang.

Peut-être s'attendait-il à la visite de la police. Or ils ne l'avaient pas encore appelée.

Rus serait furieux qu'ils ne lui aient pas dit qu'ils avaient déniché Jipping alors qu'il le cherchait toujours, mais il ne disposait pas d'autant de ressources qu'eux.

Ils avaient des contacts dans les quartiers les plus louches de la ville, et c'était par ce biais qu'ils l'avaient trouvé, à la lisière des bas quartiers. Un type que Milek avait rencontré en centre de détention avait reconnu la photo et lui avait dit où il pouvait trouver l'alcoolique. Moyennant finances, évidemment.

Leurs anciens contacts ne donnaient pas d'informations gratuitement, pas plus qu'ils ne parlaient à la police. C'était pour cette raison que Rus n'avait pas encore localisé Jipping. Il ne savait pas où s'adresser. Cependant, le connaissant, Milek ne doutait pas qu'il aurait fini par trouver.

Des canettes de bière et diverses bouteilles d'alcool jonchaient le sol de la chambre. C'était peut-être pour ça que le gars ne tirait pas droit ; il devait être trop ivre pour viser correctement.

— C'était pas difficile de te trouver, déclara Milek.

Ce qui voulait dire que la police y arriverait aussi. Rus était assez malin pour passer un marché, comme il l'avait fait avec Chekov.

Ce ne fut toutefois pas Rus qui fit soudain irruption dans la chambre, mais Amber.

Comment diable avait-elle pu les retrouver ?

— Désolée, dit Candace qui venait d'entrer sur ses talons. Elle a insisté…

— Sors d'ici ! lui ordonna Milek.

— Non ! hurla Jipping. Cette garce ira nulle part !

Milek s'interposa entre lui et Amber. Il aurait été heureux de recevoir une balle à sa place, de mourir pour elle. Son fils ne le connaissait pas vraiment, c'était de sa mère qu'il avait besoin.

Il sentit la petite main d'Amber se poser dans son dos, tirant sur sa chemise.

— Ne fais pas ça, dit-elle.

Croyait-elle qu'il allait tuer l'homme ? Etait-ce pour cette raison qu'elle avait persuadé Candace de l'amener ?

Elle doutait de lui, et cela lui serrait le cœur, mais il avait ses propres doutes sur lui-même. Naguère, lorsqu'il avait fait face à l'homme qui terrorisait sa sœur, il ignorait ce qu'il allait faire. S'il était un assassin, comme tout le monde semblait le penser, pourquoi n'avait-il pas encore pressé la détente, maintenant qu'il se trouvait face à celui qui voulait tuer Amber et leur fils ?

Jipping n'allait-il pas le faire, lui ? Mais c'était Amber qu'il voulait, et Milek se tenait entre lui et la balle. Il se raidit, attendant le coup de feu.

Amber tira plus fort sur la chemise de Milek pour l'entraîner de côté. Elle ne voulait pas qu'il donne sa vie pour elle.

— Non, ne fais pas ça…, répéta-t-elle.

— Je ne vais pas le tuer…

Ce n'était pas de cela qu'elle s'inquiétait, mais de lui.

— S'il baisse son arme, poursuivit Milek. Jette ton arme, ajouta-t-il à l'intention de Jipping.

— Vous allez tous poser vos armes, fit une voix grave sur le seuil.

Amber se retourna pour regarder entrer Rus, dont les yeux lançaient des éclairs. Il était furieux, plus encore que Milek, de la voir là.

Elle était venue car elle refusait que quiconque risque sa vie alors que c'était elle que Jipping voulait abattre. Non qu'elle ait l'intention de renoncer à la vie. Simplement, elle voulait que personne ne soit tué.

Brad Jipping avait déjà perdu assez à la mort de son fils, il ne fallait pas qu'il meure lui non plus. Peu importait ce qu'il leur avait fait subir, à Michael et à elle.

— Jeremy n'aurait pas voulu que ça se passe comme ça, dit-elle à Jipping.

— Comment vous osez prononcer son nom ? hurla-t-il.

Amber inspira à fond et tira derechef sur la chemise de Milek. S'il restait devant elle, il allait certainement prendre une balle. Et elle avait besoin de voir Jipping pour réussir à l'émouvoir.

Elle avait toujours réussi à toucher les membres du jury quand elle prenait le temps de les regarder dans les yeux et de s'adresser à eux individuellement. Gregory avait l'habitude de l'appeler sa « chuchoteuse de jury ».

— Jeremy était un gentil garçon, lui dit-elle.

— Et c'est pour ça qu'vous l'avez enfermé ? rétorqua Jipping.

Techniquement, c'était le juge qui l'avait envoyé en prison. Elle n'avait fait que porter des accusations contre lui. Peut-être la sentence avait-elle été trop dure, mais on disait du juge qu'il avait perdu un proche dans une collision avec un conducteur ivre.

— Il avait tué deux personnes, reprit-elle.

Tout comme son père, qui avait assassiné Schievink et Campanelli.

— Il l'avait pas fait exprès. C'était un accident ! s'exclama Jipping.

Un accident qui ne serait pas arrivé si Jeremy n'avait pas bu avant de prendre le volant. Elle avait souligné ce point dans sa plaidoirie finale. Cependant, si elle la répétait maintenant, la conclusion n'apporterait que d'autres morts.

— J'ai essayé de l'envoyer en cure de désintoxication, rappela-t-elle à Jipping.

Mais le juge avait refusé ses recommandations, et Gregory était tombé d'accord avec lui.

— Je voulais faire en sorte qu'il reçoive de l'aide.

— Il avait pas besoin d'aide ! Il a fait une erreur, cette nuit-là. C'était un gentil garçon. Il méritait une deuxième chance.

Et il en aurait eu une, s'il avait purgé sa peine. Malheureusement, il s'était senti trop coupable pour se l'offrir. Parce qu'il avait ôté des vies innocentes, il avait également pris la sienne. C'était ce qu'il disait dans sa lettre d'adieu.

Alors pourquoi Jipping le lui reprochait-il ? Pourquoi l'avait-il reproché à Gregory ? Et le juge ? Pourquoi n'avait-on pas aussi trouvé son nom dans le carnet de Campanelli ?

Peut-être parce qu'il avait voulu s'en charger lui-même… Mais elle n'était pas là pour plaider la cause du juge. Elle plaidait la sienne.

— Mon fils aussi est un gentil garçon, dit-elle. Il n'a que cinq ans.

— Je me souviens quand Jeremy avait cinq ans…

La note de tristesse dans sa voix serra le cœur d'Amber.

— Il était sans doute comme mon fils, remarqua-t-elle. Doux, gentil et plein de promesses.

— Il était…, déclara l'homme d'une voix vibrante d'émotion.

— Alors pourquoi avez-vous recruté quelqu'un pour le tuer ?

— Jeremy ?

— Non, mon fils…

Elle frémit à la pensée du danger que lui avait fait courir l'accident.

— Pourquoi avoir embauché quelqu'un pour me tuer ?

— Vous l'avez envoyé en prison ! cria Jipping.

Elle tressaillit. Comme Milek se trouvait toujours entre le canon de l'arme et elle, elle ne voulait pas le pousser hors de ses gonds.

— Ce n'est pas elle qui l'a mis en prison, intervint Milek. C'est le juge qui a décidé de sa peine. Amber n'a fait que son travail, qui était de défendre les innocents tués par votre fils.

Amber resserra les doigts sur la chemise de Milek, et tenta une fois de plus de le pousser sur le côté. Il ne faisait qu'envenimer les choses.

— Jeremy n'aurait pas voulu que d'autres gens meurent, l'implora-t-elle.

— Arrêtez ! hurla Jipping. Vous avez pas le droit de parler pour lui !

— Et vous n'avez pas le droit d'essayer de tuer mon fils ! répliqua Amber. Trop de gens sont déjà morts.

— Non ! cria l'homme.

Elle sentit Milek se crisper. C'était comme s'il était devenu subitement plus grand et plus massif, pour l'abriter de ce qui ne manquerait pas d'arriver. Les autres se tendirent aussi. Garek et Candace brandissaient toujours leurs armes.

Rus était derrière elle, si bien qu'elle ne pouvait voir son expression. Mais elle était certaine qu'il était courroucé, tout comme Milek était furieux qu'elle soit intervenue.

Pourtant, elle avait cru pouvoir convaincre Jipping et lui faire comprendre que ce n'était pas ce que son fils aurait voulu.

Soudain, quelqu'un lui passa un bras autour de la taille. Ce n'était pas Milek ; il n'avait pas bougé. Elle se rendit compte que c'était Rus. Au lieu de brandir son arme comme les autres, il tentait de l'entraîner hors de la chambre.

Le mouvement alerta Jipping. Ou alors, dans son désespoir, il ne pouvait accepter qu'elle s'en aille.

Une détonation résonna comme un coup de tonnerre dans la petite pièce.

Et si Jipping avait tiré, cela signifiait que Milek avait reçu la balle !

— Non !

Elle hurla en se débattant dans les bras de Rus, essayant de lui échapper pour se jeter sur l'homme qu'elle aimait et qu'elle venait de perdre.

Cette fois, pour toujours.

23

C'était terminé.

Après le suicide de Jipping, Milek avait eu des doutes, mais Rus avait trouvé des billets dans la chambre, ainsi que ses empreintes dans la camionnette volée. L'adolescent interrogé par Logan s'était trompé, ou bien Jipping n'avait pas pris la peine de garder ses gants.

Tout laissait à penser que c'était lui qui avait foncé sur le 4x4 de Candace. Et c'était incontestablement lui qui leur avait tiré dessus dans le parking. L'étude balistique montrerait probablement que l'arme avec laquelle il s'était suicidé était celle qui avait servi à tuer Frank Campanelli.

Tout était donc terminé.

Amber n'avait plus de raison de rester. Elle l'aimait, il l'avait réalisé quand elle s'était arrachée des bras de Rus pour se jeter sur lui. La pâleur mortelle de son visage avait trahi sa terreur de le perdre.

En comprenant qu'il était sain et sauf, elle s'était accrochée à lui, et il avait refermé instinctivement les bras autour d'elle.

Il n'avait pas envie de la lâcher, mais, comme il ne voulait pas qu'elle voie le spectacle qu'offrait désormais Jipping, il avait demandé à Candace de la raccompagner à l'appartement.

Le reste de la nuit, il l'avait passé à faire des allers et retours entre la scène de crime et le bureau de Rus, alors même qu'il mourait d'envie d'être avec Amber et de lui faire l'amour une dernière fois. Mais Nick avait beaucoup de questions et peu de patience.

Il poussa un soupir en composant le code de la porte de l'appartement. Les gardes du corps étaient partis, désormais. Plus personne n'était tapi nulle part pour surveiller les alentours.

Amber avait eu tout le temps nécessaire pour faire ses valises et celles de Michael. La pensée de son fils lui coupa le souffle : il allait devoir le laisser partir, comme il avait laissé naguère partir Amber.

Il aurait dû être soulagé à l'idée d'être de nouveau seul. Contrairement à son frère et à sa sœur, il aimait la solitude ; c'était pour cette raison qu'il passait tant de temps à peindre. Cela avait toutefois changé lorsqu'il avait rencontré Amber ; il avait toujours préféré sa présence à son absence. Jusqu'à ce qu'il se rende compte qu'être avec elle ne pouvait que lui nuire.

— Papa est rentré !

De petits bras s'enroulèrent autour de ses genoux.

L'amour et le chagrin se mêlèrent dans le cœur de Milek. Il prit l'enfant dans ses bras.

Par-dessus la tête du petit garçon, il croisa le regard d'Amber et y lut le soulagement ainsi que de l'interrogation. Elle voulait être certaine que Rus avait clos le dossier.

Il hocha la tête pour lui signifier que oui.

— Maman et moi, on va aller au parc, lui dit Michael. Tu veux venir, papa ? Tu vas voir comment je me balance très haut !

A présent, c'était la nostalgie qui lui étreignait le cœur. Il aurait voulu aller avec eux et sentir qu'ils formaient une famille. Il aimait néanmoins trop Amber pour la priver de l'avenir qu'elle désirait et qu'elle avait dû mettre en suspens.

La petite main de Michael se posa sur sa joue.

— Papa ? Tu veux ?

Plus que tout, oui, mais il secoua la tête.

Michael fit la moue et ses yeux argentés s'assombrirent.

— Ton papa est resté debout toute la nuit, dit Amber. Il a besoin de dormir.

Michael passa la main sur les poils de son menton.

— Et de te raser.

Milek se mit à rire. Il aimait tellement son fils ! Comment pouvait-il s'éloigner de lui ? Il faudrait qu'il trouve un accord avec Amber, une sorte de droit de visite.

Il le serra dans ses bras et le fit tournoyer en l'air avant de le reposer sur le sol avec un bref baiser sur le front.

— Amuse-toi bien au parc.

Déjà consolé, Michael courut vers la porte. Il était enthousiaste de quitter enfin l'appartement. Amber ne le suivit pas tout de suite.

S'approchant de Milek, elle posa une main sur sa joue comme l'avait fait leur fils. Cette fois, il sentit sa peau picoter et son pouls s'accélérer.

— Tu as l'air épuisé, dit-elle. J'espère que tu vas enfin pouvoir te reposer.

Elle savait qu'il n'avait pas dormi depuis qu'il l'avait retrouvée, mais elle ignorait tout des nuits blanches passées à penser à elle et à leur fils, quand il les croyait disparus à jamais.

Au-delà de l'épuisement, il se contenta de hocher la tête. Elle se haussa sur la pointe des pieds et lui déposa un baiser sur les lèvres.

— Merci…

Il ignorait de quoi elle le remerciait. De ne pas aller au parc avec eux ? De lui avoir sauvé la vie ?

Malgré son envie de l'embrasser et de la prendre dans ses bras, il se força à demeurer sur place quand elle ouvrit la porte et sortit avec Michael.

Il s'attendait à trouver les valises faites dans la chambre.

Or il n'y avait rien. Le lit avait été fait et préparé comme pour l'accueillir.

Il aurait dû s'endormir tout de suite, mais la pensée que Michael et elle allaient partir le garda éveillé, l'empêchant de se détendre.

Etaient-ils vraiment en sécurité ?

Bien sûr que oui. Brad Jipping était mort. Il ne pouvait plus leur faire de mal. Quant à Evelyn Reynolds, elle était en prison et n'en sortirait pas de sitôt.

Ils étaient en sécurité, désormais. Il avait du mal à se faire à cette idée, comme s'il avait négligé quelque chose. Y avait-il une autre menace dont il n'avait pas tenu compte ?

C'était le début du printemps, et le ciel était aussi bleu qu'en plein été. Ravie d'être enfin libre de se détendre comme les autres promeneurs, Amber inspira une grande bouffée d'air frais. Contrairement à l'année précédente, elle ne se sentait pas sur la défensive, obligée de surveiller les alentours.

Elle regarda son fils se balancer et l'écouta crier de plaisir à mesure qu'il prenait de la vitesse et de la hauteur.

— Maman, regarde-moi ! Regarde-moi !

— Je te vois, dit-elle.

Son attention était toutefois partagée. De temps à autre, elle jetait des coups d'œil au parking, en se demandant si celle qu'elle avait contactée viendrait.

Elle l'espérait ; elle tenait vraiment à éclaircir le malentendu avec cette femme. Son cœur se mit à battre quand un 4x4 Lincoln se gara. La conductrice resta un moment au volant avant de descendre de voiture.

Avec son élégant manteau de lainage, ses gants en cuir et ses bottines de grand couturier, elle paraissait déplacée, dans ce parc de banlieue. D'âge moyen, blonde, elle n'avait rien d'une mère surmenée. Au contraire, elle respirait la classe et la richesse. Cela n'avait rien d'étonnant : elle était l'héritière d'une grande et vieille fortune.

Les deux femmes s'étaient rencontrées avant que Gregory soit abattu. Mme Schievink s'était alors montrée cordiale. Rien dans son comportement n'aurait permis d'imaginer que non seulement l'épouse de Gregory était au courant des rumeurs les concernant, Ambre et lui, mais qu'en plus elle les croyait.

Elle jeta un coup d'œil à Michael qui continuait à se balancer, et s'avança à la rencontre de Mme Schievink.

— Merci d'être venue.

— J'ai été surprise par votre appel, dit Patricia Schievink. J'ai vu les nouvelles, comme tout le monde, et je sais que vous avez traversé beaucoup d'épreuves.

— C'est fini, maintenant. Celui qui a fait assassiner Gregory et qui essayait de nous tuer, mon fils et moi, s'est suicidé.

— A-t-il dit quelque chose avant de mourir ? demanda Patricia.

— Il a parlé de son fils.

Sensible à la douleur inconsolable de Brad Jipping, Amber regarda de nouveau le sien.

— C'est horrible, ce que cet homme a fait. Mais j'ignore comment j'aurais réagi à sa place… Si quelque chose arrivait à mon fils, je n'y survivrais probablement pas.

Patricia soupira.

— Je n'ai pas eu la chance de connaître les liens mère-enfant. Gregory et moi n'en avons malheureusement pas eu.

Amber perçut son chagrin et ses regrets. Manifestement, Patricia aurait voulu être mère.

Elle lui posa une main sur l'épaule.

— Je suis désolée.

— Pourquoi ?

— Je suis désolée que vous n'ayez pas pu avoir d'enfants.

— Moi, je n'en ai pas eu. Mais Gregory, si…

Elle regardait à présent le petit garçon en train de se balancer.

— Non…, fit Amber. Ce n'est pas le fils de Gregory.

Sans répondre, Patricia continua de contempler Michael.

— Evelyn Reynolds m'a parlé de vous, reprit Amber. Elle m'a expliqué que vous croyiez à ces affreuses rumeurs sur votre mari et moi. Je veux que vous sachiez que la seule relation que nous avons eue était d'ordre professionnel.

Elle avait été assez naïve pour penser qu'ils étaient aussi amis, mais elle avait compris depuis que Gregory n'éprouvait aucune amitié pour elle.

Patricia la dévisagea avec scepticisme, un fin sourcil arqué.

— Et vous vous attendez à ce que je vous croie ? Je savais ce qu'il ressentait pour vous.

Pourquoi Amber ne l'avait-elle pas saisi à temps ? Pourquoi n'avait-elle pas compris jusqu'où Gregory était prêt à aller ? Ce qu'il avait affirmé à Milek…

— Il vous désirait, reprit Patricia.

— Vous étiez sa femme, répliqua Amber en secouant la tête.

— J'étais son banquier. La source de financement de ses campagnes. Il n'a jamais ressenti pour moi ce qu'il ressentait pour vous. Il ne m'a jamais désirée comme il vous désirait.

Amber avait l'estomac noué d'anxiété.

— Je suis désolée…

— Il y a de quoi, rétorqua Patricia. Il y a de quoi…

— Mais je n'ai jamais eu de liaison avec lui, poursuivit Amber.

En dépit de sa classe et son élégance, Patricia émit un ricanement de dérision.

— Et vous vous imaginez que je vais le croire ?

— C'est la vérité.

Patricia pointa un doigt ganté vers le petit garçon.

— C'est son fils.

— Non. Michael est le fils de Milek Kozminski. J'allais l'épouser.

Elle voulait toujours l'épouser, et passer sa vie avec lui.

— Je l'aime. Je l'ai toujours aimé.

— Alors vous vous êtes seulement servie de lui ? dit Patricia avec un petit rire. Il y a une sorte de justice poétique, là-dedans. Vous avez utilisé Gregory comme il m'a utilisée.

Amber secoua la tête.

— Je n'ai jamais utilisé personne.

— Et vous allez me dire que vous avez obtenu les meilleures affaires, juste parce que vous étiez la meilleure ?

— Oui, c'est ça.

Et elle le serait encore, si on lui en avait laissé la possibilité. Le regard glacial de son interlocutrice la mettait mal à l'aise et l'effrayait. Elle avait eu une mauvaise idée en lui demandant de venir.

— Ce n'est pas ce que m'a dit Evelyn, reprit Patricia. Elle m'a tout raconté sur vous deux.

— Elle vous a menti. Elle est arriviste et vindicative. Elle voulait le poste de Gregory.

Patricia ricana de nouveau.

— Elle aurait pu l'avoir. Gregory avait bien davantage en vue que le bureau du procureur.

Elle contempla Amber.

— Mais vous le saviez. Il vous parlait de ses ambitions, j'en suis sûre.

Amber se contenta de hausser les épaules. Elle savait que rien de ce qu'elle pourrait dire ne la convaincrait.

— Pourquoi voulait-il renoncer à tout cela ? demanda Patricia.

— Renoncer à quoi ?

— A son poste. A sa carrière.

— J'ignorais qu'il voulait y renoncer.

— J'ai trouvé un billet d'avion, expliqua Patricia. Un aller simple. J'ai supposé qu'il vous avait donné le vôtre.

Frappée d'une lucidité soudaine, Amber frémit.

— C'était vous…

Ses yeux s'embuèrent, mais elle refoula avec détermination ses larmes pour distinguer Michael. Il s'était immobilisé et les regardait d'un air inquiet ; il avait dû percevoir son émotion. Il descendit de balançoire et s'avança vers elles.

— Non, cours ! Sauve-toi ! lui cria-t-elle.

Au lieu de lui obéir, il vint droit vers elle, comme s'il avait compris son besoin de protection. Il ressemblait tant à son père ! Son talent artistique, son caractère protecteur…

— J'ai trouvé ça aussi, dit Patricia en tirant un revolver de son sac haute couture.

La manche de son manteau était si longue qu'elle recouvrait l'arme jusqu'au canon. Amber jeta un regard éperdu autour d'elle. Aucun joggeur ou promeneur en vue, personne qu'elle aurait pu appeler à l'aide.

— Vous avez l'air aussi surprise que Campanelli l'autre soir.

— Qu'est-ce qu'il y a, maman ? demanda Michael en les rejoignant. Tu veux jouer au chat et à la souris ?

Se mordant la lèvre pour retenir un sanglot, Amber secoua la tête.

Michael se tourna vers Patricia Schievink.

— Tu veux jouer au chat et à la souris ? répéta-t-il.

L'intéressée lui adressa un sourire étrangement triste.

— On va jouer à un autre jeu, lui dit-elle.

Amber tenta de s'interposer entre son fils et cette folle, comme Milek l'avait fait entre Jipping et elle. Sauf qu'elle venait de comprendre que l'assassin n'était pas Jipping, mais Patricia Schievink.

Avant qu'elle ait pu réagir, Patricia saisit la main de Michael et pointa le revolver sur l'arrière de son crâne.

A grand-peine, Amber retint un cri de terreur. Il ne fallait pas qu'elle les effraie. Si Michael bougeait…

Il se tourna légèrement vers Patricia. Il ne devait pas avoir vu l'arme, car il lui demanda calmement :

— Quel jeu ?

— A cache-cache, répondit-elle. Toi et moi, on va se cacher, et ta maman va essayer de nous trouver.

— Patricia, l'implora Amber. Je vous en supplie, ne faites pas ça…

— Vous auriez dû y penser avant de me voler mon mari.

Michael fronça les sourcils d'un air perplexe et dévisagea la femme avant de se tourner vers Amber. A présent, il devait avoir saisi ce que sa mère voyait si clairement. Cette femme était folle.

— Maman…, fit-il nerveusement.

— Tout va bien, assura-t-elle alors qu'elle n'en croyait pas un mot.

Que pouvait-elle faire ? Si elle se saisissait de son fils, Patricia lui tirerait dessus. Et à la distance où elle le visait, il était impossible qu'elle le manque.

Mais si elle la laissait l'emmener…

Elle allait sans nul doute l'abattre dès qu'elle aurait trouvé un refuge. Et avec les ressources financières dont elle disposait, elle pouvait aller n'importe où.

— Je vous en prie, fit Amber. Ne faites pas ça…

Patricia secoua la tête.

— Dites-lui de venir avec moi. On jouera gentiment, et peut-être que tout se passera bien.

Impossible de la croire. Patricia n'était pas allée jusque-là pour les laisser en vie, Michael et elle.

Non. Rien n'irait bien, plus jamais. Elle ne pouvait pas laisser partir son fils, parce qu'elle ne le reverrait jamais vivant.

Elle aurait dû tuer Amber, presser la détente, mais il y avait des gens dans le parc, et donc autant de témoins potentiels. En dehors d'Amber, personne n'avait vu le revolver. Le petit garçon ne l'avait pas vu non plus. Elle aurait pu lui tirer dessus tout de suite, devant sa mère, et ainsi avoir enfin sa vengeance.

Mais peut-être était-ce mieux ainsi, tout compte fait. Ne sachant pas si son fils était mort ou vif, Amber allait souffrir. Elle ne pourrait plus dormir. Ni manger.

Les soirs où Gregory avait travaillé tard avec cette traînée, elle avait été incapable d'avaler quoi que ce soit. Elle les imaginait riant d'elle ensemble, la croyant trop stupide pour comprendre ce qui se passait entre eux.

La seule raison pour laquelle Gregory n'avait pas demandé le divorce, c'était son argent. Il était trop ambitieux pour y renoncer. C'était elle qui devait financer sa campagne d'élection à la mairie, puis à la gouvernance de l'Etat.

Et ensuite à la présidence. Oui, il avait eu ce genre d'aspirations.

— Qu'est-ce que tu veux faire quand tu seras grand ? demanda-t-elle au petit garçon.

Elle ne comptait pas lui laisser cette chance ; elle était seulement curieuse…

— Je serai garde du corps, répondit-il. Comme papa.

C'était Gregory, son père. Elle l'avait entendu le dire lui-même !

Pourquoi Amber et son fils prétendaient-ils le contraire ? Pourquoi contredisaient-ils son mari ?

— Ton papa est garde du corps ? reprit-elle.

Il inclina sa tête blonde. Sur les photos envoyées par Frank Campanelli, ses cheveux étaient plus sombres, davantage comme ceux de Gregory. Et elle ne se souvenait pas d'avoir remarqué des yeux aussi clairs, presque argentés…

Les yeux de Gregory étaient sombres, et ceux d'Amber

de nouveau verts. Pas marron comme sur les clichés de Campanelli.

Non. Elle était en train de se laisser embobiner par Amber. Et qui pouvait être mieux placé qu'elle pour se méfier d'une avocate ? Les avocats étaient tous des menteurs. Cela leur venait naturellement. Gregory lui avait menti. Toutes ces promesses qu'il lui avait faites… De lui être fidèle, de l'aimer pour toujours…

Amber mentait, elle aussi.

Pourquoi Gregory aurait-il prétendu que l'enfant était de lui si ce n'était pas le cas ?

Etait-ce seulement un vœu pieux ?

Amber avait dû coucher avec les deux hommes, et Gregory avait supposé qu'il était le père. L'avait-elle roulé dans la farine ?

La pensée que le menteur avait été lui-même joué la fit éclater de rire. Le petit la regarda d'un air inquiet.

— Quand maman va nous trouver ? demanda-t-il.

— Quand elle découvrira où nous sommes, répondit-elle. Elle joue bien à cache-cache ?

Le petit gloussa.

— Non. C'est toujours moi qui gagne.

Cette fois, c'était elle qui allait gagner. Amber lui avait offert sa vengeance sur un plateau en disant qu'elle ne survivrait pas à la mort de son fils.

C'était pour ça qu'elle ne l'avait pas abattue tout à l'heure. Elle avait attendu trop longtemps pour se contenter d'une vengeance rapide. Non. C'était bien mieux ainsi…

Amber allait souffrir. Elle souffrirait en se demandant où son fils était, s'il était en vie.

Et quand elle le retrouverait… Elle souffrirait jusqu'à la fin de sa misérable existence.

Tout ce qu'il lui restait à faire, c'était de presser la

détente. Campanelli ne l'en avait pas crue capable, mais elle lui avait prouvé le contraire. Lui ôter la vie ne lui avait posé aucun problème.

Et elle n'en aurait pas davantage à en ôter une autre…

24

Amber tremblait sans discontinuer. Tous ses muscles tressautaient convulsivement.

— Je n'aurais pas dû la laisser l'emmener. Je n'aurais pas dû…

Elle avait vu tant d'affaires de ce genre qui s'étaient mal terminées !

Que faisait Patricia à son fils ? A leur fils…

Milek avait le visage rouge de fureur et les poings serrés. Il était sans doute en colère contre elle. Elle ne le lui reprochait pas ; elle-même s'en voulait terriblement.

— Je n'aurais pas dû…

— Tu ne pouvais prendre le risque qu'elle tire, dit-il, comme s'il comprenait.

Des larmes emplirent de nouveau ses yeux, et sa voix se brisa.

— Elle avait braqué son revolver sur sa tête…

Milek avait tenté de l'empêcher de regarder Jipping après son suicide, mais elle avait vu cette horreur… C'était ce qu'elle avait immédiatement imaginé en voyant Patricia sortir l'arme de son sac.

Elle cligna des paupières, essayant d'y voir clair. Ils n'étaient pas seuls dans l'appartement. Rus était là, de même que tous les membres de l'agence Payne et leurs épouses. Mais c'était de Milek qu'elle avait besoin.

— Est-ce qu'on va le retrouver ? Est-ce qu'on va revoir notre fils ?

— Bien sûr que oui ! s'exclama-t-il.

Se rapprochant d'elle, il passa un bras autour de ses épaules. Elle ne méritait pas cela, pas après avoir échoué à protéger leur enfant.

— Si elle avait voulu le tuer, elle l'aurait abattu dans le parc. Devant toi.

Se souvenant de ce qu'elle avait dit à Patricia, elle secoua la tête.

— Non…

— Quoi ?

— Je lui ai offert la vengeance parfaite, avoua-t-elle. J'ai parlé de Jipping et j'ai dit que je ne survivrais pas à la perte de mon fils…

Impossible que Patricia ait manqué ça et qu'elle n'ait pas pensé à en tirer profit. Ce qui voulait dire qu'elle ne reverrait jamais son fils en vie…

Amber s'accablait de reproches.

Mais c'est ma faute, se dit Milek.

Il n'aurait pas dû les laisser sortir ; il avait senti que quelque chose n'allait pas.

La veille, il était nerveux. Il avait attribué cette nervosité au fait qu'il s'inquiétait du départ d'Amber et Michael. En y réfléchissant, il était inconcevable que Brad Jipping ait pu avoir assez d'argent pour engager Campanelli. Avec son alcoolisme, il n'avait pas pu garder son travail. Il avait perdu sa maison, et sa voiture avait été saisie.

Les billets de cent dollars qu'il avait donnés à l'adolescent et ceux qu'il avait sur sa table ne lui appartenaient pas. C'était l'argent de Patricia Schievink.

Elle avait des ressources presque illimitées. Largement

suffisantes, en tout cas, pour s'offrir les services de Campanelli pour éliminer son mari, Amber et Michael, et pour ensuite recruter Jipping, afin qu'il termine le boulot que le tueur à gages avait échoué à mener à bien.

Elle avait dû entendre parler de Jipping par son mari. Ils discutaient sans doute des affaires courantes. D'Amber…

Patricia Schievink avait assez d'argent pour quitter le pays et ne jamais revenir. Alors, pourquoi avait-elle amené Michael ici ?

La maison était plus petite que le manoir dans lequel elle vivait, et devant lequel le tueur à gages avait abattu son mari. La porte d'entrée était verrouillée, mais elle aurait pu aussi bien ne pas l'être, étant donné qu'aucune serrure ne résistait à Milek.

Quand il la poussa et entra dans la maison, les lames du parquet grincèrent sous son poids. A part cela, le silence régnait. Et le seul mouvement était celui de la poussière dansant dans les rayons de soleil. Par les fenêtres dépourvues de rideaux, il vit la femme assise dans le jardin, regardant l'enfant sur la balançoire d'un vieux portique.

Il ouvrit la porte-fenêtre et sortit pour les rejoindre. Les précautions qu'il avait prises jusque-là étaient une perte de temps.

Michael poussait sur ses jambes pour faire monter la balançoire.

— Papa ! cria-t-il en agitant la main.

Puis il se tourna vers la femme assise sur une chaise de jardin rouillée, au milieu de la terrasse envahie par les mauvaises herbes.

— Papa m'a retrouvé ! Il joue bien à cache-cache.

Elle ne se retourna pas pour le regarder ; sans doute faisait-elle confiance à Michael.

— Comment m'avez-vous trouvée ? demanda-t-elle.

— Vous n'avez pas éteint votre portable.

— Et cela vous a mené jusqu'ici ?

— Jusqu'à ce quartier, répondit Milek. Le cadastre nous a confirmé que cette maison vous appartenait toujours. En fait, elle appartenait à votre mari.

— Il l'a achetée quand il m'a demandée en mariage. Sans doute pour me persuader qu'il ne m'épousait pas pour mon argent.

Elle ricana, comme honteuse de ne pas avoir deviné.

— Il m'a dit que le jardin serait formidable pour des enfants…

Michael était passé au toboggan qui jouxtait la balançoire. Milek mourait d'envie d'aller le chercher, mais la femme était assise entre eux, le canon de son revolver pointé vers l'enfant.

— C'est un jardin formidable, acquiesça-t-il, espérant qu'en donnant raison à Schievink, il n'allait pas la contrarier.

Elle devait l'avoir aimé, même si elle en était ensuite arrivée à le haïr au point de le faire assassiner.

— Mais nous n'avons jamais eu d'enfants, reprit-elle.

— Est-ce pour cela que vous vouliez mon fils ? demanda-t-il.

Elle soupira.

— Il est bien à vous, n'est-ce pas ?

— Oui, dit Milek. Vous avez entendu votre mari me dire qu'il était le père du bébé d'Amber ?

— Oui…

— Il mentait.

Bien qu'elle ne pût pas voir son geste, il désigna Michael du doigt.

— C'est évident qu'il est de moi.

Et il n'aurait jamais dû croire Schievink. Pas une seconde. Il n'aurait jamais dû douter d'Amber. Elle l'aimait.

L'aimait-elle toujours ? L'aimerait-elle encore s'il ne parvenait pas à sauver leur fils ?

— Pourquoi êtes-vous restée avec lui ? poursuivit-il. Pourquoi n'avez-vous pas divorcé à ce moment-là ?

Elle haussa les épaules.

— Je l'aimais toujours. Et il ne m'avait pas encore quittée.

— Il allait le faire ?

Elle hocha la tête.

— J'ai trouvé un billet d'avion. Un aller simple pour les Bermudes. Je me suis dit qu'il partait avec elle.

C'est alors qu'elle avait engagé Frank Campanelli pour tuer son mari.

— C'était le pays qu'il fuyait, dit Milek. Pas vous. Il devait savoir que ce n'était qu'une question de temps avant que l'agent Rus découvre ses malversations.

— Malversations ? répéta-t-elle.

Elle se mit à rire.

— C'est ridicule ! Je lui ai donné tout ce qu'il voulait, tout l'argent dont il avait besoin.

— Peut-être n'est-ce pas pour l'argent qu'il s'est arrangé avec la loi... C'était peut-être pour le pouvoir. Ou seulement parce que c'était un menteur et un tricheur.

Cette fois, elle poussa un soupir entrecoupé.

— C'était un vrai salopard, non ?

— En effet, approuva chaudement Milek.

Dire qu'il avait laissé cet homme affecter sa vie et sa relation avec Amber et leur fils !

— Il méritait de mourir, remarqua-t-elle, comme pour justifier ce qu'elle avait fait. Même s'il ne m'avait pas quittée pour elle, il m'aurait quittée de toute façon.

— Il ne vous quittait pas pour elle, confirma Milek. Amber n'a jamais eu de liaison avec lui.

— Et vous la croyez ?

— Oui.

Les minces épaules de la femme s'affaissèrent, mais elle ne lâcha pas son revolver.

— Campanelli a menti, fit-elle. Il a prétendu avoir provoqué cet accident, mais il savait depuis le début qu'elle et l'enfant étaient en vie. Il a attendu d'avoir besoin d'argent pour m'annoncer qu'il n'avait pas fini le travail.

— Peut-être ne pouvait-il se résoudre à tuer une femme et un enfant innocents, dit Milek.

Il espérait qu'elle non plus ne pourrait pas s'y résigner.

— Il était paresseux, reprit-elle. Et cupide. C'était un homme horrible, pour tuer tant de gens.

— Je sais. Nous avons trouvé le carnet où il inscrivait le nom de ses victimes.

Elle frissonna.

— Lui aussi, il méritait de mourir.

— Oui, acquiesça Milek.

Il se rapprocha d'elle et, comme il le craignait, elle resserra son emprise sur l'arme. Il aurait pu la tuer, il avait dégainé son pistolet.

Mais elle avait armé le chien. S'il faisait feu, elle risquait de tirer également, ne serait-ce que par réflexe, et pourrait atteindre Michael. Il ne voulait pas prendre ce risque. Et peut-être n'en aurait-il pas besoin…

— Mon fils, lui, ne mérite pas de mourir, poursuivit-il, en s'agenouillant près de la chaise et en rengainant son arme.

Après ce qu'elle avait fait subir à Amber et Michael, il aurait dû avoir envie de la tuer. Comme elle était armée, cela aurait été de la légitime défense. Au lieu de cela, il lui prit doucement le revolver des mains et la retint quand elle s'effondra.

Elle se cramponna à lui en sanglotant.

— Je suis désolée…, dit-elle. Je suis désolée. Je ne pouvais pas le laisser partir avec elle. Je ne pouvais pas le laisser me quitter. Je l'aimais trop. Je l'aimais trop…

Milek en doutait parce que, quand on aime quelqu'un,

on lui donne le meilleur de soi. Même s'il faut pour cela le laisser s'en aller.

Il l'avait déjà fait une fois pour Amber, et il s'apprêtait à le refaire. Il allait mettre de côté ses propres désirs et la laisser partir.

Il ne voulait pas être aussi égoïste que Patricia Schievink. Il devait prendre la bonne décision.

Pour le bien d'Amber…

Derrière le miroir sans tain de la salle d'interrogatoire, Nick avait entendu ces balivernes au sujet de la réputation de Milek et des prétentions d'Amber au poste de procureur.

Il ne pouvait nier que les Kozminski étaient célèbres, mais il était peut-être temps qu'on les reconnaisse pour ce qu'ils étaient : des héros, et non des criminels.

— Qu'est-ce que c'est que ce truc ? demanda Milek en lisant la citation écrite par Nick et qu'il avait fait signer au maire, grâce à l'appui de son chef.

Nick haussa les épaules.

— J'en ai eu marre que tout le monde me félicite d'avoir attrapé Chekov. Tu en as fait beaucoup plus que moi, dans cette affaire. Et c'est toi qui as résolu la dernière tout seul.

Milek laissa tomber la feuille sur le comptoir de la cuisine et ricana.

— Si Amber n'avait pas appelé Patricia Schievink, on ne l'aurait jamais résolue !

— Cette folle aurait recommencé, dit Nick. Ce n'était pas la faute d'Amber.

— Dis-le-lui donc.

— Tu ne l'as pas fait ?

— Non, répondit Milek en haussant les épaules. Elle est partie. Je ne lui ai pas parlé depuis que je lui ai ramené Michael.

L'idiot ! Bien sûr, il était convaincu d'avoir fait ce qu'il fallait, songea Nick. Mais pour de mauvaises raisons.

Il semblait aussi dévasté que lors de la fausse disparition d'Amber et Michael.

— Tu n'as pas revu ton fils ?

— Si. Stacy est allé le chercher, et nous avons passé un petit moment ensemble.

Milek sourit légèrement à ce souvenir. Au moins ne s'était-il pas coupé de son fils, seulement de la femme qu'il aimait.

Son regard se posa sur la citation, et son sourire s'évanouit.

— Il faut que tu retires ce communiqué de presse.

— Trop tard.

— C'est un mensonge.

— Pas du tout. C'est au contraire une des rares choses qui soient vraies à ton sujet.

— C'est faux. Je ne suis le héros de personne.

— Tu as sauvé Amber et ton fils, dit Nick. Tu as même sauvé la femme qui voulait les tuer.

— Elle n'a pas essayé de se suicider comme Brad Jipping. Lui, je ne l'ai pas sauvé.

— Mais tu aurais pu abattre Patricia Schievink, personne ne te l'aurait reproché.

— Elle n'allait pas tirer sur Michael.

— Elle le terrorisait et terrorisait sa mère, répliqua Nick. Un autre homme aurait pu la tuer et considérer qu'il avait simplement fait justice.

— Je ne suis pas ce genre d'homme, répondit Milek en soupirant.

Enfin, il venait de dire que Nick voulait entendre !

— Non, c'est vrai.

Milek leva les yeux et croisa son regard. L'air à la fois étonné et émerveillé, il murmura :

— Je ne suis pas comme ça…

— Non, tu es un héros. Exactement comme le dit cette citation.

Peu importait que le communiqué persuade toute la ville que Milek était un héros, si lui-même n'y croyait pas.

— Il y en aura toujours pour dire le contraire, remarqua Milek.

Il se faisait encore du souci pour la carrière d'Amber.

— Tes actes parlent d'eux-mêmes.

— J'ai tué un homme.

— Tu as sauvé la vie de ta sœur et de ton frère, lui rappela Nick. Tu es un héros. Ton beau-père faisait deux fois ta taille. C'est un miracle qu'il ne t'ait pas tué.

— J'étais devenu fou…, murmura Milek, et la culpabilité qu'il ressentait depuis toutes années apparut soudain dans ses yeux argentés.

— Tu avais peur, dit Nick à son ami.

Il soupçonnait que c'était ce qui retenait Milek. Il avait peur de faire du mal à Amber.

— Ne laisse pas la peur te dicter ta conduite, ajouta-t-il.

Ces paroles résonnaient dans l'esprit de Nick tandis qu'il rentrait chez lui.

Il était si distrait, quand il ouvrit sa porte, qu'il ne remarqua pas que quelqu'un l'avait déjà déverrouillée.

L'homme l'attendait dans le noir. Nick alluma la lumière et jura. Campanelli était mort, mais il y avait quand même un fantôme chez lui.

— Je croyais ne jamais te revoir, lança-t-il. Tu as disparu depuis des mois.

Tout le monde pensait qu'il n'avait pas survécu à sa dernière mission chez les marines.

Gage Huxton se renversa dans le fauteuil de Nick et grogna.

— La rumeur concernant mon trépas était exagérée.

— Salopard…

— Je ne suis pas venu te voir pour que tu m'injuries.

Non. Il était sans doute venu pour l'insulter lui, s'il savait ce qu'il avait fait avec Annalise. Gage était comme un frère pour elle. Seulement comme un frère…

— Pourquoi es-tu venu ? demanda Nick. Tu ne devrais pas aller voir Annalise ?

Gage secoua la tête et tressaillit. Apparemment, il n'était pas complètement guéri.

— Je ne peux pas aller la voir dans cet état.

— Mais tu ne peux pas lui laisser croire que tu es mort !

— Je lui ai dit que j'étais de retour. Simplement, elle ne sait pas que je suis ici.

— Tu peux rester aussi longtemps que tu veux, dit Nick.

Gage se redressa. Quoi qu'il ait traversé, cela n'avait pas altéré sa fierté.

— Je ne demande pas la charité, mon vieux. Je veux seulement du boulot.

— Au FBI ? C'est à Lynch que tu dois t'adresser, pas à moi.

— Non, je ne crois pas, répliqua Gage en ricanant. Je ne veux pas retourner au FBI, je veux être garde du corps.

— J'en parlerai à Payne Protection, fit Nick, en se disant qu'il aurait bien aimé lui aussi changer de métier.

25

La colère prit Amber lorsqu'elle relut l'article sur Milek. Il avait reçu les félicitations du maire et on le saluait comme un héros.

— Des conneries ! s'exclama-t-elle en se dirigeant vers l'atelier de Milek, au fond de l'entrepôt.

A son arrivée, il leva les yeux de la toile qu'il peignait, mais son regard se porta derrière elle, dans le couloir.

— Je suis seule, dit-elle.

De toute évidence, c'était leur fils qu'il voulait voir, pas elle. Il n'avait cessé de l'éviter, tout en demandant à voir Michael. Stacy s'excusait chaque fois qu'elle venait chercher l'enfant.

Ils ne s'étaient pas revus depuis le jour où cette folle avait kidnappé leur fils. Se disant qu'il allait lui faire des reproches, elle était partie immédiatement après avoir récupéré Michael. A présent, elle vivait dans un appartement, en attendant de trouver une maison pour eux deux.

Mais elle n'avait pas réellement fait de recherches, sans doute parce qu'elle espérait encore que Milek viendrait les chercher.

Il leur avait sauvé la vie si souvent, comme le disait l'article. Mais ce n'était pas toute la vérité.

Il reporta son attention sur sa toile. Elle n'en voyait que le dos, appuyé sur un immense chevalet. Autour de lui, d'autres taches de peinture étaient venues s'ajouter aux anciennes sur le béton.

Elle frappa le côté du chevalet avec le journal.

— C'est un mensonge !

— Je suis d'accord, admit-il calmement, sans même lever les yeux.

— Tu n'es pas du tout un héros.

Maintenant, c'était elle qui mentait. Mais elle était furieuse. Furieuse qu'il l'ait laissée partir…

— Je l'ai dit à Nick, répondit-il. Mais il a insisté pour que ça paraisse dans la presse.

Elle savait que Milek n'avait rien à voir avec ça. Il n'aurait jamais recherché les éloges. Parce que s'il avait été en quête de gloire, il n'aurait pas cessé de peindre.

Cependant, il peignait de nouveau.

— Tu es un lâche.

— On ne m'avait jamais dit ça, lança-t-il en riant.

— Mais c'est vrai.

Sauf qu'il n'était pas le seul. Elle aussi était lâche, sans quoi elle lui aurait posé la question cinq ans plus tôt.

— Pourquoi aurais-tu rompu avec moi, sinon ?

— Pas par lâcheté, en tout cas, fit-il.

— Alors, c'est parce que tu ne m'aimais pas ?

Elle attendit sa réponse. Si c'était là la raison, elle n'avait plus aucun argument.

— Au contraire. C'est parce que je t'aime trop.

Elle retint son souffle, tandis que l'espoir bourgeonnait dans son cœur.

Il l'aimait ? Vraiment ?

— Tu ne m'aimes pas, insista-t-elle. Autrement, tu ne m'aurais pas fait autant de mal. Tu n'aurais pas rompu nos fiançailles.

— Cela t'aurait fait plus de mal que je t'épouse ! Ça aurait anéanti tes chances d'avancement. Tu n'aurais jamais eu la possibilité d'être élue procureure.

— De quoi est-ce que tu parles ? Il y a cinq ans, j'étais très contente d'être l'assistante du procureur.

— Tu visais plus haut que ça, et tu avais assez d'intelligence et de talent pour y arriver.

Au lieu de se sentir flattée, elle le dévisagea, perplexe.

— Qu'est-ce qui te fait penser que je n'y serais pas parvenue en étant ta femme ?

— C'est la première fois qu'on parle de moi en bien dans la presse, répondit-il en désignant le journal qu'elle tenait toujours. Ma réputation aurait gâché tes chances. C'est exactement ce que t'a dit Evelyn Reynolds.

Sachant qu'il n'avait pas fini, elle attendit.

— Gregory Schievink m'a déclaré la même chose, il y a cinq ans, poursuivit-il.

— Quand il a prétendu être le père de Michael ?

— Il me l'a dit avant que j'apprenne que tu étais enceinte. Et j'ai compris qu'il avait raison.

— C'était une ordure.

— Mais il avait raison, comme Evelyn, insista-t-il. Si tu m'avais épousé, ma réputation aurait ruiné la tienne. C'est pour ça que j'ai rompu nos fiançailles. Je ne voulais pas être la cause de ton échec professionnel. Tu me l'aurais reproché tôt ou tard.

Son ressentiment était feint et exagéré, mais elle lui en voulait tout de même d'avoir écouté des tiers plutôt que d'en discuter avec elle.

— Mais voilà la vérité, finalement : tu es un héros.

— Personne ne croit le journal.

— Si c'est vrai, pourquoi as-tu gardé la critique de ta dernière exposition ?

Il haussa les épaules en faisant rouler ses muscles, mais tout son corps était tendu.

— Elle a plus de cinq ans, reprit-elle. Pourquoi l'as-tu gardée, si tu n'y croyais pas ?

— L'œuvre de quelqu'un révèle beaucoup de choses sur lui…

La rage. C'était cela qui l'inquiétait, la rage que le critique avait décelée dans sa peinture.

— Ce n'était pas seulement ma réputation que tu avais peur de détruire, n'est-ce pas ?

— Maître, vous harcelez le témoin ! lança-t-il avec un petit sourire.

Mais sa voix, tout comme son regard assombri, montrait qu'il était sérieux.

— Tu crois à ces âneries ? demanda-t-elle. A propos de ta rage ? Tout le monde dit que tu es le plus facile des Kozminski.

— Depuis que j'ai tué mon beau-père, dit-il, un muscle tressautant sur sa joue, je dois faire des efforts pour garder mon calme.

— Tu avais toutes les raisons du monde de le perdre, ce jour-là !

Il frémit comme s'il se rappelait ses sentiments de l'époque.

— Est-ce pour ça que tu as rompu ? Que tu refusais de reconnaître ton fils jusqu'à maintenant ? Tu avais peur de nous faire du mal ?

Elle lut la réponse dans ses yeux, dans la peur qui s'y trouvait.

— Oh ! Milek…

Quelque chose dans sa voix dut finalement l'émouvoir, car il fit le tour du chevalet qui les séparait et s'approcha d'elle.

Elle lui caressa la joue du bout des doigts.

— Tu es l'homme le plus gentil et le plus doux que je connaisse. Tu ne nous feras jamais de mal.

Il saisit sa main et la serra étroitement.

— Je me force à être gentil, dit-il. Je fais des efforts pour me maîtriser…

Elle frémit en imaginant à quel point cela avait dû être difficile pour lui. Et, soudain, elle comprit sa peinture.

— Ce n'était pas de la rage que le critique a vue, dit-elle. C'était de la passion, de la passion réprimée.

— Je ne veux pas te faire du mal.

— Tu ne m'en feras pas.

A présent, elle comprenait qu'il n'avait pas rompu parce qu'il ne l'aimait pas, mais au contraire parce qu'il l'aimait.

— Je voudrais en être sûr…

— Essaie…

— Comment ? demanda-t-il en posant un regard intense sur elle.

— Déchaîne-toi, fit-elle s'approchant de lui.

Elle posa les mains sur son torse, puis descendit jusqu'à sa ceinture et effleura l'érection qui tendait déjà sa braguette.

— Vas-y, déchaîne-toi ! le défia-t-elle.

— Amber…, dit-il avec une hésitation perceptible.

Il ne se faisait pas confiance. Mais elle, si. Elle recula d'un pas.

La déception se lut dans le regard de Milek. Il pensait qu'elle avait changé d'avis. Or elle n'avait aucun doute à son sujet. Relevant son pull, elle le fit passer par-dessus sa tête et le laissa tomber sur le sol maculé de peinture. Puis elle défit son jean et le repoussa sur ses jambes, en même temps que son slip, après quoi elle dégrafa son soutien-gorge et le laissa tomber aussi.

Mile inspira de l'air entre ses dents.

— Amber…

Sa voix était rauque de désir.

— Milek…

Totalement nue et vulnérable, elle se dressa devant lui et se caressa les seins.

— Tu me rends fou…

Elle laissa descendre ses mains.

Au lieu de la prendre dans ses bras, il empoigna son propre T-shirt et le déchira de l'ourlet jusqu'au col. De puissantes inspirations soulevaient sa poitrine.

Son jean suivit le même chemin, repoussé sur ses jambes avec son caleçon. En quelques instants, il fut aussi nu qu'elle. Quand elle se caressa là où il l'avait caressée tant de fois, il perdit la tête.

La plaquant contre lui, il se jeta sur sa bouche et introduisit sa langue entre ses lèvres.

Elle eut un hoquet et il s'immobilisa, mais elle noua les bras autour de son cou en l'implorant :

— Ne t'arrête pas, s'il te plaît.

Il l'embrassa de nouveau avec passion, puis la toucha où elle s'était caressée, sur les seins d'abord, puis au creux de ses jambes.

Ce fut au tour d'Amber de perdre la tête. Elle s'agrippa à ses épaules et se cambra contre lui, se frottant contre sa verge. Elle voulait davantage. Elle parcourut sa poitrine de ses ongles, suivant le contour de ses muscles, avant de refermer une main autour de lui.

Il glissa les doigts en elle, en taquinant son clitoris du pouce. Elle s'effondra contre lui en criant son nom.

Sans attendre, il la souleva et l'adossa au mur, contre une toile retournée. Avant qu'elle ait pu protester qu'il allait abîmer sa peinture, il fut en elle.

Alors, elle oublia tout. Elle oublia même son nom, jusqu'à ce qu'il le crie. Il multiplia les coups de reins en la tenant par les hanches.

Le plaisir monta en elle, se frayant un chemin de la pointe de ses seins jusqu'au creux de son ventre. Elle se cambra, pour le sentir tout au fond d'elle.

Il crispa les doigts sur ses fesses puis, baissant la tête,

l'embrassa encore. Sa bouche. Son épaule… Il se pencha et prit entre ses lèvres un de ses mamelons, qu'il taquina du bout des dents.

Elle poussa un cri.

Il se tendit, comme s'il craignait de lui avoir fait mal. Mais elle jouissait, le corps secoué par l'orgasme le plus puissant qu'elle ait connu.

— Milek !

Sans cesser ses coups de reins, il la serra plus fort contre lui. Des veines saillirent sur son cou et ses bras, puis il eut un soubresaut et jouit à son tour. Il cria son nom, d'une voix fêlée par l'émotion.

Il avait perdu la tête, et cela n'avait jamais été aussi merveilleux. Non seulement la première fois, mais également la seconde, quand ils étaient tombés sur les bâches qu'il oubliait toujours de tendre avant de peindre.

Il s'était fait un bleu et ils étaient tous deux maculés de peinture.

— Je t'ai fait mal ? demanda-t-il à Amber, qui reposait sur lui, le dos poisseux de sueur et de peinture. Ça va ?

— Je crois que je me suis évanouie un instant, murmura-t-elle.

Il passa les doigts dans ses cheveux, tâtant doucement son crâne à la recherche d'une bosse.

— Tu t'es cogné la tête ?

— Non, répondit-elle en riant. Je me suis évanouie de plaisir.

Et elle lui donna une tape sur l'épaule du plat de la main.

— Tu te retenais avec moi !

— Je ne le ferai plus, promit-il. Pardon…

Il avait été tellement stupide !

Elle releva la tête pour mieux le voir.

— Tu ne m'as pas fait mal, lui assura-t-elle. Tu m'as donné le sentiment d'être fantastique… aimée…

— Je ne t'ai pas fait de mal maintenant. Mais il y a cinq ans, oui.

Jamais il ne se pardonnerait le chagrin qu'il lui avait causé, et de surcroît sans nécessité. Il avait laissé les autres le juger aussi durement qu'il se jugeait lui-même. Trop durement.

— Je comprends, dit-elle. Et je suis désolée…

Il resserra les bras autour d'elle.

— Pourquoi ? Tu n'as rien fait.

— J'aurais dû comprendre ce qu'il se passait. Je n'aurais pas dû douter de ton amour.

— Amber…, déclara-t-il, se sentant coupable des reproches qu'elle se faisait. J'aurais dû t'expliquer. Mais j'avais peur que tu me persuades de ne pas rompre, et je ne voulais pas gâcher ta vie.

Elle poussa un gros soupir, qui pressa ses seins contre son torse.

— Je suis désolé, je croyais bien faire. Je croyais te protéger.

— Tu ne m'aurais jamais fait de mal, répéta-t-elle.

— Pas physiquement. Mais je t'ai fait du mal sur le plan émotionnel.

Des larmes brillèrent dans ses yeux verts.

— Je t'aimais tellement…

— Tu m'aim*ais* ? Tu m'as oublié, alors ?

Elle remua contre lui, frottant son corps nu contre le sien.

— Est-ce que j'ai l'air de t'avoir oublié ? le taquina-t-elle.

Si elle l'aimait toujours, alors peut-être pourrait-elle lui pardonner.

Il lui caressa le dos et demanda :

— Tu veux voir ce que j'ai peint ?

— J'adorerais ça, répondit-elle avec un sourire éclatant. Je suis si heureuse que tu recommences à peindre !

— J'ai cessé d'exposer et de vendre.

— A cause de cette critique idiote, devina-t-elle.

— Mais je n'ai jamais cessé de peindre. C'est une thérapie pour moi, depuis le centre de détention.

Et il en avait eu encore plus besoin après avoir rompu avec elle.

— Tu es tellement doué…

Elle se dégagea de son étreinte et se leva vivement. Enroulée dans l'une des bâches, elle se dirigea vers la toile sur laquelle il travaillait.

Milek ne bougea pas. Il se contenta de contempler Amber et l'émerveillement qui se peignait sur ses traits. Il vit les larmes lui monter aux yeux et rouler sur ses joues en longues traînées brillantes.

Elle venait de lire les mots qu'il avait peints pour elle.

Veux-tu m'épouser ?

Malgré ses larmes, elle se mit à rire.

— Et moi qui suis arrivée en rogne ! Tu avais déjà changé d'avis avant même d'avoir entendu mes arguments.

Il n'était pas certain de savoir si elle était heureuse ou déçue. Mais elle rit encore, et il retint son souffle.

Elle était soulagée, sans doute. Si elle n'avait pas vu la peinture, elle se serait probablement toujours demandé s'il aurait fini par reconsidérer sa décision tout seul.

— Tu avais gagné le procès avant même de commencer, lui dit-il. Mais je n'étais pas sûr que tu dises oui.

— Et qu'est-ce qui te fait penser que je vais le faire ? interrogea-t-elle.

Il ne lui en voudrait pas si elle disait non. Il lui avait fait du mal, beaucoup plus qu'il ne l'avait pensé.

— Je suis désolé, dit-il en passant derrière elle pour la prendre dans ses bras.

Au lieu de se crisper à son contact, elle se laissa aller contre lui.

— Je passerai le reste de mes jours à essayer de réparer le mal que je t'ai fait, lui promit-il. Si tu me le permets…

— Oh oui, je te le permets, fit-elle, et elle se retourna pour nouer les bras autour de son cou. Surtout si tu continues à le faire si bien…

— Tout ce que tu voudras, du moment que tu deviens ma femme, répondit-il.

— J'ai toujours ma bague, annonça-t-elle.

Il fut surpris. Elle avait essayé de la lui rendre, mais il avait refusé. Par la suite, il s'était dit qu'elle l'avait jetée.

— Je vais demander à Stacy de t'en fabriquer une autre, dit-il.

— Mais c'est elle qui a fait celle que j'ai, protesta-t-elle. Et je l'adore.

— Mais…

Elle lui posa un doigt sur les lèvres.

— Elle est parfaite. Et notre vie sera parfaite aussi, désormais.

Il embrassa son doigt et referma la main sur la sienne.

— J'espère que tu ne t'attends pas à de la perfection dans tous les domaines. Je reste un Kozminski.

— Milek…

— Je pense que Nick a demandé cette citation pour améliorer ma réputation.

Amber soupira.

— Je me sens coupable d'avoir douté de lui. J'ai eu raison de lui faire confiance au début.

— Oui, c'est un ami, approuva Milek. Mais il n'y a aucune garantie que ça marche, que ma réputation devienne meilleure. En m'épousant, tu pourrais encore gâcher tes chances de devenir procureure.

Elle haussa les épaules comme si cela n'avait pas d'importance.

— Je sais que tu veux ce poste, reprit-il.

— C'est vrai. Et je l'obtiendrai, lui assura-t-elle. Et avec ton amour et ton soutien, je ferai bien plus que je n'ai jamais fait.

— Amber…

Plus il passait de temps avec elle, plus il l'aimait.

— Je ne veux pas attendre pour nous marier.

Elle secoua la tête.

— Moi non plus. Nous avons déjà attendu cinq ans.

— Alors, commençons à vivre ensemble dès que nous le pourrons.

Penny Payne raccrocha et tapa dans ses mains de ravissement. Le petit garçon qui jouait par terre près de son bureau leva les yeux vers elle, l'air interrogateur.

Elle ne pouvait lui dire pourquoi elle était si heureuse sans gâcher la surprise que ses parents allaient lui faire. Enfin, elle allait pouvoir préparer un mariage beaucoup trop longtemps repoussé !

Elle applaudit de nouveau et fit l'éloge de la peinture de l'enfant.

— C'est magnifique !

Il la ramassa sur le parquet et vint la déposer sur son bureau. Puis il s'installa sur ses genoux.

— C'est moi, et maman et papa, expliqua-t-il.

Ce n'étaient pas des personnages représentés par des ronds et des bâtons, comme on aurait pu s'y attendre de la part d'un enfant de cet âge — ou même de Penny elle-même ! —, mais de vrais portraits.

Elle jeta un coup d'œil au tableau pendu au mur de son

bureau. Milek l'avait peint des années auparavant ; son fils avait manifestement hérité de son talent artistique.

C'était un portrait de famille aussi, de la famille de Penny, avec ses trois fils et sa fille. Il y avait un tel amour dans sa facture ! On voyait que le peintre avait envie de faire partie d'une famille comme la sienne.

Se rendait-il compte, à présent, qu'il en faisait partie ?

Elle allait lui demander de peindre un nouveau portrait, de la famille au complet. Avec ses belles-filles, les Kozminski, Garek et Candace, Milek et Amber, et leur fils.

Et Nick. Il protesterait, Nikki aussi, mais Penny voulait qu'il soit avec eux. Nick avait passé trop de temps loin d'eux. Il fallait qu'il sache qu'il faisait partie de leur famille.

Elle sourit à son nouveau petit-fils. Le petit Michael serait tellement heureux que ses parents se marient. Elle soupçonnait que Nick avait beaucoup à voir avec leur réconciliation.

Il n'était pas du même sang qu'elle, mais, d'une certaine façon, il tenait plus d'elle que ses propres enfants.

Il comprenait les sentiments des autres, leurs besoins et leurs désirs. Et il lui ressemblait aussi par un autre côté : il ne savait pas vraiment ce qu'il voulait. Ou peut-être s'inquiétait-il tellement pour les autres qu'il ne reconnaissait pas ou ignorait ses propres besoins ou ses désirs.

Et quels pouvaient bien être les désirs de Nicholas Rus ?

Vous avez aimé ces deux romans ?
Retrouvez la suite et fin de la série
« Célibataires et gardes du corps »
dès le mois prochain dans votre collection Black Rose !

Retrouvez prochainement,
dans votre collection

BLACK ROSE

Et le passé resurgit, de R. Barri Flowers - N°772

ENQUÊTES DANS LE PACIFIQUE – 3/4

Submergé par les souvenirs, Lance réfléchit à l'enquête qu'on vient de lui confier. Une enquête à la fois complexe et douloureuse, car la vague de crimes qui ébranle Honolulu présente de troublantes similitudes avec le meurtre de sa sœur, vingt ans plus tôt. Une enquête qui, décidément, est liée à son passé car il va devoir collaborer avec Caroline Yashima, son ex dont il est encore épris…

Je te protégerai toujours, de Juno Rushdan

Fuir ! Échapper à l'inconnu qui la poursuit… Perdue dans le blizzard, Lynn court pour sauver sa peau. Mais qui est-il, cet homme qui la traque depuis qu'elle a abattu un forcené dans son cabinet de psychothérapeute ? Et soudain, en se retournant, elle aperçoit une ombre derrière le tueur et reprend espoir. Nash l'a retrouvée ! Nash avec qui elle vient de rompre mais qui a juré de ne jamais l'abandonner…

Enquête à Dark River, de Delores Fossen - N°773

Un meurtre a été commis au ranch de Cullen Brodie… Appelée sur les lieux, Leigh Mercer, élue depuis peu shérif de Dark River, refuse de se fier aux apparences. Car elle ne croit pas à la culpabilité de Cullen. Et le fait qu'ils aient vécu autrefois une courte histoire d'amour n'est pour rien dans cette conviction. Une conviction renforcée le jour où Cullen et elle sont tous deux victimes d'une tentative de meurtre…

Au piège des souvenirs, de Cassie Miles

Quelle menace inconnue l'a poussée à se réfugier dans cette cabane perdue au fond des bois ? Pour Caroline, qui ne sait plus qui elle est, le mystère s'épaissit d'heure en heure. D'autant que le corps d'un vieil homme a été découvert dans le chalet où elle se trouvait et que tout l'accuse. Seul espoir dans sa détresse : John, l'adjoint du shérif, qui croit en son innocence et veut l'aider à recouvrer la mémoire…

Retrouvez prochainement,
dans votre collection

BLACK ROSE

Au secours d'un enfant, de Jennifer Morey - N°776

En arrivant à Anchorage, Brycen Cage maudit l'agence qui l'a envoyé enquêter en Alaska où il a tant de mauvais souvenirs. Pourtant, lorsqu'il fait la connaissance de Drury, dont le mari a été assassiné un an plus tôt, sa colère tombe. Séduit par la beauté de la jeune femme, il révise son jugement : il va faire la lumière sur cette affaire. Et il les protégera, elle et son fils, ce petit garçon au regard si triste...

Le secret de Grizzly Pass, d'Elle James

Que se passe-t-il à Grizzly Pass ? Comment cette bourgade du Wyoming est-elle devenue le théâtre d'une série d'événements criminels ? Avec l'arrivée de la police, la tension monte, et Olivia Dawson, qui vient d'être victime d'un accident de la route suspect, sent la peur la gagner. Se pourrait-il qu'elle soit, sans le savoir, au centre de ce puzzle infernal ?